Het oog van de rode tsaar

Sam Eastland

Het oog van de rode tsaar

Vertaald door
Irving Pardoen

Anthos|Amsterdam

ISBN 978 90 414 1671 1
© 2010 Sam Eastland
© 2011 Nederlandse vertaling Ambo|Anthos *uitgevers*,
Amsterdam en Irving Pardoen
Oorspronkelijke titel *Eye of the Red Tsar*
Oorspronkelijke uitgever Faber & Faber
Omslagontwerp Studio Jan de Boer
Omslagillustratie © Gavin Hellier / The Image Bank / Getty Images
Foto auteur © Catherine Robohm Watkins

Verspreiding voor België:
Veen Bosch & Keuning uitgevers n.v., Antwerpen

Dit boek is voor P.R.

Proloog

Met bloeddoorlopen ogen zag de tsaar hoe de man zijn revolver opnieuw laadde. De lege hulzen vielen uit de cilinder van het wapen, waarna wazige rookpluimen ontsnapten. De hulzen kletterden naast hem op de vloer. Moeizaam zoog de tsaar lucht naar binnen, maar hij voelde die als belletjes uit zijn geperforeerde longen ontsnappen. De moordenaar knielde naast hem neer. 'Ziet u dat?' De man pakte de tsaar bij zijn kin en draaide zijn hoofd van de ene naar de andere kant. 'Ziet u wat u hebt aangericht?'

De tsaar zag niets, verblind door het waas over zijn ogen, maar hij wist dat om hem heen zijn gezin lag. Zijn vrouw. Zijn kinderen.

'Ga je gang maar,' zei hij tegen de man. 'Maak er maar een einde aan.'

De tsaar voelde dat een hand met vingers die glibberig waren van zijn eigen bloed hem zachtjes in zijn gezicht sloeg.

'Het einde is al gekomen,' zei de moordenaar. En nadat hij nieuwe patronen in de cilinder had gestopt, weerklonk een zachte klik.

Toen hoorde de tsaar nog meer oorverdovende knallen in de kleine ruimte. Vrouw, kinderen, wilde hij roepen, maar hij hoestte alleen maar en kokhalsde. Hij kon niets doen om hen te helpen. Hij was zelfs niet in staat een arm op te heffen om zichzelf te beschermen.

Daarna werd de tsaar over de grond gesleurd. De moordenaar gromde terwijl hij hem naar boven sleepte en vloekte elke keer als de hakken van de tsaar achter de traptreden bleven haken.

Buiten was het donker. De tsaar voelde regen op zijn gezicht. Even later hoorde hij de lichamen naast hem neerploffen. De levenloze hoofden kraakten toen ze neerkwamen op de steenachtige grond.

Er werd een motor gestart. Een vrachtwagen. Piepende remmen, gevolgd door de klap van de achterklep die werd opengeslagen. Het ene na het andere lichaam werd achter in de laadbak gegooid. En ten slotte werd ook de tsaar op de stapel lijken gekwakt. De achterklep werd dichtgeslagen.

Toen de vrachtwagen in beweging kwam, werd de pijn in de borst van de tsaar heviger. Elke schok van de wagen op de hobbelige weg leek een nieuwe wond te veroorzaken, en elke keer was de pijn erger, als bliksemschichten in de dichte duisternis die om hem heen wervelde.

Plotseling begon de pijn te vervagen. De duisternis leek als een vloeistof in zijn ogen te worden gegoten. Al zijn angsten, ambities en herinneringen werden uitgedoofd, totdat er niets anders overbleef dan een sidderende leegte waarin hij van niets meer wist...

Siberië, 1929

De man ging met stokkende adem rechtop zitten.

Hij was alleen in het bos.

De droom had hem weer gewekt.

Hij trok de oude paardendeken weg. De stof was nat geworden van de dauw.

Terwijl hij moeizaam overeind kwam, tuurde hij door de ochtendnevel en de banen zonlicht die tussen de bomen door schenen. Hij sloeg de deken dubbel en bond de punten aan elkaar met een stuk ongelooide huid, waarna hij hem over zijn hoofd liet zakken en over zijn borst en rug drapeerde. Uit zijn zak haalde hij een stukje gedroogd en gerookt hertenvlees en at dat langzaam op, af en toe pauzerend om te luisteren naar de geluiden: de muizen die onder het tapijt van dode bladeren heen en weer schuifelden, de vogels die op de takken boven zijn hoofd tegen hem tekeergingen en de wind die door de toppen van de dennen ruiste.

De man was lang en breedgeschouderd, hij had een rechte neus en een sterk, wit gebit. Zijn ogen waren groenachtig bruin, met irissen met een vreemde zilveren glans, wat mensen pas zagen wanneer hij hen recht aankeek. Hier en daar was al een streep grijs te zien in zijn lange, donkere haren, en zijn baard tierde welig op zijn verweerde wangen.

De man had geen naam meer. Hij stond nog slechts bekend als gevangene 4745-P van werkkamp Borodok.

Hij kwam snel in beweging en liep tussen de dennen het licht glooiende terrein af naar een stroompje onderaan. Hij liep met een grote stok, waarvan de knoestige knop bedekt was met hoefnagels met vierkante koppen. Het enige wat hij verder nog bij zich droeg was een emmer rode verf. Hiermee markeerde hij de bomen die omgehakt moesten worden door de kampbewoners die tewerk waren gesteld in de houtproductie in de bossen van Krasnagoljana. In plaats van met een kwast roerde de man met zijn vingers in de scharlakenrode verf en bracht daar zijn merktekens mee aan op de stammen. Deze merktekens waren voor de meeste andere veroordeelden het enige wat ze ooit van hem te zien kregen.

De gemiddelde levensduur van iemand die als boommarkeerder tewerk werd gesteld in de bossen van Krasnagoljana was zes maanden. De mannen, die in hun eentje werkten, hadden geen kans op ontsnapping, waren van elk menselijk contact verstoken en stierven door uitputting, honger en eenzaamheid. Wie verdwaalde, viel of een been brak, werd doorgaans door de wolven opgegeten. Belast worden met het markeren van bomen gold in Borodok als erger dan een doodvonnis.

Gevangene 4745-P, die in het negende jaar zat van de straf van dertig jaar waartoe hij was veroordeeld wegens misdrijven tegen de staat, had het inmiddels al langer uitgehouden dan enige andere markeerder in de hele goelag. Kort na zijn aankomst in Borodok had de directeur van het kamp hem de bossen in gestuurd uit angst dat de andere gevangenen zijn ware identiteit te weten zouden komen. Iedereen veronderstelde dat hij binnen het jaar dood zou zijn.

Drie keer per jaar werden er aan het einde van een bosweg voorraden voor hem gedeponeerd. Kerosine. Blikken vlees. Spijkers. Voor het overige moest hij maar zien hoe hij zich redde. Slechts zelden kregen de houthakkersploegen die de bomen rooiden hem te zien, en als dat bij wijze van uitzondering eens wel het geval was, zagen ze een man die nauwelijks nog herkenbaar was als mens van vlees en bloed. Met de korst rode verf op zijn gevangenispak en het lange haar dat zijn gezicht omlijstte, had hij meer weg van een uitgeteerd beest dat aan zijn lot was overgelaten, maar op de een of andere manier had weten te overleven. De wildste geruchten deden over hem de ronde: dat hij mensenvlees at, dat hij een kuras droeg gemaakt van de botten van mensen die in de bossen verdwenen waren, dat hij bij wijze van hoofddeksel aan elkaar geregen scalpen droeg.

Ze noemden hem de man met bloed aan zijn handen. Niemand behalve de commandant van Borodok wist waar deze gevangene vandaan kwam of wie of wat hij was geweest voordat hij hier was aangekomen.

De mannen, die bang waren dat hun pad het zijne zou kruisen, hadden er geen idee van dat hij Pekkala was, iemand wiens naam ze eens hadden aangeroepen zoals hun voorouders de goden aanriepen.

Hij waadde tot aan zijn middel door de beek, klauterde uit het koude water en verdween aan de overzijde in een bosje witte berkenbomen dat daar stond. In het bosje ging, half in de grond uitgegraven, een hut schuil van een type dat bekendstond als een *zemljanka*. Pekkala had de hut eigenhandig gebouwd en doorstond er de Siberische winters in, waarvan het ergste niet de kou was, maar een stilte die zo absoluut was dat ze op zich al een soort geluid leek, een sissen of zoeven – als van een planeet die door de ruimte raast.

Maar nu Pekkala de hut naderde, bleef hij staan en snoof de lucht op. Hij was op zijn hoede, instinctmatig. Als een reiger bij een sloot bleef hij doodstil staan, terwijl zijn blote voeten wegzakten in de mossige grond.

De adem stokte in zijn keel.

Op de open plek zat een jonge man op een boomstronk. Hij zat met zijn rug naar Pekkala toe. Hij droeg een olijfbruin militair uniform en zwarte laarzen die tot kniehoogte reikten. Dit was geen gewone soldaat. Zijn uniform had de soepele glans van gabardine en was niet gemaakt van de ruwe dekenstof waarin de mannen van het plaatselijke garnizoen gekleed gingen en die zich soms op patrouille tot het begin van de bosweg waagden, maar nooit zó ver het bos in kwamen.

Hij zag er niet uit als iemand die verdwaald was. En voor zover Pekkala kon zien, was hij ook niet gewapend. Het enige wat hij bij zich had, was een aktetas. Deze was van goede kwaliteit, met glimmende koperen sluitingen, die hier in het bos krankzinnig misplaatst leken. Het leek alsof de jongeman zat te wachten.

De eerstvolgende uren, terwijl de zon boven de boomtoppen uit rees en de geur van verwarmde levenssappen van de dennen de lucht vulde, bekeek Pekkala de onbekende; hij observeerde de hoek waaronder hij zijn hoofd hield, de manier waarop hij zijn benen over elkaar sloeg en weer naast elkaar zette en de wijze waarop hij af en toe zijn keel schraapte om er het stuifmeel uit te verwijderen. Eén keer sprong de man op om verwoed naar de zwermen muggen meppend over de open plek rond te lopen. Toen hij zich omdraaide, zag Pekkala de roze wangen van een jonge man die nog nauwelijks de tienerjaren ontgroeid was. Hij was tenger van bouw, met dunne kuiten en slanke handen.

Pekkala vergeleek ze onwillekeurig met zijn eigen eeltige handen, waarvan de huid vol korsten en kloven zat, en ook met zijn benen, waar de spieren dik op lagen, als slangen die zich om zijn botten kronkelden.

Pekkala zag een rode ster op de beide mouwen van de uniformjas van de man, die als een loshangend hemd of een boerenkiel tot halverwege zijn dijen reikte. Door die rode ster wist Pekkala dat de man de rang had van volkscommissaris, een politieke functie in het Rode Leger.

De hele dag bleef de volkscommissaris, gekweld door de insecten, op de open plek wachten, tot ook het laatste flauwe daglicht weg was. In de schemering haalde de man een lange steelpijp tevoorschijn en stopte die met tabak uit een zakje dat hij om zijn hals droeg. Hij stak er met een koperen aansteker de brand in en ging tevreden zitten paffen, waarmee hij de muggen op afstand hield.

Langzaam ademde Pekkala de lucht in. De muskusachtige geur van de tabak was onontkoombaar. Hij keek hoe de jonge man de pijp regelmatig uit zijn mond haalde en bestudeerde en hoe hij de steel dan weer tussen zijn tanden stak, wat gepaard ging met een klikje, als van een sleutel die in een slot omgedraaid wordt.

Die pijp heeft hij nog niet zo lang, dacht Pekkala bij zichzelf. Hij rookt liever pijp dan sigaretten, omdat hij denkt dat hij er dan ouder uitziet.

Nu en dan keek de volkscommissaris naar de rode sterren op zijn onderarmen, alsof hun aanwezigheid daar hem verraste, en Pekkala begreep dat de jonge man nog maar net tot die rang bevorderd was.

Maar hoe meer hij van de man te weten kwam, des te minder was hij in staat om te bedenken wat de volkscommissaris hier in het bos deed. Met tegenzin moest hij erkennen dat hij bewondering had voor de man, die niet de hut in ging, maar liever buiten op de harde boomstronk bleef zitten.

Toen de duisternis inviel vouwde Pekkala zijn handen voor zijn mond en blies warme lucht in de holte tussen zijn handpalmen. Tegen een boom geleund dommelde hij in, om plotseling wakker te schrikken en te merken dat hij aan alle kanten omgeven was door een nevel, die, geurend naar aarde en dode bladeren, om hem heen cirkelde als een nieuwsgierig, roofzuchtig dier.

Een blik in de richting van de hut leerde hem dat de volkscommissaris niet van zijn plaats was gekomen. Hij zat met gevouwen armen; zijn kin was op zijn borst gezakt. Het zachte ronken van zijn gesnurk weerklonk over de open plek.

Bij het aanbreken van de dag zou hij wel weggaan, dacht Pekkala. Hij trok de gerafelde kraag van zijn jas omhoog en deed zijn ogen weer dicht.

Maar toen de dag aanbrak, zag Pekkala tot zijn verbazing dat de volkscommissaris er nog steeds was. Hij was van zijn boomstronk gegleden en lag op zijn rug, met één been nog op de stronk, als een van zijn sokkel gevallen standbeeld in overwinnaarspose.

Na enige tijd snoof de volkscommissaris, ging rechtop zitten en keek om zich heen alsof hij niet wist waar hij was.

Nu zal de man wel bij zinnen komen en besluiten me met rust te laten, dacht Pekkala.

De volkscommissaris stond op, zette zijn handen in zijn zij en rilde. Een gekreun ontsnapte hem. Toen draaide hij zich ineens om en keek recht naar de plek waar Pekkala zich had verscholen. 'Bent u van plan ooit nog voor den dag te komen?' vroeg hij.

Het kwam bij Pekkala aan alsof er zand in zijn gezicht was gegooid. Met tegenzin en leunend op zijn met spijkers bedekte stok verliet hij de beschutting van de boom. 'Wat wilt u?' Hij sprak nog maar zo zelden dat zijn eigen stem hem vreemd in de oren klonk.

Het gezicht van de volkscommissaris vertoonde rode puntjes waar de muggen zich aan hem te goed hadden gedaan. 'U gaat met mij mee,' zei hij.

'Waarom?' vroeg Pekkala.

'Omdat u dat zelf zult willen als u gehoord hebt wat ik te zeggen heb.'

'U bent een optimist, commissaris.'

'Degenen die mij gestuurd hebben om u op te halen...'

'Wie heeft u gestuurd?'

'Dat zult u snel genoeg horen.'

'En hebben ze u verteld wie ik ben, deze mensen?'

De jeugdige volkscommissaris haalde zijn schouders op. 'Ik weet alleen dat u Pekkala heet en dat uw kwaliteiten, wat die ook mogen zijn, nu elders ingezet dienen te worden.' Hij keek om zich heen op de kale open plek. 'Ik had gedacht dat u een gat in de lucht zou springen bij een kans om dit godvergeten oord te kunnen verlaten.'

'Jullie zijn degenen die God hebben vergeten.'

De volkscommissaris glimlachte. 'Ze zeiden al dat u een moeilijke man bent.'

'Ze kennen me blijkbaar,' zei Pekkala. 'Wie "ze" ook mogen zijn.'

'Ze vertelden me ook dat als ik deze bossen gewapend met een pistool in ging, u me waarschijnlijk al zou doden voordat ik een glimp van u had opgevangen.' De volkscommissaris hief zijn geopende handen op. 'Zoals u ziet, heb ik hun advies opgevolgd.'

Pekkala liep de open plek op. In zijn verstelde lompen torende hij als een prehistorische reus uit boven de keurige volkscommissaris. Hij werd zich voor het eerst sinds jaren bewust van de geur van zijn eigen ongewassen lijf. 'Hoe heet u?' vroeg Pekkala.

'Kirov.' De jonge man rechtte zijn rug. 'Volkscommissaris Kirov.'

'En hoe lang bent u al volkscommissaris?'

'Eén maand en twee dagen.' Zachter voegde hij eraan toe: 'Vandaag meegerekend.'

'En hoe oud bent u?' vroeg Pekkala.

'Bijna twintig.'

'U moet iemand heel boos hebben gemaakt, luitenant Kirov, dat u opdracht hebt gekregen mij op te sporen.'

De volkscommissaris krabde aan zijn insectenbeten. 'Ik denk dat u zelf ook wel wat irritatie hebt veroorzaakt, dat u in Siberië bent beland.'

'Goed, luitenant Kirov,' zei Pekkala. 'U hebt uw bericht doorgegeven. Nu kunt u terug naar de plek waar u vandaan bent gekomen en mij met rust laten.'

'Ik heb opdracht u dit te geven.' Kirov tilde de aktetas op die naast de boomstronk stond.

'Wat zit erin?'

'Ik heb geen idee.'

Pekkala pakte de leren handgreep. De tas was zwaarder dan hij had verwacht. Met de aktetas in de hand leek hij een kruising tussen een vogelverschrikker en een zakenman die op een trein stond te wachten.

De jeugdige volkscommissaris maakte aanstalten om te vertrekken. 'U hebt tot zonsondergang morgen de tijd. Aan het begin van de bosweg staat een auto voor u klaar.'

Pekkala keek toe hoe Kirov wegliep in de richting vanwaar hij gekomen was. Nog een tijdlang hoorde hij hem aan het breken van takjes door het bos lopen. Toen het geluid ten slotte wegstierf was Pekkala weer alleen.

Met de aktetas in de hand liep hij naar zijn hut. Hij ging op de met dennennaalden gevulde zakken zitten die als bed dienstdeden en zette de tas op zijn knieën. Er zat iets zwaars in. Met zijn duimen knipte Pekkala de beide koperen sluitingen open.

Toen hij de tas opensloeg kwam hem een muffe geur tegemoet.

In de tas lag een dikke leren riem, gewikkeld om een donkerbruine holster met daarin een revolver. Hij wikkelde de riem van de holster af en haalde het wapen eruit – een revolver van Engelse makelij was het, een Webley. Het was een gewone legerrevolver, afgezien van het feit dat de handgreep niet van hout was, maar van koper.

Pekkala hield het wapen voor zich uit en keek langs het vizier. Het blauwige metaal glansde in het schemerlicht in de hut.

Onder in de tas lag een kartonnen doos kogels met een Engels opschrift. Hij scheurde de rafelige verpakking open en laadde de Webley, waarbij hij de revolver opende, zodat de loop naar beneden scharnierde en de kamers voor de zes kogels zichtbaar werden. De kogels waren oud, net als de revolver zelf, en Pekkala veegde ze af voordat hij ze in de cilinder stopte.

In de tas zat ook een beduimeld boek. Op de gehavende rug stond slechts één woord: *Kalevala*.

Toen hij dit alles opzij had gelegd, constateerde Pekkala dat er nog iets in de aktetas lag. Het was een katoenen zakje dat dichtgebonden was met een leren koord. Hij maakte het zakje open en leegde het.

Hij hapte naar ademde toen hij zag wat erin zat.

Voor hem lag een gouden schijf zo dik als zijn pink. De schijf was in het midden ingelegd met wit email, dat zich vanuit een punt verbreedde totdat het de helft van de schijf in beslag nam en liep aan de andere kant weer uit in een punt. Midden in het witte glazuur was een grote, ronde smaragd ingelegd. Het witte glazuur, het goud en de smaragd vormden samen onmiskenbaar een oog. Pekkala ging met zijn wijsvinger over de schijf en betastte de gladde bult van de edelsteen, als een blinde die braille leest.

Nu Pekkala wist wie hem had laten roepen, begreep hij dat het een bevel was en dat hij dat niet kon negeren. Hij had niet gedacht deze zaken ooit nog terug te zullen zien. Tot dat moment had hij gedacht dat ze tot een wereld behoorden die niet meer bestond.

Hij was in Finland geboren, in een tijd dat het land nog een kolonie van Rusland was. Hij was opgegroeid te midden van uitgestrekte bossen en talloze meren in de buurt van het stadje Lappeenranta.

Zijn vader was begrafenisondernemer, de enige in de regio. Vanuit de wijde omgeving brachten de mensen hun doden naar hem toe. Met de lichamen in gammele karren liepen ze de bospaden af, en 's winters sleepten ze de lijken per slee over de bevroren meren, zodat die bij aankomst hard als steen waren.

Zijn vader had in de kast drie identieke zwarte jassen en drie bijpassende zwarte broeken hangen. Zelfs zijn zakdoeken waren zwart. Hij droeg niets wat ook maar naar metaal zweemde. De koperen knopen op de jassen waren vervangen door knopen van ebbenhout. Hij glimlachte maar zelden, en als hij dat deed, bedekte hij zijn mond, als iemand die zich schaamt voor zijn gebit. Zijn sombere uitstraling had hij met de grootste zorg gecultiveerd vanuit de gedachte dat zijn werk dat vereiste.

Zijn moeder was een Lapse, afkomstig uit Rovaniemi. Ze had een onrust over zich die haar nooit verliet. Ze leek in de ban te zijn van vreemde vibraties van de grond in het noordpoolgebied, waar ze haar jeugd had doorgebracht en die ze achter zich had gelaten.

Hij had een oudere broer die Anton heette. Naar de wens van hun vader was Anton toen hij achttien werd naar Petrograd gegaan om dienst te nemen in het Fins Regiment van de tsaar. Voor de vader van Pekkala was er geen grotere eer denkbaar dan te dienen bij die elitecompagnie, die de persoonlijke staf van de tsaar vormde.

21

Toen Anton in de trein stapte, huilde zijn vader van trots en veegde zijn ogen af met zijn zwarte zakdoek. Zijn moeder keek alleen maar verwonderd, niet in staat te begrijpen waarom haar kind weg moest.

Anton leunde met zijn netjes gekamde haren uit het raam van het rijtuig. Op zijn gezicht was de verwarring te zien van iemand die eigenlijk wel wil blijven, maar weet dat hij moet gaan.

Pekkala, die nog maar zestien jaar was en met zijn ouders op het perron stond, miste zijn broer op dat moment al alsof de trein allang was vertrokken.

Toen de trein uit het zicht verdwenen was, omarmde Pekkala's vader zijn vrouw en zijn zoon. 'Dit is een geweldige dag,' zei hij met rode ogen van het huilen. 'Een grote dag voor onze familie.' Als zijn vader in de tijd daarna in de stad moest zijn, liet hij nooit na te vermelden dat Anton weldra lid zou zijn van het Fins Regiment.

Pekkala had altijd geweten dat hij als jongste zoon thuis zou blijven om het vak van zijn vader te leren. Later zou hij het familiebedrijf overnemen, was de verwachting. Pekkala assisteerde zijn vader en nam gaandeweg diens zwijgzaamheid en teruggetrokkenheid over. Vloeistoffen verwijderen uit de organen en vervangen door conserveermiddelen, het hoofdhaar kappen en fatsoeneren, pennen inbrengen in het aangezicht om te zorgen voor een ontspannen en vreedzame uitdrukking – het werd voor Pekkala allemaal steeds vanzelfsprekender naarmate hij het vak van zijn vader in de vingers kreeg.

Speciaal aan de gelaatsuitdrukking besteedde zijn vader de grootste zorg. De doden moesten een sfeer van rust uitstralen, alsof ze uitkeken naar de volgende fase in hun bestaan. Een slecht verzorgd lijk kon een angstige of bevreesde uitdrukking hebben, of erger nog: er helemaal niet uitzien als de mens die hij geweest was.

Pekkala vond het fascinerend dat hij aan de handen en gezichten van de doden kon zien hoe ze hadden geleefd. De lichamen verrieden net als de kleding in hoeverre ze voorwerp van zorg of verwaarlozing waren geweest. In de hand van een leraar kon hij de bobbel op de wijsvinger voelen waar een vulpen tegenaan had gerust en een groef in het bot had veroorzaakt. De handen van een visser zaten onder het eelt en de littekens van snijwonden, waardoor de huid zo kreukelig leek als een verfrommeld stuk papier. De rimpels rond ogen en mond toonden of iemand bij leven een optimist dan wel een pessimist was geweest. De dood was voor Pekkala niet afschrikwekkend, maar slechts een groot, onoplosbaar mysterie.

Het werk van een begrafenisondernemer was niet aangenaam; het was niet het soort werk waarvan je kon zeggen dat je ervan hield. Maar hij hield wel van het feit dat het belangrijk was. Niet iedereen kon het, maar het moest nu eenmaal gedaan worden. Het was noodzakelijk, niet voor de doden, maar ter wille van de nagedachtenis bij de levenden.

Zijn moeder dacht er anders over. Zij kwam niet beneden in de kelder waar de doden werden afgelegd. Ze bleef altijd halverwege de keldertrap staan als ze een boodschap doorgaf of hen kwam roepen voor het avondeten. Pekkala raakte gewend aan de aanblik van haar benen op de trap, van haar zachte, ronde knieën, terwijl de rest van haar lichaam uit het zicht bleef. Haar stem was in zijn geheugen gegrift, gedempt als die was door de met lavendelolie geparfumeerde zakdoek die ze voor haar mond hield als ze de kelder in ging. Ze leek bang te zijn voor formaline, alsof die wanneer ze er alleen maar bij in de buurt kwam in haar longen zou kunnen sijpelen en haar ziel wegnemen.

Zijn moeder geloofde in dat soort dingen. In haar jeugd op de kale toendra had ze geleerd om zelfs betekenis te zien in rookwolken. Pekkala zou nooit vergeten dat ze eens had verteld over de schutkleuren van de sneeuwhoen, die zich verschuilt tussen met korstmossen bedekte rotsblokken en zwartgeblakerde stenen op plekken waar duizend jaar geleden ooit een vuur was aangelegd, en hoe je aan een lichte glooiing van het terrein, alleen zichtbaar wanneer daar bij avond schaduwen over vallen, kunt zien dat daar een graf is.

Van zijn moeder had Pekkala geleerd om de kleinste details op te merken en te onthouden, zelfs die welke je niet kunt zien, maar die je buiten je zintuigen om registreert. Van zijn vader had hij geduld geleerd en het vermogen zich op zijn gemak te voelen bij de doden.

Zo was de wereld waarvan Pekkala dacht dat die de zijne zou zijn, een wereld begrensd door straten waarvan hij de namen kende, meren met een kleur van thee die de lichtblauwe hemel weerkaatsten en een dankzij de dennenbossen in de verte gekartelde horizon.

Maar het zou anders lopen.

Op de ochtend na het bezoek van de volkscommissaris stak Pekkala zijn hut in brand.

Hij bleef op de open plek staan toen de zwarte rook omhoogrees. Zijn oren tuitten van het razen en kraken van het vuur. De hitte sloeg hem in het gezicht. Vonken spetterden op zijn kleren, waar hij ze snel afveegde. De emmers met verf die opzij van de hut opgestapeld stonden braakten vaalgele vlammen uit. Hij keek hoe het dak neerstortte op het zorgvuldig opgemaakte bed en de stoel en tafel waar hij zo lang tussen had geleefd dat de buitenwereld voor hem eerder een droombeeld was geweest dan realiteit.

Het enige wat hij uit de hut had meegenomen was een tas van gelooide elandhuid met een sluiting gemaakt uit het gewei. In de tas lagen de revolver in de holster, het boek en het smaragden oog.

Toen er niets meer resteerde dan een hoop rokend hout draaide Pekkala zich om en ging op weg naar de bosweg. Even later was hij uit het zicht verdwenen en dwaalde hij als een spook tussen de bomen.

Uren later liep hij het dichte bos uit en de door houthakkers gebruikte weg op. Naast de weg lagen de tienhoog opgestapelde omgehakte bomen klaar voor vervoer naar de houtverwerking van het goelagkamp. De grond lag bezaaid met stukken boombast en in de lucht hing de zure geur van vers hout.

Pekkala trof de auto aan waar de volkscommissaris had gezegd. Het was een type dat hij niet eerder had gezien. De wagen leek met zijn ronde motorkap, de kleine voorruit en de als een wenkbrauw hoog opgetrokken grille een bijna hooghartige uitdrukking te hebben. Aan het blauw-met-witte logo op de grille te zien was de auto van het merk Emka.

De portieren stonden open. Luitenant Kirov lag op de achterbank te slapen. Zijn benen staken naar buiten.

Pekkala pakte een van Kirovs voeten en schudde die heen en weer.

Kirov slaakte een kreet en kroop uit de auto. Aanvankelijk deinsde hij achteruit voor de bebaarde, in vodden geklede man die voor hem stond. 'Ik schrik me rot!'

'Brengt u me weer naar het kamp?' vroeg Pekkala.

'Nee, niet het kamp. Uw gevangenschap zit erop.' Kirov gebaarde dat Pekkala achter in de auto moest plaatsnemen. 'Voorlopig tenminste.'

Hortend en stotend stak Kirov de Emka een aantal keren vooren achteruit en begon aan de lange rit terug naar de nederzetting Oresjek. Na een uur glibberen en hotsen op het op een wasbord lijkende wegdek reden ze het bos uit en kwamen in open land, waarvan de weidsheid Pekkala met een naamloze angst vervulde.

Tijdens de rit sprak Kirov weinig, maar hij hield in zijn achteruitkijkspiegeltje een oogje op Pekkala, als een taxichauffeur die zich er zorgen over maakt of zijn passagier de ritprijs wel kan betalen.

Ze passeerden de bouwvallen van wat een dorp was geweest. De rieten daken van *izba*-hutten waren doorgebogen als de ruggen van makke paarden. Achter de oude, halfvergane witkalk was de kale leem te zien waaruit de muren waren opgetrokken. De luiken hingen los in hun scharnieren en op de grond waren tal van sporen te zien van dieren die er naar voedsel hadden gezocht. De akkers verderop lagen braak. Hier en daar verhief zich een zonnebloem hoog boven de met onkruid overwoekerde grond.

'Wat is hier gebeurd?' vroeg Pekkala.

'Dat is het werk van contrarevolutionairen en profiteurs van het zogenaamde Amerikaanse ondersteuningsprogramma dat door infiltranten vanuit het Westen is geïmporteerd om de Nieuwe Economische Politiek te saboteren.' Kirov spuwde de tekst uit alsof hij nog nooit van leestekens had gehoord.

'Maar wat is er gebeurd?' herhaalde Pekkala.

'De mensen wonen nu allemaal in Oresjek.'

Toen ze eindelijk Oresjek bereikten, keek Pekkala naar de inderhaast opgetrokken barakken langs de weg. De gebouwen zagen er nieuw uit, maar het teerpapier op de daken liet al los. De meeste barakken leken leeg te staan; het leek er echter op dat er alleen maar barakken bij werden gebouwd. Arbeiders, zowel mannen als vrouwen, stopten om naar de passerende auto te kijken. Hun gezichten en handen waren bedekt met een dikke laag vuil. Sommigen duwden kruiwagens voort. Anderen sjouwden met een soort grote scheppen beladen met stapels bakstenen.

Op de akkers stond tarwe en gerst, maar die moesten te laat in het seizoen zijn geplant: de gewassen, die kniehoog hadden moeten zijn, reikten maar nauwelijks tot boven de enkels.

De auto kwam tot stilstand voor een klein politiebureau. Het was het enige gebouw van steen, met kleine ramen met tralies ervoor, als de kraaloogjes van een varken, en een zware, met ijzeren banden versterkte houten deur.

Kirov zette de motor af. 'We zijn er,' zei hij.

Toen Pekkala uitstapte, keken een paar mensen naar hem om meteen weer weg te kijken, alsof ze door hem te kennen zichzelf konden beschuldigen.

Hij liep de drie houten treden naar de voordeur op, maar sprong opzij toen een man in een zwart uniform met het insigne van de binnenlandse veiligheidspolitie het bureau uit stormde. Hij hield een oude man bij zijn nekvel vast. De voeten van de oude man waren omhuld door sandalen van berkenbast, die *lapti* werden genoemd. De agent smeet hem het trapje af, en de oude man belandde languit op de grond, waardoor een wolk saffraankleurig stof opsteeg. Uit zijn dichtgeknepen vuist vielen zo te zien een paar maïskorrels. Toen de oude man ze opraapte, drong het tot Pekkala door dat het zijn afgebroken tanden waren.

De man krabbelde overeind en keek sprakeloos van woede en angst achterom naar de agent.

Kirov legde zijn hand op Pekkala's rug en gaf hem een zacht duwtje in de richting van het trapje.

'Nog een?' bulderde de politieman. Hij pakte Pekkala bij zijn arm en groef zijn vingers in zijn biceps. 'Waar komt dit stuk ellende vandaan?'

Een halfjaar nadat Pekkala's broer was toegetreden tot het Fins Regiment, kwam er een telegram uit Petrograd. Het was gericht aan Pekkala's vader en ondertekend door de bevelvoerend officier van het Finse garnizoen. Het telegram bevatte slechts vijf woorden: PEKKALA ANTON GESUSPENDEERD BIJ CADETTENKORPS.

Pekkala's vader las het broze gele velletje. Op zijn gezicht was geen emotie te zien. Toen gaf hij het papiertje aan zijn vrouw.

'Maar wat betekent dat?' vroeg ze. 'Gesuspendeerd? Ik heb dat woord nog nooit gehoord.' Het telegram trilde in haar hand.

Het betekent dat hij eruit is geschopt,' zei zijn vader. 'Nu zal hij wel naar huis komen.'

De volgende dag spande Pekkala een van de paarden van het gezin voor een kleine tweepersoonssjees, reed naar het station en wachtte tot de trein kwam. Ook de volgende dag deed hij dat, en de dag daarna. Een hele week lang reed Pekkala elke dag heen en weer naar het station, keek naar de passagiers die uit de rijtuigen stapten, om ten slotte, als de mensen weg waren en de trein weer was vertrokken, alleen op het perron achter te blijven.

In die dagen van wachten werd Pekkala zich ervan bewust dat zijn vader een onomkeerbare verandering had ondergaan. Hij deed hem denken aan een klok waarvan het mechaniek het ineens heeft begeven. Aan de buitenkant leek er niet veel veranderd, maar vanbinnen was hij kapot. De reden waarom Anton terugkwam deed er niet zoveel toe; het feit dát hij terugkeerde haalde het hele, zorgvuldig uitgekiende plan dat hij met zijn gezin had overhoop.

Nadat er twee weken waren verstreken zonder bericht van Anton, staakte Pekkala zijn tochten naar het station om zijn broer op te wachten.

Toen er een maand was verstreken, was het duidelijk dat Anton niet terug zou komen.

Pekkala's vader stuurde een telegram naar het Finse garnizoen om naar zijn zoon te informeren.

Ze antwoordden, deze keer per brief, dat Anton op die en die dag naar de poort van de kazerne was gebracht, dat hij een treinkaartje naar huis en geld voor eten had gekregen en dat men sindsdien niets meer van hem had vernomen.

Een volgend telegram, waarin geïnformeerd werd naar de reden voor Antons ontslag, werd niet beantwoord.

Pekkala's vader had zich inmiddels zo in zichzelf teruggetrokken dat hij nog slechts een schim van een mens leek. Zijn moeder bleef er wel van overtuigd dat Anton terug zou komen zodra hij daar klaar voor was, maar de spanning die het vasthouden aan deze zekerheid veroorzaakte vrat aan haar, zoals een stuk glas in zee langzaam maar zeker wegslijt door de beweging van de golven.

Op een dag, toen Anton bijna drie maanden zoek was, waren Pekkala en zijn vader bezig de laatste hand te leggen aan een lichaam dat in een open kist zou worden opgebaard. Zijn vader was voorovergebogen bezig om met zijn vingertoppen de wimpers van de overledene zorgvuldig te borstelen. Ineens hoorde Pekkala hem diep zuchten. Hij zag hoe de man zijn rug rechtte, alsof zijn spieren zich ineens aanspanden. 'Jij gaat hier weg,' zei hij.

'Waarnaartoe?' vroeg Pekkala.

'Naar Petrograd. Je neemt dienst bij het Fins Regiment. Ik heb de formulieren al voor je ingevuld. Over tien dagen meld je je bij het garnizoen. Jij neemt zijn plaats in.' Hij kon het niet eens meer opbrengen om Antons naam uit te spreken.

'Maar ons werk dan? Hoe moet het met het bedrijf?'

'Het is al geregeld, jongen. Er valt niets meer te bespreken.'

Een week later stond Pekkala uit een treinraampje naar het oosten geleund naar zijn ouders te zwaaien totdat hun gezichten slechts roze kattentongen waren in de verte en de dennenbomen de gelederen sloten rond het kleine stationnetje.

Pekkala keek de politieagent recht in zijn gezicht. Even aarzelde de man, en hij verwonderde zich erover dat een gevangene hem zo brutaal aan durfde te kijken. Zijn kaakspieren spanden zich. 'Het wordt tijd dat jij leert een beetje respect te tonen,' fluisterde hij.

'Hij staat onder de bescherming van het Bureau Speciale Operaties,' zei Kirov.

'Bescherming?' zei de politieman lachend. 'Voor die zwerver? Hoe heet hij?'

'Pekkala,' antwoordde Kirov.

'Pekkala?' De agent liet hem los, alsof hij gloeiendheet ijzer had vastgepakt. 'Hè? Dé Pekkala?'

De oude man, die nog neergeknield zat, sloeg het tafereeltje op de trap van het politiebureau gade.

'Donder op!' riep de politieman hem toe.

De oude man verroerde zich niet. 'Pekkala,' mompelde hij, en terwijl hij het zei, sijpelde er bloed uit zijn mondhoeken.

'Opsodemieteren, jij!' riep de politieman met een rood aanlopend gezicht.

De oude man stond op en kwam in beweging. Om de paar passen draaide hij zijn hoofd om en keek naar Pekkala.

Kirov en Pekkala drongen langs de politieman heen en liepen een gang in die slechts verlicht werd door het sombere daglicht dat door de getraliede raamloze vensters naar binnen viel.

Onder het lopen keek Kirov Pekkala aan. 'Wie bent u in godsnaam?' vroeg hij.

Pekkala gaf geen antwoord. Hij liep achter de jonge volkscommissaris aan naar een deur aan het einde van de gang. De deur stond halfopen.

De jonge man deed een stapje opzij.

Pekkala liep de kamer in.

Aan een bureau in de hoek zat een man. Afgezien van dat bureau en de stoel waarop hij zat stond er verder geen meubilair in de kamer. Op zijn uniformjas droeg hij het onderscheidingsteken van commandant van het Rode Leger. Zijn donkere haar was strak achterovergekamd, met een haarscherpe scheiding, die als een snijwond dwars over zijn schedel liep. De man hield zijn handen netjes gevouwen op het bureau, alsof hij zat te wachten totdat er een foto van hem gemaakt zou worden.

'Anton!' stamelde Pekkala.

'Welkom terug,' zei hij.

Pekkala staarde de man aan, die zijn blik onaangedaan beantwoordde. Toen hij er ten slotte van doordrongen was dat zijn ogen hem niet bedrogen, draaide Pekkala zich bruusk om en liep de kamer uit.

'Waar gaat u heen?' vroeg Kirov, die zich moest haasten om hem bij te houden.

'Maakt niet uit, als ik maar niet hier hoef te zijn,' antwoordde Pekkala. 'U had ten minste het fatsoen kunnen hebben om het me te laten weten.'

'U wat te laten weten?' De stem van de volkscommissaris klonk luid van ergernis.

De agent stond nog in de deuropening en keek zenuwachtig links en rechts de straat in.

Kirov legde zijn hand op Pekkala's schouder. 'U hebt commandant Starek niet eens gesproken.'

'Noemt hij zich tegenwoordig zo?' zei Pekkala.

'Tegenwoordig?' Het gezicht van de volkscommissaris drukte verwarring uit.

Pekkala keek hem aan. 'Starek is niet zijn echte naam. Die heeft hij bedacht. Net als Lenin en Stalin hebben gedaan! Niet omdat er dan iets verandert, maar alleen omdat ze het beter vonden klinken dan Oeljanov en Dzjoegasjvili.'

'U beseft dat ik u kan laten doodschieten omdat u dit hebt gezegd?' flapte de volkscommissaris eruit.

'Bedenkt u liever iets waarvoor u me niet kunt laten doodschieten,' zei Pekkala. 'Dat zou meer indruk maken. En nog beter zou het zijn als u mijn broer dat zou laten doen.'

'Uw broer?' Kirovs mond viel open. 'Is commandant Starek uw broer?'

Inmiddels was Anton in de deuropening verschenen.

'Dat had u me niet verteld,' zei Kirov. 'Dat had ik toch moeten weten.'

'Ik laat het u nu weten.' Anton keek Pekkala weer aan.

'Dat is hem toch niet echt?' vroeg de politieman. 'Je houdt me gewoon voor de gek, hè?' Hij probeerde te glimlachen, maar dat mislukte. 'Deze man is niet het Smaragden Oog. Die is al jaren dood. Ze zeggen trouwens dat hij nooit bestaan heeft. Het was maar een legende, schijnt het.'

Anton boog zich naar voren en fluisterde iets in het oor van de politieman.

De politieagent hoestte. 'Maar wat heb ik gedaan?' Hij keek naar Pekkala. 'Wat heb ik dan gedaan?' vroeg hij nog eens.

'Dat zouden we aan die man kunnen vragen die je op straat gesmeten hebt,' zei Pekkala.

De politieman ging in de deuropening staan. 'Maar dit is mijn bureau,' fluisterde hij. 'Ik ben hier de baas.' Met een onuitgesproken vraag om hulp keek hij naar Anton.

Antons gezicht bleef evenwel onaangedaan. 'Het lijkt me het beste dat je ophoudt ons voor de voeten te lopen, nu het nog kan,' zei hij kalm.

De agent week opzij alsof hij nog slechts een schim van een mens was.

Anton keek Pekkala strak aan en gaf een knikje in de richting van zijn kamer. 'Broer,' zei hij, 'het is tijd dat wij eens met elkaar praten.'

Het was tien jaar geleden dat ze elkaar voor het laatst hadden gezien – op een verlaten en ijskoud spoorwegperron bedoeld voor het transport van gevangenen naar Siberië.

Met kaalgeschoren hoofd en nog steeds gekleed in de dunne beige katoenen pyjama die ze hem in de gevangenis hadden gegeven, zat Pekkala ineengedoken met de andere veroordeelden te wachten op de aankomst van het konvooi ETAP-61. Niemand zei een woord. Er arriveerden steeds meer gevangenen, die zich op het perron bij de al aanwezige verkleumde mannen voegden, als de schillen van een ui.

De zon was al onder. IJspegels zo lang als een menselijk been hingen van het dak van het stationsgebouw naar beneden. De wind woei over het spoor en blies de sneeuw in wervelingen op. Aan de beide uiteinden van het perron stonden bewakers met geweren op hun rug bij oliedrums waarin een vuur was aangestoken. Er schoten vonken omhoog, die hun gezichten verlichtten.

Laat op de avond was de trein eindelijk gearriveerd. Bij elke open wagondeur stelden zich twee bewakers op. Toen Pekkala in de trein klom en toevallig achteromkeek naar het stationsgebouw, zag hij in het licht van een van de brandende oliedrums een soldaat staan die zijn rozige handen bij het vuur hield.

Ze keken elkaar even aan.

Pekkala had net tijd genoeg om te zien dat het Anton was voordat een van de bewakers hem in de duistere, beijzelde wagon duwde.

Pekkala hield het vlijmscherpe scheermes bij zijn bebaarde wang en vroeg zich af waar te beginnen. Vroeger had hij zich één keer per maand geschoren, maar het oude scheermes, dat hij zorgvuldig had behandeld, was uiteindelijk in tweeën gebroken toen hij het aan de binnenkant van zijn riem wilde aanzetten. En dat was inmiddels jaren geleden.

Sindsdien had hij af en toe plukken haar afgesneden door er met een mes op aan te vallen terwijl hij naakt in het ijskoude water van de stroom onder zijn hut zat. Maar nu hij met een schaar in de ene hand en het moordwapen in de andere in de vieze badkamer van dit politiebureau stond, leek wat hem te doen stond iets onmogelijks.

Bijna een uur lang hakte en schraapte hij er tandenknarsend van de pijn op los, waarbij hij af en toe het zanderige stuk zeep dat hem samen met het mes in bruikleen was gegeven over zijn gezicht haalde. Hij probeerde zo oppervlakkig mogelijk te ademen vanwege de doordringende stank van urine die naast de pot terecht was gekomen, oude tabaksrook die zich in de metselspecie tussen de bleekblauwe tegels had vastgezet en de antiseptische geur van het van overheidswege verstrekte wc-papier.

Langzaam begon er in de spiegel een gezicht te verschijnen, dat Pekkala maar nauwelijks herkende. Toen de baard ten slotte helemaal weggeschoren was, zaten zijn wangen onder het bloed, evenals zijn bovenlip en de plekjes net onder zijn oren. Hij liep naar een hoek van het vertrek waar hij spinnenwebben had gezien en pakte er een paar van, die hij over zijn wonden legde om het bloeden te stelpen.

Toen hij de badkamer verliet, zag hij dat zijn oude kleren, die onder de verfspatten zaten, waren weggehaald. Er lagen nu andere kleren, en hij was hogelijk verbaasd om te zien dat dit de kleren waren die hij aan had gehad tijdens zijn arrestatie. Zelfs die hadden ze bewaard. Hij trok het grijze kraagloze hemd, de zware zwarte molton broek en een vest van zwarte wol met vier zakken aan. Onder de stoel stond een paar zware enkelhoge schoenen met daarin, netjes opgerold, een paar voetwindselen, *portyanki* geheten.

Hij sloeg de riem met de holster over zijn schouder en gespte die om zijn middel dicht. Hij schoof de holster op totdat de kolf van de Webley links onder zijn ribbenkast hing, zodat hij in één vloeiende beweging de revolver kon trekken en kon vuren – een methode die hem meer dan eens het leven had gered.

Het laatste kledingstuk was een nauwsluitende jas van dezelfde zwarte wol als het vest. De revers liep door naar de linkerkant van zijn borst zoals bij een dubbelknoops colbert, maar er waren verborgen knopen, die niet te zien waren als je de jas dichtknoopte. De jas viel over zijn knieën, en de kraag was smal, anders dan bij de gewone Russische legerjas. Ten slotte bevestigde Pekkala het smaragden oog onder de revers van zijn jas.

Hij wierp in de spiegel weer een blik op zijn gezicht. Voorzichtig streek hij met zijn ruwe vingertoppen over de verweerde huid onder zijn ogen, alsof hij er niet helemaal zeker van was wie hem daar aanstaarde.

Toen liep hij terug naar de kamer van Anton. De deur was dicht. Hij klopte.

'Binnen!' klonk het scherp.

Anton zat met zijn voeten op het bureau een sigaret te roken.

De asbak was bijna vol. Enkele peuken lagen nog te smeulen. Er hing een blauwe rookwalm in de kamer.

Er was geen tweede stoel, dus bleef Pekkala staan.

'Dat is beter,' zei Anton, terwijl hij zijn voeten weer op de vloer zette, 'maar niet veel.' Hij vouwde zijn handen en legde ze op het bureau. 'Je weet wie je heeft laten roepen?'

'Kameraad Stalin,' zei Pekkala.

Anton knikte.

'Is het waar dat ze hem de rode tsaar noemen?' vroeg Pekkala.

'Niet waar hij bij is,' zei Anton. 'Tenminste niet als ze willen blijven leven.'

'Als het door hem komt dat ik hier ben,' vervolgde Pekkala, 'laat me dan met hém praten.'

Anton lachte. 'Je vraagt kameraad Stalin niet te spreken. Je wacht totdat hij jou te spreken vraagt, en als dat ooit gebeurt heb je een gesprek. Maar ondertussen is er werk aan de winkel.'

'Je weet wat er met mij is gebeurd in de Boetyrka-gevangenis.'

'Ja.'

'Stalin was daar verantwoordelijk voor. Persoonlijk verantwoordelijk.'

'Sindsdien heeft hij grote dingen gedaan voor dit land.'

'En jij bent ook verantwoordelijk,' wierp Pekkala tegen.

Antons gevouwen handen balden zich samen tot één brok vlees en botten. 'Daar kun je verschillend over denken.'

'Je doelt op het verschil tussen degene die martelt en degene die wordt gemarteld?'

Anton schraapte zijn keel in een poging zijn kalmte te bewaren. 'Wat ik bedoel is dat we verschillende wegen hebben bewandeld, jij en ik. De mijne heeft mij aan deze kant van het bureau gebracht.' Om zijn woorden kracht bij te zetten klopte hij op het hout. 'En die van jou heeft ervoor gezorgd dat jij nu daar staat. Ik ben nu officier bij het Bureau Speciale Operaties.'

'Wat willen jullie van me?'

Anton stond op en sloot de deur. 'We willen dat je een misdaad onderzoekt.'

'Zijn er in het land dan geen opsporingsambtenaren meer te vinden?'

'We hebben jou hiervoor nodig.'

'Is het een moord?' vroeg Pekkala. 'Of een vermissing?'

'Zou kunnen,' zei Anton zachtjes, nog steeds met zijn gezicht naar de deur. 'Maar het zou ook kunnen van niet.'

'Moet ik eerst raadseltjes voor je oplossen voordat ik aan het werk kan?'

Anton draaide zich om en keek hem aan. 'Het gaat om de Romanovs. Om de tsaar, zijn vrouw, zijn kinderen. Om hen allen.'

Bij het horen van deze namen kwamen Pekkala weer oude nachtmerries voor de geest. 'Maar die zijn terechtgesteld,' zei hij. 'Die zaak is jaren geleden al afgesloten. De revolutionaire regering beroemde zich er zelfs op dat ze hen hadden geëxecuteerd!'

Anton liep terug naar zijn bureau. 'We hebben inderdaad gezegd dat we de executies hadden uitgevoerd. Maar zoals je misschien weet, waren er geen lijken die als bewijs konden dienen.'

Een briesje met de muffe geur van naderende regen woei door het open raam naar binnen.

'Je bedoelt dat je niet weet waar de lichamen zijn?'

Anton knikte. 'Zo is het.'

'Dus het is een kwestie van vermissing?' zei Pekkala. 'Wil je soms beweren dat de tsaar nog in leven is?' Het schuldgevoel omdat de Romanovs aan hun lot waren overgelaten voelde aan als een kogel in zijn borst. Ondanks de berichten over de executies waren Pekkala's twijfels nooit helemaal verdwenen, maar hij had niet gedacht dat hij die ooit nog eens door een officier van het Rode Leger bevestigd zou horen.

Anton keek zenuwachtig de kamer rond, alsof hij verwachtte in het rokerige waas ineens een luistervink te zien opduiken. Hij stond op, liep naar het raam en keek de steeg in die langs het pand liep. Toen sloot hij de luiken. De kamer werd gehuld in een naar paars zwemend halfduister. 'De tsaar en zijn gezin zijn overgebracht naar de stad Jekaterinenburg, die nu Sverdlovsk heet.'

'Dat is maar een paar dagen rijden hiervandaan.'

'Ja. We kozen voor Sverdlovsk omdat het zo afgelegen ligt. We liepen daar niet de kans dat iemand hen zou proberen te redden. Dat dachten we tenminste. Toen de familie daar aankwam, zijn ze ondergebracht in het huis van een koopman die Ipatjev heette.'

'Wat waren jullie van plan met hen te doen?'

'Het was niet duidelijk wat er met hen moest gebeuren. Vanaf het moment dat de familie Romanov in Petrograd was gearresteerd, was ze een blok aan ons been. Zolang de tsaar leefde zouden de tegenstanders van de revolutie aan hem hun legitimiteit ontlenen.

Maar als we hem afmaakten, zou de hele wereld zich tegen ons keren. Er werd besloten de Romanovs in leven te houden totdat de nieuwe regering stevig in het zadel zat. Dan zou de tsaar worden berecht. Moskou zou rechters sturen. De hele zaak zou zo veel mogelijk in de openbaarheid worden afgehandeld. De kranten zouden verslag doen van het proces. Op het platteland zouden overal volkscommissarissen klaarstaan om de gerechtelijke procedure uit te leggen.'

'En dan zou de tsaar schuldig worden bevonden.'

Anton maakte een wegwerpgebaar, alsof dat er niet toe deed. 'Natuurlijk, maar een proces zou de gang van zaken legitimeren.'

'En wat waren jullie dan van plan met de tsaar te doen?'

'Het vuurpeloton, waarschijnlijk. Of we zouden hem hebben kunnen ophangen. Over de details was nog geen besluit genomen.'

'En zijn vrouw, zijn vier dochters en zijn zoon? Zouden jullie die ook hebben opgehangen?'

'Nee! Als we hen hadden willen doden, zouden we nooit de moeite hebben genomen de Romanovs helemaal naar Sverdlovsk te brengen. Het laatste wat we wilden was van de kinderen martelaren maken. Het ging ons er juist om te bewijzen dat de revolutie niet het werk was van barbaren.'

'Wat wilden jullie dan doen met de rest van de familie?'

'Ze zouden worden overgeleverd aan de Britten, in ruil voor hun officiële steun voor de nieuwe regering.'

In de ogen van Lenin moet het een eenvoudig plan hebben geleken. Maar juist dat soort plannen gaat altijd mis, dacht Pekkala. 'En wat is er in plaats daarvan gebeurd?'

Anton ademde langzaam uit. 'We weten het niet precies. Een hele legerdivisie die bekendstond als het Tsjecho-Slowaakse Legioen was in mei 1918 aan het muiten geslagen toen ze van de nieuwe regering de opdracht hadden gekregen de wapens neer te leggen. Velen van hen waren deserteurs uit het Oostenrijks-Hongaarse leger die zich al in een vroeg stadium van de oorlog aan Russische zijde hadden geschaard. Deze jongens hadden jarenlang aan het front gevochten en waren niet van plan hun geweren aan de wilgen te hangen en zich bij het Rode Leger aan te sluiten. In plaats daarvan sloten ze zich aaneen tot een aparte legermacht.'

'De Witten,' zei Pekkala. In de jaren na de revolutie zaten de goelagkampen propvol met duizenden voormalige officieren van het Witte Leger. Zij hadden altijd de ergste mishandelingen te verduren. Slechts enkelen overleefden de eerste winter.

'Omdat de oorlog nog in volle gang was, konden de Tsjechen en Slowaken niet terug naar hun eigen land,' vervolgde Anton, 'dus besloten ze oostwaarts langs de Trans-Siberische spoorlijn te trekken, over de hele breedte van het land. Ze wilden, zodra ze Wladiwostok bereikten, scheep gaan en oostwaarts naar Frankrijk varen om daar weer voor de geallieerden te gaan vechten. Ze waren zwaar bewapend en hun militaire discipline was nog intact. We konden ze met geen mogelijkheid tegenhouden. Overal waar ze langs de spoorlijn kwamen, waren de garnizoenen van het Rode Leger leeggelopen of gedecimeerd.'

'De spoorlijn loopt net ten zuiden van Sverdlovsk,' zei Pekkala. Hij begon te begrijpen waarom het plan was mislukt.

'Ja,' zei Anton. 'De Witten zouden de stad zeker innemen. En dan zouden de Romanovs worden bevrijd.'

'Dus gaf Lenin bevel hen te doden?'

'Dat zou hij hebben kunnen doen, maar hij deed het niet.' Anton leek geheel verpletterd te zijn door de gebeurtenissen die hij beschreef. Op de hoogte zijn van deze feiten was al levensgevaarlijk. Er hardop over spreken was regelrecht suïcidaal. 'Er was zo vaak vals alarm – Roden werden aangezien voor Witten, kuddes koeien voor cavaleristen, onweer voor kanonvuur. Lenin was bang dat de mannen die de Romanovs bewaakten in paniek zouden raken als ze bevel kregen hen te executeren. En ze zouden de tsaar en zijn gezin trouwens toch wel doodschieten, of de Tsjechen nu pogingen deden om hen te bevrijden of niet.' Anton sloeg zijn handen voor zijn gezicht en drukte zijn vingertoppen tegen zijn gesloten oogleden. 'Uiteindelijk maakte het niets uit.'

'Wat is er gebeurd?' vroeg Pekkala. Het was inmiddels gaan regenen, en de druppels tikten tegen de luiken.

'Er kwam een man naar het huis waar de Romanovs verbleven. Hij gaf zich uit voor een officier van het Rode Leger en zei dat de

Witten eraan kwamen. Hij gaf de bewakers opdracht twee gewapende mannen achter te laten ter bewaking van het huis en aan de rand van de stad een wegversperring op te richten. Ze hadden geen redenen om te twijfelen aan de bevelen; iedereen wist dat de Witten in de buurt waren. Ze richtten dus een wegversperring op zoals hun was opgedragen. Maar de Witten kwamen niet. De officier was een bedrieger. Toen de soldaten van het Rode Leger terugkwamen bij het huis van Ipatjev ontdekten ze dat de Romanovs weg waren. De twee achtergebleven bewakers waren doodgeschoten en lagen in de kelder.'

'Hoe weet je dit allemaal?' vroeg Pekkala. 'Hoe weet je dat dit niet weer zo'n fantasieverhaal is om de mensen te misleiden?'

'Omdat ik erbij was!' antwoordde Anton met irritatie in zijn stem, alsof dit een geheim was dat hij had gehoopt voor zich te kunnen houden. 'Ik was twee jaar daarvoor in dienst gekomen van de geheime politie.'

De Tsjeka, dacht Pekkala. De Tsjeka, die bij het begin van de revolutie was opgericht onder leiding van een Poolse moordenaar die Felix Dzerzjinsky heette, had al snel naam gekregen als doodseskader en was verantwoordelijk voor moorden, martelingen en verdwijningen. Net als Lenin en Stalin had de Tsjeka een naamsverandering ondergaan, eerst in GPOE en vervolgens in OGPOE, maar de moorddadige inslag was hetzelfde gebleven. Veel van de oorspronkelijke leden van de Tsjeka zijn zelf ook ten onder gegaan in de ondergrondse kamers waar de beulen hun werk deden.

'Twee maanden voordat de Romanovs verdwenen,' vervolgde Anton, 'kreeg ik bevel om met een officier die Joerovski heette mee te gaan naar Sverdlovsk. Daar nam een aantal mensen van ons de bewaking van de Romanovs over van een lokale militie-eenheid. Vanaf dat moment waren wij verantwoordelijk voor de tsaar en zijn gezin. Op de avond dat ze verdwenen zijn had ik geen dienst. Ik zat in de herberg toen ik hoorde van het bevel een wegversperring op te zetten. Ik ben meteen gaan kijken, en toen we weer in het huis van Ipatjev kwamen, waren de Romanovs weg en waren de twee achtergebleven bewakers gedood.'

'Heb je een onderzoek ingesteld?'

'Daar was geen tijd voor. De Witten naderden de stad. We moesten zorgen dat we wegkwamen. Toen het Witte Leger twee dagen later de stad introk, hebben zij een onderzoek ingesteld. Maar de Romanovs zijn nooit gevonden, levend noch dood. Toen de Witten weg waren en wij het weer voor het zeggen hadden in Sverdlovsk, bleken verdere naspeuringen niks op te leveren. De tsaar en zijn gezin leken van de aardbodem verdwenen.'

'Dus in plaats van toe te geven dat de Romanovs waren ontsnapt, koos Lenin ervoor om te zeggen dat ze gedood waren.'

Anton knikte vermoeid. 'Maar toen begonnen de geruchten. Van over de hele wereld kwamen berichten dat ze gesignaleerd waren, met name de kinderen. En elke keer als er zo'n verhaal opdook, hoe ongelooflijk het ook klonk, stuurden we een agent om het te onderzoeken. Weet je dat we zelfs een keer een man naar Tahiti hebben gestuurd, omdat een zeekapitein had gezegd dat hij iemand had gezien die sprekend leek op prinses Maria? Maar al die geruchten bleken vals te zijn. Dus hebben we gewacht. Elke dag verwachtten we het bericht dat de Romanovs waren opgedoken in China, in Parijs of in Londen. Het leek slechts een kwestie van tijd. Maar de jaren verstreken. Er kwamen minder meldingen dat ze waren gesignaleerd. Geen nieuwe geruchten. We begonnen al te denken dat we misschien nooit meer iets van de Romanovs zouden horen. Maar twee weken geleden werd ik ineens gebeld door het Bureau Speciale Operaties. Ze zeiden dat zich onlangs een man had gemeld die beweerde dat de lichamen van de Romanovs in een verlaten mijnschacht in de buurt van Sverdlovsk gegooid waren. Hij heeft gezegd dat Pekkala zelf daar getuige van is geweest.'

'En waar is deze man?' vroeg Pekkala.

Het was inmiddels harder gaan regenen, en de plensbui veroorzaakte een niet-aflatend geraas op het dak, alsof er boven hun hoofd een trein voorbijreed.

'In Vodovenko. Een instelling voor krankzinnige misdadigers.'

'Krankzinnige misdadigers?' bromde Pekkala. 'Bestaat die mijnschacht eigenlijk wel?'

'Ja. Ze hebben vastgesteld waar die is.'

'En de lichamen? Hebben ze die gevonden?' Er ging een rilling door Pekkala heen toen hij zich voorstelde hoe de skeletten daar onder in die mijnschacht door elkaar lagen. Hij had vaak gedroomd over de moorden, maar die nachtmerries eindigden altijd op het moment van hun dood. Tot nu toe was Pekkala niet gekweld geweest door beelden van hun halfvergane lijken.

'De mijnschacht is afgesloten zodra het nieuws het Bureau bereikte. Voor zover we weten is de plaats waar het gebeurd zou zijn nog ongerept.'

'Ik begrijp nog steeds niet waarom ze mij hiervoor nodig hebben,' zei Pekkala.

'Jij bent de enige nog levende persoon die de Romanovs persoonlijk heeft meegemaakt en die ook getraind is in recherchewerk. Jij kunt de lichamen identificeren. Vergissingen moeten worden uitgesloten.'

Pekkala aarzelde even voordat hij sprak. 'Dat verklaart wel waarom Stalin mij heeft laten roepen, maar niet wat jij hier doet.'

Anton opende zijn handen en schoof ze toen behoedzaam weer in elkaar. 'Bij het Bureau dachten ze dat het misschien zou helpen als hun aanbod aan je zou worden doorgegeven door iemand die je vertrouwd is.'

'Aanbod?' zei Pekkala. 'Hoezo, aanbod?'

'Na een succesvolle afronding van dit onderzoek zal je veroordeling tot de goelag worden herroepen. Je wordt in vrijheid gesteld en mag het land uit. Dan kun je gaan en staan waar je maar wilt.'

Pekkala's eerste opwelling was om het niet te geloven. Hij had in het verleden te veel leugens moeten aanhoren om het aanbod serieus te nemen. 'En wat zit er voor jou aan vast?'

'Deze promotie is mijn beloning,' antwoordde Anton. 'Het maakte sinds de verdwijning van de Romanovs niet uit hoe hard ik werkte of hoe loyaal ik was, ik werd altijd gepasseerd. Tot vorige week zat ik als korporaal in een raamloos kamertje in Moskou. Mijn taak was om brieven open te stomen en alles vast te leggen wat leek op kritiek op de regering. Het zag ernaar uit dat ik nooit een stap verder zou komen. Toen belde het Bureau.' Anton leunde achterover op zijn stoel. 'Als het onderzoek iets oplevert, krijgen we allebei een tweede kans.'

'En zo niet?' vroeg Pekkala.

'Dan moet jij terug naar Borodok,' zei Anton, 'en ik ga weer brieven open stomen.'

'En de volkscommissaris?' vroeg Pekkala. 'Wat doet hij hier?'

'Kirov? Hij is nog een kind. Hij volgde een opleiding tot kok totdat ze zijn school sloten en hem overplaatsten naar de politieke academie. Dit is zijn eerste opdracht. Officieel is Kirov onze politieke contactpersoon, maar hij weet niet eens waar het onderzoek over gaat.'

'Wanneer was je van plan hem dat te vertellen?'

'Zodra je ermee akkoord gaat om te helpen.'

'Politieke contactpersoon,' zei Pekkala. 'Blijkbaar vertrouwt dat Bureau van jou ons allebei niet.'

'Daar moet je maar aan wennen,' zei Anton. 'Ze vertrouwen niemand meer.'

Pekkala schudde langzaam en ongelovig zijn hoofd. 'Gefeliciteerd,' zei hij.

'Waarmee?'

'Met de chaos die jullie van dit land hebben gemaakt.'

Anton stond op. Zijn stoel schoot achteruit. 'De tsaar heeft gekregen wat hij verdiende, en jij ook.'

Ze stonden als kemphanen tegenover elkaar, met tussen hen in de barricade van het bureau.

'Vader zou trots op je geweest zijn,' zei Pekkala, niet in staat zijn afkeer te verbergen.

Bij de verwijzing naar hun vader knapte er iets bij Anton. Hij sprong over het bureau heen, haalde uit en gaf Pekkala een klap op zijn hoofd.

Pekkala zag sterretjes. Hij wankelde achteruit, maar hervond zijn evenwicht.

Anton haalde nog een keer uit en trof zijn broer op de borst.

Het duizelde Pekkala. Met een kreet sloeg hij zijn armen om Anton heen en omklemde hem.

De twee mannen tuimelden naar achteren en vielen door de kamerdeur heen, waarvan het dunne hout het meteen begaf en versplinterde. Ze stortten neer in de smalle gang. Anton raakte als eerste de grond. Pekkala viel boven op hem.

Even waren ze allebei verbijsterd.

Toen greep Anton Pekkala bij zijn keel.

De twee mannen keken elkaar aan met van haat vervulde ogen.

'Je zei dat het nu anders was,' zei Pekkala. 'Maar je had het mis. Er is tussen ons niets veranderd.'

Anton, die zijn woede niet kon onderdrukken, rukte het pistool van zijn riem en zette de loop tegen de slaap van zijn broer.

Al op de dag van zijn aankomst in Petrograd werd Pekkala ingelijfd als cadet in het Fins Garderegiment.

Het duurde niet lang voordat hij vernam waarom Anton uit het korps was verwijderd.

Anton was ervan beschuldigd dat hij geld had gestolen uit de opbergkist van een andere cadet. Eerst had hij het ontkend. Er was geen bewijs, alleen was het wel toevallig dat hij plotseling geld te besteden had, precies op het moment dat de andere cadet het miste. Maar diezelfde avond nog, toen de bestolen cadet de rekruut in het stapelbed naast hem vertelde van zijn verlies, viel het hem op dat er iets op zijn nachtkastje lag. Hij ging op de rand van zijn bed zitten en boog zich voorover om zijn stem niet te hoeven verheffen. Toen hij onwillekeurig zijn warme adem over het gladde oppervlak van het nachtkastje blies, werd daarop een spookachtige handafdruk zichtbaar. De afdruk was niet van zijn eigen hand, noch van die van een van de zes andere cadetten met wie hij de kamer deelde. De sergeant werd erbij geroepen, en hij gaf opdracht de handafdruk van Anton te vergelijken met die op het nachtkastje.

Toen de handafdrukken overeen bleken te stemmen, bekende Anton, maar hij voerde daarbij aan dat het slechts om een klein bedrag ging.

Het bedrag deed er echter niet toe. Volgens de regels van de Finse Garde werden in de kazerne geen deuren afgesloten, er werden geen sleutels gebruikt en diefstal werd altijd bestraft met degradatie en verwijdering uit het regiment. Toen Anton terugkwam van het verhoor door de commandant, waren zijn koffers al ingepakt.

Twee hoge officieren begeleidden Anton naar de kazernepoort, waar ze hem zonder een woord van afscheid de rug toekeerden en het terrein weer op liepen. De poort werd gesloten en afgegrendeld.

Op zijn eerste dag als cadet moest Pekkala op de kamer van de commandant komen. Pekkala was bezorgd omdat hij nog niet wist hoe hij zich bij een officier moest melden en hoe hij moest groeten. Onderweg naar de commandant stak Pekkala het exercitieplein over, waar pelotons nieuwe rekruten langs hem heen schuifelden onder de schrille kreten van sergeants die hen en hun voorouders vervloekten en naar de hel wensten.

In de wachtkamer werd Pekkala opgewacht door een lange, onberispelijk geklede gardist. De kleding van de gardist was van een lichtere tint dan die van de rekruten. Over zijn uniformjas droeg hij een riem met op de zware koperen gesp een afdruk van de tweekoppige adelaar uit het wapen van de tsaar. Een pet met een korte klep bedekte de helft van zijn gezicht.

Toen de gardist zijn hoofd ophief en hem recht in de ogen keek, kreeg Pekkala een gevoel alsof er lampen in zijn gezicht schenen.

Met een stem die nauwelijks luider klonk dan gefluister vertelde de gardist Pekkala dat hij zijn rug recht en zijn hielen tegen elkaar diende houden als hij voor de commandant stond.

'Laat eens zien hoe je dat doet,' zei de gardist.

Pekkala deed zijn uiterste best.

'Niet achteroverbuigen,' zei de gardist.

Pekkala kon er niets aan doen. Al zijn spieren waren zo verkrampt dat hij zich nauwelijks kon bewegen.

De gardist pakte de ruwe grijze wollen stof van Pekkala's jasje vast en trok zijn uniform recht. 'Als de commandant iets tegen je zegt, antwoord je niet met: "Ja, commandant." Je zegt dan alleen: "Commandant." Maar als het antwoord op de vraag "nee" is, zeg je: "Nee, commandant." Heb je dat begrepen?'

'Commandant.'

De gardist schudde zijn hoofd. Je noemt mij niet commandant. Ik ben geen officier.'

De regels die in deze vreemde wereld golden zoemden door Pekkala's hoofd als bijen in een korf. Het leek hem onmogelijk dat hij dit allemaal ooit zou beheersen. Als iemand hem op dat moment de kans zou hebben geboden om naar huis te gaan, zou hij die hebben aangegrepen. Maar tegelijkertijd was Pekkala bang dat dit juist de reden was dat de commandant hem bij zich had geroepen.

Het leek alsof de gardist zijn gedachten kon lezen. 'Je hebt niets te vrezen,' zei hij. Toen draaide hij zich om en klopte op de deur van de commandants kamer. Zonder op antwoord van binnen te wachten opende hij de deur en beduidde Pekkala met een knikje dat hij naar binnen moest gaan.

De commandant was een man die Parainen heette. Hij was lang en mager, en zijn onderkaak en jukbeenderen waren zo hoekig dat het leek alsof zijn schedel van gebroken glas was.

'Jij bent de broer van Anton Pekkala?'

'Commandant.'

'Heb je nog iets van hem gehoord?'

'De laatste tijd niet, commandant.'

De commandant krabde aan zijn hals. 'Hij had een maand geleden bij ons terug moeten zijn.'

'Terug moeten zijn?' zei Pekkala. 'Maar hij was toch van hier verwijderd!'

'Niet verwijderd. Gesuspendeerd. Dat is niet hetzelfde.'

'Wat betekent dat dan?' vroeg Pekkala, waarna hij er alsnog aan toe voegde: 'commandant.'

'Het was slechts een tijdelijke opschorting van de dienst,' verklaarde Parainen. 'Als het nog een keer zou gebeuren, zou hij voorgoed verwijderd worden. We hebben clementie met onze cadetten.'

'En waarom is hij niet teruggekomen?' vroeg Pekkala.

De commandant haalde zijn schouders op. 'Misschien is hij tot de slotsom gekomen dat dit leven niets voor hem was.'

'Dat kan niet, commandant. Dit was het enige wat hij in het leven wilde.'

'Mensen veranderen. En bovendien ben jij nu hier om zijn plaats in te nemen.' De commandant kwam overeind. Hij liep naar het raam, dat uitkeek over de kazerne en de stad daarachter. Het loodgrijze licht van de wintermiddag scheen op zijn gezicht. 'Ik wil dat je weet dat jij niet verantwoordelijk wordt gehouden voor wat je broer heeft gedaan. Jij krijgt dezelfde kansen als iedereen. Dus als je mislukt, zoals velen, zul je daar zelf schuld aan hebben. En als je slaagt, zal dat het resultaat zijn van jouw eigen daden, van niemand anders. Klinkt dat redelijk in jouw oren?'

'Commandant,' zei Pekkala. 'Jazeker.'

In de daaropvolgende weken leerde Pekkala marcheren en schieten en leven op een manier die geen ruimte liet voor enig privéleven, afgezien van wat er in je hoofd opkomt en je dan zorgvuldig voor je houdt. Je zou daar in de kazerne van het Fins Regiment, te midden van al die jonge mannen uit Helsinki, Kauhava en Turku, bijna kunnen vergeten dat je je geboorteland had verlaten. Velen hadden nooit van iets anders gedroomd dan van een leven als gardist in het Fins Regiment. Voor sommigen was het een familietraditie van vele generaties.

Af en toe had Pekkala een gevoel alsof hij ontwaakt was in de huid van een ander mens. Degene die hij was geweest trok zich langzamerhand terug in het duister, net als de doden die hij thuis had begeleid op hun laatste reis.

Maar op een dag veranderde dat allemaal.

Terwijl de loop van Antons pistool in zijn slaap prikte, sloot Pekkala langzaam zijn ogen. Er was op zijn gezicht geen angst te zien, maar alleen een soort afwachtende kalmte, alsof hij lang op dit moment had gewacht. 'Ga je gang,' fluisterde hij.

In de gang klonken voetstappen. Het was Kirov, de jonge volkscommissaris. 'Die politieman is ervandoor,' zei hij, terwijl hij de kamer in kwam. Toen hij zag dat Anton een pistool tegen Pekkala's hoofd hield, bleef hij staan.

Met een onverstaanbare vloek ontspande Anton de hand waarmee hij de keel van zijn broer omklemde.

Pekkala rolde naar lucht happend opzij.

Kirov staarde met verbazing naar hen. 'Als u klaar bent met vechten, commandant,' zei hij tegen Anton, 'zou u me misschien kunnen uitleggen waarom iedereen zo verdomd zenuwachtig wordt van uw broer.'

Pekkala's loopbaan ging van start met een paard.

Halverwege hun opleiding werden de cadetten naar de stallen gestuurd om te leren paardrijden.

Pekkala wist van thuis wel hoe je omgaat met een paard dat voor een wagen gespannen was, maar hij had nog nooit zelf een paard bereden.

Het vooruitzicht verontrustte hem niet. Tenslotte wist ik voordat ik hier kwam ook niets van schieten en marcheren, dacht hij bij zichzelf, en die dingen zijn voor mij niet moeilijker gebleken dan ze voor een ander zijn.

De training verliep aanvankelijk soepel, en de rekruten leerden een paard zadelen, op- en afstijgen en het dier om een aantal houten vaten heen leiden. De paarden waren zelf zo vertrouwd met deze gang van zaken dat Pekkala niet meer hoefde te doen dan zorgen dat hij er niet af viel.

De volgende opdracht was om te paard over een hek te springen dat in een grote overdekte piste stond opgesteld. De sergeant die verantwoordelijk was voor de oefening was een nieuweling. Hij had boven het hek, vastgespijkerd aan de palen ter weerszijden, prikkeldraad laten aanbrengen. Hij hield de cadetten voor dat het niet voldoende was om maar gewoon op een paard te gaan zitten en het dingen te laten doen die het net zo goed zonder ruiter afkon.

'Er moet een band zijn tussen paard en ruiter,' zei hij tegen hen, ingenomen met de wijze waarop zijn stem in de besloten ruimte van de manege resoneerde. 'Zolang jullie mij niet kunnen tonen dat je die hebt, zal ik jullie toelating tot het regiment niet goedkeuren.'

Zodra de paarden het glinsterende prikkelraad boven het hek zagen, werden ze nerveus en weigerachtig en rammelden ze met het bit tussen hun tanden. Sommige paarden weigerden te springen, steigerden bij het hek en gooiden de cadet die hen bereed eraf. Pekkala's paard draaide opzij en ramde het hek, zodat Pekkala eroverheen werd geworpen. Hij kwam op zijn schouder terecht en rolde over de harde grond. Toen hij weer overeind stond, met strootjes in zijn haren, was de sergeant al bezig aantekeningen te maken in zijn opschrijfboekje.

Slechts enkele paarden wisten de eerste sprong goed uit te voeren, maar het merendeel raakte het prikkeldraad, waardoor ze aan benen of buik gewond raakten.

De sergeant gaf de cadetten opdracht het opnieuw te proberen.

Een uur later, na diverse pogingen, was slechts de helft van de cadetten erin geslaagd zijn paard over het hek te laten springen. De grond was besprenkeld met bloeddruppels, alsof er een doos met knopen van rood glas over was uitgestort.

De cadetten gingen in de houding staan, de teugels van hun bevende paarden in de hand.

De sergeant besefte inmiddels dat hij het verkeerd had aangepakt, maar hij kon zonder gezichtsverlies geen stap terug doen. Hij was hees geworden van al zijn geschreeuw, en als hij nu iets riep, klonk hij eerder als iemand die op het randje van hysterie verkeert dan als een man die alles in de hand heeft.

Elke keer als een paard tegen het hek opbotste – met een holle dreun als het dier met zijn zij tegen planken stootte, hoefgetrappel en gekreun van de ruiter, die hard neerkwam – krompen de andere paarden en cadetten ineen, alsof er een stroomstoot door hun lijf ging. Een van de jongemannen huilde stilletjes terwijl hij op zijn beurt wachtte. Het zou zijn zesde poging worden. Net als Pekkala was hij nog geen enkele keer over het hek gesprongen.

Toen Pekkala aan de beurt was om het opnieuw te proberen, sprong hij in het zadel. Hij keek over het paardenhoofd heen en schatte de afstand tot het hek. Hij zag de krassen op de onderste planken, waar de hoeven tegen het hout hadden geschuurd.

De sergeant ging aan de kant staan, met zijn opschrijfboekje in de aanslag.

Pekkala stond op het punt om zijn hakken in de flank van het paard te duwen en nogmaals op het hek af te stormen. Hij twijfelde er niet aan dat hij er weer af gegooid zou worden en had zich daar al bij neergelegd. Dat accepteerde hij, maar ineens verzette hij zich ertegen dat hij met zijn paard tegen het hek met de omlijsting van bebloed prikkeldraad op zou moeten rijden. Net zo soepel als hij in het zadel was gesprongen, sprong hij er weer af.

'Ga weer op je paard zitten,' zei de man.

'Nee,' zei Pekkala, 'dat doe ik niet.' Vanuit zijn ooghoeken dacht Pekkala opluchting te zien in de ogen van de andere cadetten. Opluchting dat hieraan nu een einde zou komen en opluchting dat zij er niet op aangekeken zouden worden.

Nu begon de sergeant niet te schreeuwen en te vloeken zoals hij de hele dag had gedaan. Zo kalm als hij kon sloeg hij zijn opschrijfboekje dicht en liet het in het borstzakje van zijn uniformjasje glijden. Hij vouwde zijn handen achter zijn rug, liep naar Pekkala toe en ging zo dicht bij hem staan dat hun gezichten elkaar bijna raakten. 'Ik geef je nog één kans,' zei hij, en nu was zijn vermoeide stem nog slechts een gefluister.

'Nee,' zei Pekkala weer.

De sergeant kwam nog dichter bij hem staan en bracht zijn lippen naar Pekkala's oor. 'Luister,' zei hij. 'Het enige wat ik van je vraag, is dat je probeert te springen. Als het niet lukt, zal ik je dat niet kwalijk nemen. Na jouw sprong zal ik zelfs voor vandaag de verdere training afblazen. Maar jij gaat op dat paard zitten en je doet wat je gezegd wordt, of ik zal ervoor zorgen dat je oneervol wordt ontslagen als cadet. Dan zal ik je persoonlijk naar de poort brengen en erop toezien dat die achter je rug weer gesloten wordt, net zoals dat met je broer gegaan is. Daarom is het voor mij makkelijk, Pekkala. Omdat iedereen al verwacht dat je zult mislukken.'

Toen ging er een schok door Pekkala heen. Het leek op de terugslag van een afgeschoten pistool, al was er geen geluid te horen geweest. Zoiets vreemds had hij nog nooit gevoeld, en hij was niet de enige die het voelde.

Pekkala en de sergeant draaiden zich op hetzelfde moment om en zagen in het halfduister tussen de stallen en de piste een man staan. Hij droeg een donkergroen uniformjasje en een blauwe broek met een rode bies. Het was een simpel uniform, en toch leken de kleuren te vibreren in de roerloze lucht. De man droeg geen hoofddeksel, en daardoor konden ze goed zien dat het de tsaar in eigen persoon was.

In de open haard op de kamer van het hoofd van de politie knetterde een vuurtje.

'Opsporingsambtenaar?' Kirov ijsbeerde door de kamer, hief zijn handen op en liet ze weer zakken. 'Bedoelt u dat uw broer voor de geheime politie van de tsaar heeft gewerkt?'

Pekkala zat aan het bureau het vaalgele dossier met de rode diagonale streep op het omslag te lezen. In zwarte letters stond op de rode streep geschreven: ZEER GEHEIM. Het woord 'geheim' op zich had geen betekenis meer. Alles was tegenwoordig geheim. Behoedzaam sloeg hij de pagina's om. Hij hield zijn gezicht slechts een handlengte boven het bureau en hij leek zo in gedachten verzonken dat hij niet hoorde hoe de volkscommissaris tekeerging.

'Nee.' Anton zat bij het vuur en strekte zijn handen uit naar de vlammen. 'Hij werkte niet bij de Ochrana.'

'Waar dan wel?'

'Dat zei ik al. Hij werkte voor de tsaar.'

Ze spraken over Pekkala alsof hij er niet bij was.

'Bij welke afdeling?' vroeg Kirov.

'Hij was een afdeling op zichzelf,' verklaarde Anton. 'De tsaar had een solist als opsporingsambtenaar aangesteld, een man met een absoluut gezag, die alleen aan hem verantwoording schuldig was. Zelfs de Ochrana kon hem niet ondervragen. Ze noemden hem het Oog van de Tsaar. Hij was onomkoopbaar en immuun voor bedreigingen. Wie je ook was, hoe rijk je ook was en hoeveel connecties je ook had, niemand had iets te zeggen over het Smaragden Oog, ook de tsaar zelf niet.'

Pekkala keek op van zijn dossier. 'Zo is het wel genoeg,' mompelde hij.

Maar zijn broer praatte door. 'Mijn broer heeft een ijzeren geheugen! Hij kan zich het gezicht herinneren van iedereen die hij ooit heeft ontmoet. Hij heeft die duivelse Grodek achter de tralies gezet. Hij heeft de moordenaar van Maria Balka gedood!' Hij wees naar Pekkala. 'Hij was het Oog van de Tsaar!'

'Nooit van gehoord,' zei Kirov.

'Tja, ik denk niet dat je als kok iets leert over recherchewerk,' zei Anton.

'Chef-kok!' corrigeerde Kirov hem. 'Ik was in opleiding tot chef-kok, niet tot kok.'

'Wat is het verschil?'

'Een groot verschil. Ik zou chef-kok geweest zijn als ze de school niet hadden gesloten.'

'Nou dan, kameraad bijna-chef-kok, dat je niets van hem weet komt doordat er na de revolutie niets meer over hem bekend werd gemaakt. We konden het niet hebben dat de mensen zich gingen afvragen wat er toch gebeurd was met het Oog van de Tsaar. Maar dat geeft niet. Vanaf nu kun je hem gewoon het Oog van de Rode Tsaar noemen.'

'Zo is het wel genoeg, zei ik!' gromde Pekkala.

Anton glimlachte en blies zijn adem langzaam uit, tevreden met de uitwerking van zijn getreiter. 'Mijn broer had het soort macht dat je maar eens in de duizend jaar tegenkomt. Maar hij heeft het allemaal weggegooid. Nietwaar, broer?'

'Loop naar de hel,' zei Pekkala.

De sergeant sprong in de houding.

Als één man klakten de cadetten bij wijze van groet hun hakken tegen elkaar. Het weerklonk als een pistoolschot door de piste.

Zelfs de paarden werden vreemd stil toen de tsaar door de piste naar de mannen toe liep.

Het was de eerste keer dat Pekkala hem zag. Rekruten in opleiding kregen hem doorgaans pas te zien op de dag van hun vaste aanstelling, als ze gekleed in hun mooie, fraai gesneden uniformen voor de familie Romanov paradeerden. Tot dat moment bleef de tsaar op afstand.

En nu was hij daar, zonder zijn gebruikelijke lijfwacht, zonder zijn gevolg van regimentsofficieren: een man van gemiddelde lengte, met smalle schouders en een stramme manier van lopen, waarbij hij telkens de ene voet vlak voor de andere zette. Hij had een breed, glad voorhoofd en door zijn volle, verzorgde baard kreeg zijn gezicht een soort hoekigheid. De tsaar hield zijn ogen half geloken, zodat niet goed te zien was hoe hij keek. Zijn uitdrukking was niet onsympathiek, maar ook niet erg vriendelijk. Hij leek een zekere tevredenheid uit te stralen, maar tegelijkertijd de wens om ergens anders te zijn dan waar hij was.

Meer een masker dan een gezicht, dacht Pekkala.

Pekkala wist dat hij geacht werd de tsaar niet rechtstreeks aan te kijken, maar desondanks staarde hij hem aan. Het was alsof hij een foto tot leven zag komen, alsof een tweedimensionaal beeld ineens de drie dimensies aanneemt van een levend mens.

De tsaar bleef voor de sergeant staan en salueerde ontspannen.

De sergeant beantwoordde de begroeting.

De tsaar wendde zich tot Pekkala. 'Het lijkt erop dat je paard bloedt.' Hij verhief zijn stem niet, maar toch leek die ver te dragen in de grote ruimte van de piste.

'Ja, majesteit.'

'Het lijkt erop dat de meeste dieren bloeden.' Hij keek de sergeant aan. 'Waarom bloeden mijn paarden?'

'Dat hoort bij de opleiding, majesteit,' antwoordde de sergeant met ingehouden adem.

'De paarden zijn al getraind,' zei de tsaar.

De sergeant sprak met neergeslagen ogen, want hij durfde niet op te kijken. 'De opleiding van de rekruten, majesteit.'

'Maar de rekruten bloeden niet.' De tsaar streek met zijn hand door zijn baard. Zijn zware zegelring stak als een gouden knokkel naar voren.

'Nee, majesteit.'

'En wat is er aan de hand met deze rekruut hier?' vroeg de tsaar met een blik op Pekkala.

'Hij weigert te springen.'

De tsaar wendde zich tot Pekkala. 'Is dat waar? Weiger je over het hek te springen?'

'Nee, majesteit. Ik wil het hek wel over, alleen niet op dit paard.'

De tsaar opende zijn ogen even helemaal, waarna hij ze weer half sloot. 'Ik weet niet of de sergeant dat in gedachten had.'

'Majesteit, ik ga niet door met dit paard te verwonden alleen om te bewijzen dat ik dat kan.'

De tsaar haalde diep adem, als iemand die zich op een ferme duik in het water voorbereidt. 'Dan moet ik tot mijn spijt constateren dat je in een dilemma verkeert.' Zonder verder nog een woord te zeggen liep de tsaar weg, langs Pekkala en de paarden met hun in de houding staande berijders. Het enige hoorbare geluid was dat van zijn voetstappen.

Toen de tsaar hun de rug toe had gedraaid, hief de sergeant zijn hoofd op en keek Pekkala aan. Het was een blik van pure haat.

De tsaar liep verder langs het hek, waar hij bleef staan en het bloederige prikkeldraad bekeek.

Toen hij aan het einde van de piste kwam, draaide hij zich op zijn hakken om en keek de soldaten weer aan. 'De oefening is afgelopen,' zei hij. Toen liep hij het halfduister weer in en verdween.

Zodra de tsaar uit het zicht was, kwam de sergeant op Pekkala af. 'Weet je wat er nog meer afgelopen is? Jouw leven als soldaat in het regiment. Je gaat nu terug naar de stallen, je borstelt je paard, je maakt het zadel schoon, je vouwt de deken op en je maakt dat je wegkomt.'

Toen Pekkala zijn paard wegleidde, echoden de schrille bevelen van de sergeant aan de andere cadetten door de piste.

Hij leidde zijn paard naar de stal. Het paard liet zich gewillig naar zijn box brengen, waar Pekkala het zadel losgespte en het hoofdstel afnam. Hij borstelde het paard en zag de spieren trillen onder de zijdezachte bruine vacht. Hij wilde net weglopen om een emmer water te halen en een doek om de wonden aan de voorbenen van het paard te verzorgen, toen hij een menselijk silhouet zag aan de andere kant van de stal, waar deze uitkwam op het kazerneterrein.

Het was de tsaar. Hij was teruggekomen. Of misschien was hij niet eens weg geweest.

Pekkala kon in het halfduister niets onderscheiden behalve de omtrekken van de man. Het was alsof de tsaar was teruggekeerd naar de tweedimensionale vorm waarin Pekkala hem aanvankelijk had aanschouwd.

'Dat was een dure geste,' zei hij. 'De sergeant zal je er wel uit getrapt hebben.'

'Ja, majesteit.'

'Ik zou in jouw plaats ook hebben geweigerd,' zei de tsaar. 'Maar helaas is het niet aan mij om te strijden over de methoden van je training. Als je het opnieuw zou moeten doen, zou je dan wel met dit paard over het hek zijn gesprongen?'

'Nee, majesteit.'

'Maar je zou er zelf wel overheen klauteren?'

'Ja.'

De tsaar schraapte zijn keel. 'Ik verheug me erop dit verhaal te kunnen vertellen. Hoe heet je, cadet?'

'Pekkala.'

'Ah, ja. Je bent hier gekomen om de plaats van je broer in het regiment in te nemen. Ik heb je dossier gelezen. Het is opgevallen dat je een uitstekend geheugen hebt.'

'Dat kost me geen moeite, majesteit. Daar kan ik me niet op beroemen.'

'Toch is het opgevallen. Nou, Pekkala, ik betreur het dat we elkaar maar zo kort hebben gekend.' Hij draaide zich om en wilde weggaan. Het zonlicht weerkaatste op de knopen van zijn uniform. Maar in plaats van weg te lopen, maakte de tsaar nog een halve draai en liep het halfduister van de stal weer in. 'Pekkala?'

'Ja, majesteit?'

'Hoeveel knopen zitten er op mijn uniformjas?'

'Het antwoord is twaalf, majesteit.'

'Twaalf. Aardig geprobeerd, maar...' De tsaar maakte zijn zin niet af. Het silhouet veranderde van vorm toen hij zijn hoofd teleurgesteld boog. 'Nou, tot ziens, cadet Pekkala.'

'Het was geen gok, majesteit. Er zitten twaalf knoppen op uw uniformjas, de knopen op uw manchetten meegeteld.'

Het hoofd van de tsaar schoot overeind. 'Mijn hemel, je hebt gelijk! En wat staat er op die knopen, Pekkala? Welk wapen heb je gezien?'

'Helemaal geen wapen, majesteit. De knopen zijn effen.'

'Ha!' De tsaar liep de stal in. 'Alweer goed!' zei hij.

De twee mannen stonden nu nog maar op een armlengte van elkaar.

Pekkala zag iets in de gelaatsuitdrukking van de tsaar dat hem bekend voorkwam: een diepgeworteld soort berusting, die zo met het karakter van de man verweven was dat die nu evenzeer bij hem hoorde als de kleur van zijn ogen. Pekkala realiseerde zich dat de tsaar een leven leidde dat, net als dat van hemzelf, geen eigen keuze was, maar dat hij had geleerd om het te accepteren. Nu hij naar het gezicht van de tsaar keek, kreeg Pekkala het gevoel dat hij de reflectie van zijn toekomstige zelf bestudeerde.

De tsaar leek de overeenstemming te begrijpen. Hij keek even verwonderd, maar herwon al snel zijn evenwicht. 'En mijn ring,' vroeg hij. 'Heb je misschien gezien wat...?'

'Een of andere vogel met een lange hals. Een zwaan, misschien.'

'Een kraanvogel,' mompelde de tsaar. 'Deze ring heeft ooit toebehoord aan mijn grootvader, Christiaan de Negende van Denemarken. De kraanvogel was zijn persoonlijke teken.'

'Waarom stelt u mij deze vragen, majesteit?'

'Omdat ik denk,' zei de tsaar, 'dat jouw bestemming uiteindelijk toch bij ons ligt.'

Anton staarde weer in het vuur. 'Mijn broer heeft alles opgegeven wat hij had, maar toch heeft hij niet alles opgegeven.'

'Wat betekent dat?' vroeg Kirov.

'Het gerucht gaat dat hij de laatste nog levende persoon is die weet waar de geheime goudreserves van de tsaar liggen.'

'Dat is geen gerucht,' zei Pekkala. 'Dat is een fabeltje.'

'Welke goudreserves?' vroeg Kirov, die er verwarder uitzag dan ooit. 'Ik heb op school geleerd dat alle bezittingen van de tsaar in beslag genomen zijn.'

'Alleen wat ze te pakken konden krijgen,' zei Anton.

'Om hoeveel goud zou het gaan?' vroeg Kirov.

'Dat lijkt niemand precies te weten,' antwoordde Anton. 'Sommigen spreken van meer dan tienduizend staven.'

Kirov wendde zich tot Pekkala. 'En u weet waar die zijn?'

Met een geërgerde blik leunde Pekkala achterover in zijn stoel. 'U kunt geloven wat u wilt, maar ik spreek de waarheid. Ik weet niet waar het goud is.'

'Nou, inspecteur Pekkala,' zei Kirov, die gezag in zijn stem liet doorklinken, 'ik ben hier niet om op zoek te gaan naar goud. Ik ben hier om erop toe te zien dat u zich aan de protocollen houdt.'

'Protocollen?'

'Ja, en als u dat niet doet, heb ik toestemming om dodelijk geweld te gebruiken.'

'Dodelijk geweld,' herhaalde Pekkala. 'Hebt u ooit eerder iemand gedood?'

'Nee,' zei Kirov. 'Maar ik heb op de schietbaan wel geschoten.'

'En de schietschijf, waar was die van gemaakt?'

'Weet ik niet,' snauwde hij. 'Van karton, denk ik.'

'Het is niet zo makkelijk als het doelwit van vlees en bloed is.' Pekkala schoof het rapport over het bureau naar de jeugdige volkscommissaris. 'Leest u dit rapport, en als u daarna nog steeds zin hebt om mij dood te schieten' – hij stak zijn hand in zijn jas, haalde de Webley-revolver tevoorschijn en legde die voor Kirov op het bureau neer – 'dan mag u deze voor de gelegenheid van mij lenen.'

Op bevel van de tsaar trad Pekkala in dienst bij de politie van Petrograd, om later over te stappen naar de staatspolitie, die bekendstond als de gendarmerie, en ten slotte naar de Ochrana, die gevestigd was aan de Fontankastraat.

Daar diende hij onder majoor Vassilejev, een joviale man met een rond hoofd die bij een bomaanslag tien jaar tevoren zowel zijn rechteronderarm als zijn linkeronderbeen had verloren. Vassilejev liep eigenlijk niet, maar strompelde voort alsof hij elk moment voorover kon vallen, waarbij hij zich telkens vlak voordat hij ter aarde leek te storten weer oprichtte. Het kunstbeen bezorgde Vassilejev veel pijn aan de stomp onder zijn knie, en als hij achter zijn bureau zat deed hij de prothese vaak af. Pekkala raakte er algauw aan gewend om het kunstbeen met sok en schoen tezamen met Vassilejevs wandelstok en paraplu tegen de muur te zien staan. Zijn namaakrechterhand was van hout met koperen scharnieren, die hij met zijn linkerhand instelde alvorens er gebruik van te maken, voornamelijk om sigaretten te roken. Hij rookte sigaretten van het merk Markov, die in een rood-met-gouden doosje zaten. Vassilejev had achter zijn bureau een hele plank vol staan met die doosjes.

Op een andere plank stond een zwart uitstalkastje met daarin een scheermes dat half opengevouwen was, zodat het een V vormde.

'Dat is het scheermes van Ockham,' verklaarde Vassilejev.

Pekkala voelde zich dom en zei dat hij nog nooit van Ockham had gehoord. Hij nam aan dat het een grote boef was, die door Vassilejevs toedoen achter de tralies was gezet.

Vassilejev lachte toen hij dit hoorde. 'Het is niet echt het scheermes van Ockham; dat was maar een idee.' Toen hij Pekkala's verwarring zag, legde hij uit: 'In de middeleeuwen heeft William van Ockham, een franciscaner monnik, een van de fundamentele beginselen van het wetenschappelijk onderzoek geformuleerd, en dat is dat de eenvoudigste theorie ter verklaring van de feiten meestal de juiste is.'

'Maar waarom heet dat het scheermes van Ockham?' vroeg Pekkala.

'Ik weet het niet,' moest Vassilejev erkennen. 'Waarschijnlijk omdat je er al het overbodige mee wegsnijdt, zodat je alleen de waarheid overhoudt. Dat zul je moeten leren, wil je het tenminste redden als opsporingsambtenaar.'

Vassilejev stelde Pekkala graag op de proef en stuurde hem weleens de stad in met de opdracht om een bepaalde route te lopen. Vassilejev had er dan ook anderen op uitgestuurd om te noteren wat voor advertenties er aan de muren geplakt waren, wat de krantenkoppen meldden die door jongens met slappe hoeden op de straathoeken aan de man werden gebracht. Geen detail was te min. Bij zijn terugkeer werd Pekkala dan door Vassilejev ondervraagd over alles wat hij had gezien. Waar het om ging, zei Vassilejev, was dat er zoveel te zien was dat dat onmogelijk allemaal genoteerd kon worden, temeer daar hij vaak niet eens wist waar hij naar op zoek was. De bedoeling van de oefening was om Pekkala erop te trainen alles op zo'n manier op te slaan dat hij de informatie in zijn onderbewustzijn kon doorzoeken. Uiteindelijk zou hij, verklaarde Vassilejev, in staat zijn om hem, uitsluitend afgaande op zijn instinct, te zeggen of iets wel of niet klopte.

Ook leerde Pekkala aan arrestatie te ontkomen door in vermomming de hele stad te doorkruisen terwijl andere agenten naar hem zochten. Hij leerde hoe hij zich moest voordoen als taxichauffeur, priester en barman.

Hij maakte een studie van de uitwerking van allerlei vergiffen, hij leerde bommen detoneren en de techniek van het doden met een mes.

En Pekkala kreeg niet alleen instructie in de omgang met allerlei wapens, die hij geblinddoekt uit elkaar moest halen en dan weer in elkaar moest zetten en laden, maar Vassilejev leerde hem ook de geluiden te herkennen van wapens van een verschillend kaliber en zelfs de uiteenlopende klanken van verschillende modellen van hetzelfde kaliber. Pekkala zat dan op een stoel achter een bakstenen muur, terwijl Vassilejev op een stoel aan de andere kant van de muur de verschillende wapens afvuurde en telkens aan Pekkala vroeg welk wapen het was. Bij deze sessies gebeurde het maar zelden dat Vassilejev geen sigaret tussen zijn houten kunstvingers geklemd hield. Pekkala hield de dunne grijze rook in de gaten die vanachter de muur omhoogkringelde en die heen en weer bewoog op het moment dat Vassilejev, vlak voordat hij de trekker van het pistool overhaalde, op de sigaret kauwde.

Bij het begin van het derde jaar van zijn opleiding riep Vassilejev Pekkala naar zijn kamer. Het kunstbeen lag op het bureau, en met behulp van een beitel was Vassilejev begonnen het massieve blok hout dat het dijbeen van de prothese vormde uit te hollen.

Waarom doet u dat?' vroeg Pekkala.

'Nou, je weet nooit wanneer je een geheime plek nodig hebt om waardevolle spullen in op te bergen. Trouwens, dit ellendige ding is te zwaar voor me.' Vassilejev legde de beitel neer en veegde zorgvuldig de houtkrullen in de palm van zijn hand. 'Weet je waarom de tsaar jou heeft uitgekozen voor deze baan?'

'Ik heb het hem nooit gevraagd,' zei Pekkala.

'Hij vertelde me dat hij jou heeft uitgekozen omdat hij nog nooit iemand had meegemaakt die zo'n bijna volmaakt geheugen bezit. En ook omdat je een Fin bent. In de ogen van ons Russen lijken Finnen eigenlijk geen echte mensen.'

'Geen echte mensen?'

'Eerder tovenaars, heksen of magiërs,' zei Vassilejev. 'Weet je dat veel Russen nog steeds geloven dat Finnen vervloekingen kunnen uitspreken? Dat is de reden dat hij zich heeft omringd met het Fins Garderegiment. En dat is de reden dat hij jou eruit heeft gepikt. Maar wij weten allebei dat jij geen tovenaar bent.'

'Ik heb nooit beweerd dat ik dat was,' zei Pekkala.

'Toch hebben sommigen de neiging je daarvoor aan te zien,' zei Vassilejev. 'Zelfs de tsaar. Je moet niet vergeten dat degene die je bent niet altijd dezelfde is als degene die de mensen denken dat je bent. De tsaar heeft jou nog dringender nodig dan hij beseft. Er zijn donkere tijden op komst, Pekkala. Toen ik destijds aan stukken gereten werd, beroofden boeven de banken nog van hun geld, maar inmiddels hebben ze geleerd hoe ze een bank in zijn geheel kunnen roven. Het zal niet lang duren voordat ze het land besturen. Als wij het zover laten komen, Pekkala, zullen jij en ik op een dag wakker worden en ontdekken dat wij de criminelen zijn. En dan zul je de vaardigheden die ik je heb geleerd alleen al nodig hebben om in leven te blijven.'

De volgende ochtend, toen de rode serpentines van de dageraad zich aan de hemel ontrolden, stapten Pekkala, Kirov en Anton in de Emka van de geheime dienst.

De huizen om hen heen zagen er nog dicht uit, en de bewoners lieten zich nog niet zien. Door de gesloten luiken kregen ze de indruk dat die nog sliepen, maar de huizen straalden iets sinisters uit, en alle drie de mannen hadden het gevoel te worden gadegeslagen.

Kirov kroop achter het stuur. Hij was de halve nacht opgebleven om het geheime rapport te lezen en leek nu in een complete shocktoestand te verkeren.

Pekkala had besloten dat ze meteen naar de mijnschacht moesten waar de lichamen in gegooid waren. Volgens Anton, die de plek op zijn kaart had gemarkeerd, lag de mijn aan de rand van Sverdlovsk, ongeveer twee dagen rijden.

Ze waren nog maar een paar minuten onderweg toen ze uit een verlaten huis aan de rand van het dorp een gestalte tevoorschijn zagen komen. Het was de politieman. Hij had zich de hele nacht schuilgehouden en zag er ongewassen uit.

De Emka kwam slippend tot stilstand.

De politieman stond tot aan zijn enkels in een plas midden op de weg. Hij was dronken. Hij bewoog zich als iemand aan dek van een schip op ruwe zee. 'Het kan me niet schelen of hij het Smaragden Oog is of niet!' riep hij. 'Jullie nemen me mee.' Hij strompelde naar de auto, trok zijn dienstwapen en tikte met de loop van het pistool op de autoruit.

'Allemaal eruit,' zei Anton zachtjes.

De drie mannen stapten de modderige weg op.

'We moeten hier weg,' riep de politieman. 'Het hele dorp praat erover dat Pekkala een onderzoek naar mij instelt!' Hij zwaaide met het pistool naar de huizen om hen heen. 'En ze zijn niet van plan dat af te wachten.'

'We hebben belangrijker dingen te doen dan een onderzoek naar jou in te stellen,' zei Anton zonder het pistool uit het oog te verliezen.

'Dat maakt nou niet meer uit!' zei de politieman. 'Als ik hier blijf, scheuren de mensen me aan stukken!'

'Daar had je eerder aan moeten denken,' zei Anton. 'Voordat je die oude man de tanden uit zijn mond schopte. Jij moet op je post blijven. En nu uit de weg, en ga weer aan je werk.'

'Dat kan ik niet.' De politieagent hield zijn vinger in de trekkerbeugel. Hij hoefde zijn vinger maar te krommen en het pistool zou afgaan. En gezien de toestand waarin de man zich kennelijk bevond, leek het net zo waarschijnlijk dat dit per ongeluk als opzettelijk zou kunnen gebeuren. 'Ik sta niet toe dat jullie me hier achterlaten!'

'En ik ga jou niet helpen om te deserteren,' antwoordde Anton.

'Het is geen desertie!' Zijn stem klonk iel in de nog stille ochtendlucht. 'Ik kom terug met versterkingen.'

'Ik kan je niet helpen,' zei Anton. 'Wij hebben ander werk te doen.'

'Het is jouw schuld. Jij hebt die geestverschijning naar mijn dorp gebracht,' zei hij met een knikje naar Pekkala. 'Jij hebt van alles wakker gemaakt dat had moeten blijven slapen.'

'Ga terug naar je post,' zei Anton. 'Je gaat niet met ons mee.'

De politieman trilde alsof de grond onder zijn voeten beefde. Toen schoot zijn arm opeens uit.

Anton staarde ineens in het zwarte gat van de loop van het pistool. Zijn holster was om zijn middel gegespt, maar hij wist dat hij het nooit op tijd zou kunnen bereiken. Hij bleef roerloos staan, met de handen langs zijn lichaam.

'Nou, toe dan,' zei de politieman. 'Geef me maar een excuus.'

Toen greep Kirov naar zijn holster en trok zijn pistool, maar hij verloor zijn grip erop. Het glipte uit zijn vingers. Kirov tastte met lege handen naar de Tokarev, die in de modder smakte. Een blik van angst en verbazing verspreidde zich over zijn gezicht.

De politieagent had het niet eens gemerkt. Hij hield zijn pistool op Anton gericht. 'Toe dan,' zei hij. 'Ik schiet je toch kapot, dus…'

Een enorme knal klonk door de lucht.

Kirov slaakte een kreet van schrik.

Anton keek verwonderd toe hoe de politieman op zijn knieën viel. Aan zijn hals was een witte streep te zien, die meteen daarop overstroomd werd door het bloed dat uit een gat in zijn keel gutste. Langzaam bracht de politieman zijn hand omhoog om de wond te bedekken. Het bloed pulseerde tussen zijn vingers door. Hij knipperde snel met zijn ogen, alsof hij beter probeerde te zien. Toen viel hij voorover in een plas op de weg.

Anton keek naar zijn broer.

Pekkala liet de Webley zakken. Uit de loop kringelde nog rook omhoog. Hij stak de revolver weer in de holster onder zijn jas.

Kirov viste zijn pistol uit de modder. Hij veegde het vuil gedeeltelijk weg en probeerde het weer in zijn holster te steken, maar zijn handen trilden zo hevig dat hij het opgaf. Hij keek van Anton naar Pekkala. 'Het spijt me,' zei hij. Vervolgens liep hij naar de kant van de weg en braakte in de struiken.

De motor van de Emka liep nog. De uitlaat braakte rookwolkjes uit.

'Laten we gaan,' zei Anton met een gebaar dat ze weer in de auto moesten gaan zitten.

'We moeten hier proces-verbaal van maken,' zei Pekkala.

'Het is niet gebeurd,' zei Anton. Zonder Pekkala aan te kijken liep hij langs hem heen en stapte in de auto.

'Wat moeten we met het lichaam doen?' vroeg Kirov, terwijl hij zijn mond aan zijn mouw afveegde.

'Laat het liggen!' riep Anton.

Kirov ging achter het stuur zitten.

Pekkala keek naar het lijk op de weg. De plas was rood geworden, alsof er een fles wijn was leeggegoten. Toen stapte hij in.

Ze reden door.

Gedurende lange tijd zei niemand een woord.

Geen van de wegen was verhard en ze zagen onderweg maar weinig andere auto's. Wel snelden ze vaak langs met paarden bespannen wagens, die ze in gele stofwolken gehuld achterlieten, en regelmatig moesten ze afremmen om plassen te ontwijken die zo groot waren geworden dat ze kleine vijvers vormden.

Op dit uitgestrekte, verlaten platteland raakten ze uiteindelijk verdwaald. De glooiende heuvels en dalen leken allemaal sprekend op elkaar, en het zag eruit alsof alle richtingborden met geweld waren verwijderd en alleen de versplinterde resten van de palen waarop ze vastgespijkerd waren geweest er nog stonden. Kirov had een kaart bij zich, maar die klopte niet.

'Ik weet niet eens welke richting we uit rijden,' verzuchtte Kirov.

'Stop dan,' zei Pekkala.

Kirov keek hem in de achteruitkijkspiegel aan.

'Als je de auto stilzet, kan ik je vertellen welke kant we op gaan.'

'Heb je dan een kompas?'

'Nog niet,' antwoordde Pekkala.

Met tegenzin nam Kirov gas terug. De auto kwam langzaam midden op de weg tot stilstand. Hij zette de motor af.

Stilte daalde als stof op hen neer.

Pekkala opende het portier en stapte uit.

Om hen heen blies de wind door het hoge gras.

Pekkala opende de kofferbak.

'Wat doet hij?' wilde Kirov weten.

'Laat hem met rust,' zei Anton.

Pekkala viste een koevoet uit de chaos van benzineblikken, sleepkabels en een assortiment ingeblikte legerrantsoenen die in de kofferbak heen en weer hadden gerold.

Hij liep het veld in en ramde de koevoet in de grond. Het ding wierp een langgerekte schaduw over het terrein. Toen stak hij zijn hand in het gras en raapte een paar bemodderde kiezelsteentjes op. Een daarvan legde hij aan het einde van de schaduw, het andere stak hij in zijn zak. Hij draaide zich naar de mannen die in de auto zaten te wachten en zei: 'Tien minuten.' Toen ging hij met zijn benen over elkaar voor de koevoet zitten, zette een elleboog op zijn knie en liet zijn kin in de palm van zijn hand rusten.

Beide mannen staarden uit het raampje naar Pekkala, wiens donkere gestalte zich als een soort oude obelisk op het woeste, lege land verhief.

'Wat doet hij?' vroeg Kirov.

'Hij maakt een kompas.'

'Weet hij dan hoe dat moet?'

'Je moet mij niet vragen wat hij weet.'

'Ik heb met hem te doen, zei Kirov.

'Daar heeft hij geen boodschap aan,' zei Anton.

'Zoals hij zijn er niet veel meer.'

'Zoals hij is er maar één.'

'Wat is er geworden van alle mensen die hij vóór de revolutie kende?'

'Die zijn verdwenen,' antwoordde Anton. 'Allemaal, op een na.'

'Ze is een schoonheid,' zei de tsaar.

Pekkala stond naast hem op de veranda van de grote balzaal en knipperde met zijn ogen tegen het licht van de voorzomerse middagzon.

Ilja had net haar leerlingen door het Catharinapaleis rondgeleid, en nu liep het tiental kinderen twee aan twee en hand in hand over de Chinese brug.

Ilja was een lange vrouw met ogen in de kleur blauw van antiek Delfts aardewerk en donkerblond haar dat half over de bruine fluwelen kraag van haar jas hing.

De tsaar knikte goedkeurend. 'Zonnetje is op haar gesteld.' Zo noemde hij zijn vrouw Alexandra, de tsarina. Zij noemde hem op haar beurt 'het blauwe kind', naar een personage in een roman van de schrijfster Florence Barclay waarvan ze beiden genoten hadden.

Toen ze eenmaal de Chinese brug over waren, leidde Ilja de kleine, maar ordelijke optocht naar de Griboktuinen. Ze waren op weg naar het Chinese theater, waar de vensters afgedekt waren met frontons als snorren van Mongoolse keizers.

'Hoe vaak geeft ze die rondleidingen?' vroeg de tsaar.

'Elke klas krijgt er een, majesteit. Het is voor hen het hoogtepunt van het jaar.'

'Heeft ze je weer slapend in de stoel aangetroffen, met je voeten op een van mijn kostbare tafels?'

'Dat was de vorige keer.'

'En ben je nu verloofd?'

'Van de wijs gebracht door de vraag schraapte Pekkala zijn keel. 'Nee, majesteit.'

'Waarom niet?'

Hij voelde dat hij een rood hoofd kreeg. 'Ik heb het steeds zo druk met de opleiding, majesteit.'

'Dat zou een reden kunnen zijn,' antwoordde de tsaar, 'maar ik zou het geen excuus noemen. Trouwens, je rondt je opleiding binnenkort af. Ben je van plan met haar te trouwen?'

'Nou, ja. Uiteindelijk wel.'

'Dan kun je er maar beter werk van maken, voordat iemand anders je voor is.' Het leek alsof de tsaar vertwijfeld in zijn handen kneep, gekweld door een herinnering die ineens bij hem bovenkwam. 'Hier.' Hij drukte Pekkala iets in de hand.

'Wat is dit?' vroeg Pekkala.

'Het is een ring.'

Toen drong het tot Pekkala door dat de tsaar bezig was geweest de ring van zijn vinger te halen. 'Dat zie ik, majesteit,' zei Pekkala, 'maar waarom geeft u die aan mij?'

'Het is een geschenk, Pekkala. Maar het is ook een waarschuwing. Je kunt je niet veroorloven om te wachten. Als je trouwt moet je een ring dragen, en dit is volgens mij wel een mooie. Zij moet ook een ring hebben, maar dat laat ik maar aan jou over.'

'Dank u,' zei Pekkala.

'Bewaar hem op een veilige plek. Daar! Kijk!' Hij wees naar de tuin. Ilja had hen gezien. Ze zwaaide.

Beide mannen zwaaiden terug en glimlachten.

'Als je haar laat glippen vergeef je het jezelf nooit,' zei de tsaar grijnzend en met de kaken op elkaar. 'En ik ook niet, trouwens.'

Anton keek naar de witte wijzerplaat van zijn overmaatse polshorloge en stak zijn hoofd uit het raampje. 'De tien minuten zijn om!' riep hij.

Pekkala kwam overeind. De schaduw van de koevoet was naar rechts gegaan. Hij haalde het tweede steentje uit zijn zak en legde dat op de plek waar de schaduw nu eindigde. Toen zette hij zijn hak in de grond en trok een lijn tussen de twee steentjes. Pekkala stelde zich op aan het einde van de tweede schaduw en hield zijn arm langs de lijn die hij in de grond had gegraven. 'Het oosten is die kant op,' zei hij.

Geen van de twee anderen twijfelde aan deze uitkomst, die op onnaspeurlijke wijze tot stand was gekomen dankzij vaardigheden waar zij geen weet van hadden. Zijn conclusie was zowel raadselachtig als onbetwijfelbaar.

Nadat ze de hele dag gereden hadden, met slechts af en toe een onderbreking om de tank bij te vullen uit de diverse benzineblikken die ze in de kofferbak meevoerden, stopten ze die avond onder het afdak van een verlaten schuur.

Ze parkeerden de Emka in de schuur, zodat hij uit het zicht stond voor het geval dat het oord minder verlaten was dan het leek. Toen staken ze, gebruikmakend van planken afkomstig van oude paardenboxen, een vuur aan op de lemen vloer.

Anton opende een blik vleesrantsoen van het leger waarop aan de zijkant het woord TOESJONKA was gestempeld. Met een lepel die hij uit zijn laars haalde nam hij er een hap van, waarna hij de lepel er weer in stak en het blik doorgaf aan Kirov. Deze kerfde er een homp vlees uit en stak die in zijn mond, maar vervolgens draaide hij zich om en spuugde hem weer uit.

'Walgelijk!' zei hij.

'Wen er maar aan,' zei Anton. 'Ik heb drie blikken met dat spul.'

Kirov schudde verwoed zijn hoofd, als een hond die water uit zijn vacht schudt. 'Als je eraan had gedacht om behoorlijk eten mee te brengen, zou ik dat graag voor ons hebben klaargemaakt.'

Anton haalde een fles uit zijn zak. Het was een met leer omwikkelde fles met een tinnen beker als schroefdop. Hij schroefde de dop eraf en nam een slok. 'De reden dat ze die kookschool van jou hebben gesloten...'

'Het was een koksschool!'

Anton zuchtte. 'De reden dat ze die hebben gesloten, Kirov, was dat er in het hele land niet genoeg fatsoenlijk voedsel te vinden is om één goede maaltijd mee te bereiden. Geloof me, je bent beter af nu je voor de overheid werkt. Dan zul je in elk geval niet verhongeren.'

'Ik zal wel verhongeren,' zei Kirov, 'als ik dit moet blijven eten.' Hij reikte het blik aan Pekkala aan. 'Wat at de tsaar graag?' vroeg hij.

De duiven boven in de nok van de schuur keken neer op de mannen. De vlammen werden weerspiegeld in hun nieuwsgierige kraaloogjes.

'Meestal eenvoudig voedsel,' antwoordde Pekkala. 'Varkensvlees, kool, blini's, sjasliek.' Pekkala dacht terug aan de spiesen met vlees, rode paprika, uien en champignons, met daarnaast een bord met rijst, en dat alles weggespoeld met zware Georgische wijn. 'Ik denk dat je teleurgesteld zou zijn over zijn smaak.'

'Integendeel,' zei Kirov. 'Dat soort eten is het moeilijkst te maken. Als chef-koks met elkaar een maaltijd moeten samenstellen, kiezen ze voor de traditionele recepten. Een goede chef-kok herken je eraan dat hij een eenvoudig maal kan bereiden dat smaakt zoals iedereen dat verwacht.'

'En gewone koks?' vroeg Anton.

Voordat Kirov kon antwoorden, gooide Anton de fles in zijn schoot.

'Wat zit hierin?' vroeg Kirov, met een blik op de fles alsof hij vreesde dat die ieder moment kon ontploffen.

'Samahonka!' zei Anton.

'Een eigen brouwseltje,' mompelde Kirov, terwijl hij de fles teruggaf. 'Je hebt geluk dat je er niet blind van geworden bent.'

'Ik heb het in mijn badkuip gemaakt,' zei Anton. Hij nam nog een slok en stak de fles weer in zijn zak.

'Bied je je broer niet wat aan?'

Anton ging achteroverliggen, met zijn hoofd op het geheime rapport. 'Een opsporingsambtenaar mag niet drinken als hij werkt. Nietwaar, broer?' Hij trok zijn zware overjas over zich heen en trok zijn knieën op. 'Ik zou maar gaan slapen,' zei hij. 'We hebben nog een heel stuk voor de boeg.'

'Ik dacht dat we hier alleen maar gestopt waren om te eten,' zei Kirov. 'Bedoel je dat we hier de hele nacht gaan doorbrengen? Hier op de kale grond?'

'Waarom niet?' mompelde Anton, die al wegdommelde.

'Vroeger had ik een bed,' zei Kirov verontwaardigd. 'Vroeger had ik zelfs een eigen kamer.' Hij haalde de pijp uit zijn zak. Ongeduldig en met schokkerige bewegingen begon hij hem te stoppen.

'Jij bent te jong voor een pijp,' zei Anton.

Kirov hield de pijp met bewonderende blik omhoog. 'De kop is van Engels bruyèrehout.'

'Pijpen zijn voor oude mannen,' gaapte Anton.

Kirov keek hem aan. 'Kameraad Stalin rookt ook pijp!'

Maar die opmerking was niet aan Anton besteed. Hij was in slaap gevallen, en zijn regelmatige ademhaling deed denken aan een slinger die langzaam heen en weer bewoog.

Pekkala dommelde in terwijl Kirovs tanden op de steel van de pijp klikten en de geur van Balkantabak zich verspreidde, die hij net zo vond ruiken als nieuwe schoenen wanneer die net uit de doos kwamen. Maar toen Kirov iets zei, schrok hij wakker.

'Ik vroeg me iets af,' zei hij.

'Wat dan?' gromde Pekkala.

'Als het de Romanovs zijn die daar beneden op de bodem van die mijn liggen, dan hebben die lichamen daar jaren gelegen.'

'Ja.'

'Er zal niets van hen over zijn. Hoe kun je een onderzoek naar een moord doen als je geen stoffelijke resten hebt om te onderzoeken?'

'Er is altijd wel iets,' zei Pekkala, en terwijl hij het zei doemde in het duister van zijn gedachten ineens het gezicht van dokter Bandelajev op.

'Hij is de allerbeste,' had Vassilejev tegen Pekkala gezegd. 'En het is een baan waar niemand anders voor te vinden is die een beetje bij zijn verstand is.'

Dokter Bandelajev was volkomen kaal. Zijn hoofd leek op een glimmende roze gloeilamp. Als om dat te compenseren droeg hij een dikke walrussensnor.

Op een warme, benauwde middag eind juli was Vassilejev met Pekkala naar het laboratorium van Bandelajev gegaan.

Er hing een luchtje dat hij herkende – een uiterst penetrante scherpe, zoete geur, die hij kende uit de kelder van zijn vader, waar de lijken werden geprepareerd.

Vassilejev hield een zakdoek voor zijn mond en neus. 'Mijn god, Bandelajev, hoe houd je het hier uit?'

'Inademen!' beval Bandelajev. Hij droeg een laboratoriumjas die tot zijn knieën reikte met daarop in rood geborduurd zijn naam en titel en het woord OSTEOLOOG. 'Adem de geur van de dood in.'

Vassilejev keek Pekkala aan. 'Ga je gang,' zei hij met gedempte stem door zijn zakdoek. Toen liep hij zo snel als hij kon het vertrek uit.

Pekkala liet zijn blik door het laboratorium gaan. Aan een kant keek je uit op de binnenplaats van het hoofdgebouw van de rijksuniversiteit van Petrograd, maar het uitzicht werd geblokkeerd door schappen met glazen potten waarin delen van menselijke lichamen bewaard werden in een bruinige vloeistof die op thee leek. Hij zag handen en voeten waarvan de huid halfvergaan was en waar stompjes bot uit het bobbelige vlees staken. In andere potten zaten darmen die windingen als kleine wervelstormen vertoonden. Aan de andere kant van het smalle gangetje lagen botten op metalen bladen, alsof iemand aan een legpuzzel had gewerkt maar het had opgegeven.

'Het zijn inderdaad puzzels!' zei Bandelajev toen Pekkala er iets over zei tegen hem. 'Alles hier, alles wat ik doe is puzzelwerk.'

In de dagen die volgden moest Pekkala moeite doen alles wat Bandelajev vertelde bij te benen.

'Een aan verval onderhevig menselijk lijk ruikt niet anders dan een dood hert langs de kant van de weg,' zei Bandelajev, 'en dat is de reden waarom ik niet in God geloof.' De dokter sprak snel en reeg zijn woorden aan elkaar, waardoor hij geen adem kon halen en gedwongen was af en toe te pauzeren om zijn longen vol te zuigen.

Frisse lucht was er echter niet in het lab van Bandelajev. De ramen waren gesloten en afgedicht met kleefband.

'Insecten!' zei Bandelajev bij wijze van uitleg. 'Het is hier niet gewoon een slagerij met bedorven vlees, zoals sommige van mijn collega's weleens zeggen. Alle facetten van het verval verlopen hier gecontroleerd, en een vlieg zou het werk van weken kunnen bederven.' Bandelajev hield niet van zitten. Dat associeerde hij met luiheid. Dus bij het onderricht van Pekkala bleef hij achter een lange tafel staan die bezaaid was met botten, die hij beurtelings uit het bakje waarin ze lagen oppakte en aan Pekkala voorhield ter identificatie. Of anders stak hij zijn hand in een pot om er een bleek stuk vlees uit te halen en Pekkala opdracht te geven te zeggen wat het precies was, terwijl het bruine conserveermiddel langs zijn vingers droop en in zijn mouw liep.

Op een keer hield Bandelajev een schedel omhoog waarin in het voorhoofd een klein, mooi rond gat zat als gevolg van het schot dat op het slachtoffer was afgevuurd. 'Weet u dat bromvliegen in de zomermaanden al binnen enkele minuten op het lichaam neerstrijken? Geconcentreerd rond de mond, de neus, de ogen en in de wond.' Bandelajev stak zijn pink in het gat in het voorhoofd. 'En dan kunnen er binnen enkele uren wel een half miljoen eitjes op het lijk worden gelegd. In één enkele dag kunnen de maden uit die eitjes een volwassen man tot de helft van zijn omvang reduceren. En na een week' – hij trok zijn hoofd naar opzij, een beweging waarmee hij zijn woorden leek te benadrukken, maar die misschien eigenlijk een onwillekeurige zenuwtrek was – 'is er misschien niets meer van over dan de botten.'

Doordat Pekkala zoveel lijken op het marmeren werkblad van zijn vader had zien liggen, was hij niet meteen van slag, en hij schrok niet als Bandelajev hem een long in handen drukte of een doos met vingerkootjes. Pekkala, die gewend was aan de eerbied van zijn vader voor de lichamen die aan zijn zorg waren toevertrouwd, had nog de meeste moeite met de volstrekte minachting waarmee Bandelajev omging met de lijken, die hij afwisselend uit elkaar trok en samenvoegde en die hij ofwel liet rotten ofwel inmaakte in conserveermiddelen.

Zijn vader zou niet veel op hebben gehad met Bandelajev, besloot Pekkala. Het hijgerige enthousiasme dat Bandelajev tentoonspreidde had iets respectloos, zou zijn vader hebben gevonden.

Toen Pekkala zei dat zijn vader begrafenisondernemer was geweest, leek Bandelajev evenmin onder de indruk. 'Grappig,' zei hij laatdunkend, 'maar per slot van rekening onbelangrijk.'

'En waarom dan wel?' vroeg Pekkala.

'Begrafenissen verzorgen is illusies creëren,' zei Bandelajev. 'Het is gegoochel om de dode vredig te laten lijken. Om het te laten lijken alsof hij slaapt.' Hij keek Pekkala aan, alsof hij wilde vragen: en wat zou dat voor zin hebben? 'Osteologie is het onderzoek van de dood,' zei Bandelajev, en hij plooide zijn lippen om de woorden alsof niemand de drang kon weerstaan om met blote handen en een mes lijken uit elkaar te halen.

'Levend ben je voor mij niet zo interessant, Pekkala,' zei Bandelajev. 'De echte kennismaking vindt plaats wanneer je als dode weer voor me verschijnt, dat verzeker ik je.'

Pekkala leerde onderscheid maken tussen de schedels van vrouwen – kleine mond, spitse kin, gestroomlijnd voorhoofd, scherpe randen tussen oogkassen en voorhoofd – en die van mannen, die je meteen kon herkennen aan de knobbel aan de onderkant.

'Identiteit!' zei Bandelajev. 'Geslacht, leeftijd, postuur.'

Hij liet het Pekkala herhalen als een mantra.

'De externe achterhoofdsknobbel!' riep Bandelajev, alsof hij op een ontvangst van de tsaar een hoogwaardigheidsbekleder aankondigde.

Pekkala leerde onderscheid te maken tussen het vooruitstekende gebit van een Afrikaan en dat van de blanke, dat loodrecht op de kaak staat.

Hij bestudeerde de zigzaggende lijnen van schedelnaden, die als bliksemschichten over het schedeldak liepen, terwijl Bandelajev over zijn schouder keek en mompelde: 'Wat leid je eruit af? Wat kun je erover zeggen?'

Aan het einde van elke les gaf Bandelajev Pekkala boeken, geschreven door mensen als de Romein Vitruvius, waaruit hij leerde dat de spanwijdte van iemand die zijn armen uitstrekt overeenkwam met zijn lichaamslengte en dat de lengte van een hand overeenkomt met een tiende van iemands lichaamslengte.

Op een goede dag stuurde Bandelajev hem naar huis met de vertaling van een boek getiteld *Het wegwassen van ongerechtigheden*, van de dertiende-eeuwse Chinese arts Sung Tzu, waarin de manier waarop maden een lijk verslinden beschreven wordt in een taal waarvan Pekkala had gedacht dat die slechts gebezigd werd in beschrijvingen van religieuze vervoering.

Het duurde niet lang voordat de stank van de dood hem niet meer hinderde, al bleef die elke dag nog lang nadat hij het laboratorium van Bandelajev had verlaten in zijn kleren hangen.

In de weken die ze samen doorbrachten kwam Bandelajev telkens weer terug op de vraag: 'Wat kun je ervan zeggen?'

Op een dag gaf Bandelajev een les over de wijze waarop een lijk kan worden aangetast door vuur. 'De handen worden gebald,' zei hij, 'en armen en knieën worden gebogen. Een lichaam dat brandt neemt de houding aan van een bokser. Stel dat je een lijk vindt dat is verbrand, maar je ontdekt dat de armen gestrekt zijn. Wat wil dat zeggen?'

'Dat betekent misschien dat de handen achter op de rug gebonden waren,' zei Pekkala.

Bandelajev glimlachte. 'Nu spreek je de taal van de doden.'

Tot Pekkala's verbazing moest hij erkennen dat Bandelajev gelijk had. Ineens leken uit elke pot en lade stemmen te roepen om hem te vertellen hoe ze de dood hadden gevonden.

De vlammen op de vloer van de schuur waren gedoofd. Onder de as gloeiden sintels met de kleur van klaprozen.

Buiten flitsten bliksemschichten aan de hemel.

'Wie is Grodek?' vroeg Kirov.

Pekkala haalde diep adem. 'Grodek? Wat weet je van hem?'

'Ik hoorde je broer zeggen dat jij ene Grodek achter de tralies hebt gezet.'

Pekkala keek opzij, en Kirov zag niet hoe zijn ogen zilverkleurig oplichtten in het donker. 'Grodek was de gevaarlijkste man die ik ooit heb ontmoet.'

'Waarom was hij zo gevaarlijk?'

'Je zou niet moeten vragen "waarom", maar "dankzij wie". En het antwoord daarop luidt: dankzij de geheime politie van de tsaar zelf.'

'De Ochrana? Maar dat zou betekenen dat hij voor jou werkte en geen tegenstander van je was.'

'Dat was ook de bedoeling,' zei Pekkala. 'Maar zo is het niet gegaan. Generaal Zubatov, het hoofd van de Moskouse Ochrana, was degene die met het idee kwam. Zubatov wilde een terroristische groep oprichten met als enige doel het vermoorden van de tsaar.'

'Maar Zubatov was toch loyaal aan de tsaar?' zei Kirov. 'Waarom zou Zubatov hem in 's hemelsnaam willen vermoorden?'

Terwijl zijn stem door de schuur klonk, schraapte Anton zijn keel, mompelde iets onverstaanbaars en viel toen weer in slaap.

'Het moest doorgestoken kaart zijn, die groep. Zubatovs plan was om er zoveel mogelijk potentiële moordenaars bij te betrekken. Wanneer de tijd rijp was, zou hij ze allemaal arresteren. Want weet je, in het gewone politiewerk moet je met arresteren wachten totdat een misdrijf heeft plaatsgevonden, maar in organisaties als de Ochrana moet je soms anticiperen op misdaden die nog niet zijn gepleegd.'

'Dus die mensen dachten aldoor dat ze deel uitmaakten van een terroristische cel, terwijl ze in feite voor Zubatov werkten?'

'Precies.'

De jonge volkscommissaris keek glazig voor zich uit terwijl hij de aard van de misleiding probeerde te doorgronden. 'Maakte Grodek deel uit van die cel?'

'Meer dan dat,' antwoordde Pekkala. 'Grodek had de leiding. Hij was jonger dan jij. Zijn vader was een verre neef van de tsaar, die in het zakenleven vele malen mislukt was, maar die in plaats van de verantwoordelijkheid daarvoor zelf op zich te nemen liever de tsaar de schuld gaf. Hij meende dat zijn familie voorrechten onthouden waren waar ze wel recht op hadden. En toen de schulden Grodeks vader boven het hoofd gegroeid waren en hij zelfmoord pleegde, hield Grodek de tsaar daarvoor verantwoordelijk.'

'Waarom ook niet,' zei Kirov, 'als hij alleen maar wist wat zijn vader hem had verteld?'

'Zo is het, en toen Grodek volwassen werd, maakte hij geen geheim van zijn haat jegens de Romanovs. Hij was geknipt voor de rol van leider van een moordaanslag.'

'Maar hoe kan zo iemand worden overgehaald om te gaan werken voor de Ochrana? Dat lijkt me onmogelijk.'

'Dat is precies de reden waarom Zubatov hem koos. Eerst had hij Grodek in het openbaar laten arresteren. Het nieuws dat een jonge man op straat zomaar ruw was vastgegrepen en in een gereedstaande auto was geduwd verspreidde zich snel. Iedereen die van zoiets getuige was – en Zubatov had ervoor gezorgd dat dat er velen waren – zou sympathie voelen voor Grodek. Maar toen Zubatov hem had gearresteerd, begon het echte werk pas.'

'Wat heeft hij met de jongen gedaan?' vroeg Kirov.

'Hij blinddoekte Grodek en bracht hem per auto naar een geheime locatie. En toen Zubatov Grodeks blinddoek verwijderde, stond daar de tsaar zelf voor zijn neus.'

'Wat had dat voor zin?' vroeg Kirov.

'Zubatov confronteerde Grodek met een man die voor hem alleen nog maar een symbool was. Als hij hem dan in het echt zou zien, als een man van vlees en bloed, en niet als de figuur die Grodeks vader hem had voorgespiegeld, moest dat bij hem een veranderingsproces op gang brengen. De tsaar vertelde hem zijn versie van de gebeurtenissen. Samen bekeken ze de boeken van zijn vader, en toen bleek daar in het handschrift van de man zelf te lezen te zijn hoe hij het kapitaal van de familie over de balk had gesmeten. Grodek had daar natuurlijk nooit eerder van geweten. Het maakte diepe indruk op hen allebei, en toen beseften ze weer dat ze toch familie van elkaar waren.'

'Was Grodek door dit alles overtuigd?'

'Ja,' zei Pekkala, 'en toen legde Zubatov Grodek zijn plan voor. Hij zou zich voordoen als een zogenaamde provocateur en optreden als leider van deze zogenaamde terroristische cel. Het was uiterst gevaarlijk. Als een van de potentiële aanslagplegers er lucht van zou krijgen dat Grodek in feite voor de Ochrana werkte, zou het binnen de kortste keren met hem gedaan zijn. Maar jonge mannen voelen zich aangetrokken tot gevaar, en toen Grodek ermee instemde om de terroristenbende te leiden, dacht Zubatov dat hij een verstandige keuze had gemaakt. In feite bleek het de grootste fout van zijn leven te zijn.'

'Waarom?' vroeg Kirov.

'Het jaar daarop,' vervolgde Pekkala, 'kreeg Grodek een opleiding bij het Bureau Speciale Operaties van de Ochrana. Om te overtuigen als terrorist moest hij zich ook als een terrorist gedragen. Ze leerden hem bommen maken, schieten en een messengevecht voeren, net zoals ze mij dat hebben geleerd. Kort nadat de terroristische cel was geactiveerd, meldden zich mensen die mee wilden doen. Grodek was een natuurtalent. Hij bezat het soort energie dat mensen naar hem toe trok. In die eerste paar maanden werd de terroristische cel steeds groter, en Grodek overtrof alle verwachtingen van

Zubatov. Hij miste nooit een ontmoeting met zijn contacten, en de informatie die hij gaf was zo nauwkeurig dat Zubatov er al over sprak dat Grodek op een dag zijn plaats in de leiding van de Ochrana zou overnemen. Maar Zubatov had zich ernstig misrekend. Toen ze hadden aangetoond dat de oorzaak van het ongeluk van zijn familie geheel bij zijn vader lag, nam Zubatov aan dat Grodeks haat jegens de tsaar verdwenen was. Het was niet tot Zubatov doorgedrongen dat het bewijsmateriaal voor Grodek alleen maar reden was geweest om hen allebei te verfoeien.

Maar ondertussen maakte ook Grodek een fout. Hij werd verliefd op een van de vrouwen die hij had aangeworven. Ze heette Maria Balka. Ze was vijftien jaar ouder dan Grodek en in vele opzichten gevaarlijker dan Grodek zelf. Ze had meerdere moorden gepleegd uit naam van verschillende anarchistische groepen. Grodek hield hun relatie geheim voor Zubatov, en toen Zubatov tegen Grodek opperde dat Maria Balka zeker de doodstraf zou krijgen als ze samen met de andere leden van Grodeks organisatie gearresteerd zou worden, was wat er daarna gebeurde bijna onvermijdelijk geworden.'

'Wat gebeurde er dan?' vroeg Kirov.

'Zubatov was van mening dat de val alleen maar dicht kon klappen als er daadwerkelijk een aanslag op het leven van de tsaar zou plaatsvinden. Dat zou een rechtvaardiging zijn voor de arrestaties die zouden volgen. Het sprak vanzelf dat Grodek de aanslag zou uitvoeren. Men zou het doen voorkomen alsof de tsaar werkelijk was omgebracht. Andere leden van de terroristische cel zouden in de buurt worden gestationeerd om te getuigen dat ze de zogenaamde moordaanslag hadden gezien. De moordenaars zouden dan samenkomen op hun veilige adres, waar ze zouden worden gearresteerd door agenten van de Ochrana.

De aanslag zou plaatsvinden als de tsaar een avondwandeling maakte op het terrein van het zomerpaleis. Om de terroristen ervan te overtuigen dat hun aanslag zou lukken, zorgde Zubatov ervoor dat de tsaar bij deze wandelingen een vaste route aanhield. De tsaar zou worden doodgeschoten als hij het hek door ging dat het paleis en de Lamskivijver omringde. Dat was een relatief smalle strook grond, waar de tsaar geen dekking had. Als hij door het hek heen vuurde, zou Grodek maar een paar stappen van de tsaar verwijderd zijn.'

'Maar zou het niet verdacht lijken dat de tsaar helemaal alleen aan het wandelen was?'

'Helemaal niet,' zei Pekkala. 'Elke dag nam hij even de tijd voor wat lichaamsbeweging. Soms paardrijden, soms zwemmen, maar wat voor weer het ook was, vaak wandelde hij over het terrein om het paleis, en op die momenten wilde hij per se alleen zijn.'

'Maar de andere aanslagplegers dan? Zouden die niet ook gewapend zijn?'

'Zij hadden opdracht om hun wapen alleen te gebruiken als Grodek zijn doel miste. Ze zouden de tsaar zien vallen, zogenaamd getroffen door een aantal schoten, maar natuurlijk zouden er alleen losse flodders worden gebruikt.

Op dat moment twijfelde niemand nog aan Grodeks loyaliteit aan de Ochrana. Hij had immers de namen opgegeven van alle leden van de organisatie die hij had helpen oprichten. Hij had iedereen aangegeven, zoals hij vanaf het begin al beloofd had te zullen doen.

Maar niemand van de Ochrana wist dat Grodek de losse flodders vervangen had door scherpe munitie.

Op de avond van de schietpartij liep alles op rolletjes. De terroristen werden in de gelegenheid gesteld het terrein rond het paleis te benaderen. Ze verstopten zich volgens plan. De tsaar begon aan zijn wandeling. Ondertussen bereidden tientallen agenten van de Ochrana zich voor op de bestorming van het huis waar de terroristen naartoe zouden vluchten. De tsaar bereikte de smalle loopbrug tussen het hek en de Lamskivijver. De zon was ondergegaan. Er waaide een koele bries over de vijver. Grodek stapte uit de schaduw naar voren. De tsaar bleef staan. Hij had het geluid van ritselende takken gehoord. Grodek liep naar het hek en stak zijn hand met het wapen erin door de spijlen. De tsaar bleef als aan de grond genageld staan, alsof hij niet begreep wat er gebeurde.'

'En hij miste?' stamelde Kirov. 'Grodek miste, op drie passen afstand?'

Pekkala schudde zijn hoofd. 'Grodek miste niet. Hij schoot het wapen leeg. Alle zes schoten troffen doel.'

Toen sprong Kirov overeind. 'Wil je me vertellen dat hij de tsaar zes keer trof, maar niet doodde?'

'De man die Grodek doodde was niet de tsaar.'

'Maar wie…' Kirov kneep zijn ogen half dicht toen de waarheid tot hem doordrong. 'Een dubbelganger, bedoel je? Heeft Grodek op een dubbelganger gevuurd?'

'Zubatov maakte veel fouten, maar hij wilde niet zover gaan dat hij het leven van de tsaar werkelijk in gevaar zou brengen. Dat was het enige aspect van het plan dat Zubatov nooit met Grodek had besproken. Toen Grodek de trekker overhaalde, wist hij niet dat hij een dubbelganger doodde.'

'Maar toch is er iemand gestorven,' zei Kirov.

'Zo gaat het meestal,' zei Pekkala.

Pekkala en de tsaar stonden in het donker op het balkon van het paleis uit te kijken over het terrein. Ze zagen de Chinese brug en de Parnassusheuvel liggen. In de Griboktuinen recht tegenover hen ruisten de bladeren in de avondwind.

Op dat moment, wisten ze, zou de dubbelganger van de tsaar net binnen het hek om het paleisterrein lopen, tussen de grote vijver en de Parkovayastraat.

Beide mannen hadden al enige tijd geen woord gezegd.

Er hing spanning in de lucht terwijl ze wachtten tot het schieten zou beginnen.

'Kun je je voorstellen wat het voor me betekent dat ik me niet buiten het hek om dit paleis kan wagen zonder bang te zijn dat ik gedood zal worden?' vroeg de tsaar. 'Ik ben heerser van een land waar ik niet alleen over straat kan lopen.' Hij gebaarde met zijn hand naar het terrein op zo'n manier dat hij Pekkala deed denken aan een priester die een wierookvat heen en weer zwaait. 'Is het dat allemaal waard? Is het überhaupt iets waard?'

'Binnenkort is het voorbij, majesteit,' zei Pekkala. 'Morgenochtend zijn de terroristen gearresteerd.'

'Het gaat om meer dan alleen een groep terroristen,' zei de tsaar. 'Het komt allemaal door de oorlog. Ik denk aan de dag dat die werd afgekondigd, toen ik op de veranda van het Winterpaleis stond uit te kijken over die zee van mensen die hun steun kwamen betuigen. We waren onverwoestbaar, dacht ik. De mogelijkheid van overgave was nog niet eens bij me opgekomen. Ik kon me niet voorstellen welke nederlagen we zouden lijden. Tannenburg. De Mazurische meren. Die namen gaan nog steeds door mijn hoofd. Ik had naar Raspoetin moeten luisteren.'

'Wat heeft hij daarmee te maken?' Pekkala had de Siberische mysticus weleens ontmoet, de man die zogenaamd magische krachten bezat waarmee hij de hemofilie kon genezen waaraan Aleksej leed, de enige zoon van de tsaar. Naar het oordeel van Pekkala was Raspoetin een man die zijn beperkingen kende. Maar de tsaar, en in nog sterkere mate de tsarina, dichtten Raspoetin een wijsheid toe die hij niet bezat. Ze hadden zijn oordeel gevraagd over staatszaken, waarvan hij maar weinig wist. Doorgaans deed hij niet veel meer dan wat vage geruststellingen uitspreken. Maar de Romanovs hadden zich vastgebeten in die woorden, de vaagheid weggedacht en ze als profetieën beschouwd. Het was geen wonder dat Raspoetin zo werd gehaat door degenen die in de gunst van de tsaar probeerden te komen.

Pekkala was erbij geweest toen de politie van Petrograd op een bitter koude ochtend in december 1916 het lichaam van Raspoetin uit de Neva viste. Raspoetin was uitgenodigd geweest op een besloten feestje ten huize van prins Joesoepov. Daar hadden ze hem koekjes te eten gegeven waar zoveel cyaankali in zat dat je er wel een olifant mee had kunnen doden. Toen bleek dat het gif zijn uitwerking miste, had een medeplichtige van Joesoepov, een minister die Poerisjkjevitsj heette, verscheidene schoten op Raspoetin afgevuurd en zijn keel doorgesneden. Gezamenlijk hadden ze hem toen in een tapijt gerold en in het water gegooid. En zo is Raspoetin, na alles wat ze in het werk hadden gesteld om hem te vermoorden, uiteindelijk door verdrinking overleden.

'Oneindig groot verdriet zou de oorlog ons brengen, heeft Raspoetin gezegd,' zei de tsaar. 'En kijk eens hoezeer hij gelijk heeft gehad.'

'Alle oorlogen brengen verdriet, majesteit.'

De tsaar keek hem bevend aan. 'God sprak door die man, Pekkala! En wie spreekt er door jou? Dat zou ik weleens willen weten.'

'Dat weet u, majesteit.'

Even keek de tsaar hem verbijsterd aan. 'Vergeef me, Pekkala,' zei hij. 'Ik heb het recht niet om zo te spreken.'

'Er valt niets te vergeven,' zei Pekkala. Het was de enige keer dat hij ooit onwaarheid sprak tegen de tsaar.

Het geluid van Kirovs stem bracht Pekkala met een schok terug naar het heden.

'En wat is er van die Grodek geworden?' vroeg Kirov.

'Toen de agenten van de Ochrana het vluchthuis omsingelden brak er een vuurgevecht uit. Er werd op de Ochrana gevuurd met de wapens die zijzelf aan Grodek hadden geleverd. Na de veldslag vond de Ochrana tussen de slachtoffers slechts vier overlevenden terug van de zesendertig leden van de terroristische cel. Grodek was niet een van hen, en Maria Balka evenmin. Het tweetal was gewoon verdwenen. Toen heeft de tsaar mij weer ingeschakeld en me opdracht gegeven om Grodek en Balka te arresteren voordat ze de kans zouden krijgen om weer te doden.' Hij slaakte een diepe zucht. 'En daarin heb ik gefaald.'

'Maar je hebt hem toch wel gevonden?'

'Niet voordat hij de kans kreeg om weer te doden. Ik wist hem op te sporen in een klein pension aan de Maximiliaanlaan in het district Kazan in Petrograd. De pensionhouder vond het verschil in leeftijd tussen de vrouw en de man verdacht, maar had aangenomen dat ze een buitenechtelijke relatie hadden, iets wat je als pensionhouder soms moet accepteren. Maar ze lieten telkens kisten op hun kamer afleveren, en toen hij vroeg wat erin zat, had Balka tegen hem gezegd dat het alleen maar boeken waren. Nou, mensen die een buitenechtelijke relatie hebben, brengen hun dagen niet op een afgesloten kamer door met boeken lezen. Toen heeft hij de politie op de hoogte gesteld, die al snel het huis omsingelde. Ik wachtte aan de achterkant, en de agenten van de Ochrana stelden zich op aan de voorkant, in de veronderstelling dat Balka en Grodek zouden proberen te ontsnappen via de achterdeur, waar ik hen in de kraag zou grijpen.

Maar Grodek, die getraind was in het politiewerk, had jammer genoeg in de gaten dat de agenten positie innamen, en toen ze de deur naar hun kamer intrapten, ging er een bom af die de hele voorkant van het pand wegsloeg. De bom was door Grodek gemaakt en doodde de mensen die hem hadden onderricht in de kunst van het bommen maken. We hadden vier agenten en zestien burgers te betreuren. Ik kreeg zo'n klap dat ik bijna bewusteloos was, en tegen de tijd dat ik weer was opgestaan, waren Balka en Grodek via de achterkant van het pand weggevlucht.

Ik achtervolgde hen door de Moikastraat en langs de oever van de Neva. Het was midden in de winter. Ik liep tot aan mijn enkels door de prut, en langs de straten lagen grote hopen modder en sneeuw. Ik kon hen niet goed onder schot krijgen. Uiteindelijk gleed Balka uit. Ze moet haar enkel gebroken hebben. Ik haalde hen in op de Potseloejevbrug. De politie naderde van de andere kant. Ze konden zich nergens verschuilen. Ik had ze in het vizier. Ze konden geen kant op.' Pekkala zweeg even. Hij sloot zijn ogen en kneep in de brug van zijn neus. 'En wat ik toen zag, heb ik nooit uit mijn hoofd kunnen zetten. Ze bleven boven op de brug staan. Ik hoorde de politie vanaf de andere kant naar hen roepen. Balka was duidelijk gewond. Grodek had haar stratenlang afwisselend gedragen en voortgesleept, en was uitgeput. Ze konden niet meer. Ik riep hen toe. Ik zei dat het tijd was om op te geven. Grodek keek me lang aan. Balka stond naast hem, met haar arm om zijn schouder. Toen omhelsde Grodek haar, tilde haar op en zette haar op de balustrade van de brug. De rivier daaronder was vol ijs. Ik zei tegen hem dat er op die manier geen ontsnappen aan was.'

'En wat deed hij?' vroeg Kirov.

'Hij kuste haar en trok toen zijn pistool en schoot haar door het hoofd.'

Kirov deinsde achteruit. 'Hij schoot haar dood? Ik dacht dat hij verliefd op haar was.'

'Ik had niet gedacht dat hij bereid was zover te gaan. Maria Balka viel in de rivier en schoof onder het ijs.'

'En Grodek? Gaf hij zich over?'

'Pas nadat een poging tot zelfmoord was mislukt. Hij zette het pistool tegen zijn hoofd en haalde de trekker over, maar het wapen ketste.'

'Waarom is hij niet gesprongen?' vroeg Kirov. 'Hij had kunnen ontsnappen.'

'Grodek had hoogtevrees. De afstand tot het water was niet meer dan drie of vier keer zijn lichaamslengte, maar Grodek was verlamd van angst. Hij probeerde langs me heen te rennen, maar ik heb hem met de kolf van mijn revolver bewusteloos geslagen. Het leverde hem een gapende wond in zijn voorhoofd op, maar tijdens de hele rechtszitting weigerde hij een verband te dragen. De wond met de littekens van de hechtingen langs zijn haargrens zag eruit als een paarse duizendpoot. Elke dag als hij de rechtszaal verliet en terugging naar zijn cel riep Grodek naar de journalisten die zich buiten het gerechtsgebouw hadden verzameld dat de politie hem had gemarteld.'

'En Balka? Wat is er met haar lichaam gebeurd?'

'We hebben het nooit gevonden. 's Winters stroomt de rivier onder het ijs snel, en ze zal misschien in de Baltische Zee terecht zijn gekomen. Ik heb minstens tien keer een team van duikers de rivier laten afzoeken.' Pekkala schudde zijn hoofd. 'Ze was spoorloos verdwenen.'

'En Grodek? Waarom is hij niet achter de tralies gezet na alles wat hij had gedaan? Waarom heeft hij de doodstraf niet gekregen?'

'Daar werd hij aanvankelijk ook toe veroordeeld, maar de tsaar herriep het besluit van de rechters. Hij meende dat Grodek alleen maar een pion was geweest, eerst van zijn vader en daarna van Zubatov. Grodek was nog een jonge man. Het had net zo goed zijn eigen zoon kunnen zijn, vond de tsaar. Maar het was de tsaar wel duidelijk dat Grodek nooit vrij mocht komen. Hij werd dan ook voor de rest van zijn leven opgesloten in het Troebetskojbastion van het Petrus-en-Paulus-fort, zonder kans op vervroegde vrijlating.'

'Maar ik dacht dat tijdens de revolutie alle gevangenen waren vrijgelaten.'

'Politieke gevangenen wel, ja. Maar zelfs de bolsjewieken begrepen dat ze een man als Grodek niet moesten vrijlaten.'

'Waardoor was Grodek anders dan andere moordenaars, die ze wel vrijlieten?'

Pekkala dacht even na voordat hij antwoordde.

'Bijna iedereen kan zich in bepaalde omstandigheden gedwongen voelen iemand te doden,' zei Pekkala. 'Maar je moet onderscheid maken tussen mensen die in een situatie reageren met moord en mensen die een situatie scheppen waar moord het gevolg van is. Dat zijn degenen voor wie we bang moeten zijn, Kirov, want zij genieten van het doden. En in al mijn jaren bij de politie heb ik nooit een moordenaar ontmoet die er meer van genoot dan Grodek.'

Het vuur knetterde en siste.

'Ben je bang?' vroeg Kirov.

'Bang waarvoor?' fluisterde Pekkala, terwijl zijn ogen langzaam dichtvielen.

'Voor wat we misschien in die mijnschacht zullen aantreffen.'

'Om je de waarheid vertellen, Kirov, ik ben al bang sinds het moment dat ik het bos uit liep.'

'Waar ga je naartoe als je vrij bent?' vroeg Kirov.

'Naar Parijs,' antwoordde hij.

'Waarom daarheen?'

'Als je dat vraagt, ben je vast nog nooit in Parijs geweest. En bovendien heb ik daar nog wat dingen te regelen.' Het was een vreemde gewaarwording om aan de toekomst te denken. Elke keer dat hij in Krasnogoljana de zon onder had zien gaan, had hij zich gerealiseerd dat zijn kans om te overleven kleiner was geworden. Overleven was voor hem een kwestie van dagen geweest; op meer dan dat had hij niet durven hopen. De gedachte dat de tijd die hem restte zich misschien wel over weken of maanden en mogelijk zelfs jaren zou uitstrekken, verwarde hem. Pekkala had er even voor nodig om zich te realiseren dat hij in feite hoop koesterde, een gevoel waarvan hij voorgoed afscheid genomen dacht te hebben.

Uiteindelijk begon Kirov zwaar en diep te ademen. In de verte bliksemde het.

Toen de zon de volgende ochtend opkwam waren ze alweer onderweg.

Op hun route kruisten ze een weg die bekendstond als 'de snelweg naar Moskou', die niettegenstaande de weidse benaming slechts een onverharde tweebaansweg door de glooiende steppe was.

Terwijl okerkleurig stof door de geopende raampjes naar binnen woei, zat Anton op de kaart te turen naar de wirwar van slingerende heuvelruggen en de aders en slagaders van wegen te midden van de dichte wouden.

Tegen de middag bereikten ze de kruising waarnaar Anton op zoek was. Er stond geen wegwijzer, en het kruispunt leek niet meer dan een plat neergelegd modderig crucifix. 'Hier afslaan, Kirov,' commandeerde hij. 'Hier afslaan.' En toen nog een keer: 'Hier afslaan.'

Hun weg voerde langs een ondiepe beek en door een bos van witte berken, waarna ze op open terrein kwamen. Het bos eromheen was donker en oogde somber. Kirov reed over een oud karrenspoor dat dwars door het veld liep. De bumper van de Emka ruiste door het hoge gras.

Midden op het veld stond en oude hut met op het dak een wankele metalen schoorsteen. Naast de hut was een langwerpige barak met kleine ramen met luiken ervoor, als stijf dichtgeknepen ogen.

Anton draaide zijn kaart de ene en vervolgens de andere kant op en had moeite om hun positie te bepalen. 'Het is daar bij dat huis, denk ik.'

De auto hobbelde met krakende veren over het land. Toen ze aan de andere kant van het terrein kwamen, stapten de drie mannen uit en gingen op zoek naar de mijnschacht.

Het duurde niet lang voordat ze die vonden. De schacht was weinig meer dan een gat in de grond van ongeveer vijf passen breed met daarboven een roestige ijzeren katrol. De rand van het gat was begroeid met pollen helgroen gras. Het eerste stuk van de mijnschacht was keurig gemetseld en zag eruit als de wand van een waterput. Daaronder zag je kale rotsgrond en aarde, waaruit kleine stroompjes water het duister eronder in sijpelden. Aan weerskanten waren de verroeste ijzeren sporten van een ladder in de muren geschroefd. Het merendeel van de sporten ontbrak echter. De bouten waaraan ze bevestigd waren geweest hingen er los bij. Ze konden er dus waarschijnlijk niet op hopen die te kunnen gebruiken om in de mijn af te dalen.

'Ben je echt van plan om naar beneden te gaan?' vroeg Kirov. 'Het is er pikkedonker.'

'Ik heb een zaklantaarn,' zei Anton. Hij haalde hem uit het dashboardkastje van de auto. De ijzeren zaklantaarn was bekleed met leer, en de lens was een bol stuk glas. Hij hing hem aan een koord om zijn hals.

Om na te gaan of ze Pekkala in de schacht naar beneden konden laten zakken, inspecteerde Anton de katrol. De strengen van de kabel waren vastgeroest, en daar waar het ijzer nog vettig was kleefden er waterdruppels aan. Naast de katrol zat een grote, door twee man te bedienen slinger om de kabel op en neer te bewegen in de mijnschacht. Hij pakte de slinger en trok eraan, waarop het handvat afbrak. 'Nou, dat kunnen we dus wel vergeten,' mompelde hij.

Maar Kirov was al bezig uit de kofferbak van de auto een opgerold stuk hennptouw te pakken, dat erin lag voor het geval het voertuig het begaf en weggesleept moest worden. Hij maakte het ene uiteinde van het touw met een lus vast aan de bumper van de Emka, liep naar de rand van het gat en gooide de rest van de rol in de mijnschacht naar beneden.

De drie mannen luisterden hoe het touw zich in de duisternis ontrolde. Toen het de grond raakte hoorden ze een pets.

Pekkala ging aan de rand van de put staan en pakte het touw vast. Hij leek te aarzelen.

'Zou je het wel doen?' vroeg Anton.

'Geef me de zaklantaarn,' zei Pekkala.

Toen Anton hem die had aangereikt, leunde Pekkala achterover aan het touw om te zien of het wel sterk genoeg was. Het henneptouw kraakte aan de bumper, maar hield. Terwijl Kirov het touw optilde, zodat het niet over de rand van de mijnschacht zou schuren, liep Pekkala naar de rand en leunde achterover boven het gat. Hij pakte het touw zo stevig vast dat het bloed uit zijn knokkels verdween en liet zich in de schacht zakken. Binnen enkele ogenblikken was hij uit het zicht verdwenen.

De twee mannen bovenaan keken hoe de zaklantaarn heen en weer slingerde op Pekkala's borst en afwisselend licht wierp op zijn voeten, het touw en de gladde wand van de mijnschacht. Het licht werd steeds kleiner, en Pekkala's ademhaling klonk nog slechts als een holle nagalm.

'Hij was bang, dacht ik,' zei Kirov.

'Hij is bang,' zei Anton.

'Voor de lijken?'

'Nee, voor die lijken is hij niet bang. Opgesloten zijn in een kleine ruimte, daar kan hij niet tegen. En dat zal hij mij nooit vergeven.'

'Waarom is dat jouw schuld?' vroeg Kirov.

'Het was een spelletje,' zei Anton. 'Tenminste, zo begon het. Ooit, toen we kinderen waren, zijn we op een plek geweest waarvan onze vader ons heeft laten beloven dat we er nooit meer naartoe zouden gaan. Diep in de bossen achter ons huis was een crematoriumoven waar hij voor zijn begrafenisonderneming gebruik van maakte. Er zat een hoge schoorsteen op, die tot aan de toppen van de bomen reikte, en de oven zelf was een soort grote ijzeren bak die op een bakstenen sokkel rustte. Als ik op de dagen dat hij de oven gebruikte naar mijn slaapkamer ging, zag ik de rook boven de toppen van de bomen. Onze vader had ons wel verteld van de oven, maar ik had hem zelf nooit gezien. Ik wilde er wel naartoe, maar ik was veel te bang om dat alleen te doen. Ik haalde mijn broer over om me te vergezellen. Hij zou er anders nooit naartoe zijn gegaan. Hij was overdreven gehoorzaam, maar hij is jonger dan ik, en op die leeftijd kon ik hem overtuigen.

Op een herfstdag gingen we naar de oven kijken. Niemand zou ons missen, wisten we. We waren wel vaker uren achter elkaar weg.

De grond was hard. De eerste sneeuw was al gevallen maar bleef nauwelijks liggen – alleen hier en daar op de droge bladeren. We keken telkens achterom in de verwachting onze vader te zullen zien die ons achterna kwam, maar na een tijdje realiseerden we ons dat we alleen waren.

Er zat een bocht in het pad, en ineens doemde de oven voor ons op. Hij was kleiner dan ik had gedacht. En het terrein eromheen was keurig onderhouden. Hij werd met hout gestookt, en de blokken lagen netjes opgestapeld. De grond was geveegd, en mijn vader had een bezem achtergelaten om de deur van de oven open te houden. De zon scheen wel, maar de oven stond onder de bomen en daarbinnen leek het donker en koud.

Ik pakte de bezem en opende de deur van de oven. Binnen zag ik een lange lade, een soort brancard. Het was er grijs van de as, maar de brancard was zo schoon als maar kon. Mijn vader hechtte belang aan dat soort dingen. Er kwam nooit iemand anders bij de oven, voor zover hij wist tenminste, maar het moest er netjes en waardig uitzien.

Bijna meteen nadat we er waren aangekomen, wilde mijn broer weer teruggaan. Hij was ervan overtuigd dat onze vader erachter zou komen dat we er geweest waren. Ik stelde toen voor dat een van ons in de oven zou kruipen, alleen maar om te zien hoe het daar was. Eerst wilde mijn broer daar niet van weten. Ik zei dat hij een lafaard was en dat we erom zouden loten. Ik zei tegen hem dat als ik bereid was om het te doen, hij het ook moest zijn. En uiteindelijk kreeg ik hem zover dat hij het met me eens was.'

'En hij trok aan het kortste eind?' vroeg Kirov.

'Dat dacht hij tenminste,' zei Anton. 'Toen ik in de gaten had dat hij aan het langste strootje trok, kneep ik er zo hard in dat het in tweeën brak, zodat hij een strootje trok dat maar half zo lang was.

Ik zei tegen hem dat hij het zich niet kon veroorloven om nu weer naar beneden te gaan, omdat hij dan de rest van zijn leven zou moeten bedenken dat hij had bewezen dat hij een lafaard was. Hij kroop in de oven. Ik had ervoor gezorgd dat hij er met zijn hoofd naar voren in kroop. En toen deed ik de deur dicht.'

'Wát heb je gedaan?'

'Het was maar voor even, alleen om hem aan het schrikken te maken. Maar er zat een veer op het slot van de deur, en ik kon hem niet meer open krijgen. Ik heb het geprobeerd. Eerlijk waar. Maar ik was niet sterk genoeg.

Ik hoorde hem schreeuwen. Hij probeerde eruit te komen. Ik

raakte in paniek en rende naar huis. Het was al donker. En toen ik thuiskwam, zette mijn moeder net het avondeten op tafel. Toen mijn ouders onder het eten vroegen waar mijn broer was, zei ik dat ik het niet wist.

Mijn vader keek me aan. Hij moet hebben geweten dat ik iets te verbergen had. "Steek je handen eens naar voren," zei hij, en toen ik dat deed, pakte hij ze stevig vast en keek ernaar. Ik herinner me dat hij er zelfs nog even aan rook. Toen rende hij het huis uit. Ik zag de lantaarn die hij bij zich had het pad naar de oven op gaan. Een uur later kwam hij terug met mijn broer.'

'En hoe liep het voor jou af?' vroeg Kirov.

'Er gebeurde niets,' antwoordde Anton. 'Mijn broer zei dat hij de deur zelf dicht had getrokken. Het was natuurlijk onmogelijk om dat van binnenuit zelf te doen, en dat moet mijn vader hebben geweten, maar hij deed alsof hij mijn broer geloofde. Hij liet ons alleen wel zweren dat we nooit meer naar die oven toe zouden gaan.'

'En heeft je broer nooit wraak genomen voor wat jij had gedaan?'

'Wraak?' Anton lachte. 'Sinds hij bij het Fins Regiment ging, was alles in zijn leven wraak voor wat er toen is gebeurd.'

'Ik zou je vermoord hebben,' zei Kirov.

Anton draaide zich om en keek hem aan. Zijn gezicht ging half schuil in het donker. 'Dat zou minder wreed zijn geweest dan wat mijn broer mij heeft aangedaan.'

Halverwege de mijnschacht klampte Pekkala zich extra stevig vast aan het touw.

Het was daar beneden koud en vochtig en het rook er muf, maar het zweet liep tappelings over zijn gezicht. De wand leek als in een draaikolk om hem heen te cirkelen. Herinneringen aan zijn verblijf in de oven wervelden rond in zijn hoofd. Hij dacht eraan hoe hij zijn hand in de duisternis had uitgestoken, hoe hij met zijn vingers langs de stompe tanden van de branders boven in de oven streek. Hij had zijn handen ertegenaan gedrukt, alsof hij wilde voorkomen dat ze vlammen zouden uitbraken. Hij rook de geur nog die daar had gehangen. Eerst had hij geprobeerd om die niet in te ademen, om te zorgen dat die stofdeeltjes niet in zijn longen terecht zouden komen. Maar dat had geen zin. Hij moest ademhalen, en naarmate de lucht in die ijzeren bak zuurstofarmer werd, moest Pekkala zo diep mogelijk inademen, en voortdurend stroomde dan ook die geur bij hem naar binnen en verspreidde zich door zijn bloed als druppels inkt in een glas water.

Pekkala keek omhoog. De opening van de mijnschacht was een lichtblauwe vlek omgeven door het duister van de schachtwand. Enkele minuten lang vocht hij tegen de aandrang om weer naar boven te klimmen. Paniekgolven gingen door hem heen, en hij bleef stil hangen tot ze verdwenen. Toen liet hij zich verder zakken naar de bodem van de schacht.

Het eerste wat hij zag was een deel van de ladder die was losgeraakt en naar beneden was gevallen. Hij stond tegen de muur. Het verroeste ijzer weerkaatste een zwarte en oranje gloed.

Zijn voeten raakten de grond en zonken weg in decennialang opgehoopt stof. De grond lag bezaaid met stukken halfvergane houten steunbalken vol spijkers.

Pekkala liet het touw los en masseerde zijn handen om het bloed weer te laten stromen. Toen pakte hij de zaklantaarn en scheen ermee in de duisternis.

De ruimte was daar breed, maar de gang die naar het inwendige van de mijn leidde werd al snel nauwer en op een gegeven moment splitste hij zich in tweeën en zag je de roestige rails met een bocht de duisternis in gaan. Beide tunnelgangen waren geblokkeerd door een berg stenen. Pekkala wist dat mijnen soms al werden gesloten voordat ze volledig uitgegraven waren. De mijnwerkers hadden de tunnels waarschijnlijk opzettelijk laten instorten om ervoor te zorgen dat de delfstoffen er niet uit gehaald zouden worden, voor het geval ze er ooit nog zouden terugkeren. De wagentjes die over de rails hadden gereden, stonden in een nis. Aan de zijkanten vertoonden ze blutsen en deuken door het intensieve gebruik dat ervan was gemaakt, en het ijzer was bedekt met een witgeel poeder. Pekkala had ineens te doen met de mannen die in de tunnels hadden gewerkt, zonder daglicht en met al die tonnen aarde boven hun gekromde ruggen.

Pekkala liet het licht van de zaklantaarn door de ruimte gaan en vroeg zich af waar de lichamen lagen, en de gedachte kwam bij hem op dat zijn broer zich misschien had vergist. Misschien had die gek jaren eerder in deze mijn gewerkt en het verhaal alleen maar uit zijn duim gezogen om aandacht te krijgen. Hij was deze gedachte nog aan het uitwerken toen hij zich omdraaide. Hij liet de lichtbundel door het donker gaan, en ineens drong het tot hem door dat hij vlak naast ze stond.

Ze lagen erbij zoals ze neergekomen waren: een groteske hoop botten, textiel, schoenen en haren. Het waren er een aantal, maar het was zo'n wirwar dat hij niet kon zeggen hoeveel het er waren.

Hij was aan de ene kant van de schacht neergekomen, en zij kennelijk aan de andere kant.

Toen de zaklantaarn als een kaarsvlam in de wind begon te flakkeren, kon Pekkala zich bijna niet bedwingen om zo snel mogelijk weg te gaan van die plek. Maar hij wist dat hij dat niet zomaar kon doen. Nog niet, ook al zoog de angst alle lucht uit zijn longen.

Pekkala dwong zichzelf om voet bij stuk te houden, en hij bedacht dat hij in het verleden vele lijken had gezien, vaak in een nog slechtere staat dan deze hier. Maar die lijken waren voor hem anoniem geweest, in de dood evenzeer als ze bij leven waren geweest.

Hij schrok van een geluid dat langs de wand weerkaatste. Het duurde even voordat het tot Pekkala doordrong dat het de stem van zijn broer was, die van bovenaf naar hem riep.

'Heb je iets gevonden?'

'Ja,' riep hij naar boven.

Er viel een lange stilte.

'En?' klonk de stem van zijn broer naar beneden.

'Ik weet het nog niet.'

Boven bleef het stil.

Pekkala keek weer naar de lichamen. Het ontbindingsproces was hier beneden in de mijn vertraagd verlopen. De kleding was nog grotendeels intact en er waren geen vliegen of andere insecten waarvan de larven de lijken tot op het bot zouden hebben kaalgevreten als ze boven de grond hadden gelegen. Ook waren er geen tekenen dat ratten of muizen aan de doden hadden geknaagd. Door de diepte van de mijn en de verticale toegang hadden ze niet bij de lijken kunnen komen. Hij wist niet welke grondstoffen men hier had gedolven, maar die zouden eventueel ook een conserverende werking gehad kunnen hebben.

De slachtoffers bleken gedeeltelijk gemummificeerd te zijn. De huid was groenig bruin geworden, bijna doorschijnend; hij was strak over de botten gespannen en bedekt met een dun laagje schimmel. Hij had dergelijke lijken al eerder gezien: in het ijs ingevroren of begraven in grond met een hoge zuurgraad zoals veenmoerassen. Pekkala herinnerde zich ook een geval waarin een moordenaar een lijk in de schoorsteen van een fabriek had gepropt. In de jaren dat het slachtoffer daarin verborgen had gezeten was het zo doorrookt geraakt dat het de consistentie van schoenleer had gekregen. Het lijk was opmerkelijk goed geconserveerd, maar zodra de politie het eruit haalde, was het met verbazingwekkende snelheid verteerd.

Zoals de lichamen er nu aan toe waren, waren ze nog intact, maar hij wist dat ook in dit geval het verval snel zou toeslaan wanneer men ze naar boven zou brengen. Hij was blij dat er was besloten ze hier te laten liggen totdat er een goed uitgerust team aan het werk kon worden gezet om ze weg te halen.

Aanvankelijk zorgde Pekkala ervoor dat hij niets aanraakte.

Boven op de hoop lag het lijk van een vrouw, op haar rug met de armen naar opzij. Ze lag er zo bij dat ze door de val om het leven gekomen zou kunnen zijn, concludeerde Pekkala, maar het was duidelijk dat ze toen al dood moest zijn geweest. Haar schedel was verbrijzeld doordat ze tussen de ogen, boven aan de neus, getroffen was door een kogel die het deel van de hersenen dat bekendstaat als de *dura oblongata* had doorboord. De vrouw moest op slag dood zijn geweest. Wie dit had gedaan, had precies geweten wat hij deed, realiseerde Pekkala zich. Maar er was meer nodig geweest dan alleen de wetenschap hoe je iemand moet doden. Vassilejev had het er bij hem ingestampt dat de manier waarop een moord is gepleegd veel zegt over de moordenaar. Zelfs in gevallen waarin lijken vreselijk verminkt waren, meestal met een mes, waakten de meeste moordenaars ervoor om het gezicht van hun slachtoffer te beschadigen. Degenen die hun slachtoffers met een vuurwapen ombrachten, vuurden doorgaans meerdere schoten op hen af, meestal op de borst. En in die gevallen waarin een pistool was gebruikt door een ongeoefende schutter, vertoonden de lijken vaak verscheidene wonden op willekeurige plekken, doordat de schutter had onderschat hoe onnauwkeurig deze wapens waren. Pekkala wist van mensen die aan de dood ontsnapt waren, hoewel ze van vlakbij waren beschoten.

Als een moord door een goedgetrainde schutter was gepleegd, kon je er doorgaans van uitgaan dat het een executie was. En ook dan was er sprake van een bepaalde signatuur. Tussen de oren, aan de achterkant van het hoofd, bevindt zich een klein botje, de zogenoemde achterhoofdsknobbel. Professionele moordenaars zetten de loop van hun pistool precies op die plek, zodat ze hun slachtoffer met één enkel schot doden. Pekkala had in de beginfasen van de revolutie veel van dat soort executies gezien, aan beide kanten. De moordenaar liet dan zijn slachtoffer op de buik liggend achter, op open terrein, in een greppel of ergens in de sneeuw, met de handen op de rug gebonden en het voorhoofd opengescheurd door de uittredende kogel.

Een van de redenen om deze methode te hanteren was dat de moordenaar zijn slachtoffer daarbij niet in het gezicht hoefde te kijken. Maar degene die deze vrouw had gedood, had recht voor haar gestaan. Het vereiste een bijzondere kilheid om iemand zo te kunnen doden, wist Pekkala.

In gedachten was hij al bezig een portret op te stellen van de moordenaars, want hij ging ervan uit dat het er meer dan één was geweest. Vrijwel zeker mannen. Vrouwen werden doorgaans niet ingezet bij executieteams, maar er waren uitzonderingen. De Roden hadden wel gebruikgemaakt van vrouwen in hun doodseskaders, en deze vrouwen waren bloeddorstiger gebleken dan hun mannelijke collega's. Hij herinnerde zich de bolsjewistische moordenares Rosa Schwartz, die verantwoordelijk was geweest voor de dood van honderden voormalige tsaristische officieren. Ze was voor haar moorddadige optreden uitgeroepen tot nationale heldin en had een ereronde door het land gemaakt als Rode Rosa, met een bos rozen in de hand en gekleed in een witte jurk, als een maagd op haar trouwdag. Een andere aanwijzing dat de moordenaars mannen waren geweest, was het feit dat al deze schedels wonden vertoonden waar de kogels waren uitgetreden, wat wees op het gebruik van pistolen van een groot kaliber. Vrouwen, zelfs zij die deel uitmaakten van doodseskaders, gebruikten doorgaans wapens van een kleiner kaliber.

Toen onderzocht Pekkala de kleding, waarbij hij de zaklantaarn dicht bij het lichaam van de vrouw hield, zodat hij kon zien van wat voor materiaal die gemaakt was. Het eerste waar zijn oog op viel waren de parelmoeren knoopjes op haar jurk, die ooit rood moesten zijn geweest, maar nu vlekkerig roze waren. Hij zuchtte. Dit was kleding zoals rijke mensen die droegen. Anders zouden de knopen van been of hout zijn geweest. Het haar hing in lange samengeklitte lokken over de kleding.

Op de ontblote armen zag hij vetafzettingen die waren omgezet in adipocera, een zeepachtig, grijsgeel goedje dat bekendstond als lijkenvet.

Het leer van de schoenen was gekrompen en verwrongen; de kleine spijkertjes die het leer ooit bij elkaar hadden gehouden, staken nu als tandjes uit de zolen. Hij werd gesterkt in zijn overtuiging. Dit was geen schoeisel van arbeiders, ook niet van het soort mensen dat je op het platteland treft, en voor het ruige Siberië was het veel te elegant.

Op dat moment flakkerde de zaklantaarn en doofde.

De duisternis die hem omhulde was zo volledig dat het leek alsof hij ineens blind was geworden. Pekkala begon sneller en oppervlakkiger te ademen. Hij vocht tegen de paniek die in hem rondtolde alsof die een eigen leven leidde.

Vloekend schudde hij de zaklantaarn heen en weer, en toen flitste het licht weer aan.

Terwijl hij het zweet van zijn gezicht veegde, ging Pekkala weer aan het werk. Hij had tot nu toe bij zijn bestudering niets aan de situatie veranderd, maar nu stak hij zijn handen uit en raakte de lijken aan. Zijn vingers trilden.

Hij probeerde een emotionele afstand tot de lijken te bewaren, zoals dokter Bandelajev hem had geleerd. 'Je moet ze zien als puzzels, niet als mensen,' had de dokter gezegd.

Hij stak zijn handen onder de rug van de vrouw tussen de lagen vochtig en beschimmeld textiel die de lijken van elkaar scheidden en tilde de vrouw op. Het lichaam was nog behoorlijk zwaar, in tegenstelling tot het lijk dat hij destijds uit de schoorsteen had gehaald, dat zo licht had aangevoeld dat het hem had doen denken aan een lampion.

Hij wilde de lijken naast elkaar leggen, maar toen hij de vrouw op de grond legde, raakte haar hoofd los. Het rolde aan de andere kant van de hoop naar beneden en viel op de grond met een geluid alsof je een aardewerken pot laat vallen. Hij liep langs de andere lijken en raapte het hoofd voorzichtig op. Op dat moment zag hij in het licht van de zaklantaarn de mouw van een herenoverhemd, waar, als een vogelpootje, een verschrompelde hand uit stak.

Hij had de vrouw die boven op de hoop had gelegen niet onmiddellijk kunnen identificeren, maar toen hij de hand zag, voelde hij zo'n zekerheid dat die hem een rilling bezorgde. Er waren geen specifieke kenmerken aan de hand te zien, maar Pekkala had geleerd om vertrouwen te hebben in dit soort instinctmatige overtuigingen, ook al waren die nog niet getoetst aan rationele overwegingen.

Pekkala legde het hoofd van de vrouw bij de rest van haar lichaam en richtte zijn aandacht op het volgende lijk.

In de loop van het daaropvolgende halfuur ontwarde Pekkala de lichamen van nog drie vrouwen en legde ze op de grond. Allen waren in het gezicht geschoten.

Inmiddels twijfelde hij er nauwelijks nog aan dat dit de zusters Romanov waren: Olga, Maria, Anastasia en Tatjana.

Onderop lag nog een vijfde vrouw, vast en zeker de tsarina, te oordelen aan de omvang van haar lichaam en de wat volwassener aandoende snit van haar kleding. Ook zij was door het hoofd geschoten, maar in tegenstelling tot de anderen van achteren. Zoals bij de meeste wonden van dit type had ook in dit geval de uittredende kogel het voorhoofd weggerukt, waardoor de schedel een groot gat vertoonde. Zo was ze dus gestorven, bedacht Pekkala, terwijl ze een van haar kinderen probeerde te beschermen.

Bij allen moest de dood onmiddellijk zijn ingetreden, realiseerde Pekkala zich, en daaraan probeerde hij enige troost te ontlenen.

Het viel Pekkala op dat de vrouwen zich kennelijk niet hadden verzet. De schoten waren allemaal goed gericht geweest, wat niet had gekund als de slachtoffers strijd hadden geleverd.

Toen kwam het laatste lichaam aan de beurt.

Maar inmiddels raakten de batterijen van zijn zaklantaarn uitgeput. Het licht door het bolle glas was eerst verblindend wit geweest, maar was nu nog maar dof kopergeel. De gedachte dat de lantaarn het helemaal zou laten afweten, zodat hij als een blinde tussen de lijken zou staan, vervulde hem met sprakeloze angst.

Het laatste lichaam was dat van een man die op zijn zij lag. Zijn skelet was deels in elkaar gedrukt door het gewicht van de andere lijken die erop waren gegooid. De ribbenkast en de sleutelbeenderen waren verbrijzeld. Op de grond onder hem en om hem heen lag een plas zwarte, olieachtige substantie. Het hele lijk was bedekt met een laag droge, geelbruine schimmel. De knopen van zijn jas staken als paddenstoeltjes uit het textiel naar boven. Pekkala stak zijn hand uit, wreef met zijn duim het stof weg dat de knoop bedekte en zag de dubbele adelaar van de Romanovs.

De linkerarm van de man, die hij uit de hoop had zien steken, was gebroken, waarschijnlijk door de val. De rechterarm lag over zijn gezicht, alsof hij nog had geprobeerd zijn hoofd te beschermen. Pekkala vroeg zich af of de man de val had overleefd en misschien had geprobeerd de lichamen die na hem naar beneden werden gegooid te ontwijken.

Behalve de rijbroek en de hoge laarzen droeg de dode man een uniformjasje in gymnastiorkastijl, dat met haakjes dicht ging in plaats van met knopen, en waarvan de opstaande kraag versierd was met dikke stroken zilverbrokaat. Het jasje was oorspronkelijk licht groenbruin geweest en de voorkant en de zoom waren afgezet met hetzelfde zilverbrokaat als op de kraag. Nu had het de kleur van rotte appelen.

Hij had dit uniformjasje eerder gezien, en er bestond voor Pekkala geen twijfel meer dat dit inderdaad het lichaam van de tsaar was. De tsaar bezat tientallen uniformen van de verschillende geledingen van het Russische leger. Dit uniform, dat de tsaar altijd droeg bij inspectie van zijn garderegiment, was een van de meest comfortabele en daarom ook een van zijn favoriete geweest.

Op de borst van het jasje waren duidelijk vier schotwonden te zien. Pekkala bestudeerde de verbleekte vlekken van het bloed dat zich vanuit de wond had verspreid. Het textiel vertoonde sporen van verbranding, wat een teken was dat het schot van zeer dichtbij was afgevuurd. Voorzichtig verschoof Pekkala de arm, zodat hij het gezicht van de dode man beter kon zien. Hij had zonder meer verwacht dat de schedel gebarsten zou zijn, net als bij de rest, maar constateerde tot zijn verbazing dat die nog intact was. Er was geen kogel binnengedrongen in de dura oblongata. In verwarring staarde hij naar de resten van de keurig geknipte baard, de holte waar de neus had gezeten en de verschrompelde lippen, met daartussenin een sterk, regelmatig gebit.

Pekkala week achteruit en ademde gretig lucht in die niet vervuld was van het stof van de verrotting. Hij keek naar boven, naar de plek waar aan een fluwelen stukje hemel te zien was waar de opening van de mijnschacht zich bevond. En op dat moment was het alsof Pekkala uit de begrenzing van zijn eigen lichaam trad en door de ogen van de tsaar keek, in de laatste seconden van diens leven daar onder in de mijn. Van boven werden spiesen van licht naar omlaag gestoken. Ze weerkaatsten glinsterend in de tunnel van nat steen. Overal om hem heen glansden verlichte regendruppels als edelstenen. Toen zag hij de silhouetten van de vrouw en de dochters van de tsaar naar beneden tuimelen, recht op hem af, de armen gespreid als vleugels en met wapperende jurken. Pekkala voelde hen dwars door zich heen gaan, gevolgd door een inktzwarte duisternis vol met kometen, en hij hoorde hun beenderen breken als glas.

Pekkala schudde de nachtmerrie van zich af en dwong zichzelf om zich te concentreren op het werk dat hij te doen had. Waarom, vroeg Pekkala zich af, zou de moordenaar de vrouwen hebben geëxecuteerd met een schot in het hoofd, maar het gezicht van de tsaar intact hebben gelaten? Het zou begrijpelijker zijn geweest als het andersom was gedaan, vooral wanneer de moorden door mannen waren gepleegd, zoals hij vermoedde. Die zouden eerder geneigd zijn geweest iemand van het eigen geslacht zo te verminken.

Plotseling begon Pekkala's hart woest te bonzen. Hij was zo in beslag genomen geweest door de details dat hij iets was vergeten wat veel belangrijker was.

Het lijk van de tsaar was het laatste dat hij in de mijnschacht had gevonden.

In de hoop dat hij zich misschien had vergist, liet Pekkala zijn blik nog eens over de lichamen van de vrouwen gaan die hij op de aarden bodem van de mijn had gelegd.

Maar hij had zich niet vergist. Er ontbrak een lichaam. Aleksej bevond zich niet onder de doden.

Telkens als Pekkala aan de jongen dacht, kreeg hij een brok in zijn keel. Van alle leden van de familie had hij het meest van Aleksej gehouden. De dochters waren charmant, met name de oudste dochter Olga, maar alle vier de zussen waren afstandelijk geweest. Ze waren mooi, maar op een melancholieke manier, en maar zelden hadden ze notitie van hem genomen. Pekkala wist dat hij hen nerveus maakte, boven hen uit rijzend in zijn zwarte overjas en ogenschijnlijk onaangedaan door alle frivoliteiten waarmee zij een groot deel van hun leven vulden. Pekkala was niet zo verfijnd geweest als de schier eindeloze reeks bezoekers die de familie Romanov ontving. De stijlvol geklede baronnen, graven en prinsen – altijd hadden ze wel een titel – die hun snor opdraaiden en hun verhalen doorspekten met uitroepen in het Frans, hadden Pekkala te onbehouwen gevonden om in hun gezelschap te verkeren.

'Let maar niet op hen, Pekkala!' zei Aleksej.

Na berichten dat er in Petrograd op straat een ontploffing was geweest, liet de tsaar Pekkala naar de tsaristische residentie Tsarskoje Selo buiten de stad komen.

Toen hij de werkkamer van de tsaar in de noordelijke vleugel van het Alexanderpaleis binnenging, liep een stel andere gasten zonder hem ook maar een blik waardig te keuren langs hem heen de kamer uit.

De tsaar zat aan zijn bureau.

Aleksej zat naast hem met een wit verband om zijn hoofd, dat was besmeerd met een kruidenzalf die hem door Raspoetin was voorgeschreven.

Aleksejs gelaatsuitdrukking was hetzelfde als altijd: hartelijk en verdrietig tegelijk. Het leven van de jongen was zo vaak bedreigd geweest door de hemofilie waaraan hij leed dat de tsaar en vooral tsarina Alexandra ook fysiek aan de ziekte leken te lijden. Aleksej kon doodbloeden door elk onbenullig wondje of schram. Door deze kwetsbaarheid was hij gedwongen te leven alsof hij van glas was. En doordoor leefden ook zijn ouders alsof ze kwetsbaar waren, kwetsbaar als de tienduizenden stukjes barnsteen waarmee de muren van de barnsteenkamer in het Catharinapaleis bedekt waren, of als de buitengewoon complexe Fabergé-eieren die de tsaar als verjaardagscadeau aan zijn vrouw schonk.

Zelfs Aleksejs vrienden waren door zijn ouders zorgvuldig uitgekozen op hun voorzichtigheid bij het spel. Pekkala herinnerde zich de zachte stemmen van de gebroeders Makarov – magere, nerveuze jongens met flaporen, die voortdurend met opgetrokken schouders rondliepen, alsof ze wachtten op het afsteken van vuurwerk. Ondanks zijn kwetsbaarheid had Aleksej hen echter overleefd, want beiden waren in de oorlog gestorven.

Maar welke voorzorgsmaatregelen de ouders ook troffen, het leek alsof ze dachten dat Aleksej elk moment de geest kon geven. En dan zouden ook zij tot stof vergaan.

'Aleksej heeft gelijk,' zei de tsaar. 'Je moet je niks aantrekken van de mensen.' Hij maakte een wegwerpgebaar in de richting van de gasten.

'Ze hebben je niet verwelkomd op de manier die je verdient,' zei Aleksej.

'Ze kennen me niet,' antwoordde Pekkala.

'Wees daar maar blij om.' De tsaar glimlachte. Hij leek altijd op te monteren als Pekkala in de buurt was.

'Maar wij kennen jou wel, Pekkala,' zei Aleksej, 'en daar gaat het om.'

'En kijk nou eens wat ik hier heb, Pekkala!' De tsaar wees naar een rode zakdoek die op het bureau lag. De zakdoek leek niet op zijn plaats naast de netjes gerangschikte pennen, de schaar, de inktpot en de briefopener met het jaden heft. De tsaar vond dat zijn bureau altijd keurig opgeruimd moest zijn. Als hij in zijn werkkamer met mensen sprak, en vooral als hij niet veel op had met zijn gezelschap, verschoof hij de voorwerpen die er lagen regelmatig een klein beetje, alsof een millimeter meer of minder tussenruimte een absolute noodzaak was voor zijn geestelijke gezondheid.

Met het zwierige gebaar van een goochelaar die een truc presenteert tilde hij de zakdoek op en onthulde wat eronder lag.

Voor Pekkala zag het eruit als een soort groot ei. De kleuren waren helder – een mengeling van vlammend groen, rood en oranje. Hij vroeg zich af of het misschien weer een creatie was van Fabergé.

'Wat vind je ervan, Pekkala?' vroeg de tsaar.

Pekkala wist hoe hij dit soort spelletjes het beste kon aanpakken. 'Het lijkt mij een...' – hij zweeg even – '... een soort toverboon.'

De tsaar barstte in lachen uit, zodat je zijn sterke witte gebit zag.

Aleksej lachte ook, maar hij boog dan altijd zijn hoofd en hield een hand voor zijn mond.

'Een toverboon!' riep de tsaar. 'Dat is het mooiste wat ik ooit heb gehoord!'

'Het is een mango,' zei Aleksej. 'De mensen die net weggingen hadden hem voor ons meegebracht als cadeau. Helemaal uit Zuid-Amerika, met de snelste schepen en treinen. Ze zeiden dat die mango geen drie weken geleden nog aan een boom hing.'

'Een mango,' zei Pekkala, die bij zichzelf naging of hij dat woord ooit eerder had gehoord.

'Het is een soort vrucht,' zei de tsaar.

'Pekkala heeft geen tijd voor mango's,' zei Aleksej, in een poging hem een glimlach te ontlokken.

Pekkala stak zijn wijsvinger op. 'Tenzij die zich schuldig heeft gemaakt aan een misdaad,' zei hij.

'Een misdaad!' lachte de tsaar.

Pekkala stak zijn hand uit naar de mango, en toen de tsaar hem die aanreikte, deed Pekkala alsof hij hem nauwkeurig onderzocht. 'Verdacht,' mompelde hij. 'Zeer verdacht.'

Aleksej leunde achterover in zijn stoel.

'Tja,' zei de tsaar, die het spel meespeelde, 'dan zal hij daarvoor de hoogste prijs moeten betalen. Er zit maar één ding op.' Hij opende de lade van zijn bureau en haalde er een groot knipmes met een heft van hertshoorn uit.

De tsaar knipte het mes met een harde klik open. Hij pakte de vrucht en sneed vervolgens de kleurige schil open, waardoor het feloranje vruchtvlees binnenin zichtbaar werd. Voorzichtig sneed hij in de mango. Het losgesneden stuk hield hij tussen de platte kant van het lemmet en de zijkant van zijn duim en hij bood het aan Pekkala aan, waarna hij Aleksej een stuk gaf en daarna zelf ook wat nam.

Ze kauwden alle drie in stilte.

Pekkala had het gevoel dat het zoete, koele vruchtvlees in zijn mond heen en weer sprong. Onwillekeurig liet hij enig waarderend gebrom horen.

'Pekkala vindt het lekker,' zei Aleksej.

'Zeker,' beaamde Pekkala. Over de schouder van de tsaar keek hij naar de sneeuw die buiten viel.

Op een gegeven moment was de mango op. De tsaar veegde het mes af aan de rode zakdoek en legde het weer op zijn bureau. Toen hij weer opkeek en de blik van Pekkala ontmoette, was op zijn gezicht de harde uitdrukking verschenen die hij altijd had als de problemen van de buitenwereld hem dwarszaten.

Hij was al tot de slotsom gekomen dat de berichten over de bomaanslag in Petrograd op waarheid berustten. En zelfs zonder te weten wie er vermoord was, twijfelde de tsaar er geen moment aan dat het iemand moest zijn die hem tot aan het bittere einde trouw was geweest. Het was alsof hij het gehavende lichaam van minister Orlov voor zich zag, die – zoals hij later zou horen – bij de aanslag om het leven was gekomen en daarbij zodanig uit elkaar was gerukt dat zijn wervelkolom als een witte slang naast zijn ribbenkast lag.

Dergelijke aanslagen kwamen steeds vaker voor. Hoeveel terroristische complotten er ook aan het licht kwamen, veel andere bleven onopgemerkt.

'Ik wil het niet hebben over de recente onverkwikkelijkheden in Petrograd,' zei de tsaar. Het was meer een verzoek dan een bevel. Met een vermoeid gebaar legde hij zijn handen op zijn gezicht en wreef met zijn vingertoppen in zijn gesloten ogen. 'Dat zoeken we later wel uit.'

'Ja, majesteit.'

Aleksej, die niet op de hoogte was van de werkelijke reden van het bezoek van Pekkala, keek hem nog steeds met een glimlach aan.

Pekkala knipoogde.

Aleksej knipoogde terug.

Pekkala liep drie passen achteruit, draaide zich om en liep naar de deur.

'Pekkala!' riep de tsaar.

Pekkala bleef staan, draaide zich weer om en wachtte.

'Blijf altijd jezelf!' zei de tsaar.

'Altijd!' riep Aleksej.

Pekkala liep de werkkamer van de tsaar uit en sloot de deur achter zich. En terwijl hij dat deed, hoorde hij Aleksej zeggen: 'Papa, waarom zie ik nooit een glimlach op het gezicht van Pekkala?'

Pekkala bleef staan. Hij wilde geen luistervink spelen, maar de vraag had hem verrast. Hij zag zichzelf niet als iemand die nooit lachte.

'Pekkala is een serieus man,' antwoordde de tsaar. 'Hij beziet de wereld met een ernstige blik. Hij heeft geen tijd voor de spelletjes waar jij en ik van houden.'

'Is hij ongelukkig?' vroeg Aleksej.

'Nee, ik denk het niet. Hij houdt gewoon voor zich hoe hij zich voelt.'

'Waarom heb je hem uitgekozen als jouw speciale opsporingsambtenaar? Waarom heb je daar niet gewoon een andere functionaris van de Ochrana of de gendarmerie voor uitgekozen?'

Pekkala keek links en rechts de lege gang in. Uit kamers verderop klonk gelach. Hij zou eigenlijk door moeten lopen, maar de vraag van Aleksej was er een die hij zichzelf ook vaak had gesteld, en hij had het idee dat als hij het antwoord nu niet te horen zou krijgen, hij het nooit zou weten. Dus bleef hij staan, hield zijn adem in en deed moeite om te verstaan wat er achter het dikke hout van de deur gezegd werd.

'Een man als Pekkala realiseert zich niet waar hij allemaal toe in staat is,' zei de tsaar. 'Ik wist het meteen toen ik hem de eerste keer zag. Weet je, Aleksej, mensen in onze positie moeten met één enkele blik kunnen doorgronden wat voor karakter de mensen hebben met wie we te maken krijgen. We moeten weten of we iemand kunnen vertrouwen of dat we ze op afstand moeten houden. Wat de mensen doen, is belangrijker dan wat ze zeggen. Ik heb gezien hoe Pekkala weigerde om met een paard over een hek met prikkeldraad te springen dat een sadist van een sergeant had opgesteld, en ik zag hoe hij zich gedroeg toen de sergeant hem een uitbrander gaf. Weet je, hij toonde geen spoor van angst. Als ik er geen getuige van was geweest, zou die sergeant Pekkala oneervol hebben ontslagen wegens insubordinatie. En Pekkala zou er geen traan om gelaten hebben.'

'Maar waarom niet?' vroeg Aleksej. 'Als hij niet bij het regiment wilde...'

'O, maar dat wilde hij wel. Alleen niet op die voorwaarden. De meeste cadetten zouden het paard gewoon opgeofferd hebben en gedaan hebben wat hun gezegd was.'

'Maar is dat dan niet belangrijk?' vroeg Aleksej. 'Onvoorwaardelijke gehoorzaamheid?'

'Soms wel, ja. Maar niet bij wat ik in gedachten had.'

'U bedoelt dat u hem hebt uitgekozen omdat u dacht dat hij misschien níét zou doen wat hem gezegd werd?'

'Aleksej, ik was op zoek naar een man die niet zwicht voor bedreiging, straf of omkoping om voorbij te gaan aan zijn eigen gevoel voor wat goed en fout is. En dat zal iemand als Pekkala nooit overkomen.'

'Maar waarom niet?'

'Omdat het nooit bij hem zou opkomen. Aleksej, de kans dat je een man als hij treft is minder dan één op een miljoen, en als dat het geval is, weet je dat meteen bij de eerste ontmoeting.'

'Waarom zou hij het werk willen doen dat hij doet?' vroeg Aleksej. 'Denkt u dat hij van zo'n leven houdt?'

Het is geen kwestie van houden van of niet,' zei de tsaar. 'Hij is ervoor voorbestemd, zoals een windhond voorbestemd is om hard te lopen. Hij doet datgene waarvoor hij op aarde is, omdat hij weet dat het ertoe doet.'

Terwijl hij naar de tsaar luisterde, dacht Pekkala aan zijn vader, die werk deed dat niemand anders wilde doen. De afgelopen maanden had Pekkala meer dan eens met verbijstering bedacht dat zijn werk voor de tsaar het gevolg was van een serie uiterst toevallige omstandigheden. Maar nu hij hoorde wat de tsaar zei, kreeg hij het gevoel dat wat hem een onvoorstelbare toevalligheid had geleken eigenlijk juist bijna onvermijdelijk was geweest.

'Hebt u echt iemand nodig als hij?' vroeg Aleksej.

'Helaas zit de Ochrana vol spionnen. En hetzelfde geldt voor de gendarmerie. Die twee diensten bespioneren elkaar. We planten spionnen in de gelederen van de terroristen, we creëren zelfs spionnen die activiteiten tegen ons lijken te ondernemen, maar die in feite doen wat de overheid hun opdraagt. Er is onvoorstelbaar veel bedrog. Wanneer mensen menen te worden geregeerd door leiders die ze niet kunnen vertrouwen, is het land op weg naar de ondergang. En nu het er zo voor staat, Aleksej, hebben de mensen in elk geval één man op nodig wie ze zonder meer kunnen vertrouwen.'

'Meer dan op u, papa?'

'Ik hoop van niet,' zei de tsaar, 'maar het antwoord is evengoed ja.'

'Alles in orde met je?' echode Kirovs stem in de mijnschacht.

Toen Pekkala opkeek, zag hij hoog boven zich de silhouetten van Anton en Kirov, die over de opening gebogen stonden.

'Alles goed, ja,' stamelde hij.

'Zijn ze daar, degenen die we dachten?' vroeg Anton.

'Ja, op één na.' Tot nu toe had Pekkala met maar drie mogelijkheden rekening gehouden: dat er op de bodem van de schacht geen lijken zouden liggen, dat daar wel lijken zouden liggen maar niet die van de Romanovs en ten slotte dat ze de Romanovs er inderdaad dood zouden aantreffen. Hij had geen rekening gehouden met de mogelijkheid dat een van de Romanovs zou ontbreken.

'Op één na?' riep Kirov. 'Wie dan niet?'

'Aleksej,' riep Pekkala.

De zaklantaarn was nu bijna helemaal gedoofd en straalde nog slechts een vaag koperkleurig schijnsel uit dat nauwelijks door het bolle glas heen scheen. De duisternis om hem heen werd steeds dichter.

'Weet je het zeker?' vroeg Anton. Zijn stem werd op weg naar beneden in de mijnschacht versterkt als door een megafoon.

Pekkala keek achterom naar de afgesloten tunnels. 'Ja, heel zeker.' Zelfs als Aleksej de val had overleefd, zou hij niet in staat zijn geweest om in een van de tunnels te kruipen, en de jonge hemofilielijder zou zeker aan zijn verwondingen zijn overleden.

Boven aan de mijnschacht spraken de twee mannen op fluistertoon met elkaar, maar ook deze woorden werden versterkt en klonken als het gesis van slangen.

'We halen je omhoog,' riep Anton.

Even later kwam de motor van de Emka grommend tot leven.

'Pak het touw,' riep Anton. 'Kirov rijdt langzaam achteruit, dan trekken we je zo omhoog.'

Het licht van de zaklantaarn flakkerde op de muren, en de schaduwen leken op spoken die uit het gesteente naar buiten traden.

Pekkala pakte het touw.

'Klaar?' vroeg Anton.

'Ja,' antwoordde hij.

De motor maakte toeren, en Pekkala voelde hoe hij langzaam opgetild werd naar het aardoppervlak. Terwijl hij omhoogging keek hij naar de naast elkaar liggende lichamen. Hun monden stonden wijd open, alsof ze met z'n allen een gruwelijk koor vormden.

Het touw stevig omklemmend zette hij zich met zijn voeten af tegen de steile wand van de mijnschacht. Toen Pekkala ten slotte bijna boven was, gebaarde Anton naar Kirov en kwam de auto tot stilstand. Anton boog zich voorover. 'Pak me vast,' zei hij.

Pekkala aarzelde.

'Als ik je wilde vermoorden, had ik dat al eerder gedaan,' zei Anton.

Pekkala liet met één hand het touw los en pakte zijn broer bij zijn onderarm. Anton trok hem naar boven.

Terwijl Kirov het touw oprolde, liep Pekkala naar de auto en leunde met zijn armen over elkaar in gedachten verzonken op de motorkap.

Anton stak hem zijn fles samahonka toe.

Pekkala schudde zijn hoofd. 'Je beseft wel dat we nu twee kwesties hebben op te lossen, hè?' zei hij. 'Ten eerste moeten we nagaan wie de Romanovs hebben gedood, en ten tweede moeten we de tsarevitsj zien te vinden. Hij is misschien nog in leven.'

Anton haalde zijn schouders op en nam zelf een slok. 'Alles is mogelijk,' mompelde hij.

'Ik zal je helpen om het lijk van Aleksej te vinden,' vervolgde Pekkala. 'Maar mocht blijken dat hij nog leeft, dan moet je iemand anders zoeken om hem op te sporen.'

'Wat bedoel je?'

'Ik bedoel dat ik Aleksej niet op een presenteerblaadje aan je zal aanbieden, zodat jij hem kunt vermoorden of voor de rest van zijn leven opsluiten in de gevangenis.'

'Ik moet je iets vertellen.' Anton stopte de fles weer in zijn zak. 'Iets waardoor je misschien van gedachten zult veranderen.'

'Ik twijfel er sterk aan of dat je zal lukken,' antwoordde Pekkala.

'Hoor eens,' zei Anton. 'Vergeet niet dat we al jaren geruchten onderzoeken dat enkele Romanovs het overleefd zouden hebben. We waren ons ervan bewust dat die geruchten op waarheid zouden kunnen berusten. Kameraad Stalin wil ieder lid van de naaste familie van de tsaar die levend wordt gevonden gratie verlenen.'

'En jij denkt dat ik dat geloof?' gromde Pekkala.

'Ik heb je al eerder verteld dat het nooit de bedoeling van Moskou is geweest om alle Romanovs om te brengen. De tsaar moest worden berecht, en hij zou inderdaad schuldig zijn bevonden en inderdaad vrijwel zeker zijn terechtgesteld. Maar er is nooit gezegd dat zijn hele familie uitgeroeid zou moeten worden. Ze zouden worden gebruikt als ruilobject. Ze waren van te veel waarde om ze maar gewoon af te maken.'

'Maar Moskou heeft al gezegd dat de hele familie is vermoord!' zei Pekkala. 'Waarom zou Stalin erkennen dat hij zich heeft vergist? Het zou voor hem meer zin hebben om de tsarevitsj te laten doden dan toe te geven dat hij iets heeft gezegd wat niet waar was.'

'Misschien heeft een van de bewakers zich ontfermd over Aleksej. Misschien hebben ze hem in veiligheid gebracht en verborgen totdat hij geen gevaar meer liep. Als dat het geval was, zou er geen sprake zijn van onwaarheid. Dan zou Moskou kunnen zeggen dat ze gewoon niet op de hoogte waren. Aleksej in leven laten betekent in de ogen van Stalin dat we niet meer bang zijn voor ons verleden. De Romanovs zullen dit land nooit meer regeren. Aleksej vormt geen bedreiging meer, en daarom is Aleksej voor ons levend meer waard dan dood.'

Kirov had ondertussen de sleepkabel in de auto opgeborgen. Hij deed de kofferbak dicht en liep naar de broers. Hij zei niets, maar het was duidelijk dat hij had meegeluisterd.

'Wat denk jij ervan?' vroeg Pekkala.

Kirov leek verbaasd over die vraag. Hij dacht even na en zei toen: 'Of hij leeft of niet, Aleksej is nu maar een gewoon mens, net als jij en ik.'

'Dat zou de tsaar voor zijn zoon hebben gewild,' zei Pekkala, 'net zoals hij zelf een gewoon mens had willen zijn.'

'Nou?' Anton stak zijn hand uit en tikte zijn broer op de arm. 'Wat vind jij daarvan?'

Ondanks zijn instinctieve wantrouwen kon Pekkala niet ontkennen dat het aanbod van gratie een belangrijk gebaar was. Alleen een regering met voldoende zelfvertrouwen kon zich zo'n gebaar tegenover een voormalige vijand veroorloven. Stalin had gelijk: het zou niet onopgemerkt blijven.

Pekkala liet zich meeslepen door de gedachte dat Aleksej nog in leven zou kunnen zijn. Hij probeerde zijn enthousiasme te temperen, want hij wist hoe gevaarlijk het was om te veel te hopen. Het zou zijn oordeel onzuiver maken, hem kwetsbaar maken. Maar op dit moment, nu de zure lucht van de doden nog in zijn longen zat, werd Pekkala's twijfel overstemd door de verplichting die hij voelde tegenover de tsarevitsj.

'Goed dan,' zei Pekkala. 'Ik zal je helpen om Aleksej op te sporen, hoe dan ook.'

'En waar gaan we nu naartoe?' vroeg Kirov.

'Naar het Vodovenkogesticht,' zei Pekkala. 'Het is duidelijk dat die krankzinnige niet zo gek is als ze denken.'

Hoewel ze nu in het zicht van Sverdlovsk waren en boven de daken in de verte de gouden uivormige koepel van de kerk konden zien, lieten ze de weg die de stad in voerde links liggen en bleven ze pal naar het zuiden in de richting van Vodovenko rijden. Aan de rand van Sverdlovsk stopten ze bij een brandstofdepot voor extra benzine.

Het depot was weinig meer dan een omheind stuk grond met daarop een hut omgeven door een aantal vaalgele vaten met brandstof. Het hek stond open, en toen de Emka het terrein op reed, kwam de chef van het depot uit de hut naar buiten terwijl hij zijn handen afveegde aan een lap. Hij droeg een blauwe overall vol olievlekken en met scheuren in de knieën.

'Welkom op het regionaal transportcentrum van Sverdlovsk,' verkondigde hij zonder enthousiasme, terwijl hij tussen regenboogkleurige plassen met gemorste brandstof naar hen toe schuifelde. 'Wij zijn hier ook het regionaal centrum voor contact en communicatie.' De depotchef wees naar een smoezelige telefoon aan de muur in de hut. 'Willen jullie misschien weten wat mijn taakomschrijving hier is? Het duurt een minuut of vijf om die in zijn geheel uit te spreken.'

'We willen alleen wat brandstof.' Anton haalde een bundeltje baksteenrode benzinebonnen uit zijn zak. Hij telde er in rap tempo een aantal uit, zoals een bankbediende bankbiljetten telt, en stak ze de man toe.

Zonder er zelfs maar een blik op te werpen gooide de chef de bonnen in een bak met oude motoronderdelen en vette lappen. Toen liep hij naar een vat met brandstof met daarbovenop een pomp. Hij zwengelde aan de pomp om overdruk in het vat te creëren, pakte het mondstuk en begon de benzinetank van de Emka te vullen. 'Waar gaan jullie naartoe? Er komen hier niet veel auto's langs. Ze nemen tegenwoordig allemaal de trein.'

'Naar het Vodovenkogesticht,' antwoordde Kirov.

De chef knikte grimmig. 'Welke weg nemen jullie?'

'De weg naar het zuiden leidt er rechtstreeks heen,' antwoordde Kirov.

'Ah,' fluisterde de man. 'Een begrijpelijke vergissing, aangezien jullie niet van hier zijn.'

'Hoe bedoel je, een vergissing?'

'Jullie zullen merken dat de weg er... niet is.'

'Waar heb je het over?' vroeg Anton. 'Ik heb hem op de kaart zien staan.'

'O, hij bestaat wel,' stelde de chef hem gerust. 'Alleen...' – hij aarzelde – '... er is daar in het zuiden geen land.'

'Geen land? Ben je wel goed bij je hoofd?'

'Heb je een routekaart bij je?' vroeg de chef.

'Ja.'

'Kijk daar dan eens op, dan zie je wel wat ik bedoel,' zei hij.

Met de chef naast zich vouwde Anton zijn kaart uit op de motorkap van de auto. Hij moest er even naar kijken voordat hij zich kon oriënteren.

'Daar is de weg,' zei Anton, terwijl hij zijn vinger erlangs liet gaan.

De chef stak zijn wijsvinger, die vet was van de dieselolie, uit naar een grote witte plek ten zuiden van de stad, waar de donkerblauwe lijn die de weg aangaf nog slechts een stippellijn was.

'Dat was me nog niet opgevallen,' zei Anton. 'Wat betekent dat?'

Aan de blik op het gezicht van de chef was te zien dat hij dat wel wist, maar niet van plan was het te zeggen. 'Je moet eromheen,' zei hij, wijzend op een andere weg, die naar het zuiden kronkelde, vervolgens een grote omweg maakte en uiteindelijk in de richting van Vodovenko liep.

'Maar dat duurt dagen!' zei Anton. 'Daar hebben we de tijd niet voor.'

'Jullie moeten zelf maar zien,' zei de chef.

'Wat verzwijg je voor ons?' vroeg Pekkala.

De chef tilde nog een vat op en duwde dat in Pekkala's armen. 'Neem dit mee, voor het geval dat,' zei hij.

Het was laat in de middag toen ze aan de rand van de witte plek op de kaart aankwamen. Ze stuitten er op een wegversperring in de vorm van een boomstam die aan weerszijden op twee houten kruisen rustte en de weg op heuphoogte blokkeerde. Ernaast stond een kleine hut.

Een wachtpost die midden op de weg stond, stak zijn arm omhoog en gaf het stopteken. In zijn andere hand hield hij een revolver die vastzat aan een koord dat om zijn hals hing. Zijn oren zaten dicht tegen zijn hoofd aan, wat hem een roofzuchtig uiterlijk gaf. Op zijn kraag droeg hij de rood geëmailleerde onderscheidingstekens van een officier.

In het halfduister van de hut zat een andere man met de armen over elkaar en zijn hoofd op zijn schouder gezakt te dommelen.

Het viel Pekkala op dat de velden naast de afgesloten weg er groen en gecultiveerd uitzagen. In de verte leken de rieten daken van een dorp te glanzen in de middagzon.

Anton had het ook gezien. 'Volgens de kaart bestaat dat dorp niet,' zei hij.

Kirov zette de auto stil, maar liet de motor draaien.

De officier liep naar zijn raampje. 'Uitstappen,' zei hij. 'Alle drie.'

Inmiddels was de tweede wachtpost uit de hut gekomen. Hij had grote, diepliggende ogen en een donkere, breed uitwaaierende baard. Hij gespte zijn holster om en liep naar zijn collega bij de auto.

Terwijl Anton, Pekkala en Kirov langs de kant van de weg wachtten, doorzochten de twee wachtposten het voertuig. Ze openden de vaten met brandstof en roken eraan. Ze inspecteerden de blikken met de vleesrantsoenen van het leger. Ze rommelden tussen de windingen van het ruwe henneptouw. Toen ze niets vonden, richtte de eerste wachtpost zich ten slotte tot de drie mannen. 'Jullie zijn verdwaald,' zei hij.

'Nee,' zei Kirov, 'we zijn op weg naar Vodovenko.'

'Ik vróég niet of jullie verdwaald waren. Ik zég het je.'

'Waarom staat er niets op de kaart?' vroeg Anton.

'Ik ben niet gerechtigd die vraag te beantwoorden,' zei de officier. 'Jullie mogen die vraag niet eens stellen.'

'Maar hoe moeten we verder?' vroeg Anton. 'Dit is de enige weg naar het zuiden.'

'Jullie moeten hier keren,' zei de officier, 'en dan terugrijden. Na verloop van tijd kom je bij een kruispunt. Van daaraf kun je naar het noorden. En dan kom je' – hij draaide met zijn hand in de lucht – 'na een paar uur bij een andere weg, die naar het oosten loopt.'

'Maar dat gaat uren duren!' zei Kirov.

'Ja, dus hoe eerder je hier weggaat…'

Anton rommelde wat in de zak van zijn uniformjas. En terwijl hij dit deed, liet de tweede wachtpost zijn hand langzaam zakken en opende de klep van zijn holster.

Anton haalde een stel dunne, wasachtige en grijzig transparante vellen papier met bevelen tevoorschijn, met op het laatste velletje onderaan een uitgelopen handtekening. 'Lees dit,' zei hij.

De officier griste de papieren uit zijn hand. Hij keek om beurten naar elk van de drie mannen.

De motor van Emka bromde geduldig en verspreidde een geur van uitlaatgassen.

De tweede wachtpost boog zich over de schouder van de officier en las mee in de papieren die Anton hem had gegeven. Hij maakte een geluid alsof hij zich verslikte. 'Het Smaragden Oog,' zei hij.

Op een dag tegen het einde van september kreeg Pekkala 's middags bevel om naar het Catharinapaleis te komen, dat ook op het terrein lag van het landgoed Tsarskoje Selo.

Pekkala was te laat. Hij had die middag in Petrograd getuigd in het proces tegen Grodek. De zitting was uitgelopen, en toen Pekkala van de rechtbank de getuigenbank mocht verlaten, was hij al te laat.

Hij dacht dat de tsaar niet op hem zou hebben gewacht, maar zich al te ruste zou hebben gelegd. Omdat hij dit echter niet zeker wist en geen idee had wat de tsaar eigenlijk wilde, besloot Pekkala toch naar het paleis te gaan. Je wist tenslotte maar nooit. In zijn twee jaar als opsporingsambtenaar in speciale dienst bij de tsaar was Pekkala vaak naar het paleis geroepen om pas na aankomst op de hoogte gesteld te worden van het doel van zijn komst. De tsaar hield er niet van om te moeten wachten. Hij was een man van vaste gewoonten, die een strikte dagindeling aanhield wat betreft vergaderingen, maaltijden en tijd voor lichaamsbeweging en de familie. Wie dit evenwicht verstoorde, kon rekenen op een onvriendelijke reactie.

Tot zijn verbazing hoorde Pekkala echter van de lakei die hem in het Catharinapaleis ontving dat de tsaar toch op hem had gewacht. De tweede verrassing was dat de lakei Pekkala meedeelde dat de tsaar hem verwachtte in de barnstenen kamer.

De barnstenen kamer was met niets anders ter wereld te vergelijken. Pekkala had al weleens gehoord dat de kamer als het achtste wereldwonder gold. Buiten de familie mochten er maar weinig mensen komen. Het was geen grote kamer, iets meer dan zes passen breed en tien passen lang, en met een hoogte van twee lange mannen. Ook het uitzicht vanuit de ramen in een van de muren was niet spectaculair vergeleken met dat van andere kamers van het Catharinapaleis. Maar wat wel opmerkelijk was, waren de muren zelf. De wanden waren van het plafond tot de vloer ingelegd met meer dan een half miljoen stukjes barnsteen. Houten mozaïeken in de vloer pasten wonderwel bij deze duizelingwekkende collage van fragmenten, en in een hoek stond een vitrine met snuisterijen van hetzelfde gefossiliseerde hars: sigarenkokers, speeldozen, haarborstels en een heel schaakspel van barnsteen.

Als het licht door de ramen naar binnen stroomde, gloeiden de wanden op alsof ze in brand stonden en van ergens diep binnenin vlammen uitstraalden die geen hitte verspreidden. Op dat soort momenten leek het barnsteen een venster op een wereld waarin de zonsondergang eeuwig duurde.

Pekkala stond vaak oog in oog met de onschatbare rijkdommen van de tsaar, maar deze riepen bij hem geen begeerte op. Hij was opgegroeid in een huis waar men schoonheid vond in eenvoud. Gereedschappen, meubilair en bestek werden gewaardeerd vanwege hun functionaliteit en gebrek aan versieringen. In Pekkala's ogen waren de bezittingen van de tsaar vaak alleen maar onpraktisch.

Pekkala's gebrek aan belangstelling voor deze rijkdom bracht de tsaar in verwarring. Hij was eraan gewend dat de mensen afgunstig waren, en het feit dat Pekkala dat niet was, hield de tsaar bezig. Hij had weleens geprobeerd Pekkala's belangstelling te wekken voor een met ivoor ingelegd ebbenhouten bureau en een set duelleerpistolen van damaststaal, en hij was zelfs zover gegaan deze aan Pekkala cadeau te willen doen. In het algemeen had Pekkala dit soort giften geweigerd en slechts kleinigheden geaccepteerd, en dan alleen nog wanneer de tsaar van geen weigering wilde weten. Per slot van rekening benijdde de tsaar Pekkala in feite, in plaats van andersom, en niet omdat hij bepaalde zaken bezat, maar juist omdat hij die niet nodig had.

De barnstenen kamer vormde te midden van alle schatten die de tsaar bezat echter een categorie op zich. Zelfs Pekkala kon zich niet onttrekken aan de betovering die er van uitging op iedereen die de kamer aanschouwde.

Toen hij door de witte en rode eetzalen liep, zag Pekkala een lange man in een militair uniform uit de barnstenen kamer komen. De man deed de deur achter zich dicht en schreed met verende tred door de portrettengalerij.

Toen de man naderbij kwam, zag Pekkala aan zijn getailleerde uniform en manier van lopen – met enigszins kromme benen – dat het een cavalerieofficier was. Hij had een mager gezicht, dat geaccentueerd werd door een martiale snor die stijf stond van de pommade.

Hij liep vlak langs Pekkala heen zonder hem zelfs maar te groeten, maar toen leek hij van gedachten te veranderen en bleef staan. 'Pekkala?' zei hij.

Pekkala draaide zich om, trok zijn wenkbrauwen op en wachtte totdat de man zich bekend zou maken.

'Majoor Koltsjak!' zei de man luider dan nodig was in de beperkte ruimte van de gang. Hij stak zijn hand uit.

'Ik ben blij dat we elkaar nu eens ontmoeten.'

'Majoor,' zei Pekkala, en hij schudde hem de hand. Hij wilde de man niet voor het hoofd stoten door te zeggen dat hij nog nooit van hem had gehoord.

'U wordt verwacht, geloof ik.' Koltsjak knikte in de richting van de barnstenen kamer.

Pekkala klopte op de deur en liep de kamer in.

Nu het zonlicht niet door de open ramen naar binnen scheen, leken de barnstenen muren vlekkerig en saai. Het gepolijste oppervlak leek vochtig in het halfduister, zodat het net was alsof hij een grot was binnengetreden in plaats van een kamer in het Catharinapaleis.

De tsaar zat in een stoel bij het raam. Naast de stoel stond een tafeltje met een kandelaar met een brandende kaars. De kandelaar had de vorm van een hond die, met de kaars tussen zijn tanden, naar de maan jankte. Naast de kandelaar lagen twee boeken.

Alleen in het gedeelte dat door de kaars werd beschenen leek het barnsteen te gloeien. De tsaar zelf had in het halfduister meer weg van een onduidelijke geestverschijning. Op zijn schoot lag een stapeltje documenten – een vertrouwde aanblik. De tsaar was zijn eigen secretaris, wat betekende dat hij, veeleisend als hij was, vaak overspoeld werd door administratieve taken.

'Heb je majoor Koltsjak ontmoet?' vroeg de tsaar.

'Eventjes,' antwoordde Pekkala.

'Koltsjak is een zeer vindingrijk man. Ik heb hem de bijzondere opdracht gegeven mijn financiële privéreserves veilig te stellen. Mocht zich een noodsituatie voordoen, dan hebben hij en ik afgesproken dat die verborgen zullen worden op een plek waar – zo God het wil – niemand erover kan beschikken totdat ik er behoefte aan heb.' De tsaar pakte het stapeltje papieren en liet het met een klap op de vloer vallen. 'En jij bent te laat,' zei hij.

'Ik bied u mijn verontschuldigingen aan, majesteit,' zei Pekkala, en hij wilde uitleggen hoe dat kwam, maar de tsaar snoerde hem de mond.

'Hoe was het proces?'

'Het duurde lang, majesteit.'

De tsaar wees naar de twee boeken. 'Ik heb wat voor je.'

Nu hij er goed naar keek, zag Pekkala dat wat hij had aangezien voor boeken in feite houten kistjes waren.

'Maak maar open,' zei de tsaar.

Pekkala pakte het bovenste kistje, dat kleiner was dan het onderste. Toen hij het opende, wierp hij een eerste blik op het insigne dat in de komende jaren zijn kenmerk zou worden.

'Ik heb bedacht,' zei de tsaar, 'dat je als bijzondere opsporingsambtenaar een onderscheidingsteken mist dat recht doet aan de waardigheid van je functie.' Hij maakte een slingerbeweging met zijn hand, alsof hij wilde tonen hoe een mossel zich door het zeewater voortbeweegt. 'Ik heb in mijn politie ook andere opsporingsambtenaren, maar geen van die functies is zo belangrijk als die van jou. Mijn grootvader heeft de gendarmerie in het leven geroepen en mijn vader de Ochrana. En jij bent mijn creatie. Je bent uniek, Pekkala, net als het insigne dat je voortaan zult dragen. Net als anderen is het ook mij opgevallen dat je blik iets zilverachtigs heeft. Ik heb nooit eerder zoiets gezien. Je zou denken dat je misschien last hebt van een soort blindheid.'

'Nee, majesteit. Er mankeert niets aan mijn gezichtsvermogen. Maar ik weet waar u het over hebt.' Pekkala bracht een hand naar zijn ogen, alsof hij het licht wilde aanraken dat eruit leek te stralen. 'Ik weet niet waar het door komt.'

'Laten we het maar lotsbestemming noemen,' zei de tsaar. Hij stond op uit zijn stoel, pakte het insigne van het fluwelen kussentje en bevestigde het aan Pekkala's jas, vlak onder de rechterrevers. 'Van nu af aan sta je bekend als het Smaragden Oog. Je hebt bij het uitoefenen van je taak absolute autoriteit. Voor jou mag niets geheimgehouden worden. Er zijn geen documenten die je niet zou mogen inzien. Er is geen deur die je niet onaangekondigd zou mogen openen. Je mag alle mogelijke transportmiddelen vorderen als je dat nodig vindt. Het staat je vrij te komen en te gaan waar en wanneer je maar wilt. Je mag iedereen arresteren die je ervan verdenkt dat hij zich schuldig maakt aan een misdrijf. Zelfs mij.'

'Majesteit...' begon Pekkala.

De tsaar stak zijn hand op om hem het zwijgen op te leggen. 'Er zijn geen uitzonderingen, Pekkala. Anders is het allemaal zinloos. Ik vertrouw jou de veiligheid van dit land toe, en ook mijn leven en dat van de leden van mijn gezin. En daar heeft het tweede kistje mee te maken.'

Nadat hij het kistje waar het insigne in had gezeten opzij had gezet, opende de tsaar nu het grotere kistje dat nog op de bijzettafel stond.

In de op maat gemaakte cassette lag de Webley-revolver met de koperen handgreep.

'Die heb ik ooit gekregen van mijn neef George de Vijfde.'

Pekkala had aan de muur van de werkkamer van de tsaar een foto van hen tweeën zien hangen: de koning van Engeland en de tsaar van Rusland, twee van de machtigste mannen op aarde. De foto was in Engeland genomen, toen de tsaar daar met zijn jacht de Standart naartoe was gevaren, en beide mannen droegen zeilkleding. De twee mannen zagen er bijna precies hetzelfde uit. Hun uitdrukking was hetzelfde, evenals de vorm van hun hoofd, hun baard, hun mond, neus en oren. Alleen de ogen waren verschillend: die van de koning waren ronder dan die van de tsaar.

'Toe maar,' zei de tsaar. 'Haal hem er maar uit.'

Pekkala haalde het wapen voorzichtig uit het kistje. Het was zwaar, maar goed gebalanceerd. Het koper op de handgreep voelde koud aan tegen zijn handpalm.

'De tsarina wil hem niet in huis hebben,' zei de tsaar. Het ding is te sauvage voor een man als ik, zegt ze, wat dat ook betekenen mag.'

Pekkala wist precies wat dat betekende uit de mond van een vrouw als de tsarina, en hij vermoedde dat de tsaar dat ook wel begreep.

'Het was een idee van haar om hem jou te geven. En weet je wat ik tegen haar heb gezegd? Ik zei dat het ding voor een man als Pekkala misschien niet "sauvage" genoeg zou zijn.' De tsaar lachte even, maar keek toen ineens weer serieus. 'Pekkala, waar het om gaat, is dat het al te laat is als mijn vijanden me zo dicht genaderd zouden zijn dat ik van een revolver gebruik moet maken. Dat is de reden waarom hij jou moet toebehoren.'

'Hij is prachtig, majesteit, maar u weet hoe ik over geschenken denk.'

'Wie heeft het over geschenken? De revolver en het insigne zijn de parafernalia van je beroep, Pekkala. Ze worden je door mij verstrekt zoals elke soldaat in het leger voorzien wordt van datgene wat hij nodig heeft voor zijn werk. Ik zal zorgen dat er morgen voor het einde van de dag vijfduizend patronen van het juiste kaliber bij je worden bezorgd. Daar moet je voor een tijdje genoeg aan hebben.'

Pekkala knikte één enkele keer en stond al op om te vertrekken toen de tsaar opnieuw het woord tot hem richtte.

'Die kwestie met Grodek zal je roem bezorgen, Pekkala. Dat is niet te vermijden. Sinds je hem hebt gearresteerd is er te veel ruchtbaarheid aan gegeven. Sommigen hongeren naar roem en hebben daar alles voor over. Zij zijn bereid wie dan ook te verraden. Ze zijn bereid zichzelf en de mensen in hun omgeving ervoor te vernederen. Of ze nu gehaat of geliefd zijn, dat maakt voor hen geen verschil. Bekend zijn, dat is wat ze willen. Het is een treurig soort verslaving, en ze zwelgen erin, net als varkens in de modder. Maar als jij de man bent die ik denk dat je bent, zal dat jou niet bevallen.'

'Ja, majesteit.'

De tsaar stak zijn hand uit en pakte Pekkala's onderarmen. Om die reden beschouw ik je als een vriend.'

De officier bladerde de bevelen door. 'Bijzondere opsporing,' mompelde hij.

'Heb je gezien wie die papieren heeft ondertekend?' vroeg de tweede wachtpost.

'Hou je mond,' zei de officier. Hij vouwde de papieren dicht en gaf ze terug aan Anton. 'Jullie mogen door.'

De tweede wachtpost borg zijn pistool op.

'Zeg tegen niemand wat jullie voorbij deze wegversperring hebben gezien,' zei de officier. 'Jullie moeten er zonder omwegen doorheen rijden. Jullie mogen niet stoppen. Jullie mogen niemand aanspreken. Het is van belang dat jullie doen alsof alles normaal is. Als jullie het dorp gepasseerd zijn, kom je bij een volgende wegversperring. Jullie mogen nooit tegen iemand zeggen wat jullie hier hebben gezien. Is dat begrepen?'

'Wat is daar dan in 's hemelsnaam?' vroeg Kirov. Hij zag bleek.

'Daar komen jullie snel genoeg achter,' zei de officier. 'Maar jullie kunnen nu nog terug.'

'Daar hebben we geen tijd voor,' zei Anton.

'Goed dan,' zei de wachtpost. Hij keek zijn collega aan. 'Haal een paar appels,' zei hij.

De tweede man verdween in de hut en kwam terug met een kist, die hij op de motorkap van de auto zette. In de kist lagen op een gewatteerde zwarte doek een stuk of vijf fraai ogende appels. Hij gaf elk van de mannen er een.

Pas toen Pekkala de appel in zijn hand had, drong het tot hem door dat die van hout was en zorgvuldig was beschilderd.

'Wat heeft dat nou te betekenen?' vroeg Kirov.

'Als je door het dorp rijdt, moet je zo'n appel in je hand houden en doen alsof je ervan eet,' zei de wachtpost. 'Zorg ervoor dat ze het zien. De appel is voor de mensen in het dorp een teken dat je hier doorgelaten bent. Als jullie niet precies doen wat ik zeg, lopen jullie het risico dat ze op jullie schieten.'

'Waarom kunnen we niet gewoon met ze praten?' probeerde Kirov nog een keer.

'Geen vragen meer,' zei de officier. 'Zorg alleen dat ze zien dat jullie een appel in de hand hebben.'

De twee mannen tilden de zware balk op die de weg versperde.

Kirov reed de Emka door de afzetting.

Pekkala keek naar de appel. Onder het houten steeltje was zelfs een groen blaadje geschilderd.

Ze reden door oogverblindend gele velden vol zonnebloemen. In de verte zagen ze tussen de golvende gerst de witte hoofddoeken van vrouwen op karren die manden aanpakten die hun door mannen naast die karren werden aangereikt.

'Die manden zijn leeg,' mompelde Kirov.

Toen ze het dorp binnenreden, bruiste het er van leven. Het dorp zag er schoon en welvarend uit. Vrouwen liepen er met baby's op de heup. De etalages lagen vol met broden, groenten en stukken vlees. Dit was wel heel iets anders dan de modderige straten en de armlastige inwoners van Oresjek.

Terwijl ze erdoorheen reden, zagen ze net een groep mannen en vrouwen het gemeentehuis uit komen. Het waren buitenlanders. Hun kleren en haardracht waren die van West-Europeanen en Amerikanen. Sommigen hadden leren tassen en camera's bij zich, anderen liepen notities te maken.

De groep werd geleid door een kleine man met een rond brilletje en een donker pak, die, gezien de lengte van de jas en zijn brede revers, onmiskenbaar een Sovjetburger was. Hij glimlachte en lachte af en toe hardop. Hij wees afwisselend naar de ene kant en naar de andere, en de hoofden van de gasten gingen heen en weer en volgden zijn uitgestrekte arm, als in trance door het heen-en-weerzwaaien van het horloge van een hypnotiseur.

'Journalisten,' fluisterde Anton.

De man in het donker pak keerde zich af van zijn kudde en keek naar de voorbijrijdende auto. Toen hij met zijn rug naar de journalisten stond, had de glimlach op zijn gezicht plaatsgemaakt voor een dreigende blik.

Anton stak zijn vuist met de houten appel erin omhoog.

Een van de journalisten hield een kleine camera voor zijn oog en nam een foto van de voorbijsnellende auto. De andere journalisten bogen zich voorover en reikhalsden als vogels om een blik in het voertuig te kunnen werpen.

De man in het pak draaide zich weer naar de journalisten. De glimlach verscheen weer op zijn gezicht, alsof de zon vanachter een wolk tevoorschijn kwam.

Pekkala keek naar de mensen die door de straten dromden. Ze maakten een gelukkige indruk. Maar toen zijn oog op een man viel die op een bankje een pijp zat te roken, zag hij slechts angst in zijn blik.

Aan de andere kant van het dorp was een station. Aan het einde van het enkelspoor bevond zich een wisselspoor en een draaischijf, zodat de locomotief na aankomst in omgekeerde richting weg kon rijden. De trein stond klaar voor vertrek, waarheen dan ook. Voor de ramen van de twee olijfgroene en met een marineblauw biesje afgezette wagons hingen zwarte gordijnen. De zijkanten van de wagons waren verlucht met een hamer en sikkel, met daaromheen een grote rode ster.

Vier mannen, die met bungelende benen op de rand van het perron zaten, sprongen ineens op toen ze de auto zagen naderen. Ze pakten snel bezems en begonnen het perron te vegen. Ze onderbraken hun werkzaamheden echter toen ze zagen wie er in de auto zaten. De mannen leken in de war. Ze stonden nog naar de auto te kijken toen die uit het zicht verdween, op weg naar de tweede wegversperring.

De weg liep naar beneden, en onderaan stonden ze ineens weer voor een zware houten balk dwars over de weg.

Kirov trapte op de rem, en de auto kwam slippend tot stilstand.

De wachtposten hadden hen al verwacht.

'Zijn jullie onderweg gestopt?' vroeg de man die het voor het zeggen had.

'Nee,' antwoordde Kirov.

'Hebben jullie iemand gesproken?'

'Nee.'

Kirov hield de houten appel omhoog. 'Wil je die terug?' vroeg hij.

De appels werden verzameld en de slagboom ging omhoog. Kirov trapte het pedaal zo hard in dat de wielen van de Emka slipten in de modder.

Toen ze vanuit de kom weer omhoogreden, keek Pekkala achterom en zag toen waarom men die locatie had gekozen: de wegversperring was vanaf de spoorlijn niet te zien, mocht een van de buitenlanders erin slagen om de zwarte gordijnen opzij te schuiven die hun uitzicht belemmerden. Hij vroeg zich af wat voor een verhaal de autoriteiten hadden opgehangen om te voorkomen dat men uit het raam zou kijken en of de journalisten uit het Westen geloofden wat hun werd getoond.

Verderop zag het landschap er weer uit zoals tevoren: braakliggende akkers, rijen dode fruitbomen met tegen de hemel afstekende bladloze, stakerige takken en huizen met daken die als gevolg van verwaarlozing waren ingezakt.

Plotseling reed Kirov van de weg af.

De beide broers werden tegen elkaar aan gedrukt en vloekten.

Zodra de auto tot stilstand was gekomen, stapte Kirov uit en liep zonder het portier te sluiten het veld in. Hij bleef met zijn rug naar de auto staan en staarde over het lege landschap.

Voordat Pekkala iets kon vragen, begon Anton uitleg te geven. 'Na de revolutie besloot de regering dat alle bedrijven gecollectiviseerd moesten worden. De oude landeigenaren werden ofwel doodgeschoten, ofwel naar Siberië gestuurd. De mensen die het voor het zeggen kregen, wisten niet hoe ze een boerenbedrijf moesten runnen, dus mislukten de oogsten. Hongersnood was het gevolg. Zo'n vijf miljoen mensen zijn van de honger omgekomen.'

Pekkala blies zijn adem tussen zijn tanden door uit.

'Misschien wel meer dan vijf miljoen,' vervolgde Anton. 'De precieze cijfers zullen nooit bekend worden. Toen berichten van hongersnood de buitenwereld bereikten, ontkende onze regering het domweg. Ze hebben een aantal van deze modeldorpen gebouwd en nodigen buitenlandse journalisten uit om een reis door het land te maken. Die krijgen dan goed te eten en worden in de watten gelegd. Ze zien die modeldorpen en krijgen te horen dat de hongersnood een verzinsel is van tegen de Sovjet-Unie gerichte propaganda. De locatie van die dorpen is geheim. Totdat we er doorheen reden wist ik niet dat er hier een lag.'

'Denk je dat die journalisten geloofden wat ze zagen?' vroeg Pekkala.

'Er zijn er genoeg die het geloven. Mensen hebben meegevoel als er iemand overlijdt, en ook als er vijf of tien mensen overlijden, maar een miljoen doden is alleen maar een statistisch gegeven. Zolang ze mogelijkheden zien om te twijfelen, zullen ze kiezen voor wat het makkelijkst te geloven is. Dat is de reden waarom jij en die tsaar van je tijdens de revolutie geen schijn van kans hadden tegen ons. Jullie wilden maar al te graag geloven dat de geneigdheid van de mens om geweld te gebruiken beperkt is. De tsaar heeft de dood onder ogen gezien in de overtuiging dat hij van de mensen hield en dat de mensen daarom op hun beurt ook van hem hielden. En kijk eens wat dat heeft opgeleverd.'

Pekkala zei niets. Hij keek naar zijn handen en balde langzaam zijn vuisten.

Toen Kirov terugkeerde naar de auto, waren Pekkala en Anton allebei verrast om hem te zien glimlachen.

'Fijn dat je zo geïnspireerd bent,' zei Anton toen Kirov weer doorreed.

'Waarom zou ik dat niet zijn?' vroeg Kirov. 'Snap je niet hoe geniaal het is wat we een eindje terug hebben gezien? We hebben op het Instituut geleerd dat het soms noodzakelijk is om de waarheid in een ander licht te stellen.'

'Om te liegen, bedoel je,' zei Pekkala.

'Voorlopig even, ja,' zei Kirov. 'Op een goeie dag, als de tijd er rijp voor is, zal dat worden gecorrigeerd.'

'Geloof jij dat?' vroeg Pekkala.

'Natuurlijk!' zei hij enthousiast. 'Ik had alleen nooit gedacht dat ik het zelf ooit in werkelijkheid voor me zou zien.'

Pekkala stak zijn hand in zijn zak en haalde er de houten appel uit die hij bij de controlepost had gekregen en niet had teruggegeven. Hij gooide hem bij Kirov op schoot. 'Hier heb je een souvenirtje van je bezoek aan het dorp van de voorlopige leugens.'

Anton stak zijn hand uit en gaf zijn broer een klap op zijn schouder. 'Welkom bij de revolutionairen,' zei hij.

Maar Pekkala dacht niet aan de revolutie. Zijn gedachten dwaalden af naar vroeger tijden, toen de appels nog echt waren.

Hij trof de tsaar aan terwijl hij hout stond te hakken bij de Orangerie, zoals de plantenkas op het landgoed Tsarskoje Selo genoemd werd. Toen hij de tsaar in geen van de kamers van het Catharinapaleis had kunnen vinden en het terras op liep, had hij in de verte het ritmische geluid gehoord van een bijl die in droog hout werd geslagen.

Uit de manier waarop de houthakker met de bijl omging – snel, zonder aarzelen en zonder de zware dreunen van iemand die meer kracht dan nodig is uitoefent om de blokken tot aanmaakhout te klieven – begreep Pekkala dat het de tsaar was. De tsaar hield van lichaamsbeweging, maar niet vanwege de beweging op zich. Hij deed het liefst iets wat hij nuttig vond, zoals sneeuwruimen of overtollig riet aan de randen van vijvers wegsnijden. Maar zijn favoriete bezigheid was toch om zich, verscholen achter de Oranjerie, te verliezen in het meditatief op-en-neerzwaaien van een bijl.

Het was een koude dag aan het einde van september. De eerste sneeuw van de winter was al gevallen en de grond was hard van de nachtvorst. Binnen enkele dagen zou de sneeuw waarschijnlijk weer smelten. Wegen en paden zouden modderig worden. Het was Pekkala opgevallen dat de mensen in Petrograd de eerste sneeuwval iets bijzonders vonden. Ze putten er nieuwe energie uit, wat iedereen waardeerde, gezien het in de drukkende zomermaanden ontstane tekort daaraan.

De tsaar stond er met ontbloot bovenlijf. Links van hem lagen opgestapelde blokken hout, elk ongeveer ter lengte van een half mensenbeen. Rechts lag de wirwar van in vieren gehakte houtjes die moesten dienen als aanmaakhout. In het midden bevond zich een boomstronk, die de tsaar gebruikte als hakblok. Pekkala had bewondering voor de manier van werken van de tsaar, voor de zorgvuldigheid waarmee hij elk houtblok neerzette om het in stukken te hakken, voor de wijze waarop hij de bijl opzwaaide, om die, als de essenhouten steel zijn hoogtepunt had bereikt, met een ferme zwaai naar beneden te laten komen, bijna zo snel dat je het niet zag, en het houtblok te splijten alsof het partjes van een sinaasappel waren.

Pekkala wachtte aan de rand van de open plek tot de tsaar even pauzeerde om het zweet van zijn gezicht te wissen. Toen liep hij naar hem toe en schraapte zijn keel.

Verbaasd draaide de tsaar zich met een ruk om. Aanvankelijk keek hij geërgerd omdat hij gestoord werd, maar zijn gelaatsuitdrukking ontspande zich toen hij zag wie het was. 'O, ben jij het, Pekkala.' Hij liet de bijl op de boomstronk neerkomen, het blad een klein stukje in het hout. Toen hij de bijl losliet, bleef die staan zoals hij was neergekomen, schuin op het vlak van de stronk. 'Wat voert jou vandaag hierheen?'

'Ik ben hier om uwe majesteit een gunst te vragen.'

'Een gunst?' De tsaar wreef in zijn handen, alsof hij de rode kleur van zijn handpalmen wilde vegen. 'Nou, het zal tijd worden dat je me iets vraagt. Ik begon al te denken dat je helemaal niets aan me had.'

'Dat ik niets aan u had, majesteit?' Zo had hij er nog nooit over gedacht.

De tsaar glimlachte om de verwarring waaraan Pekkala ten prooi was. 'Wat zou je van me willen, vriend?'

'Een boot.'

De tsaar trok zijn wenkbrauwen op. 'Nou, ik denk dat we dat wel voor elkaar kunnen krijgen. Wat voor soort boot? Mijn jacht, de Standart? Of iets groters? Of heb je een marineschip nodig?'

'Ik heb een roeiboot nodig, majesteit.'

'Een roeiboot?'

'Ja.'

'Een gewone roeiboot?' De tsaar slaagde er niet in zijn teleurstelling te verbergen.

'En riemen, majesteit.'

'Laat me raden,' zei de tsaar. 'Daar zou je er graag twee van willen.'
Pekkala knikte.

'Is dat alles wat je van me wilt?'

'Nee, majesteit,' zei hij. 'Ik moet ook een meer hebben om de boot in te leggen.'

'Ah,' bromde de tsaar. 'Dat begint ergens op te lijken, Pekkala.'

Twee dagen later, toen de zon net was ondergegaan, roeide Pekkala op de grote vijver aan de zuidrand van Tsarskoje Selo. Ilja zat achter in de boot, met een blinddoek voor.

Het was een koele avond, maar niet koud. Binnen een maand zou het meer helemaal dichtgevroren zijn.

'Hoe lang moet ik dat ding nog om?' En nog voordat hij iets had kunnen zeggen, stelde ze nog een vraag: 'Waar gaan we heen?'

Hij opende zijn mond om te antwoorden.

'Zit er nog iemand anders in de boot?' vroeg ze. 'Waarom geef je geen antwoord?'

'Dan moet je me wel de kans geven,' zei hij. 'De antwoorden zijn: "niet lang", "zeg ik niet" en "nee".'

Ilja zuchtte en vouwde haar handen in haar schoot. 'Stel dat een van mijn leerlingen me zo ziet? Ze zullen denken dat ik ontvoerd word.'

'Ik hou van je,' zei Pekkala. Hij had dat later pas willen zeggen, maar het was hem zomaar ontsnapt.

'Wat?' zei ze, met een plotselinge zachtheid in haar stem.

'Je hebt me wel gehoord.'

Ze slikte.

Hij vroeg zich af of hij hieraan wel goed had gedaan.

'Nou, het werd tijd,' zei ze.

'Jij bent in korte tijd al de tweede die ik dit hoor zeggen.'

'Ik hou ook van jou,' zei ze.

De boeg van de roeiboot stootte tegen de oever van een eiland midden in de grote vijver. Er was een groot paviljoen op gebouwd, dat bijna het hele eiland in beslag nam, zodat het leek alsof het op het water dreef.

Pekkala trok de riemen in. Er vielen druppels van de dollen toen hij ze erlangs haalde. Toen hielp hij Ilja uit de boot. Ze had nog steeds de blinddoek om, maar ze klaagde er nu niet meer over. Zelfs haar eerdere klachten waren niet echt gemeend geweest. Hij liep met naar het paviljoen, waar één enkele tafel en twee stoelen stonden. Een lantaarn op de tafel wierp er een lichtkegel omheen. De rugleuningen van de stoelen wierpen schaduwen als in elkaar gevlochten wijnranken naar achteren.

Toen ze was gaan zitten, tilde hij de zilveren halve bollen op die over hun borden stonden. Hij had de maaltijd zelf klaargemaakt – kip Kiev, in het midden gevuld met een kluit boter met peterselie, champignons die tot de helft van hun oorspronkelijke grootte waren ingekookt en waren toegevoegd aan een saus van room en cognac, flinterdunne snijbonen en aardappelen met geroosterde rozemarijn. De tsarina had een fles Grande Dame Veuve Clicquot bijgedragen. Naast de lantaarn stond een schaal prachtige appels, en kaas als dessert.

De borden waren op zilveren ringen geplaatst, waardoor ze net boven de tafel uitstaken, en het eten werd warm gehouden door kaarsen eronder.

Pekkala haalde nu de kaarsen en de zilveren ringen weg en zette de borden op tafel.

Hij adem diep in en liet zijn blik over het geheel gaan om te zien of alles in orde was. De afgelopen twee dagen was hij zo druk in de weer geweest met de voorbereidingen van deze maaltijd dat hij geen tijd had gehad om zenuwachtig te worden. Maar nu was hij erg nerveus. Toen ademde hij uit. 'Je kunt de blinddoek nu afdoen,' zei hij.

Ze keek naar de maaltijd, toen naar hem en vervolgens om zich heen in het paviljoen, en dat alles in een duisternis als gordijnen van fluweel.

Pekkala keek zenuwachtig naar haar.

'Al die moeite had je niet hoeven doen,' zei ze.

'Dat weet ik, maar...'

'Toen ik de riemen hoorde kraken, viel ik al voor je.'

Kirov hield onder het rijden de houten appel in zijn ene hand, terwijl hij met de andere het stuur omklemde. 'Is het niet prachtig?' zei hij. 'Wat leven we toch in een geweldige tijd!'

Het Vodovenkogesticht stond geïsoleerd boven op een winderige heuvel. Slechts één weg voerde naar het hoogoprijzende bouwwerk. De heuvel was van alle vegetatie ontdaan en al het land eromheen was omgeploegd.

'Waarom hebben ze dat gedaan?' vroeg Kirov. 'Gaan ze er iets verbouwen?'

Anton beantwoordde de vraag. 'Op die manier kunnen ze de voetsporen van ontsnapten over het terrein volgen.'

Ze kwamen bij een controlepost aan de voet van de heuvel.

Gewapende wachtposten bekeken hun papieren, tilden de geel-met-zwarte slagboom op en lieten hen doorrijden. De twee stalen deuren van de ingang van het instituut zwaaiden open. De Emka reed een binnenplaats op.

De muren van het gesticht leken zich over hen heen te buigen. Voor elk venster waren op een handbreedte vanaf de muur grote ijzeren platen bevestigd met bouten, die elk uitzicht belemmerden.

Kirov zette de motor af.

De stilte die volgde hadden ze niet verwacht. Het was echter geen stilte die op afwezigheid van mensen duidde; het leek eerder alsof alles en iedereen in het gebouw de adem inhield.

Bij de receptie werden hun papieren door een bewaker opnieuw gecontroleerd. Het was een man met een breed hoofd, een woeste bos rood haar en roestkleurige sproeten op zijn gezicht. Zijn neus was gebroken geweest en stond scheef. Hij haalde een dossier tevoorschijn en schoof het hun over de balie toe.

Met nietjes was bovenaan een foto van een gekweld uitziende man bevestigd, zag Pekkala, en daaroverheen was een naam geschreven: Katamidze.

De bewaker pakte de telefoon en gaf opdracht de patiënt naar een beveiligde ruimte te brengen.

Pekkala vroeg zich af wat hij bedoelde met 'beveiligd' in een gevangenis.

'U moet uw wapens inleveren,' zei de bewaker.

Twee Tokarevs en de Webley kletterden op de balie.

De bewaker keek naar de Webley en vervolgens naar Pekkala, maar zei niets. De wapens werden in een kast gelegd.

Toen stond de bewaker op, liep naar een tweetal ijzeren deuren, schoof een grendel weg en knikte dat ze door konden lopen.

Pekkala keek Anton en Kirov aan. 'Wachten jullie hier,' zei hij.

Anton leek opgelucht.

'Ik heb er niks op tegen om mee naar binnen te gaan,' zei Kirov. 'Ik zou zelfs...'

'Nee,' zei Pekkala.

Anton tikte Kirov op de schouder. 'Kom, jonkie. Laten we naar buiten gaan, dan kun je dat parmantige pijpje van je opsteken.'

Kirov keek hem aan, maar deed wat hem gezegd werd.

Toen Pekkala de gepantserde deuren door was, liep de bewaker achter hem aan en sloot de toegang af met een sleutel aan zijn riem.

Al met de eerste stap die hij in de gangen van het Vodovenko zette, brak Pekkala het zweet uit. Het begon wat hem betrof al met de vloeren, die bedekt waren met dik grijs vilt. Ze absorbeerden het geluid van zijn voetstappen en leken zelfs het geduldige bonzen van zijn hart uit zijn lichaam weg te zuigen. Tegelijkertijd werden zijn zintuigen overstelpt met geuren van koolteerzeep, stukgekookt voedsel en uitwerpselen, en dat alles werd met elkaar verbonden door de karakteristieke lichaamsgeur van mensen die in angst leefden.

Er kwamen talloze deuren op de gangen uit. Het ijzer was bedekt met lagen verf in de blauwe kleur van eendeneieren. Ze waren allemaal gesloten, en in elk van de deuren zat een met een schuifje afgedekt kijkgat. Onder het kijkgat, dat oogde als een zuinig mondje, bevond zich in elke deur ook een sleuf waardoor het eten kon worden aangegeven.

Pekkala bleef staan. Zijn benen weigerden dienst. Het zweet droop van zijn kin. Zijn adem voelde heet als brandende kolen aan in zijn keel.

'Alles in orde?' vroeg de bewaker.

'Ik geloof van wel,' antwoordde Pekkala.

'U bent hier eerder geweest,' zei de bewaker. 'Hier of in net zo'n instelling. Ik ken de blik die mensen opzetten als ze terugkomen.'

De bewaker bracht hem naar een kamer op de tweede kelderverdieping. Het plafond was laag, nauwelijks een handbreedte boven Pekkala's hoofd. Precies in het midden van de kamer stond een ijzeren stoel met L-vormige beugels, die met bouten in de betonnen vloer was verankerd.

Het enige licht in de kamer was afkomstig van een naakt peertje in een ijzeren kooitje aan het plafond vlak boven de stoel.

Op de stoel zat een man die aan beide polsen was vastgeketend aan de voorpoten. Het was een lange man, en door de manier waarop hij vastgeketend was, zat hij noodgedwongen voorovergebogen, waardoor hij er in Pekkala's ogen uitzag als een hardloper in een startblok.

Op zijn hoofd stak vuil, grijzend haar alle kanten op, met daartussenin een brede kale plek. Zijn oren waren groot, evenals zijn zachte, ronde kin met een baardgroei van twee dagen. De ogen van de man, in ondiepe kassen, waren van het omfloerste blauw van een pasgeboren baby.

Katamidze droeg hetzelfde soort beige katoenen pyjama dat Pekkala aan had gehad toen hij op transport werd gesteld naar de goelag. Hij herinnerde zich hoe vernederend dun de stof was, de manier waarop die achter op zijn benen bleef plakken als hij zweette en het kwellende ontbreken van een riem of ceintuur, waardoor de gevangene voortdurend zijn broek moest ophouden.

'Katamidze,' zei de bewaker, 'er is hier iemand die je wil spreken.'

'Dit is niet mijn normale cel,' zei de man.

'Kijk eens, Katamidze,' zei de bewaker. 'Zie je de man die ik bij me heb en die jou wil spreken?'

'Ik zie hem.' Hij fixeerde zijn blik op Pekkala. 'Dus u bent het Smaragden Oog?'

'Ja,' zei Pekkala.

'Bewijs het maar,' zei Katamidze.

Pekkala draaide zijn revers om. De smaragd blonk in het schijnsel van het peertje.

'Ze zeiden dat u dood was.'

'Dat is wat overdreven,' antwoordde Pekkala.

'Ik heb gezegd dat ik alleen met u wil praten.' Katamidze keek naar de bewaker. 'Onder vier ogen.'

'Prima,' zei Pekkala.

'Ik ben niet bevoegd om u alleen te laten met de patiënt,' zei de bewaker.

'Ik wil niet vrijgelaten worden,' zei Katamidze. Toen hij uitgesproken was, bleef hij zijn mond bewegen zonder dat er geluid uit kwam. Aan de bewegingen van Katamidzes lippen zag Pekkala dat hij telkens de laatste woorden van elke zin herhaalde, als in een innerlijke echo van wat hij net had gezegd. Hij merkte ook op dat de rechterenkel en linkerpols van de gevangene gezwollen waren doordat hij was vastgeketend aan de muur van zijn cel.

'Het is tegen de regels,' zei de bewaker.

'Ga nou maar,' zei Pekkala.

Het leek alsof de bewaker op de vloer wilde spugen. 'Goed,' zei hij, 'maar deze man staat bekend als gevaarlijk. Blijf uit zijn buurt. Ik draag geen verantwoordelijkheid voor wat hij doet als u te dicht bij hem komt.'

Toen de twee mannen ten slotte alleen waren, ging Pekkala met zijn rug tegen de muur op de vloer zitten. Hij wilde niet dat Katamidze het gevoel zou krijgen dat hij werd ondervraagd.

'Welk seizoen is het nu?' vroeg Katamidze.

'Bijna herfst,' zei Pekkala. 'De bladeren beginnen geel te worden.'

Op het gezicht van Katamidze flakkerde een glimlach op. 'Ik

herinner me nog hoe de bladeren roken na de eerste vorst. Weet u, ik begon het al te geloven, dat ze zeiden dat u dood was.'

'Dat was ik ook, bij wijze van spreken.'

'Dan moet u mij bedanken, inspecteur Pekkala, dat ik u heb teruggehaald uit het dodenrijk! En hebt u nu iets om voor te leven?'

'Ja,' zei Pekkala, 'dat heb ik.'

Ilja en Pekkala stonden op het drukke perron van het Nikolajevsky-station in Petrograd.

Het was de laatste week van februari 1917.

Hele legerregimenten – het Volhynische, het Semjonovski, het Preobrazjenski – waren aan het muiten geslagen. Er waren al veel officieren doodgeschoten. Vanaf Liteni Prospekt klonk geratel van mitrailleurvuur. En niet alleen het leger, ook fabrieksarbeiders en matrozen van het forteiland Kronstadt waren systematisch winkels aan het plunderen. Ze hadden de politiebureaus van Petrograd bestormd en de strafregisters vernietigd.

De tsaar had zich ten slotte laten overhalen de Kozakken in te schakelen om de revolutionairen te bestrijden, maar het besluit was te laat genomen. Toen ze zagen dat de revolutie de wind in de zeilen kreeg, waren ook Kozakken in opstand gekomen.

Toen het eenmaal zover was, begreep Pekkala dat hij Ilja het land uit moest zien te krijgen, in elk geval totdat de rust enigszins was weergekeerd.

De trein in de richting Warschau stond klaar voor vertrek. Van daaruit zou Ilja naar Berlijn reizen en vervolgens naar Parijs, haar eindbestemming.

'Hier,' zei Pekkala, en hij tastte in zijn hemd. Hij haalde een koord tevoorschijn dat om zijn hals hing. Aan het koord hing een gouden zegelring. 'Wil je hier voor mij op passen?'

'Maar dat zou je trouwring worden.'

'Dat wordt hij ook,' zei hij. 'Als ik je weer zie, zal ik die ring omdoen en nooit meer afdoen.'

145

De menigte golfde heen en weer als een korenveld in de wind. De vluchtenden hadden veelal enorme hutkoffers en koffersets bij zich, en sommigen zelfs vogels in kooitjes. De bagage werd voortgezeuld door uitgeputte kruiers met dophoeden en donkerblauwe uniformen met één enkele rode bies, als een straaltje bloed langs de zijkant van hun broek. Er waren veel te veel mensen. Niemand kon zich bewegen zonder anderen opzij te duwen. Een voor een lieten de passagiers hun bagage staan en drongen op naar de trein, de plaatsbewijzen boven hun hoofd heen en weer zwaaiend. Het geroep overstemde het blazen en sissen van de trein die voor het vertrek werd klaargestoomd. Hoog boven de hoofden van de mensen condenseerde water op de overkapping, en de druppeltjes vielen van het vuile glas als zwarte regen op de passagiers.

In de deuropening van een rijtuig stond een conducteur met een fluitje tussen zijn tanden geklemd. Hij blies drie schrille fluitsignalen.

'Dat is het teken dat hij over twee minuten vertrekt,' zei Pekkala. 'De trein wacht niet. Je moet nu gaan, Ilja.'

De menigte werd onrustig.

'Ik zou op de volgende trein kunnen wachten,' voerde ze aan. Ze had één tas bij zich, van tapijtstof in een kleurig patroon, met daarin een paar boeken, wat foto's en een verschoning.

'Er komt misschien geen volgende. Ga nu, alsjeblieft.'

'Maar hoe zul je me kunnen vinden?' vroeg ze.

Hij glimlachte flauwtjes, stak zijn hand omhoog en liet zijn vingers door haar haren gaan. 'Maak je geen zorgen,' zei hij. 'Daar ben ik goed in.'

'En hoe zal ik weten waar jij bent?'

'Overal waar de tsaar is, daar ben ik ook.'

'Ik zou eigenlijk bij je moeten blijven.'

'Nee, zeker niet. Dat is nu te gevaarlijk. Als het weer rustig is, kom ik je halen en breng ik je terug.'

'Maar stel dat het niet rustig wordt?'

'Dan ga ik hier weg. Ik zal je vinden. Blijf in Parijs als je kunt, maar waar je ook bent, ik zal je vinden. En dan begint voor ons een nieuw leven. Hoe dan ook, ik beloof je dat we binnenkort samen zullen zijn.'

Het geroep van degenen die niet hadden kunnen instappen zwol aan tot een gebulder. Een te hoog opgetaste stapel koffers begon te zwaaien en viel om. In bontjassen gestoken passagiers spartelden op de grond. Om hen heen sloot de mensenmassa zich weer.

'Ga nu,' zei Pekkala. 'Voordat het te laat is.'

'Goed,' zei ze ten slotte. 'Maar zorg dat jou niets overkomt, hoor.'

Maak je over mij geen zorgen,' zei hij. 'Ga naar de trein.'

Ze baande zich een weg door de mensenzee. Pekkala zette zich schrap. Hij zag haar hoofd boven dat van de anderen uit bewegen. Toen ze bijna bij het rijtuig was, draaide ze zich om en zwaaide.

Hij zwaaide terug. Hij verloor haar uit het oog toen de mensen langs hem heen stroomden, afgaand op het gerucht dat er een andere trein was aangekomen op het Finlandstation, aan de andere kant van de rivier. En voordat hij het wist werd hij meegesleurd, de straat op.

Pekkala liep langs het station, en vanuit een zijstraat vlak bij Nevski Prospekt keek hij hoe de trein wegreed. De raampjes stonden open. Er leunden mensen naar buiten, die zwaaiden naar hen die op het perron waren achtergebleven. De wagons trokken voorbij. En toen ineens was het spoor leeg en hoorde je alleen nog het langzaam vervagende, ritmische klepperen van de wielen op de rails in de verte.

Het was de laatste trein die vertrok.

De volgende dag zouden de Roden het station in brand steken.

'Wat wilde je me vertellen, Katamidze?'

'Ik weet waar ze zijn,' zei hij, 'de lichamen van de Romanovs.'

'Ja,' zei Pekkala. 'We hebben ze gevonden.' Hij zweeg vooralsnog over Aleksej.

'En mijn camera ook?' vroeg Katamidze.

'Je camera? Nee, er lag geen camera in de mijnschacht.'

'Niet in de mijnschacht! In de kelder van het huis van Ipatjev.'

Pekkala was met stomheid geslagen. 'Ben je in het huis van Ipatjev geweest?'

Katamidze knikte. 'Zeker wel. Ik ben fotograaf,' zei hij, alsof dat alles verklaarde. 'De enige in de stad.'

'Maar hoe kwam je in die kelder?' vroeg Pekkala. Volgens Anton waren daar de lichamen van de bewakers gevonden. Hij probeerde beheerst over te komen, maar zijn hart sloeg over.

'Voor de foto!' zei Katamidze. 'Ze hadden me gebeld. Ik heb een telefoon. In de stad wonen niet veel mensen met een telefoon.'

'Wie had jou gebeld?'

'Een officier van de binnenlandse veiligheidsdienst, de Tsjeka. Dat waren de lui die de tsaar en zijn gezin bewaakten. De officier zei dat ze wilden dat ik een officiële foto zou maken, waarmee ze voor de rest van het land konden bewijzen dat de Romanovs goed behandeld werden. Hij zei dat de foto zou worden gepubliceerd.'

'Heeft hij zijn naam genoemd?'

'Nee. En ik heb er niet naar gevraagd. Hij zei dat hij van de Tsjeka was.'

'Wist je dat de tsaar in het huis van Ipatjev zat?'

'Natuurlijk! Niemand had hen gezien, maar iedereen wist dat ze daar zaten. Zoiets hou je niet geheim. De bewakers hadden provisorisch een hek om het huis gezet en de ramen dichtgekalkt, zodat niemand naar binnen kon kijken. Later hebben ze het hek afgebroken, maar toen de Romanovs er waren, trokken de soldaten hun pistool al als je ernaar keek. Alleen de Rode Garde liep in en uit. En ze hadden mij gebeld! Een portret van de tsaar. Denk je eens in. Het ene moment maak ik foto's van prijskoeien voor boeren die me met appels betalen omdat ze geen geld hebben voor een foto, en het volgende moment ben ik de Romanovs aan het fotograferen. Ik zou er naam mee hebben gemaakt. Ik was van plan mijn tarieven te verdubbelen. De officier zei dat ik meteen moest komen, maar het was al donker. Ik heb niet gevraagd of het tot de volgende dag kon wachten. Hij zei dat hij net bevel had gekregen uit Moskou. Je weet hoe die lui zijn. Ze zijn niet vooruit te branden, maar als zíj iets willen, moet het allemaal het liefst gisteren klaar zijn. Hij zei dat er een ruimte in de kelder was vrijgemaakt, en dat dat een goede plek zou zijn om een portret van de familie te maken. Gelukkig wist ik dat de Ipatjevs elektriciteit hadden, dus dan kon ik mijn studiolampen gebruiken. Ik had nauwelijks tijd om in te pakken. Je moet aan zoveel dingen denken. Statief. Film. Ik had net een nieuwe camera gekregen. In Moskou besteld. Ik had hem nog maar een maand. Ik zou 'm graag terug hebben.'

'Wat gebeurde er toen je aankwam bij het huis van Ipatjev?'

Katamidze blies zijn wangen bol en ademde luidruchtig uit. 'Nou, op de heenweg werd ik bijna overreden. Ze reden met een van hun vrachtwagens keihard langs me heen. Ze hadden er twee, weet u. Ik liep te sjouwen met mijn apparatuur. Ik had nauwelijks tijd gehad om weg te springen. Het is een wonder dat er niets kapotgegaan is.'

'En waar was die andere vrachtwagen?'

'Die stond op de binnenplaats achter het huis. Ik kon 'm niet zien, want er staan hoge muren om die binnenplaats, maar ik hoorde de motor draaien en rook de uitlaatgassen. Toen ik aanbelde, deden twee bewakers van de Tsjeka open. Allebei met getrokken pistool. Ze zagen er erg nerveus uit. Ze zeiden dat ik weg moest gaan, maar toen ik vertelde van de foto en zei dat de opdracht om die te nemen afkomstig was van een van hun eigen officieren, lieten ze me binnen.'

'Wat zag je toen je binnenkwam?'

Katamidze haalde zijn schouders op. 'Ik was daar weleens eerder geweest. Ik had portretten gemaakt van de familie Ipatjev. Het zag er ongeveer hetzelfde uit, alleen stonden er op de begane grond minder meubels. Boven was ik nog nooit geweest. Daar verbleven de Romanovs. Rechts van de voordeur is een trap, en links is een grote kamer.'

'Heb je de Romanovs gezien?'

'Niet in het begin,' zei Katamidze, en in de stilte daarna vormde hij met zijn lippen dezelfde woorden. In het begin. In het begin. In het begin. 'Ik hoorde ze boven. Gedempte stemmen. Er klonk ook muziek. Van een grammofoon. Mozart. Pianosonate KV 331. Die heb ik zelf ook gespeeld toen ik pianoles had.'

Mozart was een van de favoriete componisten van de tsarina. Pekkala dacht eraan hoe ze altijd haar hoofd schuin hield terwijl ze luisterde. Hoe ze dan de duim en wijsvinger van haar rechterhand tegen elkaar hield, zodat ze een rondje vormden, en hoe ze dan mee-dirigeerde, alsof ze de vlucht van een zeemeeuw beschreef.

'Ik heb mijn uitrusting naar de kelder gebracht,' vervolgde Kata-midze. 'Daarna heb ik een paar stoelen uit de eetkamer naar bene-den gebracht. Ik heb mijn lampen en statief opgesteld. Ik was net de film aan het controleren toen ik achter me iets hoorde en er onder aan de trap een vrouw verscheen. Het was prinses Maria. Ik herken-de haar van foto's die ik had gezien. Ik wist niet wat ik moest doen, dus ik heb voor haar geknield! Toen lachte ze naar me en zei dat ik op moest staan. Ze zei dat ze had gehoord van het portret en wilde weten of alles klaar was. Ik vertelde haar dat dat het geval was. Ik zei dat ze meteen konden komen. Daarna ging ze de trap weer op.'

'Wat heb je toen gedaan?'

'Wat ik heb gedaan? Ik heb de camera wel twintig keer gecontro-leerd om zeker te weten dat hij het zou doen, en toen hoorde ik ze de trap af komen. Als muizen zo zachtjes. Achter elkaar aan kwamen ze de kamer in. Ik heb voor ieder van hen een buiging gemaakt, en zij knikten me toe. Ik dacht dat mijn hart het zou begeven!

Ik liet de tsaar en de tsarina op de twee middelste stoelen plaatsnemen en de twee jongste kinderen, Anastasia en Aleksej, aan weerszijden van hen. Achter hen stonden de drie oudste dochters.'

'Hoe waren ze er volgens jou aan toe?' vroeg Pekkala. 'Zagen ze er nerveus uit?'

'Nerveus niet, nee. Zo zou ik het niet willen noemen.'

'Hebben ze nog iets tegen je gezegd?'

Katamidze schudde zijn hoofd. 'Ze vroegen alleen of ik wilde dat ze zich nog anders zouden opstellen en of ze goed stonden. Ik kon nauwelijks antwoord geven, zo zenuwachtig was ik.'

'Ga door,' zei Pekkala. 'Wat gebeurde er toen?'

'Ik had net de eerste foto gemaakt. Ik was van plan er meer te maken, maar toen hoorde ik iemand aan de voordeur van het huis aankloppen, waar ik ook door binnen was gekomen. De bewakers deden open. Ze spraken met elkaar. Ik kon niet verstaan wat er gezegd werd. Er werd geschreeuwd. Toen pas zag ik de tsaar zenuwachtig worden. En meteen daarop ging er een pistool af! Eén keer! Nog een keer! Ik ben de tel kwijtgeraakt. Er werd boven een heus vuurgevecht geleverd. Een van de prinsessen schreeuwde, ik weet niet wie het was. Ik hoorde tsarevitsj Aleksej aan zijn vader vragen of ze het wel zouden overleven. De tsaar zei dat ze allemaal stil moesten zijn. Hij stond op van de stoel, liep langs me heen naar de deur en deed die dicht. Ik stond als aan de grond genageld. Toen keek hij mij aan en vroeg of ik wist wat er aan de hand was. Ik kon geen woord uitbrengen. Hij moet hebben begrepen dat ik geen idee had. Toen zei de tsaar tegen me: "Laat ze niet zien dat je bang bent."'

'En toen?'

'Ik hoorde voetstappen. De trap af. Iemand bleef voor de dichte deur staan. Toen vloog die open en kwam er een andere bewaker van de Tsjeka binnen.'

'Een andere?'

'Ja, ik had de man niet eerder gezien. In het begin dacht ik dat hij ons kwam vertellen dat we veilig waren.'

'Maar één man? Kun je hem beschrijven?'

Katamidze trok rimpels in zijn gezicht terwijl hij het zich probeerde te herinneren. 'Hij was niet lang en ook niet klein. Hij had een smalle borst en tengere schouders.'

'En zijn gezicht?'

'Hij droeg zo'n pet die officieren dragen, zo een waarvan de klep over de ogen valt. Ik kon hem niet goed zien. Hij had in elke hand een revolver.'

Pekkala knikte. 'En toen?'

'De tsaar zei tegen de man dat hij mij moest laten gaan,' vervolgde Katamidze. 'Eerst dacht ik dat hij het niet zou doen, maar toen zei de man dat ik moest maken dat ik wegkwam. Terwijl ik struikelend de kamer verliet, hoorde ik de man tegen de tsaar praten.'

'Waar spraken ze over?'

'Ik kon het niet verstaan. Ze praatten met gedempte stem.'

'Heb je gehoord of de tsaar hem bij zijn naam noemde?'

Katamidze keek naar het peertje aan het plafond en knarsetandde van de inspanning die hij moest leveren om het zich te herinneren. 'De tsaar riep iets toen de man net binnen was. Het zou een naam geweest kunnen zijn. Ik heb me die een tijdje kunnen herinneren, maar nu ben ik hem kwijt.'

'Probeer het, Katamidze. Probeer hem je te herinneren.'

Katamidze lachte. 'Nadat ik zo lang moeite heb gedaan om het te vergeten?' Hij schudde zijn hoofd. 'Nee, ik kan hem me niet herinneren. Wat ik me van daarna herinner, is dat de tsaar en de bewaker ruzie begonnen te maken. Toen werd er geschoten. Er werd gegild. Het vertrek stond vol rook.'

'Waarom ben je er niet vandoor gegaan?' vroeg Pekkala.

Katamidze schudde zijn hoofd. 'Ik was als versteend, ik kon mijn benen er niet toe krijgen om de trap op te gaan. Ik heb daar alleen maar staan kijken. Ik kon niet geloven wat er gebeurde.'

'En wat heb je toen gedaan?'

'Het schieten hield plotseling op. De deur stond half open. Ik zag de bewaker zijn pistolen herladen. De lichamen lagen op de vloer te kronkelen. Ik hoorde kreunen. Door de rook heen zag ik een vrouw haar arm omhoogsteken. Ik zag Aleksej. Hij zat nog op de stoel. Hij hield zijn handen voor zijn borst. Hij staarde alleen maar voor zich uit. Toen hij de pistolen herladen had, liep de man van de een naar de ander.' Hij zweeg; zijn mond was open blijven staan, maar hij kon geen woorden vinden voor wat hij wilde zeggen.

'Heb je hem Aleksej zien doodschieten?'

'Ik heb hem de tsarina zien doodschieten,' stamelde Katamidze.

Pekkala kromp ineen, alsof het geluid van het schot zojuist de stilte had verscheurd. 'Maar Aleksej dan? Wat is er met hem gebeurd?'

'Ik weet het niet. Ik kan niet geloven dat iemand het overleefd zou hebben. Ten slotte kwam ik bij zinnen en ben ik weggerend. De trap op. De voordeur uit. Toen ik het huis verliet, heb ik de twee bewakers nog gezien die me binnen hadden gelaten. Ze waren allebei neergeschoten en lagen in grote plassen bloed op de vloer. Ik nam aan dat ze dood waren. Ik ben niet blijven staan om het te controleren. Ik begrijp het niet. Als de Tsjeka de Romanovs moest bewaken, waarom zou een van hen dan de tsaar hebben vermoord, en zelfs ook nog een paar van zijn eigen mensen?'

'Wat gebeurde er toen, Katamidze?'

'Ik ben naar buiten gerend, het donker in,' zei hij. 'En ik bleef rennen. Ik ben eerst naar huis gegaan, maar toen drong het tot me door dat het alleen maar een kwestie van tijd zou zijn dat iemand naar me op zoek zou gaan – de schutter of mensen die dachten dat ik de moorden had gepleegd. Dus ben ik weggegaan. Ik heb me uit de voeten gemaakt. Ik had in de bossen buiten de stad een huisje, zo'n huisje dat ze een zemljanka noemen.'

Pekkala dacht aan zijn eigen hut, diep in de bossen van Krasnagoljana, die nu niet meer was dan een hoop as en roestige spijkers.

'Daar zou ik veilig zijn,' vervolgde Katamidze. 'Voor een tijdje tenminste. Toen ik zo ongeveer een uur onderweg was, kwam ik langs de oude mijn aan de rand van de stad. Het is een boze plek. Zoals ze in de oude taal zeiden: het is een *tunug koriak*. Dat betekent: "daar waar de vogels niet meer zingen". Mensen uit de omgeving komen daar niet. De arbeiders die in de mijn werkten hebben ze van elders moeten halen. Ze zijn allemaal ziek geworden, en de meesten zijn doodgegaan.'

'Wat werd er gedolven?' vroeg Pekkala.

'Radium. Van dat spul dat ze voor horloges en kompassen gebruiken. Het gloeit op in het donker. Het is giftig spul.'

'En wat heb je bij de mijn gezien?' vroeg Pekkala.

'Een van die vrachtwagens van de Tsjeka,' zei Katamidze. 'En dezelfde man die de Romanovs heeft vermoord. Hij stond naast de mijnschacht de lichamen te lossen, en hij gooide ze er een voor een in.'

'Weet je zeker dat hij het was?'

Katamidze knikte. 'De koplampen van de vrachtwagen stonden aan. Toen hij voor de wagen langs liep, wist ik zeker dat hij het was.'

'Maar weet je zeker dat hij alle lichamen erin heeft gegooid?'

'Tegen de tijd dat ik daar aankwam, stond de vrachtwagen er al. Ik weet niet hoeveel lichamen hij naar beneden heeft gegooid.'

'Heeft hij je gezien?'

'Nee, het was donker. Ik heb me verstopt achter de oude gebouwen waar de mijnwerkers in woonden. Ik heb gewacht tot hij weer in de vrachtwagen ging zitten en wegreed. Toen ben ik ook weggegaan. Ik ben naar mijn huisje gegaan en ben er een tijdje gebleven. Maar ik voelde me niet veilig en ben weggegaan. En zo ging het daarna steeds. Onderweg las ik ergens in een krant dat de Romanovs op bevel van Moskou waren geëxecuteerd. Dat alles officieel was gegaan. Maar zo had het er voor mij niet uitgezien. Toen ik dat had gelezen, drong het tot me door dat ik iets wist wat ik niet behoorde te weten. En wie kun je dan nog vertrouwen? Ik ben blijven zwerven, totdat ik uiteindelijk in het Vodovenko belandde.'

'Hoe ben je hier terechtgekomen, Katamidze?'

'Ik leefde in Moskou op straat en in de riolen. Een paar arbeiders hebben me in het riool gevonden. Ik weet niet hoe lang ik daar had gebivakkeerd. Het was de enige plek waarvan ik dacht dat ik er misschien veilig zou zijn. Weet u hoe dat is, inspecteur? Je nooit veilig voelen, waar je ook bent?'

'Ja,' zei Pekkala, 'dat weet ik.'

Op 2 maart 1917, toen er opstootjes plaatsvonden in de straten van Petrograd en de soldaten aan het front openlijk in opstand kwamen tegen hun officieren, gaf de tsaar zijn macht op als de absolute vorst van Rusland.

Een week later, toen er werd onderhandeld over mogelijke verbanning van de Romanovs naar Groot-Brittannië, werden de tsaar en zijn gezin op het landgoed Tsarskoje Selo onder huisarrest geplaatst.

Generaal Kornilov, de revolutionaire commandant van het district Petrograd, gaf het personeel van Tsarskoje Selo te kennen dat men vierentwintig uur de tijd had om te vertrekken. Tegen iedereen die achterbleef zouden dezelfde maatregelen worden genomen als tegen de tsaar en zijn gezin.

Het merendeel van het personeel vertrok meteen.

Pekkala bleef.

De tsaar had hem het gebruik toegestaan van een huisje aan de rand van het landgoed, niet ver van de paardenstallen. Hier wachtte Pekkala met toenemende gevoelens van hulpeloosheid de verdere ontwikkelingen af. De verwarring die buiten de poorten van het landgoed heerste, werd nog verergerd doordat ten paleize ieder initiatief leek te ontbreken.

Pekkala's enige instructie, die hem was meegedeeld op dezelfde dag dat de tsaar was afgetreden, was dat hij vervolgorders diende af te wachten. In deze onzekere tijd waren het de gewone, alledaags taken die Pekkala het moeilijkst te vervullen vond, taken die hij ooit zo vanzelfsprekend had gevonden dat hij er geen moment over na had hoeven denken. Activiteiten als water koken voor de thee, zijn bed opmaken en zijn kleren wassen leken ineens kolossaal complex. Hij had niets anders te doen en voelde zich angstig wanneer hij zich probeerde voor te stellen wat zich buiten de begrenzing van zijn snel kleiner wordende wereldje afspeelde.

Pekkala hoorde niets van de tsaar. Hij moest het doen met de fragmentarische verhalen die hij dagelijks te horen kreeg als hij bij de keuken zijn rantsoen ging halen.

Hij vernam dat er onderhandelingen waren begonnen om de Romanovs in ballingschap naar Groot-Brittannië te laten vertrekken. Ze zouden onder het gewapende escorte van de Royal Navy scheep gaan in de havenstad Moermansk in het noordpoolgebied. Aanvankelijk had de tsaar niet willen vertrekken, omdat enkele van zijn kinderen herstellende waren van de mazelen. De tsarina, die opzag tegen een lange zeereis, had verzocht niet verder te hoeven varen dan naar Denemarken.

Maar nu zich dagelijks hele menigten gewapende fabrieksarbeiders bij het landgoed vervoegden om de Romanovs tussen de spijlen van het hek door uit te jouwen, begreep Pekkala dat ze alleen zouden kunnen ontkomen wanneer ze eruit gesmokkeld zouden worden. En omdat hij niet had gehoord dat hiertoe plannen bestonden, kon hij niet anders dan concluderen dat hij zelf het initiatief zou moeten nemen.

Kort daarna vernam hij echter dat de Britten hun aanbod van asiel hadden ingetrokken. Voortaan, tot aan het moment dat het revolutionaire comité had bedacht wat ze met hen wilden doen, waren de Romanovs gevangenen op hun eigen landgoed.

Ter wille van de kinderen probeerden de tsaar en tsarina het leven zo normaal mogelijk voort te zetten. Aleksejs leraar Pierre Gilliard, die door de Romanovs Zjilik werd genoemd en die ook vrijwillig was achtergebleven, ging door met zijn dagelijkse lessen Frans. De tsaar zelf gaf geschiedenis en aardrijkskunde.

Pekkala trof de keuken altijd vol bewakers aan die zich daar opwarmden als ze klaar waren met patrouillelopen rond het landgoed. Ze wisten wie hij was, en Pekkala verbaasde zich er onwillekeurig over dat ze hem op geen enkele wijze vijandig bejegenden. Ze associeerden hem niet met de Romanovs, wat ze wel deden met de leerkrachten en persoonlijke bedienden die waren achtergebleven. Het was voor hen een raadsel waarom hij op Tsarskoje Selo was gebleven. In gesprekken onder vier ogen moedigden ze hem aan er weg te gaan, en ze boden hem zelfs hulp aan om bij een eventuele ontsnappingspoging via het bewaakte hek.

De bewakers zelf leken geen duidelijke bevelen te hebben ontvangen wat betreft de behandeling van de Romanovs. Op een dag namen ze Aleksejs speelgoedpistool in beslag, maar dat gaven ze later terug. Een andere keer verboden ze de Romanovs in de Lamskivijver te zwemmen, maar dat bevel werd vervolgens weer ingetrokken. Toen ze echter geen duidelijkheid kregen, werden ze openlijk vijandiger tegenover de Romanovs. Toen de tsaar eens over het landgoed fietste, stak een van de bewakers zijn bajonet tussen de spaken, zodat de tsaar languit in het stof viel.

Toen Pekkala hiervan hoorde, begreep hij dat het alleen maar een kwestie van tijd was dat het leven van de Romanovs in gevaar zou komen. Binnenkort zouden ze binnen de hekken van het landgoed niet veiliger zijn dan daarbuiten. Als ze er niet snel weggingen, zou het er nooit meer van komen en zou niet alleen aan hun leven, maar ook aan dat van hem een einde worden gemaakt.

'Ik heb nog een laatste vraag voor je,' zei Pekkala.

Katamidze trok zijn wenkbrauwen op.

'Waarom vertel je dit nu? Na al die jaren?'

'Een tijdlang dacht ik dat ik alleen maar in leven kon blijven als de mensen zouden denken dat ik gek was,' zei Katamidze. 'Niemand zou dan een woord geloven van wat ik zei. Maar inspecteur, de moeilijkheid is dat je echt gek wordt als je hier maar lang genoeg bent. Ik wilde vertellen wat er gebeurd is voordat ik het zelf niet meer zou geloven.'

'Ben je niet bang dat de man die de tsaar doodde je zou kunnen opsporen?

'Ik wil juist dat hij me vindt,' fluisterde Katamidze. 'Ik heb er genoeg van om in angst te moeten leven.'

Het was al laat toen ze in Sverdlovsk aankwamen.

De Emka hotste en botste over de kasseien waarmee de hoofdstraat van de stad geplaveid was. Nu de mist in het donker op de keien neersloeg, leek de weg op de afgelegde huid van een gigantische slang.

Langs de weg stonden rijen zorgvuldig geplante bomen, die een afscheiding vormden tussen het gedeelte dat bestemd was voor paarden en auto's en het deel dat gereserveerd was voor voetgangers. Langs het trottoir stonden grote, goed onderhouden huizen met witte houten hekjes om de tuinen en rolluiken die voor de nacht waren neergelaten.

Anton had opdracht om meteen na aankomst zijn papieren te tonen aan het plaatselijke hoofd van de politie, maar het politiebureau was dicht, dus besloten ze te wachten tot de volgende ochtend.

Alleen de herberg was open, een lage ruimte met banken voor de witgekalkte muren. Hierop zat een rij oude, bebaarde mannen, met hun rug tegen het pand geleund. Ze gaven grote koperen mokken met twee handvatten aan elkaar door. Sommige mannen rookten pijp, en uit de pijpenkoppen stegen cobra's van rook naar boven, terwijl de gezichten verlicht werden door de gloed. Met argwanend priemende blikken keken ze naar de voorbijrijdende Emka.

Op aanwijzingen van Anton reed Kirov de auto een binnenplaats op aan de achterzijde van een groot, twee verdiepingen tellend pand. Hoge stenen muren omgaven de binnenplaats, zodat die van buitenaf aan het zicht onttrokken werd. Het huis vertoonde tekenen van verwaarlozing, en één blik was voor Pekkala genoeg om te weten dat er nu niemand woonde. De verf op de kozijnen was afgebladderd en uit de dakgoot groeide onkruid. De muren om de binnenplaats waren ooit bedekt geweest met stuc en muurverf, maar daar waren stukken van afgebrokkeld, zodat het kale steen eronder zichtbaar was. In deze onbewoonde staat leek het huis vijandigheid uit te stralen.

'Waar zijn we?' vroeg Kirov toen hij uitstapte.

'Het huis van Ipatjev,' zei Anton. 'Het huis waar het moest gebeuren, zoals wij destijds zeiden.'

Met een sleutel die hij uit zijn zak haalde, opende Anton de keukendeur, waarna de drie mannen naar binnen gingen. Hij zocht een schakelaar voor het elektrisch licht en draaide die om, maar de met stof bedekte lampen boven hun hoofd bleven donker. Aan spijkers in de deur hingen een paar stormlampen, die Kirov vulde met kerosine uit een blik dat hij uit de Emka had gehaald. Elk met een lamp in de hand liepen de mannen door de keuken, gammele stoelen ontwijkend die her en der omgegooid op de vloer lagen. Vervolgens liepen ze een gang in met een vloer van smalle houten planken en een hoog plafond met daaraan de restanten van een kristallen kroonluchter. Hun schaduwen dansten op de muren. Voor hen uit bevond zich de voordeur met daarachter de straat, en links was een trap naar de bovenverdieping, waarvan de leuning onder het stof zat. Aan de rechterkant domineerde een grote stenen open haard de voorkamer.

Pekkala ademde de stilstaande lucht in. 'Waarom woont hier nu niemand?'

'Het huis is afgesloten zodra de Romanovs weg waren. Nikolai Ipatjev, de eigenaar, is naar Wenen vertrokken en nooit meer teruggekomen.'

'Kijk,' zei Kirov, terwijl hij naar kogelgaten in het behang wees. 'Laten we hier weggaan. Laten we naar het hotel gaan.'

'Welk hotel?' vroeg Anton.

Kirov keek hem met knipperende ogen aan. 'Het hotel waar we logeren terwijl we onderzoek doen.'

'We logeren hier,' zei Anton.

Kirov sperde zijn ogen wijd open. 'Nee toch! Niet hier.'

Anton haalde zijn schouders op.

'Maar hier is niks!' zei Kirov.

'Wij zijn er toch?'

'Ik bedoel dat er geen meubels zijn.' Kirov wees naar de voorkamer. 'Kijk maar!'

Langs een wand van de lege kamer keken hoge ramen uit op de straat. De gordijnen van zwaar, donkergroen fluweel waren niet alleen gesloten, ze hadden ze ook aan elkaar geplakt, zodat ze niet eens open konden.

Kirov praatte op hem in. 'Er moet in de stad toch een hotel te vinden zijn, met fatsoenlijke bedden.'

'Dat is er wel,' zei Anton. 'maar het past niet in het budget.'

'Wat betekent dat nou weer?' zei Kirov. 'Als je even met je bevelen wappert, hebben we toch zo een kamer?'

'Volgens die bevelen moeten we hier ons hoofdkwartier inrichten.'

'Misschien zijn er boven bedden,' opperde Pekkala.

'Ja,' zei Kirov, 'ik ga wel even kijken. 'Hij rende de trap op. De lamp zwaaide heen en weer in zijn hand, zodat langgerekte schaduwen als slangen achter hem aan ijlden.

'Er zijn geen bedden,' mompelde Anton.

'Wat is daarmee gebeurd?' vroeg Pekkala.

'Gestolen,' zei Anton zei. 'Net als de rest. Toen de Ipatjevs hier weggingen, mochten ze een deel van hun eigendommen meenemen – foto's en zo. Toen de Romanovs aankwamen, stond er alleen nog het hoognodige. En toen wij de stad verlieten, zijn de brave burgers van Sverdlovsk hier gekomen om de zaak leeg te roven, voordat de Witten zouden komen. Tegen de tijd dat die hier waren, was er waarschijnlijk niets meer over wat het waard was om te stelen.

Kirov stommelde boven rond. Elke keer dat hij naar een andere kamer ging, kraakte de vloer onder zijn gewicht. Zijn gevloek echode door het huis.

'Waar is de toegang tot de kelder?' vroeg Pekkala.

'Deze kant op,' zei Anton. Met de lantaarn in de hand ging hij Pekkala via de keuken voor naar een lichtgele deur met vettige vingerafdrukken om de oude koperen deurknop.

Anton deed de deur open. Een simpele houten trap leidde in het donker naar beneden.

'Daar beneden vonden we de bewakers,' zei Anton.

Ze gingen de kelder in. Onder aan de trap links was het kolenhok. Via een luik in het plafond konden de kolen vanaf de begane grond naar beneden gestort worden. In het hok lag bijna alleen nog gruis, en dan voornamelijk in de hoeken. Slechts hier en daar lag nog een klompje steenkool. Zo te zien waren zelfs de kolen gestolen. Rechts van hen lag een ruimte die normaliter afgesloten zou zijn geweest met dubbele deuren. Die stonden nu echter open, waardoor een kamer te zien was van vier passen breed en tien lang met een laag, gewelfd plafond. Op de muren zat wit-met-rozerood gestreept behang. In de roze strepen zag Pekkala een motief dat op een gestileerd schildpadje leek. Dit soort ruimtes werd gebruikt om kleding die buiten het seizoen niet werd gedragen in op te bergen.

Het vertrek moest er ooit goed onderhouden uit hebben gezien, maar het was nu een chaos. Grote stukken behang ontbraken, waardoor een raamwerk van gips, aarde en steen te zien was, waarvan ook nog eens grote delen over de vloer verspreid lagen. De muren zaten vol kogelgaten. Met bloed doorweekte stukken gips vormden een soort korsten op de vloer, als donkerbruine schilden die her en der op een oud slagveld waren achtergelaten. Het leek alsof er ook bloedstrepen in de lucht hingen, en alleen door geconcentreerd te kijken kon Pekkala zien dat het in feite spatten op de muren waren.

'Uitgaande van wat Katamidze me verteld heeft, moeten de bewakers boven zijn gedood en toen naar beneden zijn gesleept, waarschijnlijk om de politie op een dwaalspoor te brengen wat de herkomst van al dat bloed betreft,' zei Pekkala.

'Als jij het zegt,' zei Anton. Hij keek nerveus om zich heen. De kogelgaten in de muren leken hem als ogen aan te staren.

Pekkala zag kogelpatronen uit het stof omhoogsteken. Hij bukte zich, raapte er een op en liet die tussen zijn vingers ronddraaien. Toen hij er met zijn duim het stof af had geveegd, zag hij een deukje middenin, waar de slagpin van het pistool het slaghoedje had geraakt. Het opschrift onderaan was in het Russisch en vermeldde het jaartal 1918, waaruit bleek dat de munitie nieuw was geweest toen die was afgevuurd. Hij raapte een handje patronen op en constateerde dat die allemaal door dezelfde fabrikant waren gemaakt en dat de datum erop dezelfde was.

'Ik vind al een tijdje dat ik met je moet praten,' zei Anton.

Pekkala keek zijn broer aan, die er, met de lantaarn hoog boven zijn hoofd om de ruimte te verlichten, bij stond als een standbeeld. 'Waarover?' vroeg hij.

Anton keek over zijn schouder om te zien of Kirov niet in de buurt was. 'Over datgene wat jij een fabeltje noemde,' zei hij.

'Je bedoelt de schat van de tsaar?'

Anton knikte. 'Jij en ik weten allebei dat die wel degelijk bestaat.'

'O, die bestaat vast wel,' zei Pekkala. 'Dat zal ik niet tegenspreken. Maar het is een fabeltje dat ik zou weten waar hij verborgen is.'

Anton moest moeite doen om zijn ergernis te onderdrukken. 'De tsaar had voor jou geen geheimen. Jij was misschien de enige ter wereld die hij werkelijk vertrouwde. Hij moet jou verteld hebben waar hij zijn goud had verstopt.'

'Ook al wist ik waar dat was,' zei Pekkala, 'ik zou, juist omdat de tsaar me vertrouwde, er niet aan denken om het me toe te eigenen.'

Anton stak zijn hand uit en pakte zijn broer bij de arm. 'De tsaar is dood! Zijn bloed ligt op de vloer onder je voeten. Je moet nu loyaal zijn aan de levenden.'

'Als Aleksej leeft, behoort dat goud hem toe.'

'Maar vind je dan niet dat je zelf ook wel wat mag hebben, na alles wat je loyaliteit je heeft gekost?'

'Het enige goud dat ik nodig heb, is dat wat de tandarts in mijn gebit heeft gestopt.'

'En Ilja dan? Waar heeft zij recht op?'

Toen Pekkala haar naam hoorde noemen, ging er een rilling door hem heen. 'Laat haar hierbuiten,' zei hij.

'Je gaat me toch niet vertellen dat je haar vergeten bent?' zei Anton.

'Natuurlijk niet. Ik denk voortdurend aan haar.'

'Maar je denkt misschien dat ze jou vergeten is?'

Pekkala haalde zijn schouders op. Hij leek pijn te hebben, alsof zijn rug te zwak was om zijn schouderbladen op te houden.

'Je hebt op haar gewacht, hè?' zei Anton. 'Dus wie weet heeft zij ook op jou gewacht? Zij heeft ook een prijs betaald voor haar trouw, maar haar trouw gold niet de tsaar. Zij was jou trouw. En als je haar terugvindt, ben je het aan haar verplicht om te zorgen dat ze niet als bedelares hoeft te leven.'

Pekkala's hoofd tolde. Het patroon op het behang danste voor zijn ogen en hij had de indruk dat de matbruine vlekken op de vloer weer glansden van vers bloed.

Het was maart 1917.

Pekkala hoorde dat er aangeklopt werd op de deur van zijn huisje op het landgoed Tsarskoje Selo, waar hij nu al maanden vastzat.

Toen Pekkala de deur opendeed, zag hij tot zijn verbazing de tsaar staan. Ook al werden ze hier allebei gevangengehouden, de tsaar was niet eerder bij hem op bezoek gekomen. De rolverdeling in hun levens was zo, zelfs in een tijd als deze, dat Pekkala meer recht had op privacy dan de tsaar.

De tsaar was in de afgelopen twee maanden ouder geworden. Hij had wallen onder zijn ogen en geen kleur meer op zijn wangen. De tsaar droeg een leisteengrijs uniformjasje met gewone koperen knopen en een staande kraag, die hij strak om zijn hals had dichtgeknoopt. 'Mag ik binnenkomen?' vroeg hij.

'Ja, majesteit,' zei Pekkala.

De tsaar wachtte even. 'Misschien kun je dan een stapje opzij doen.'

Pekkala struikelde zowat toen hij plaatsmaakte.

'Ik kan niet lang blijven,' zei de tsaar. 'Ze houden me voortdurend in het oog. Ik moet zorgen dat ik weer terug ben voordat ze merken dat ik weg ben.' Staande in de lage voorkamer wierp de tsaar een blik op de lichtgele muren; hij bekeek de kleine open haard en de stoel die ervoor stond, waarna zijn ogen door de kamer dwaalden, totdat hij eindelijk Pekkala aankeek. 'Mijn excuses voor het feit dat ik niet eerder contact met je heb gezocht, maar de realiteit is dat het voor jou beter is om zo min mogelijk in mijn gezelschap te worden gezien. Ik heb van horen zeggen dat mijn gezin en ik hier in de loop van de komende maanden weggehaald zullen worden.'

'Waar gaat u naartoe?'

'Ik heb Siberië horen noemen. In elk geval zou het gezin dan bij elkaar blijven. Dat is onderdeel van de overeenkomst.' Hij zuchtte diep.

'De zaken hebben een ongunstige wending genomen. Ik heb majoor Koltsjak bericht moeten sturen. Je herinnert je hem toch nog wel, hè?'

'Ja, majesteit. Uw verzekeringspolis voor noodgevallen.'

'Precies. En, oude vriend, in de geest van mijn voornemen om goed te zorgen voor degenen die waardevol voor mij zijn, wil ik dat jij hier weggaat,' zei de tsaar met een zwakke glimlach. Hij stak zijn hand in zijn zak en haalde een leren portefeuille tevoorschijn. 'Hier zijn je reisdocumenten.'

'Documenten?'

'Vervalst, natuurlijk. Identiteitsbewijs. Treinkaartjes. Wat geld. Ze accepteren voorlopig nog steeds het officiële geld. De bolsjewieken hebben nog geen tijd gehad om hun eigen geld te drukken.'

'Maar, majesteit,' protesteerde Pekkala, 'daar kan ik niet mee akkoord gaan.'

'Pekkala, als onze vriendschap iets voor je heeft betekend, moet je me niet dwingen om verantwoordelijk te worden voor je dood. Als wij van Tsarskoje Selo zijn vertrokken, zullen ze geen tijd verspillen om de achtergeblevenen in de kraag te vatten. En ik kan net zomin instaan voor hun veiligheid als voor die van mezelf. Zodra ze beseffen dat jij weg bent, Pekkala, zullen ze naar je op zoek gaan. En hoe meer voorsprong je hebt, des te veiliger je bent. Zoals je weet,' vervolgde de tsaar, 'hebben ze alle toegangen tot het landgoed gesloten, behalve de hoofdingang en de doorgang naar de keuken. Het terrein om het Lamskoypaviljoen is echter maar gedeeltelijk afgesloten. Het is er te smal voor auto's, maar een voetganger kan erdoorheen. Er staat daar een auto voor je klaar, die je zo ver mogelijk in de richting van de Finse grens zal brengen. Er komen geen treinen meer naar de stad, maar in de buitendistricten rijden ze nog wel. Met een beetje geluk kun je er een te pakken krijgen die naar Helsinki gaat.' De tsaar hield de leren portefeuille op. 'Neem hem, Pekkala.'

Nog in verwarring pakte Pekkala de portefeuille aan uit de uitgestoken hand van de tsaar.

'Ah, en nog één ding,' zei de tsaar. Hij stak zijn hand in de zak van zijn uniformjasje en haalde Pekkala's exemplaar van de *Kalevala* tevoorschijn, die de tsaar maanden tevoren van hem had geleend. 'Misschien dacht je dat ik het boek vergeten was.' De tsaar reikte het aan Pekkala aan. 'Ik heb er erg van genoten, Pekkala. Je zou het zelf ook nog eens open moeten slaan.'

'Maar majesteit,' zei Pekkala terwijl hij het boek op tafel legde, 'ik ken alle verhalen vanbuiten.'

'Vertrouw op mij, Pekkala.' De tsaar pakte het boek weer op en duwde het zachtjes tegen Pekkala's borst.

Pekkala staarde in verwarring naar de tsaar. 'Zoals u wenst, majesteit.'

Dat hij de tsaar zo onsamenhangend hoorde praten deed Pekkala bijna in tranen uitbarsten. Hij begreep dat hij niets meer voor hem kon doen. 'Wanneer moet ik weg?' vroeg hij.

'Nu!' De tsaar liep naar de openstaande deur en wees over het uitgestrekte Alexanderpark in de richting van het Lamskoypaviljoen. 'Het wordt tijd dat je gaat trouwen met die schooljuffrouw van je. Waar is ze nu?'

'In Parijs, majesteit.'

'Weet je precies waar ze is?'

'Nee, maar ik zal haar wel vinden.'

'Daar twijfel ik niet aan,' zei de tsaar. Tenslotte ben je daarin getraind. Ik wou dat ik met je mee kon, Pekkala.'

Ze waren allebei doordrongen van de onmogelijkheid hiervan.

'Ga nu,' zei de tsaar. 'Voordat het te laat is.'

In het besef van de vergeefsheid van elke tegenwerping ging Pekkala op weg. Voordat hij tussen de bomen van het park verdwenen was, keek hij nog een keer achterom naar zijn huisje.

De tsaar stond hem nog na te kijken. Hij hief zijn hand op ten afscheid.

Op dat moment voelde Pekkala een deel van zichzelf afsterven, alsof een duisternis zich verdiepte.

'Als jij ons er nou naartoe kon brengen,' vervolgde Anton. 'We hoeven het niet allemaal te hebben.'

'Zo is het wel genoeg.' zei Pekkala.

'Kirov hoeft er niet eens van te weten.'

'Genoeg!' zei hij weer.

Anton zweeg.

Hun schaduwen wiegden heen en weer met de bewegingen van de vlam.

'Voor de laatste keer, Anton: ik weet niet waar het goud is.'

Anton draaide zich met een ruk om en ging de trap op.

'Anton!' riep Pekkala hem terug.

Maar Anton bleef niet staan.

In de wetenschap dat het nutteloos was om achter hem aan te gaan, richtte Pekkala zijn aandacht weer op de stoffige patronen in zijn hand. Ze waren allemaal van het kaliber 7.62 mm, en ze pasten in de M1895 Nagantrevolver, die een weinig solide loop leek te hebben, een kolf als een banaan en een grote hamer, die achterover boog als een duim. Maar ondanks de lompe uitstraling was de Nagant een kunstwerk, waarvan de schoonheid alleen bleek in het gebruik. De revolver lag uitstekend in de hand, de balans was precies goed en het wapen was zeer accuraat.

De unieke vorm van de patronen had Pekkala duidelijk gemaakt dat het gebruikte wapen de Nagant was geweest. Bij de meeste munitie steekt de kogel uit de patroon, maar bij patronen van de Nagant zit de kogel in de koperen buis. Dit was gedaan vanwege de luchtdichte afsluiting, die de revolver een grotere vuurkracht gaf. Een bijkomend voordeel was dat de Nagant geschikt was voor gebruik met een geluiddemper. Wapens met geluiddemper waren onder moordenaars algauw favoriet, en Pekkala had bij moordaanslagen vaak Nagants aangetroffen, die, met hun grote, op een sigaar lijkende geluiddemper aan de loop geschroefd, waren achtergelaten bij de lijken van slachtoffer van schietpartijen.

Het geluid van vuurwapens in een afgesloten ruimte als deze moet oorverdovend zijn geweest, bedacht Pekkala. Hij probeerde zich voor te stellen hoe het in het vertrek geweest moest zijn toen het schieten eindelijk ophield. Al die rook en al dat kapotgeschoten gips. Al dat met bloed doorweekte stof. 'Een slachthuis,' fluisterde Pekkala bij zichzelf.

Pekkala zocht zijn weg naar boven en bekeek de rest van het huis. Ook in de muren van het trappenhuis zaten kogelgaten, waaruit bleek dat de bewakers zich niet zonder slag of stoot hadden overgegeven. Op de bovenverdieping, waar de Romanovs ondergebracht waren geweest, waren vier slaapkamers, twee grote en twee kleine, en ook twee werkkamers. Een daarvan, met donkergroen behang en boekenkasten van donker hout tegen de muur, was duidelijk de werkkamer van een man geweest. In de andere, met muren in perzikkleur, stond een gecapitonneerde bank, waarop de vrouw des huizes mogelijk had zitten kijken naar de mensen die op straat voorbijliepen. De bank lag nog in de kamer, op zijn kant. Een van de poten was afgebroken door de inslag van een kogel. Een ovale spiegel hing scheef aan de muur, met in de lijst nog één haaientand van glas, terwijl de rest op de grond was gevallen. De lamp boven zijn hoofd hing vol met spinnenwebben. Op het raam zaten nog sporen van witkalk. De Witten moeten die hebben schoongemaakt toen zij in het huis trokken, bedacht Pekkala.

Toen hij aan het einde was van zijn ronde door het huis, bleef Pekkala op de overloop staan en liet zijn blik langs de glanzende lijn van de gladgepolijste trapleuning naar de begane grond gaan. Hij probeerde zich voor te stellen dat de tsaar op deze zelfde plek had gestaan. Hij herinnerde zich hoe de tsaar soms midden in een zin zweeg of ineens bleef staan als hij door een van de lange gangen van het Winterpaleis liep. Dan bleef hij roerloos stilstaan, als iemand die in de verte muziek hoort en naar de melodie probeert te luisteren. En terwijl Pekkala op weg ging naar beneden, herinnerde hij zich hoe hij een keer in het bos herten met geweien als gevorkte bliksemschichten op precies dezelfde manier had zien stilstaan, alsof ze wachtten op een gevaar dat op het punt stond zich te openbaren.

Kort daarna zaten de drie mannen moe en met strakke gezichten om de kale houten keukentafel. Het enige waarneembare geluid was het schrapen van lepels in conservenblikken. Ze hadden geen borden of kommen. Anton had een stuk of wat blikken met groente en legerrantsoenen vlees opengemaakt en midden op tafel gezet. Als iemand bijvoorbeeld genoeg had van de schijfjes wortel, zette hij dat blik weer op de tafel en pakte een blik geraspte bieten. Water uit de put buiten dronken ze uit een bloemenvaas waar aan de rand talloze schilfers af waren en die ze boven in een kamer hadden gevonden.

Kirov was de eerste die het stilzwijgen verbrak. Hij schoof zijn blik vlees opzij en ramde zijn stoel met een klap tegen de muur. 'Hoe lang moet ik hier genoegen mee nemen?'

Uit zijn zak haalde hij de houten appel die Pekkala hem had gegeven. Hij zette hem voorzichtig op de tafel. De beschilderde rode appel leek van binnenuit te gloeien. 'Ik hoef er maar naar te kijken of het water loopt me in de mond,' zei Kirov. Hij stak zijn hand in zijn zak en haalde zijn pijp tevoorschijn. 'En alsof het allemaal nog niet genoeg is, is mijn tabak bijna op.'

'Kom op, Kirov,' zei Anton. 'Waar is ons vrolijke jonkie gebleven?' Hij haalde een overvolle leren tabakszak tevoorschijn en keek erin. Een geur van vers tabaksblad verspreidde zich over de tafel. 'Ik heb zelf nog best een aardig voorraadje.'

'Kan ik wat van je lenen?' vroeg Kirov.

'Ieder voor zich…' Anton ademde in en wilde nog wat zeggen, maar hij werd onderbroken door een geluid alsof er een kiezelsteen tegen het raam werd gegooid.

De drie mannen sprongen op.

'Verdomme, wat was dat?' vroeg Anton.

Kirovs pijp viel uit zijn mond.

Weer klonk het geluid, maar nu luider.

Anton trok zijn pistool.

'Er is iemand aan de deur,' zei Pekkala.

Wie het ook mocht zijn, hij was achterom gekomen, om niet het risico te lopen aan de voorkant van het huis te worden gesignaleerd.

Pekkala ging kijken wie het was. De andere twee bleven aan tafel zitten.

Toen Pekkala terugkwam, werd hij gevolgd door een oude man met een dikke buik, die bij het lopen heen en weer deinde, waardoor hij deed denken aan een metronoom. Met amandelbruine oogjes wierp hij een achterdochtige blik op Anton.

'Dit is Jevgeni Majakovski,' zei Pekkala.

De oude man knikte ter begroeting.

'Hij zegt dat hij informatie heeft,' vervolgde Pekkala.

'Ik ken jou,' zei Anton.

'Ik ken jou ook.' Majakovski draaide zich om en wilde weggaan. 'Misschien moest ik maar eens opstappen,' zei hij.

'Niet zo snel,' zei Anton, terwijl hij zijn hand opstak. 'Blijf nog even.' Hij pakte een stoel en gaf een klopje op de zitting. 'Maak het jezelf gemakkelijk.'

Met tegenzin ging Majakovski zitten. Zweetdruppeltjes parelden op zijn rooddooraderde wangen.

'Hoe kennen jullie elkaar?' vroeg Pekkala.

'O, deze truc heef hij al eerder uitgehaald.' zei Anton. 'Op de dag dat de Tsjeka hier aankwam, kwam hij aanzetten met allerlei informatie die hij te koop aanbood. We konden veel aan hem hebben, zei hij.'

'En was dat zo?' vroeg Kirov.

'We hebben hem de kans niet gegeven,' zei Anton.

'Ze hebben mijn neus gebroken,' zei Majakovski kalm. 'Heel onbeschaafd.'

'Als je op zoek was naar beschaving, was je aan het verkeerde adres,' zei Anton.

'Toen ik hier licht zag branden, wist ik niet dat jij hier was,' vervolgde Majakovski. Hij ging verzitten. 'Ik ga nu maar weer.'

'Niemand zal je deze keer iets aandoen,' zei Pekkala.

Majakovski keek hem onderzoekend aan. 'Echt niet?'

'Op mijn woord,' zei Pekkala.

'Ik heb iets wat de moeite waard is om te weten,' zei Majakovski terwijl hij met zijn stompe wijsvinger op zijn slaap tikte.

'Waar heb je het over?' vroeg Pekkala

'Toen de Witten kwamen, hebben ze een onderzoek ingesteld. Ze geloofden niet dat de Romanovs het hadden overleefd en het enige wat ze van belang vonden, was dat de Roden daar de schuld van zouden krijgen. Toen de Roden terugkwamen, hebben zij ook een onderzoek ingesteld. Net als de Witten meenden ze dat de Romanovs allemaal dood waren. Het verschil was dat de Roden wilden horen dat de bewakers in dit huis de zaak in eigen hand hadden genomen. Het leek erop dat iedereen de Romanovs dood had gewenst, maar dat niemand er verantwoordelijk voor wilde zijn dat ze vermoord waren. En dan is er natuurlijk nog de gang van zaken zoals die zich in werkelijkheid heeft afgespeeld.'

'En hoe was dat?' vroeg Pekkala.

Majakovski klapte zachtjes zijn handen tegen elkaar. 'Tja, dat is het deel van het verhaal dat ik aan jullie wilde verkopen.'

'We hebben geen geld om informatie te kopen,' zei Anton.

'Ruilen kan ook,' zei Majakovski met een stem die nauwelijks meer was dan gefluister.

'Hoezo ruilen?' vroeg Kirov.

Majakovski likte langs zijn lippen. 'Dat is een mooie pijp die je daar hebt.'

'Hè?' Kirov schoot overeind. 'Die krijg je niet!'

'Geef hem die pijp,' zei Pekkala.

'Hè?'

'Ja, ik wil die pijp graag hebben,' zei Majakovski.

'Nou, je krijgt hem niet!' riep Kirov. 'Ik slaap al op de vloer. Je kunt niet van me verwachten dat ik...'

'Geef hem die pijp,' herhaalde Pekkala. 'En laten we horen wat de man te vertellen heeft.'

Kirov deed een beroep op Anton. 'Hij kan me daar niet toe dwingen!' riep hij.

'Hij deed het anders wel,' zei Anton.

'Niemand weet wat ik weet,' zei Majakovski.

Kirov keek Anton en Pekkala strak aan. 'Klootzakken,' zei hij.

Beide mannen keken hem geduldig aan.

'Het is verdomme een schandaal!' riep Kirov.

Majakovski stak zijn hand uit om de pijp in ontvangst te nemen.

Anton sloeg zijn armen over elkaar en lachte toen Kirov hem die aanreikte.

'En geef jij hem je tabak,' zei Pekkala met een knikje naar de leren tabakszak die op tafel lag.

De lach verdween van Antons gezicht. 'Mijn tabak?'

'Ja.' Kirov sloeg met zijn vuist op tafel. 'Geef hem je tabak.'

De oude Majakovski stak zijn hand uit en maakte een gebaar van 'geef op' naar Anton.

'Ik hoop voor jou dat we wat aan je hebben.' Anton pakte de tabakszak en gooide die naar de oude man. 'Want anders sla ik je weer in elkaar.'

Terwijl de drie mannen wachtten, stopte Majakovski de pijp en stak er de brand in met een pluizige lucifer die hij uit zijn vestzak haalde en aan zijn schoenzool afstreek. Even zat hij tevreden te roken, en toen begon hij te praten. 'Ik heb in de krant gelezen dat de Romanovs dood zijn.'

'Dat heeft iedereen gelezen!' zei Kirov. 'De hele wereld heeft erover gelezen.'

'Zeker.' Majakovski knikte instemmend. 'Maar het is niet waar.'

Anton opende zijn mond om de oude man uit te foeteren.

Met een vinnig handgebaar beduidde Pekkala hem dat hij stil moest zijn.

Grommend ging Anton achteroverzitten.

'Majakovski,' zei Pekkala, 'waarom denk je dat ze niet dood zijn?'

'Omdat ik alles heb gezien!' zei Majakovski. 'Ik woon aan de overkant.'

'Goed, Majakovski,' zei Pekkala. 'Vertel ons wat er is gebeurd.'

'Op de avond dat de Romanovs werden gered,' vervolgde hij, 'kwam er een stel bewakers van de Tsjeka ineens het huis van Ipatjev uit rennen, de binnenplaats op. Ze hadden twee vrachtwagens op de binnenplaats staan, en de bewakers stapten in een daarvan in en reden weg.'

'We hadden net een bericht ontvangen,' zei Anton. 'We kregen de opdracht om een wegversperring op te richten. De Witten bereidden zich voor op een aanval. Dat werd ons tenminste verteld.'

'Nou, maar een paar minuten nadat die vrachtwagen was vertrokken kwam die halvegare idioot van een Katamidze hier aan de voordeur! Dat is de man die ze in het Vodovenko hebben opgesloten. Het verbaast me niet dat hij daar terecht is gekomen. Hij noemde zich kunstenaar! Nou, ik heb een stel foto's van die kunst gezien. Naakte wijven. Daar bestaat een andere naam voor. En die foto's waren nog duur ook...'

'Majakovski!' onderbrak Pekkala hem. 'Wat gebeurde er toen die fotograaf bij het huis aankwam?'

'De bewakers lieten hem binnen, en een paar minuten later kwam die Tsjeka-officier aan de deur. Hij klopte aan, de bewakers lieten hem binnen en toen is het schieten begonnen.'

'Wat heb je dan gezien?' vroeg Pekkala.

'Een regelrecht vuurgevecht,' antwoordde Majakovski.

'Wacht even,' onderbrak Anton hem. 'Er stond een hoge schutting om het hele pand. Alleen door de voordeur en de ingang naar de binnenplaats kun je iets zien, de rest wordt door de schutting afgeschermd. Hoe kon je dan iets zien?'

'Ik zei toch dat ik aan de overkant van de straat woon?' zei Majakovski. 'Ik heb een zolderraampje, en op zolder kon ik over de schutting kijken.'

'Maar de ramen waren dichtgekalkt,' zei Anton. 'Ze hadden ze zelfs dichtgelijmd.'

'Ik zag de lichtflitsen van het schieten van kamer tot kamer gaan. Toen het schieten ophield, vloog de voordeur open en zag ik Katamidze het huis uit rennen. Hij rende weg in het donker.'

'Denk je dat Katamidze betrokken was bij het vuurgevecht?' vroeg Pekkala.

Majakovski lachte. 'Katamidze zou niet weten aan welke kant van een pistool de kogels eruit kwamen. Hij zou er niet veel anders mee weten te doen dan er een foto van maken. Als je denkt dat hij dapper genoeg was om het huis van Ipatjev binnen te dringen en de tsaar te redden, dan ken je Katamidze niet.'

'Wat gebeurde er toen Katamidze weg was?' vroeg Pekkala.

'Ongeveer twintig minuten later vertrok ook de tweede vracht-wagen van de Tsjeka van de binnenplaats en reed in de tegenover-gestelde richting weg. Daar zaten de Romanovs in. Ze zijn ontsnapt, samen met de man die hen had gered. Kort daarna kwam de eerste vrachtwagen terug, en toen het tot de tsjekisten doordrong dat ze bedrogen waren, brak de hel los. Hun bewakers waren dood, en ik hoorde een van hen zeggen dat de Romanovs waren ontsnapt.'

'Hoe weet je dat de bewakers dood waren?' vroeg Pekkala.

'Omdat ik zag hoe hun lichamen de volgende dag de binnen-plaats op werden gedragen. De lichamen van de Romanovs heb ik niet gezien. Daardoor wist ik dat ze ontsnapt waren. Dat is de waar-heid, wat de kranten er ook over hebben geschreven.'

Even was het stil in de kamer, afgezien van een zacht pruttelen van de pijp van Majakovski.

'Heb je het gezicht gezien van de man die aan de deur kwam?' vroeg Kirov.

Pekkala keek Kirov aan.

Kirov kreeg een kleur. 'Ik bedoel…'

Anton onderbrak hem. 'Ja, wat bedoel je eigenlijk, jonkie? Heb jij soms de leiding van het onderzoek overgenomen?'

Majakovski bekeek hen als iemand die bij een tenniswedstrijd de bal volgt.

'Het is goed,' zei Pekkala met een hoofdknikje naar Kirov. 'Ga door.'

Anton stak zijn armen omhoog. 'Nou zullen we het krijgen!'

Kirov schraapte zijn keel. 'Kun je een beschrijving geven van die man, Majakovski?'

'Hij stond met zijn rug naar me toe. Het was donker.' Maja-kovski pulkte aan iets tussen zijn voortanden. 'Ik weet niet wie het was, maar ik zeg je dat zij de tsaar gered hebben.'

'Wie waren die "zij"?' vroeg Pekkala.

'Zij?' Majakovski haalde zijn schouders op. 'Ze hebben geen

naam. Het zijn stemmen. Allemaal verschillende stemmen. Als ze samen klinken, weet je wat ze zeggen.'

'Goed,' zei Kirov. 'Wie zeggen zij dat hij was?'

'Een beroemd man. Een man die ik wel had willen ontmoeten.'

'En wie is dat?'

'Inspecteur Pekkala,' zei Majakovski. 'Het Smaragden Oog in eigen persoon.'

De drie mannen hadden voorovergebogen gezeten, maar nu leunden ze achterover op hun stoel. Alle drie slaakten ze een zucht.

'Wat is er?' vroeg Majakovski.

'De kwestie is dat het Smaragden Oog recht tegenover je zit,' zei Kirov. Hij maakte een gebaar in Pekkala's richting.

Majakovski nam de pijp uit zijn mond en richtte de steel op Pekkala. 'Nou, u komt nog eens ergens, hè?'

Nog geen vierentwintig uur nadat hij afscheid had genomen van de tsaar werd Pekkala op het stationnetje van Vainikkala gearresteerd door een detachement spoorwegpolitie van de Rode Garde. De situatie langs de grens was nog steeds erg verward. Sommige stations werden bemand door Fins personeel, terwijl andere, soms zelfs verder naar het westen, onder Russisch beheer stonden. Een daarvan was Vainikkala.

Het was al laat in de avond toen de bewakers in de trein stapten. Ze droegen uniformen van grove zwarte wol met versierde kragen in kersenrood en met op hun rechterarm een zelfgemaakte rode armband met daarop de afbeelding van een hamer en een ploeg, dat binnenkort vervangen zou worden door de hamer en sikkel als symbool van de Sovjet-Unie. Ze droegen bij de rest van hun uniform passende zwarte petten met een kleine klep en een grote rode ster erop.

Op Pekkala's vervalste papieren stond dat hij arts was, gespecialiseerd in verloskunde. De papieren waren op bevel van de tsaar enige tijd geleden voor hem vervaardigd door de drukkerij van de Ochrana. Hij had niet van het bestaan ervan geweten totdat de tsaar bij hem langskwam en hem opdroeg het land te verlaten. De papieren waren niet van echt te onderscheiden, compleet met foto, alle relevante stempels en handtekeningen op de verscheidene reisvergunningen. Daaraan had het niet gelegen dat hij was aangehouden.

Pekkala had de vergissing begaan om op te kijken en een van de gardisten recht in de ogen te kijken toen die met z'n drieën door het smalle gangpad van het rijtuig liepen. Op hun schouders lag smeltende sneeuw en op hun wapens parelden condensdruppels.

De voorste gardist was gestruikeld over de riem van een tas die onder een stoel drie rijen voor Pekkala was gepropt. Hij verloor zijn evenwicht en viel luid vloekend op zijn knieën. De passagiers schrokken op van de stortvloed van obsceniteiten. Met een ruk keek de gardist op. Hij was woedend en schaamde zich voor zijn val. De eerste die hij zag was Pekkala, die toevallig net op dat moment naar hem keek.

'Mee, jij,' zei de gardist, en hij trok Pekkala overeind.

De koude lucht die Pekkala inademde toen hij uit de trein stapte, voelde aan als peper in zijn longen.

Een tiental reizigers, voornamelijk mannen maar ook enkele vrouwen, moest uitstappen. Ze stonden ineengedoken op het perron. De naam van het station was nauwelijks te zien onder het op koraal lijkende laagje ijs.

De trein stond te stampen en te puffen in afwachting van het moment dat hij de nacht in kon, door naar Helsinki.

Pekkala ging voor zichzelf na hoe de situatie was. De mannen waren gewoon voormalige soldaten, geen door de wol geverfde ambtenaren die vakkundig vervalste papieren konden herkennen of wisten welke vragen ze moesten stellen aan iemand die niet was wie hij voorgaf te zijn. Een goedgekozen vraag over verloskunde zou Pekkala's alias onderuit kunnen halen. Hij had geen tijd gehad zich te verdiepen in zijn nieuwe beroep.

Pekkala had de Webley op zijn borst gebonden. Hij had makkelijk de man die hen bewaakte neer kunnen schieten en het duister in kunnen rennen, terwijl de anderen de trein verder doorzochten. Maar één blik op de dik besneeuwde bossen om het station was voor Pekkala voldoende om te beseffen dat hij niet ver zou komen. Als ze hem niet te pakken kregen, zou hij waarschijnlijk doodvriezen.

Hij moest maar hopen dat de gardisten hun nieuwsgierigheid en behoefte om belangrijk gevonden te worden hadden bevredigd. Dan konden ze allemaal weer instappen.

Hij was van plan geweest om bij zijn ouders langs te gaan, om vervolgens via Stockholm door te reizen naar Kopenhagen en vandaar naar Parijs, waar hij op zoek zou gaan naar Ilja.

De andere gardisten stapten uit.

De passagiers die nog in de trein zaten veegden op de natte ramen rondjes vrij van condens om te kunnen zien wat er buiten gaande was.

De gardist die gestruikeld was liep naar de rij mensen die hij aangehouden had om hun papieren te controleren. Hij was iets te groot voor zijn uniform, en de mouwen hielden ruim boven zijn polsen al op. Aan zijn lippen bungelde een brandende sigaret, en toen hij sprak leek het alsof hij een tic had.

'In orde,' zei hij tegen een van de mannen. 'U kunt gaan.'

De man keek niet achterom. Hij rende terug naar de trein en klom er zo snel mogelijk in.

Twee vrouwen die er al vóór Pekkala stonden en tegen wie niet was gezegd dat ze weer konden instappen, huilden in het schijnsel van het station. Het was gaan sneeuwen en de schaduwen van de sneeuwvlokken zweefden over het beijzelde perron.

De gardist liep op Pekkala af. 'Een dokter, hè?' zei hij.

'Jawel,' zei Pekkala, terwijl hij zijn hoofd boog.

'Hoe heet dit bot?' vroeg de man.

Toen begreep Pekkala dat hij klem zat. Niet omdat hij de botten van de mens niet allemaal bij naam zou kennen. Door wat hij had opgestoken bij Bandelajev en in de jaren dat hij in het mortuarium van zijn vader had gewerkt met zicht op een anatomische plaat, waren er maar weinig botten die hij niet wist te benoemen. De reden waarom Pekkala besefte dat hij klem zat, was dat hij, zodra hij oogcontact met de gardist maakte, de toestemming om door te reizen wel kon vergeten. Hij had net zo goed een hond tegenover zich kunnen hebben. Voor de gardist was het niet meer dan een spelletje.

'Dit bot hier,' zei de man, en hij knipte met zijn vingers om Pekkala te laten opkijken.

Pekkala bleef naar zijn voeten staren. Sneeuwvlokken daalden neer op zijn laarzen. De trein stond ongeduldig te puffen. Een sliert sigarettenrook gleed rakelings langs zijn gezicht.

'Geef antwoord, verdomme,' zei de gardist.

Pekkala had geen andere keus dan op te kijken.

De gardist grijnsde hem aan; zijn sigaret was zowat opgebrand, zodat de gloeiende vuurkegel bijna zijn lippen raakte. Hij stak zijn hand op en bewoog die langzaam heen en weer in een sarcastische begroeting.

Ze keken elkaar aan.

Toen de trein optrok, bleven alleen Pekkala en een van de vrouwen achter. Pekkala werd aan een bankje geboeid. De gardist sleepte de vrouw mee naar de wachtkamer naast het stationsgebouwtje.

Pekkala hoorde haar schreeuwen.

Een halfuur later rende de vrouw naakt naar buiten, het perron op.

Het was inmiddels opgehouden met sneeuwen. Tussen de voorbijtrekkende wolkenflarden scheen af en toe een volle maan naar beneden. De gevallen sneeuw smolt niet meer op Pekkala's jas, maar omhulde hem langzamerhand als een ijsberenvacht. Hij had geen gevoel in zijn handen. Het ijzer van de handboeien was zo koud dat het leek alsof hij brandwonden aan zijn polsen had. Zijn tenen waren zo hard dat het leek alsof er kogels in het zachte vlees van zijn voeten waren geramd.

Toen de vrouw bij de rand van het perron kwam, gleed ze uit in de smurrie. Heel even draaide ze zich om en keek ze Pekkala aan.

Op haar verwrongen gezicht zag hij dezelfde angst die hij eens had gezien in de ogen van een oud paard dat langs de kant van de weg was neergevallen. De eigenaar had een lang *puukko*-mes gepakt en aanstalten gemaakt om de keel van het dier door te snijden. Hij was naast het paard gaan zitten en had het mes geslepen op een kleine slijpsteen die hij op zijn knieën hield. Het paard had hem met grote angstogen aangekeken.

De vrouw sprong van het perron en kwam hard neer op de rails, een halve lichaamslengte daaronder. Toen kwam ze moeizaam overeind en begon langs de rails weg te rennen in de richting van Helsinki.

De gardisten schuifelden het perron op. Een van hen depte zijn bebloede lip met zijn vingers. Ze keken verward lachend om zich heen.

'Hé!' riep een van de bewakers terwijl hij Pekkala tegen zijn been schopte. 'Welke kant is ze op gegaan?'

Maar nog voordat hij antwoord kon geven had de leider van de gardisten haar al in het oog. Ze rende nog. Haar blote rug lichtte wit als albast op in het licht van de maan. Boven haar hoofd rezen zijde-achtige wolkjes gecondenseerde adem omhoog.

De gardist pakte zijn revolver. Het was een 9-mm Mauser met een lange loop en een houten kolf die opgeklapt kon worden, zodat het wapen als een geweer kon worden afgevuurd. De gardist deed zijn holster af en haakte die aan de kolf van het wapen. Toen drukte hij de kolf tegen zijn schouder en richtte de loop op de vrouw die langs de rails rende. Er klonk een droge knal. Een huls vloog door de lucht en stuiterde over het perron, totdat het naast Pekkala's voeten tollend tot stilstand kwam. Uit de loop van het wapen kringelde een sliertje rook omhoog.

De andere bewakers stonden aan de rand van het perron bij elkaar in het donker te staren.

'Ze rent nog door,' zei een van hen.

De leider van de gardisten legde weer aan en schoot.

In de ijskoude lucht hing een geur van kruitdamp.

'Mis,' zei een gardist.

De leider draaide zich om. 'Geef me dan ook de ruimte!'

De andere gardisten stonden niet dichter dan drie passen bij hun voorman, maar ze deinsden gedwee achteruit.

Als hij zich vooroverboog, kon Pekkala nog vaag zien hoe de vrouw voortrende, haar lichaam als een kaarsvlam opflakkerend tussen de glanzende rails.

De leider van de gardisten richtte opnieuw en vuurde twee keer snel achter elkaar. De kaarsvlam flakkerde nog één keer en doofde toen uit.

De leider van de gardisten zette de kolf van het wapen in de holte van zijn arm, zodat de loop nu op de hemel gericht was.

'Moeten we naar haar gaan kijken?' vroeg een van de bewakers.

'Laat haar maar bevriezen,' zei de leider. 'Morgenochtend zal ze daar niet meer liggen.'

'Waarom niet?'

'Voor zonsopgang komt hier nog een trein langs. Als die haar raakt, wordt ze als een stuk glas verbrijzeld.'

De volgende ochtend bond een gardist een zwarte doek over Pekkala's hoofd. Toen de trein uit Helsinki aankwam, werd Pekkala zonder dat hij iets kon zien en happend naar lucht over het perron geduwd. Ruw werd hij in de trein getrokken, waar hij met handboeien aan in de onverwarmde bagageruimte lag totdat de trein in Petrograd stilhield.

Toen Majakovski wegging, liep Pekkala achter hem aan naar de deur. 'Maar stel dat de Romanovs in die vrachtwagen...'

Majakovski draaide zich in de deuropening om. 'Ik zei toch al dat ze daarin zaten.'

'Maar stel dat ze dood waren toen de vrachtwagen met hen wegreed?'

'Luister,' zei Majakovski. 'Toen de mannen van de Tsjeka aankwamen, wist iedereen hier in de stad dat die hier alleen maar waren om ervoor te zorgen dat de Romanovs dood waren voordat de Witten zouden binnentrekken. Daarom hebben ze de mannen van de militie die het huis van Ipatjev bewaakten eruit geschopt. Moskou wilde er absoluut zeker van zijn dat als de Witten in de buurt waren de Tsjeka de executies zou uitvoeren in plaats van te vluchten, zoals de militie zou hebben gedaan. Als iemand anders de Romanovs zou willen doden, hoefden ze maar te wachten totdat de Witten zich zouden laten zien. Iemand die in dat huis in zou breken, kon dat alleen maar doen als hij bereid was het risico te nemen dat hijzelf om het leven zou komen in een vuurgevecht met de bewakers. Dat kon dus alleen maar iemand zijn die de tsaar en zijn gezin wilde redden in plaats van om het leven brengen.'

Toen Majakovski weg was, gingen de drie mannen weer aan de tafel zitten.

'Waarom liet je hem maar praten?' vroeg Kirov. 'Je wist toch dat wat hij zou zeggen van leugens aan elkaar hing?'

'Bij wijze van uitzondering ben ik het nu een keer eens met ons jonkie,' zei Anton. 'En het ergste is nog dat hij denkt dat hij ermee wegkomt.'

'Majakovski dacht niet dat hij loog,' zei Pekkala. 'Hij is ervan overtuigd dat jij en de andere leden van de Tsjeka alleen de bewaking van de militie hebben overgenomen om de familie te kunnen vermoorden.'

'Wij hebben het van de militie overgenomen omdat de Romanovs door hen bestolen werden,' zei Anton. 'De tsaar werd bewaakt door een dievenbende. Het was onprofessioneel. Je kon in geen enkel opzicht van hen op aan.'

'Maar je ziet hoe jouw bemoeienis er voor een buitenstaander uit moet hebben gezien. Daarom geloofde Majakovski wat hij zei. Het is belangrijk om te weten hoe mensen een misdaad zien, zelfs als je weet dat dat niet in overeenstemming is met de werkelijkheid.'

'Ofwel het is ermee in overeenstemming, ofwel het is het niet.' Anton pakte de houten appel en gooide die naar Pekkala. 'Je klinkt net als de lui die ons deze dingen hebben gegeven.'

'Het verschil is alleen dat wij een misdaad oplossen en er niet een plegen,' zei Pekkala.

Anton stak zijn hand op. 'Ga je gang maar en doe het onderzoek op de manier die jij wilt. Ik ga naar de herberg om te zien of ik wat tabak bij elkaar kan schooien, want dat is de enige manier om nog wat in handen te krijgen.' Hij liep naar buiten en sloeg de deur achter zich dicht.

Kirov en Pekkala gingen naar de voorkamer en staken de open haard aan. Ze haalden stoelen uit de keuken en gingen met dekens over hun schouders voor het vuur zitten.

Pekkala haalde het oude boek dat hij bij zich had uit zijn jaszak. Toen hij was begonnen te lezen, kreeg hij iets afwezigs over zich. Zijn gelaatsuitdrukking werd zachter.

'Wat lees je?' vroeg Kirov.

'De *Kalevala*,' mompelde Pekkala, en hij las door.

'De wat?' wilde Kirov weten.

Pekkala zuchtte en legde het boek op zijn knieën. 'Het is een boek met verhalen,' verklaarde hij.

'Wat voor soort verhalen?' vroeg Kirov.

'Legenden,' zei Pekkala,

'Ik ken geen legenden,' zei Kirov.

'Het is net als met spookverhalen: je hoeft ze niet te geloven, maar het is moeilijk te ontkennen dat er een zekere waarheid in steekt.'

'Geloof jij in spoken, Pekkala?'

'Waarom vraag je dat, Kirov?'

'Omdat ik er daarnet een zag,' zei hij.

Pekkala ging rechtop zitten. 'Hoezo?'

Kirov haalde wrevelig zijn schouders op. 'Toen ik het vuur aan-maakte, keek er iemand door dat raam.' Hij wees naar de gordijnen in de hoek bij de open haard. Vanaf hun plek was een klein stukje raam te zien dat niet door het gordijn werd afgedekt. Je kon erdoor op straat kijken en je zag de silhouetten van de boomtakken in het maanlicht heen en weer bewegen als vreemde waterwezens.

'Het zal wel een of andere dronkaard zijn geweest die van de her-berg op weg was naar huis en wilde zien waarom hier licht brand-de,' zei Pekkala. 'Mensen zijn van nature altijd nieuwsgierig.'

Verlegen krabde Kirov aan zijn blozende wangen. 'Alleen... Nou ja... Het klinkt zo...'

'Wat is er, Kirov? Kom, vertel op, dan kan ik weer verder lezen.'

'Nou, ik zou echt gezworen hebben dat de man die door het raam keek de tsaar was. Die baard. Die droevige ogen. Ik ken hem natuurlijk alleen van foto's. En het was donker.' Hij ademde lang-zaam uit. 'Ach, misschien heb ik het me gewoon verbeeld.'

Pekkala kwam overeind en ging de kamer uit. Hij deed de voor-deur open. De avondlucht stroomde traag langs hem heen en ver-drong de stilstaande lucht die het huis van Ipatjev vulde. Hij tuurde lang naar de ramen van de huizen aan de overkant van de straat, op zoek naar iets wat de aanwezigheid van een toeschouwer zou verra-den. Pekkala zag niemand, maar hij had wel degelijk het gevoel dat er iemand was.

Toen Pekkala ten slotte terugkwam in de voorkamer, trof hij Kirov gehurkt aan bij het vuur, waar hij bezig was stukken van een kapotte stoel in te gooien.

Pekkala ging zitten waar hij eerder had gezeten.

De vlammen knetterden terwijl ze het versplinterde hout omkringelden.

'Ik zei toch al dat ik het me verbeeld moet hebben,' zei Kirov.

'Het zou kunnen,' zei Pekkala.

Pekkala schoot overeind. Alle slaperigheid viel van hem af. Hij was gewekt door het geluid van brekend glas. Anton was nergens te bekennen. Zijn deken lag nog opgevouwen bij het vuur.

Kirov was al overeind gekomen. Zijn haar stond in pieken rechtop. 'Het kwam daarvandaan.' Hij wees naar de keuken. Toen liep hij naar de andere kamer en stak een van de lantaarns aan.

Pekkala gooide zijn deken van zich af en wreef over zijn gezicht. Het zal wel gewoon Anton zijn, dacht hij. Hij zal wel buitengesloten zijn geweest en een ruit hebben ingeslagen om weer binnen te komen.

'Ellendige kinderen!' riep Kirov.

Pekkala stond op. Hij pakte de Webley uit zijn holster voor het geval hij die nodig zou hebben. Met stramme benen ging hij op weg naar de keuken. Het eerste wat hij zag was dat het raam boven het aanrecht gebroken was. De scherven lagen verspreid over de vloer.

Kirov boog zich naar het gebroken raam. 'Donder op!' riep hij in de duisternis. 'Wegwezen!'

'Waarmee hebben ze gegooid?' vroeg Pekkala

'Met een stuk van een tafelpoot,' zei Kirov.

Pekkala's adem stokte in zijn keel.

Kirov had een Duitse steelhandgranaat in handen, een grijs geverfde ijzeren cilinder die eruitzag als een soepblik met een houten handvat om de granaat verder weg te kunnen gooien.

'Hè?' zei Kirov. Hij keek naar Pekkala en vervolgens naar het ding in zijn hand. Ineens leek hij het te vatten. 'O, mijn god,' fluisterde hij.

Pekkala pakte de granaat uit Kirovs hand en gooide hem door het keukenraam weer naar buiten, waardoor er nog een ruit sneuvelde. Toen pakte hij Kirov bij zijn hemd en trok hem naar beneden.

De granaat kletterde over de binnenplaats. Glasscherven rinkelden op de kasseien.

185

Pekkala sloeg zijn handen over zijn oren, deed zijn mond open om de druk zo gelijkmatig mogelijk te houden en wachtte op de explosie. Als de mannen buiten goed getraind waren, zouden ze na de ontploffing meteen het huis binnenvallen, wist hij. Pekkala ging zo dicht mogelijk tegen de muur liggen om te voorkomen dat hij gewond zou raken als de ramen en deuren aan stukken werden geblazen. Deze granaten hadden een ontsteking met een vertraging van zeven seconden. Vassilejev had hem dat zelf geleerd. Hij wachtte en telde, maar er volgde geen explosie. Toen hij er ten slotte van overtuigd was dat de granaat een blindganger was, stond Pekkala op en keek op de binnenplaats. Maanlicht weerkaatste van de glasscherven en de voorruit van de Emka, wat het effect had dat de binnenplaats werd opgedeeld in geometrische vormen van een blauwachtig schijnsel en scherp afgebakende, hoekige schaduwen.

Hij tikte Kirov aan met zijn voet. 'Kom, we gaan.' zei hij.

Behoedzaam liepen de twee mannen de binnenplaats op. Boven hun hoofd strekte zich het firmament uit.

De poort stond open. Hij was gesloten geweest toen ze naar bed gingen.

'Moeten we achter ze aan?' vroeg Kirov.

Pekkala schudde zijn hoofd. 'Als het tot hen doordringt dat de granaat niet is afgegaan, komen ze misschien terug. Het is veiliger om ze hier op te wachten.'

Terwijl Kirov zijn pistool ging halen, viel Pekkala's oog op de granaat, die bij de schuur lag. Toen hij erbij in de buurt kwam, zag hij ernaast iets liggen wat op een wit knoopje leek. Bij nadere bestudering drong het echter tot hem door dat het knoopje in feite een balletje was ter grootte van een knikker, met in het midden een gat. In het gat stak een draad, waarvan het andere uiteinde in de holle steel van de granaat verdween. Het balletje behoorde schuil te gaan onder een schroefdop tot het moment dat de granaat daadwerkelijk werd gebruikt. Het moest er dan samen met de draad uit worden getrokken om de ontsteking in werking te stellen. Degene die de granaat had gegooid, had wel de schroefdop losgemaakt, maar verzuimd om de draad eruit te trekken.

'Misschien was het alleen een waarschuwing,' zei Kirov toen

Pekkala had uitgelegd waarom de granaat niet was afgegaan.

Pekkala woog de granaat op zijn hand en tikte met het ijzeren ontstekingsbusje voorzichtig op zijn handpalm.

Terwijl Kirov de wacht hield aan de voorkant van het huis, bleef Pekkala in de keuken achter. Zonder licht zat hij daar met voor zich op de tafel de Webley en de granaat. Het tafelblad lag bezaaid met kleine stukjes glas. Hij staarde door de kapotte ruit naar buiten totdat zijn ogen moe werden en de schaduwen treiterig ronddansten.

Anton dook pas bij het ochtendgloren weer op. Hij liep meteen naar de pomp op de binnenplaats. Op de sierlijk gebogen zwengel zaten nog wat oude, rode verfresten in dezelfde levendige kleur als die van de hulstbes. Daar waar de verf was weggesleten, was het ijzer roestig. Toen Anton de zwengel op en neer bewoog, snerpte een geluid van knarsend ijzer door de lucht als de kreet van een vogel.

Even later vloeide er uit de mond van de pomp een vormeloze zilverkleurige stroom, waar Anton zijn hoofd in stak. Toen hij zijn hoofd ophief, waaierde een zilverkleurige boog uit over zijn schouder. Terwijl het water van zijn kin droop, streek hij met gesloten ogen en open mond zijn haar met beide handen achterover.

Op dat moment drong het tot Pekkala door dat hij die pomp eerder had gezien, namelijk op een foto die hij had gezien in een nummer van de *Pravda* dat ze hadden achtergelaten bij zijn winterrantsoen langs het bospad in Krasnagoljana.

De tsaar en zijn zoon Aleksej stonden op die foto met een grote tweepersoonszaag hout te zagen. Ze stonden aan weerszijden van de zaag. Opzij lag een stapel hout. Op de achtergrond was de pomp te zien. De foto was genomen in de tijd dat de tsaar hier gevangenzat. De tsaar had een effen soldatenuniform aan, zoals ook zijn ontvoerders zouden hebben gedragen. Aleksej was met een zware jas en een bontmuts gekleed op de kou die zijn vader niet leek te voelen. Tegen de tijd dat Pekkala de foto onder ogen kreeg, was het papier zo vergeeld geweest dat de tsaar al meer dan een jaar dood moest zijn.

Pekkala dacht erover na dat Kirov iemand door het raam had zien kijken. Misschien spookt het hier inderdaad, dacht hij.

Anton liep naar de keuken. Zijn ogen waren bloeddoorlopen, en het wit was ziekelijk geel van kleur. Op een van zijn wangen had hij een blauwe plek, die op het jukbeen bijna zwart van kleur was.

'Wat is er met je gebeurd?' vroeg Pekkala.

'Laten we maar zeggen dat Majakovski hier in de stad niet de enige is die mij nog van vroeger kent.'

'Wij hebben hier afgelopen nacht nog meer bezoek gehad,' zei Pekkala. Hij zette de granaat op de tafel.

Anton floot zachtjes. Hij liep ernaartoe en keek ernaar. 'Een blindganger?'

'Ze hebben de ontsteking niet losgetrokken.'

'Dat is niet iets wat je per ongeluk nalaat.'

'Dan was het een waarschuwing,' zei Pekkala. 'De volgende keer zullen we er niet zo goed van afkomen.'

'Ik moet op het politiebureau mijn papieren laten zien voordat jij officieel met je onderzoek kunt beginnen,' zei Anton. 'Je zou mee kunnen gaan om te kijken of zij iets weten.'

Alexander Kropotkin, het hoofd van de politie van Sverdlovsk, was een gezette, breedgeschouderde man met dik blond haar dat naar voren was gekamd, zodat het over zijn voorhoofd hing.

Pekkala en Anton stonden te wachten terwijl Kropotkin achter zijn bureau de papieren doorkeek die Anton hem ter inzage had gegeven. Toen hij bij de laatste pagina kwam, tuurde hij naar de handtekening, waarna hij de papieren op het bureau gooide. 'Waarom doet u al die moeite?' vroeg hij.

'Welke moeite?' vroeg Anton.

Kropotkin tikte met een stompe wijsvinger op de tekst. 'Kameraad Stalin heeft deze bevelen ondertekend. U kunt doen waar u zin in hebt. U hebt mijn toestemming niet nodig.'

'Het is uit beleefdheid,' zei Anton.

Kropotkin boog zich voorover en liet zijn onderarmen op het bureau rusten. Hij keek Pekkala strak aan. 'Het Smaragden Oog. Ik heb gehoord dat u dood was.'

'U bent niet de enige.'

'Ik heb ook gehoord dat u uw eigen plan trekt, maar nu werkt u voor hen.' Hij stak zijn kin met een rukje in Antons richting.

'Ik trek mijn eigen plan,' zei Pekkala.

'Dan bent u omgekocht. Of bedreigd. Het maakt niet uit. Op de een of andere manier bent u nu voor hen aan het werk.'

Het waren scherpe woorden, maar Pekkala besloot niet te reageren.

Nu richtte Kropotkin zijn aandacht op Anton. 'U komt me bekend voor. U was een van die bewakers van de Tsjeka, nietwaar?'

'Zou kunnen,' zei Anton.

'"Zou kunnen" bestaat niet. Ik vergeet geen gezichten, en ik heb u vaak in de herberg gezien toen u hier was. Hoe vaak heb ik niet gezien dat u door mannen van de Tsjeka werd opgehaald als u te dronken was om te lopen? En te oordelen naar uw gezicht hebt u ofwel een opdonder gehad, ofwel u hebt er geen gras over laten groeien en uw oude gewoonten weer opgevat. En nu komt u bij mij op het bureau aan met praatjes over beleefdheid? Mijne heren, voor mijn part loopt u naar de hel. Beleefd, hè?'

'Waar windt u zich nou zo over op?' vroeg Anton.

'Wilt u dat weten? Goed. Ik zal het u vertellen. Het was hier een mooie, rustige stad, totdat lieden van uw soort de Romanovs hier brachten. Sindsdien is alles veranderd.' Hij vormde met zijn duim en wijsvinger een pistool en zette zijn wijsvinger tegen zijn slaap. 'Dood. Executie. Moord. Kiest u maar. En elke keer als het weer een beetje rustig dreigt te worden, komen er weer mensen als u onrust zaaien. Niemand wil u hier hebben, maar ik kan u niet wegsturen.' Hij knikte in de richting van de deur. 'Dus doe wat u moet doen en laat ons dan met rust.'

Pekkala haalde de granaat uit zijn jaszak en zette die op het bureau.

Kropotkin keek ernaar. 'Wat is dat? Een cadeautje?'

'Die heeft iemand vannacht bij ons door het raam gegooid,' zei Pekkala. 'Hij was alleen vergeten de pin eruit te trekken.'

'Het is een Duitse,' voegde Anton eraan toe.

Kropotkin stak zijn hand uit en pakte de granaat. 'Eigenlijk is het een Oostenrijkse. De Duitse steelhandgranaten hadden hier klemmen om ze aan je riem te hangen.' Hij tikte op het grijze soepblik waar de explosieven in zaten. 'De Oostenrijkse niet.'

'Hebt u in de oorlog gevochten?' zei Pekkala.

'Ja,' zei Kropotkin, 'en dan leer je wel het een en ander over die dingen, als er maar genoeg van naar je toe gegooid worden.'

'We hoopten dat u misschien zou weten waar deze vandaan komt.'

'De Witten gebruikten ze,' zei Kropotkin. 'De mannen die de aanval op Sverdlovsk hebben ondernomen hadden merendeels in het Oostenrijkse leger gezeten voordat ze zich aan onze kant schaarden. Velen maakten nog gebruik van Oostenrijkse uitrustingsstukken.'

'Denkt u dat het misschien iemand van de Witten was?' vroeg Pekkala.

Kropotkin schudde zijn hoofd. 'Degene die dit ding naar jullie heeft gegooid was niet iemand van de Witten.'

'Dus u weet niet wie hem gegooid zou kunnen hebben?'

Kropotkin kneep zijn ogen toe. 'O, ik weet precies wie hem heeft gegooid. Er is er maar één krankzinnig genoeg om zo'n ding te gooien en daarbij stom genoeg om niet de ontsteking eruit te trekken. Nekrasov heet hij. Hij was een van de mannen van de militie die de Romanovs bewaakte voordat de Tsjeka zich ermee bemoeide en hem eruit gooide. Ik denk dat hij daar nog steeds wrokkig over is. Toen er in het huis van Ipatjev weer licht brandde, moet hij gedacht hebben dat de Tsjeka weer terug was.'

'Maar waarom zou hij de moeite hebben genomen om dat ding naar ons te gooien?'

'Dat kun je hem het best zelf gaan vragen.' Kropotkin pakte een potlood, krabbelde een adres op een blocnote, scheurde het velletje eraf en hield het op, zodat een van hen het zou aanpakken. 'Hier kunnen jullie hem vinden.'

Anton pakte het papiertje van hem aan.

'Vat het niet verkeerd op, hoor,' zei Kropotkin lachend. 'Hij probeert iedereen te vermoorden, maar hij is er niet zo goed in. Als u hier weg zou gaan zonder dat Nekrasov niet minstens één granaat naar u heeft gegooid, had u net zo goed thuis kunnen blijven.'

'Nou, ik ben tenminste niet de enige aan wie ze hier de pest hebben,' zei Anton toen Pekkala en hij weer op straat liepen. 'Wil je dat ik met je meega als je bij Nekrasov langsgaat?'

'Ik red het alleen wel,' zei Pekkala. 'Jij ziet eruit alsof je wel een beetje slaap kunt gebruiken.'

Anton knikte en kneep zijn ogen halfdicht in het felle licht van de ochtendzon. 'Dat zal ik niet ontkennen.'

De deur ging op een kier open. Vanuit het donkere interieur keek een man Pekkala aan. 'Wat moet je?'

'Nekrasov?'

De deur zwaaide nu helemaal open, zodat een man met golvend grijs haar en een stoppelbaard van twee dagen zichtbaar werd. 'En wie ben jij dan wel?' vroeg hij.

'Mijn naam is Pekkala,' zei hij, en toen gaf hij Nekrasov een ferme kaakslag.

Toen Nekrasov bijkwam, hing hij als een zoutzak in een kruiwagen, de armen vastgebonden aan het wiel achter zich. Pekkala zat op een donkergroene houten kist met handgrepen van touw. Op de kist stond het stempel met de tweekoppige adelaar van het Oostenrijks-Hongaarse leger van de Habsburgers met daaronder in gele letters de woorden GRANATEN en ACHTUNG – EXPLOSIVEN.

Nekrasov woonde in een klein huisje met een rieten dak en een witgeschilderd houten hek aan de voorkant. Het plafond binnen was zo laag dat Pekkala zich had moeten bukken en tussen de gedroogde takjes salie, rozemarijn en basilicum door had moeten laveren die met grashalmen aan de balken waren gebonden. Toen hij ze opzij duwde, golfde er een kruidengeur door de ruimte.

Pekkala had Nekrasov onder zijn oksels gepakt en hem een kamer door gesleept waar een ouderwets bankje tegen de muur stond, van het type dat in dit soort huisjes van één verdieping als bed werd gebruikt. Op het bankje lagen een keurig opgevouwen blauwe deken en een vies rood kussen, waaruit bleek dat het nog steeds voor dat doel werd gebruikt. Ernaast had Pekkala de kist met granaten gevonden, met daarin nog zeventien van de oorspronkelijke dertig exemplaren, elk verpakt in bruin vetvrij papier. Toen hij het deksel van de kist opende, was de marsepeingeur van de explosieven hem tegemoet gegolfd.

Toen hij het tuintje in was gelopen, had Pekkala daar een wirwar van snijbonen, tomaten- en pompoenplanten ontwaard. De enige vrije ruimte was een pad dat midden door het tuintje liep en net breed genoeg was voor een kruiwagen.

Het had die nacht geregend en nu verdampte het vocht in de zonnewarmte. De lucht voelde zwaar aan in Pekkala's longen. Terwijl hij wachtte tot Nekrasov weer bijkwam, had Pekkala in de keuken van de man bij wijze van ontbijt een boterham met kaas voor zichzelf klaargemaakt en was begonnen die op te eten.

Nekrasov sloeg langzaam zijn ogen op. Verdwaasd keek hij om zich heen, totdat hij Pekkala zag. 'Hoe zei je dat je heette?'

'Pekkala,' zei deze zodra hij zijn mond had leeggegeten.

Nekrasov deed moeite zich los te wringen. 'Je had me op z'n minst op een stoel kunnen vastbinden.'

'Een kruiwagen is net zo goed.'

'Ik zie dat je mijn granaten hebt gevonden.'

'Zo moeilijk was dat niet.'

'Ze zijn door de Witten achtergelaten. Hoe heb je me zo snel weten te vinden?'

'Het hoofd van de politie heeft me naar je verwezen.'

'Kropotkin!' Nekrasov leunde over de zijkant van de kruiwagen en spuwde. 'Ik krijg nog geld van hem.'

Pekkala stak de granaat omhoog. 'Zou je me misschien willen vertellen waarom je die vannacht bij ons door het raam hebt gegooid?'

'Omdat ik doodziek word van types als jij.'

'Welke types bedoel je?'

'Tsjeka, GPOe, OGPOe – hoe jullie jezelf tegenwoordig ook noemen.'

'Ik hoor bij geen van die organisaties,' zei Pekkala.

'Wie anders zou dat huis binnengaan? Trouwens, ik heb een van je mannen gisteravond de herberg in zien komen. Ik herkende hem. Hij is een van die klootzakken van de Tsjeka die de Romanovs bewaakten toen ze verdwenen zijn. Ellendige volkscommissaris dat je bent, heb ten minste het fatsoen om me de waarheid te zeggen!'

'Ik ben geen volkscommissaris. Ik ben een opsporingsambtenaar, en ik ben aangesteld door het Bureau Speciale Operaties.'

Nekrasov lachte honend. 'Hoe heette dat vorige week? En hoe zal het volgende week heten? Het maakt allemaal niks uit. Jullie veranderen telkens alle namen, totdat ze op het laatst niets meer betekenen.'

Pekkala knikte gereserveerd. 'Het was een aangenaam gesprek,' zei hij. Toen stond hij op en maakte aanstalten om weg te gaan.

'Waar ga je heen?' riep Nekrasov. 'Je kunt me hier niet zomaar achterlaten.'

'Er komt vast weleens iemand anders langs. Op den duur. Hoewel het er niet naar uitziet dat je veel bezoek krijgt, en afgaande op wat Kropotkin over je zei, zullen zelfs degenen die wel komen je waarschijnlijk niet al te snel losmaken.'

'Kan me niet schelen. Voor mijn part lopen ze naar de hel, en jij ook!'

'Kropotkin en jij hebben dezelfde manier van praten.'

'Kropotkin!' Nekrasov spuwde nog eens. 'Naar hem zou je eens onderzoek moeten doen. De Witten hebben hem goed behandeld toen ze hier waren. Hem hebben ze niet ruw aangepakt, zoals ze met alle anderen deden. En toen de Roden terugkwamen, hebben zij hem tot hoofd van de politie gebombardeerd. Hij heeft dubbelspel gespeeld als je het mij vraagt, en iemand die dubbelspel speelt is tot alles bereid.'

Pekkala keek omhoog naar de wazige lucht. 'Het ziet ernaar uit dat het een warme dag wordt.'

'Kan me niet schelen.' zei Nekrasov.

'Ik dacht daarbij niet aan jou,' zei Pekkala. 'Maar aan die granaten.' Hij knikte naar de kist.

'Hoe bedoel je?' vroeg Nekrasov met een blik op de woorden ACHTUNG – EXPLOSIVEN.

'Op die kist staat het jaartal 1916. Die granaten zijn dertien jaar oud. Een militair als jij zou moeten weten dat dynamiet instabiel wordt als het niet op de juiste manier wordt bewaard.'

'Ik heb ze zelf bewaard! Hier onder mijn bed!'

'Maar waar lagen ze daarvoor dan?'

'Ik heb ze in het bos gevonden.' Zijn stem leek steeds zachter te klinken.

Weer keek Pekkala omhoog naar de blauwe hemel vol cirrus-wolkjes. 'Nou, tot ziens dan maar.' Hij draaide zich om en maakte aanstalten om weg te gaan.

'Loop naar de hel.'

'Dat zei je al.'

Pekkala kwam in beweging.

'Wacht!' riep Nekrasov. 'Goed. Het spijt me dat ik een granaat naar je heb gegooid.'

'Als ik voor elke keer dat iemand dat tegen me zei een roebel had gekregen…' zei Pekkala, waarna hij even zweeg, zich omdraaide en vervolgde: '… zou ik maar één roebel hebben.'

'Nou, wat wil je nog meer?'

'Antwoord op een paar vragen.'

'Vragen waarover?'

Pekkala liep terug en ging weer op de kist zitten. 'Is het waar dat jij bij de militie zat die het huis van Ipatjev bewaakte?'

'Ja, en ik ben bovendien de enige die nog in leven is.'

'Wat is er met de anderen gebeurd?'

'We waren met ons twaalven. Toen de Witten kwamen, werden we naar een brug aan de rand van de stad gestuurd om die te bewaken. We hebben een kar omgegooid om de weg te versperren en zochten daarachter dekking. Maar daar lieten de Witten zich niet door tegenhouden. Ze lieten een Oostenrijkse berghouwitser aanrukken en vuurden op een vlak traject over een afstand van nog geen honderd meter twee keer op ons. Op zo'n afstand hoor je het kanon niet eens. Bij het eerste schot werd de helft van de mensen in mijn groep gedood. Het tweede schot trof de kar precies in het midden. Ik heb daar geen enkele herinnering aan. Ik weet alleen dat ik wakker werd in een greppel langs de kant van de weg. Ik had niks meer aan behalve mijn laarzen en een hemdsmouw. Alle andere kleren waren me door de explosie van het lijf gerukt. Een van de karrenwielen hing aan een boomtak aan de andere kant van de weg. Overal lagen lijken. Ze brandden. De Witten hebben me voor dood laten liggen en zijn verdergegaan. Ik was de enige overlevende van de mannen die ze erop uit hadden gestuurd om die brug in handen te houden.'

'Nekrasov, ik begrijp waarom je de Witten haat, maar snap niet wat je tegen de Tsjeka hebt. Zij hebben immers niks anders gedaan dan jullie vervangen als bewakers van de Romanovs.'

'Niks anders? Hebben ze niks anders gedaan?' Hij probeerde zich los te wurmen, maar hij was stevig vastgebonden en gaf het op. 'De Tsjeka heeft ons vernederd! Ze zeiden dat wij de tsaar hadden bestolen.'

'En was dat zo?'

'Het waren maar kleinigheidjes,' protesteerde hij. 'De nonnen van het klooster in de stad brachten manden met voedsel, en de tsaar gaf ze daar boeken voor terug. We hebben een paar aardappelen gejat. Je kunt het de nonnen zelf gaan vragen, als ze tenminste niet allemaal dood zijn. Ze zijn het klooster aan het opdoeken. God wordt afgeschaft! Wat vind je dáárvan?'

'Was dat alles wat jullie hebben gestolen? Een paar aardappelen?'

'Ach, weet ik veel!' Nekrasov kreeg een kleur. 'Af en toe eens een vulpen of zo. Of een pak speelkaarten. Het mocht geen naam hebben, echt! Daardoor is niemand van de honger omgekomen. Er is zelfs niemand met honger naar bed gegaan. We hadden opdracht ze het gevoel te geven dat ze gevangenen waren. We mochten niet met hen te praten. We mochten zelfs niet kijken of we hen konden helpen. Waar het om ging, was dat de Romanovs geen gevaar liepen. Er is niemand ontsnapt. Ze zijn niet overvallen. We moesten hen vasthouden totdat de tsaar kon worden berecht, en dat is precies wat we hebben gedaan.'

'En de rest van de familie?'

'Weet ik niet. Er was niks gezegd over een rechtszaak tegen hen. En er is zeker niet gezegd dat ze dood zouden moeten! Maar toen kwamen die lui van de Tsjeka binnen en maakten grote ophef over wat gestolen aardappelen. Ze hebben ons eruit gegooid, en wat is er toen gebeurd? Niks geen proces! Ze hebben de hele familie doodgeschoten. En toen de bewakers van de Tsjeka klaar waren met het doodschieten van ongewapende vrouwen en kinderen, hebben ze zo snel als ze konden gemaakt dat ze wegkwamen en hebben ze ons achtergelaten om het op te nemen tegen dertigduizend Witten met kanonnen en' – zijn voet schoot uit en trapte tegen de kist – 'zoveel granaten dat ze het zich konden veroorloven om kistenvol in de bossen te laten staan. Daarom haat ik ze: omdat wij wél ons werk deden, en zij niet.'

Pekkala liep naar de kruiwagen en maakte Nekrasovs armen los.

Nekrasov kwam niet overeind. Hij bleef liggen en masseerde zijn polsen op de plaatsen waar het touw langs zijn huid had geschuurd. 'In een stad van deze omvang kan je hele leven door zo'n moment bepaald worden,' verklaarde hij. 'Eén woord of één daad onthouden ze soms maar van je, en niemand die er nog aan denkt dat wij pal hebben gestaan, totdat ze ons met die houwitser in de pan hakten. Het enige wat ze onthouden hebben, is dat van die paar gestolen aardappels.'

Met de neus van zijn laars tilde Pekkala het deksel van de kist op, en hij legde de niet-ontplofte granaat er weer in. 'Waarom had je de pin er niet uit getrokken?' vroeg hij.

'Ik was dronken, zei Nekrasov.

'Nee, dat was je niet. Ik heb je huis doorzocht toen je bewusteloos was, en er is hier nog geen vingerhoedje alcohol te vinden. Je was niet dronken, Nekrasov.' Pekkala stak zijn hand uit naar Nekrasov en hielp hem overeind. 'Er moet een andere reden zijn.'

'Ik ben gek,' zei Nekrasov.

'Dat geloof ik ook niet.'

Nekrasov zuchtte. 'Misschien ben ik gewoon niet het type om mensen in hun slaap af te slachten.'

'En de tsaar dan?'

'Ik heb tijdens de oorlog wel mensen gedood, maar dat was anders. Geen ongewapende man. Geen vrouwen. Geen kinderen. Dat geldt ook voor de mannen die bij me waren.

'Dus je denkt dat de Tsjeka de tsaar heeft gedood?'

Nekrasov haalde zijn schouders op. 'Wie anders?'

Toen Pekkala weer bij het huis van Ipatjev kwam, trof hij Anton aan op de achtertrap, bestaande uit stenen platen die waren uitgesleten door de talloze voetstappen van degenen die er hadden gewoond en gewerkt tot het moment dat de tijd er was stilgezet. Hij zat met een pollepel iets uit een koekenpan te eten.

Kirov verscheen met opgerolde hemdsmouwen in de keukendeur. 'Heb je die voormalige militieman gevonden?' vroeg hij.

'Ja,' zei Pekkala.

'En heb je hem gearresteerd?'

'Nee,' zei Pekkala.

'Waarom niet?' vroeg Kirov. 'Hij heeft de afgelopen nacht geprobeerd ons te vermoorden!'

'Als hij ons had willen doden, zouden we nu dood zijn geweest.'

'Toch vind ik dat je hem had moeten arresteren,' zei hij. 'Het gaat om het principe!'

'Ja, daar hebben in onze wereld juist zo'n behoefte aan,' zei Anton. 'Jonkies en principes.'

'Heeft hij bekend dat hij de tsaar heeft gedood?' vroeg Kirov.

'Nee.'

'Dat is nog eens een verrassing,' mompelde Anton.

'Hij haatte de Romanovs niet,' zei Pekkala. 'Hij haatte jou en je vrienden van de Tsjeka.'

'Nou, dan staat hij niet alleen,' zei Anton. 'De militie, de Witten, de Romanovs, Kropotkin, zelfs de nonnen in het klooster haatten ons.'

'Eigenlijk is hij ervan overtuigd dat de Tsjeka verantwoordelijk was voor de dood van de Romanovs,' vervolgde Pekkala.

Kirov floot tussen zijn tanden. 'Bij de Tsjeka denken ze dat de tsaar door de militie gedood is. Bij de militie denken ze dat de Tsjeka het gedaan heeft. En Majakovski denkt dat ze het overleefd hebben!'

'Nou,' zei Pekkala, 'dat ze het overleefd zouden hebben kunnen we in elk geval uitsluiten.'

'En de Tsjeka?' vroeg Anton. 'Denk je nou echt dat wij er iets mee te maken hadden?'

Pekkala haalde zijn schouders op.

Anton zwaaide de pollepel in zijn richting. 'Bedoel je dat je mij verdenkt?'

Kirov, die voelde dat er weer ruzie tussen de broers op komst was, probeerde over iets anders te beginnen. 'Heb je daar niets anders op te zeggen?' vroeg hij aan Anton.

'Ik heb mijn excuses al aangeboden,' zei Anton terwijl hij nog een hap uit de pan naar binnen werkte.

'In het openbaar! Openbare excuses, hadden we afgesproken.'

Anton kreunde. Hij zette de koekenpan op de kasseien en liet de pollepel met veel misbaar in de zwartgeblakerde pan vallen.

'Ik bied mijn excuses aan voor het feit dat ik je een kok heb genoemd. Je bent chef-kok. Een geweldige chef-kok.'

'Nou,' zei Kirov. 'Was dat nou zo moeilijk?'

Anton snoof, maar zei niets.

'Wat heb je gemaakt?' vroeg Pekkala met een blik in de koekenpan.

'Kip met kruisbessensaus!' verkondigde Kirov, als een chef-kok die een dinergast te woord staat.

'Waar had je de ingrediënten vandaan?' vroeg Pekkala.

'Van onze nieuwe vriend Majakovski,' zei Kirov.

'Onze enige vriend, kun je beter zeggen,' zei Anton.

'Hij zegt dat hij alles voor ons kan maken wat we willen,' zei Kirov.

Anton keek over zijn schouder naar Kirov. 'Wacht eens even. Hoe heb je hiervoor betaald? Ik ben immers degene die onze contanten beheert.'

'Die vraag is niet bij je opgekomen toen je zat te eten, hè?' zei Kirov. 'Laten we maar zeggen dat we nu wat te weinig brandstofbonnen hebben voor onze terugreis naar Moskou.'

'Verdomme!' riep Anton. 'Waarom overvallen we hem niet gewoon thuis? Dan kunnen we gewoon pakken wat we nodig hebben.'

'Dat hadden we kunnen doen,' zei Pekkala, 'maar ik geloof dat hij meer weet dan hij ons tot nu toe heeft verteld. Vroeg of laat komt hij met meer informatie.'

'Vroeg of laat, daar hebben we geen tijd voor,' zei Anton venijnig.

'Een onderzoek afraffelen is net zoiets als een maaltijd snel naar binnen werken,' zei Pekkala terwijl hij zich vooroverboog naar de pan en een vinger door de saus haalde. Hij proefde de saus. Deed zijn ogen dicht. 'Heel goed,' mompelde hij. 'En trouwens, met jouw hulp zal het allemaal veel sneller gaan.'

'Ik help je toch al?' zei Anton.

'Hoe dan,' vroeg Pekkala, 'anders dan met voedsel wegwerken?'

'Op míj kun je in elk geval rekenen,' zei Kirov opgewekt.

'Zorg jij nou maar voor het eten,' bromde Anton.

'Hoe meer mensen we spreken, des te sneller zal het gaan,' zei Pekkala.

Kirov prikte met de neus van zijn laars in Antons rug. 'Wou je weer brieven open gaan stomen?'

'Oké!' gromde Anton boos. 'Wat wil je dat ik doe?'

Pekkala wees elk van hen een deel van de stad toe en zei dat ze alle deuren langs moesten om zoveel mogelijk te weten te komen over de nacht waarin de Romanovs waren verdwenen.

'Dat kunnen we niet doen!' zei Anton. 'Officieel werden de Romanovs op bevel van de overheid geëxecuteerd. Als bekend raakt dat wij op zoek zijn naar de moordenaars van de tsaar en zijn gezin, dan…'

'Dat hoef je niet te zeggen. Je zegt gewoon dat er nieuwe ontwikkelingen zijn. Je hoeft niet uit te leggen wat die precies inhouden, en de meeste mensen zullen te veel bezig zijn met de vragen die jij stelt om nog na te denken over hun eigen vragen. Vraag of ze rond de tijd dat de Romanovs verdwenen onbekenden in de stad hebben gezien. Vraag of er lijken zijn gevonden. Als iemand van buiten de stad inderhaast de slachtoffers heeft begraven, zal dat bij de bevolking waarschijnlijk niet onopgemerkt zijn gebleven.'

'Die bewuste nacht is al lang geleden,' zei Anton. 'Waarom denk je dat ze ons hun geheim zullen vertellen, als ze het al zo lang voor zich hebben gehouden?'

'Geheimen hebben de neiging om een zware last te worden,' zei Pekkala. 'En na verloop van tijd wordt die te zwaar om te dragen. Praat met mensen die buitenshuis werken – postbodes, boswachters, boeren. Als er in de dagen voor de verdwijningen iets gaande was, hadden zij meer kans om er iets van te merken dan degenen die binnen zijn gebleven. Of je zou naar de herberg kunnen gaan…'

'De herberg?' zei Anton.

Kirov haalde zijn schouders op. 'Ineens wil hij maar al te graag helpen.'

'Daar heb je meer kans dat de mensen je hun geheimen verklappen dan op andere plekken,' zei Pekkala. 'Zorg er alleen wel voor dat je nuchter blijft, zodat je onthoudt wat ze zeggen.'

'Natuurlijk,' zei Anton. 'Waar zie je me voor aan?'

Pekkala gaf geen antwoord. Hij staarde naar de koekenpan. 'Is er nog wat over?' vroeg hij.

'Een beetje.' Anton reikte hem de pan aan.

Pekkala ging naast zijn broer op de stenen trap zitten. Er zat geen kip meer in maar door met de pollepel langs de rand van de pan te gaan, kon hij de laatste restjes saus en die ene jadegroene doorschijnende kruisbes die zijn broer niet meer op kon bij elkaar schrapen. De nog warme, romige saus met de gehakte peterselie en ingedikt met opgebakken broodkruimels knarste tussen zijn tanden. Hij proefde het zoet van de uien die erin verwerkt waren en het aardse van de gestoofde worteltjes. Toen liet hij de kruisbes op zijn tong rusten en drukte die zachtjes tegen zijn verhemelte, totdat het stevige omhulsel het begaf en het warme, scherp smakende sap bijna als met een zucht in zijn mond vrijkwam. Speeksel welde op van onder zijn tong, en hij zuchtte bij de herinnering aan de winters in zijn hut in het bos van Krasnagoljana, toen hij dagen achtereen niets anders had gegeten dan gekookte aardappelen en zout. Pekkala dacht terug aan de stilte van die nachten, een stilte zo diep dat hij het zachte suizen kon horen dat alleen hoorbaar was als er geen andere geluiden waren. Hij had het vaak in het bos gehoord, en er waren 's winters momenten geweest dat het bijna oorverdovend leek. Zelfs als kind had hij het al opgemerkt. Zijn vader had hem verteld dat het het geluid was van het bloed dat door zijn aderen stroomde. Die stilte was, meer dan alle prikkeldraadversperringen, in Siberië zijn gevangenis geweest. En ook al had Pekkala die gevangenis fysiek achter zich gelaten, zijn geest verwijlde daar nog. Nu pas, nu deze onbekende smaken zijn papillen streelden, voelde Pekkala hoe hij langzaam loskwam van zijn jarenlange opsluiting.

Na zijn arrestatie op het station van Vainikkala werd Pekkala overgebracht naar de Boetyrka-gevangenis. De autoriteiten ontnamen hem de Webley en zijn exemplaar van de *Kalevala*. Hij moest een gigantisch dossier van duizenden pagina's ondertekenen. Het was afgesloten met een ijzeren plaat, die slechts ruimte bood om zijn handtekening te zetten. Vervolgens brachten de bewakers hem naar een kamer waar hij zich moest uitkleden en men zijn kleren innam.

Toen hij alleen was, beende Pekkala zenuwachtig door de kamer, die een hoog plafond had en vier passen lang en drie breed was. De muren waren tot borsthoogte bruin geschilderd. Daarboven was alles wit. Het licht in de kamer was afkomstig van één enkel peertje boven de deur. Er was geen bed en er stonden ook geen andere meubels in de kamer, dus toen Pekkala genoeg had van het heen-en-weerlopen, ging hij met opgetrokken knieën tegen de muur zitten. Om de paar minuten werd er een luikje in de deur geopend en zag Pekkala een paar ogen naar hem kijken.

En terwijl hij daar naakt in zijn cel zat te wachten, ontdekten de bewakers bij het doorzoeken van zijn kleren het smaragden oog onder zijn revers.

Gedurende de weken die volgden — althans tijdens de enkele keren dat hij helder genoeg was om goed te kunnen nadenken — vroeg Pekkala zich af waarom hij het insigne dat zijn identiteit onthulde niet had weggegooid. Misschien uit ijdelheid. Misschien had hij gedacht dat hij op een dag terug zou keren en weer in zijn vroegere hoedanigheid dienst zou doen. Misschien omdat het insigne deel van hem was geworden en hij er niet meer zonder kon, net zomin als hij zonder zijn lever kon of zijn nieren of zijn hart. Er was echter nog een reden waarom hij het insigne had gehouden, en dat was dat hij eigenlijk niet had willen vluchten. Hij was zich ervan bewust dat zijn lot zo onlosmakelijk was verbonden met dat van de tsaar dat zelfs zijn vrijheid die band niet kon verbreken.

Zodra het tot het personeel van de Boetyrka doordrong dat het Smaragden Oog bij hen gevangenzat, werd Pekkala van de andere gevangenen gescheiden en naar een afdeling overgebracht die bekendstond als de Schoorsteen.

Ze duwden hem een cel in, en Pekkala tuimelde van het opstapje af een ruimte in ter grootte van een kleine kast. De deur klikte achter hem dicht. Hij probeerde op te staan, maar het plafond was te laag. De zwartgeschilderde muren liepen naar beneden toe schuin af en waren achter in de cel nog lager. Van daaraf liepen ze met een kromming omhoog tot een punt net boven de deur. De ruimte was zo smal dat hij niet kon liggen, en zonder zich voorover te buigen kon hij er evenmin staan. De felle lamp die op hem neerscheen, was zo dichtbij dat hij de warmte ervan op zijn gezicht voelde. Golven van claustrofobie spoelden over hem heen. Hij opende zijn mond en kokhalsde. Na slechts enkele minuten kon hij het niet meer aan en bonsde hij op de deur en vroeg of hij eruit mocht.

Het luikje werd opengeschoven. 'De gevangene moet stil zijn,' zei een stem.

'Alsjeblieft,' zei Pekkala. 'Ik krijg hier geen adem.'

Het luikje werd met een klap dichtgeschoven.

Het duurde niet lang voordat Pekkala onwillekeurig spastische bewegingen begon te maken als gevolg van de gebukte houding die hij voortdurend moest innemen. Hij liet zich langs de muur op de vloer glijden en drukte zijn knieën tegen de deur. Dit hielp een paar minuten, maar toen kreeg hij kramp in zijn knieën. Hij ontdekte al snel dat er geen positie was waarin hij zich kon ontspannen. Zijn claustrofobie werd zo erg dat hij geen lucht meer kreeg. De warmte van de lamp pulseerde op zijn achterhoofd. Het zweet stroomde over zijn gezicht.

Pekkala was ervan overtuigd dat zijn laatste uur geslagen had.

Maar eerst zou hij gemarteld worden, wist hij. Toen hij dat echter eenmaal had bedacht, werd hij vervuld van een vreemd gevoel van lichtheid, alsof zijn geest al was begonnen zich terug te trekken uit zijn lichaam.

Hij was er klaar voor.

De drie mannen verspreidden zich over de stad.

Kirov zou de huizen aan de hoofdstraat voor zijn rekening nemen. Hij keek of er in zijn opschrijfboekje genoeg lege bladzijden waren, hij sleep twee potloden en kamde zelfs zijn haar en poetste zijn tanden.

Ook Anton deed zijn best en schoor zich met behulp van de buitenspiegel van de Emka, zodat hij kon zien wat hij deed.

'Waar ga jij naartoe?' vroeg Kirov.

'Naar de herberg,' zei Anton. 'Daar vertellen de mensen je hun geheimen. Waarom zal ik moeite doen om ze hun huis uit te lokken als ze daar naar me toe komen?'

Pekkala besloot het verhaal van Nekrasov na te trekken dat de militie voedsel gestolen zou hebben dat gebracht was door de kloosterzusters uit Sverdlovsk. Hij vroeg zich af of de nonnen de Romanovs tijdens hun gevangenschap gezien hadden. Misschien hadden ze zelfs met de familie gesproken. Als dat het geval was, zouden zij wat dat betrof de enigen zijn, afgezien van de militie en de Tsjeka.

Pekkala liep naar het klooster aan de rand van de stad. Hij deed onderweg ernaartoe zijn best om zoveel mogelijk mensen te spreken, maar pas bij het zoveelste huis waar hij aanklopte, werd opengedaan. De mensen waren over het algemeen wel thuis, maar wilden geen vragen beantwoorden. In één huis zag Pekkala een ouder echtpaar in een onverlichte kamer bij elkaar zitten, terwijl zijn gebons op de deur door het hele pand dreunde. Het echtpaar verroerde zich niet. Hun broze vingers, neergevlijd op de armleuningen van hun stoel, hingen erbij als vergeelde klimopranken.

Ten slotte werd er toch ergens opengedaan. Een pezige man, wiens pokdalige gezicht schuilging achter een onverzorgde witte baard, vroeg aan Pekkala of hij aan de deur kwam om bloed te kopen.

'Bloed?' vroeg Pekkala.

'Van het varken,' zei de man.

Toen hoorde Pekkala vanachter het huis een gepiep en gereutel. Het ging op en neer als een ademhaling.

'Je moet ze de keel doorsnijden,' verklaarde de man. 'Ze moeten doodbloeden, want anders smaakt het vlees niet. En dat duurt soms een tijdje. Ik vang het bloed op in emmers. Ik dacht dat je daarvoor kwam.'

Pekkala legde de reden van zijn komst uit.

De man leek niet verrast. 'Ik wist dat er vroeg of laat iemand zou komen die een poging zou doen om de waarheid te achterhalen.'

'En wat is de waarheid?'

'Dat de Romanovs niet allemaal gedood zijn, zoals de kranten schreven. Ik heb op de avond nadat ze volgens zeggen geëxecuteerd waren nog een van hen gezien.'

'Wie heb je gezien?' vroeg Pekkala. Hij had een strak gevoel op de borst en hoopte aanwijzingen te horen die hem naar Aleksej zouden leiden.

'Een van de dochters,' zei de oude man.

Pekkala was teleurgesteld. Net als Majakovski had de man zichzelf overtuigd van iets waarvan Pekkala wist dat het niet waar was. Hij begreep het niet.

'Je gelooft me niet, hè?' zei de man.

'Ik denk niet dat je liegt,' zei Pekkala.

'Het geeft niet, hoor,' zei de man. 'De Witten geloofden me ook niet. Een van hun officieren klopte bij me aan vlak nadat ze de Roden hadden verjaagd. Ik heb hem verteld wat ik had gezien, en hij zei meteen dat ik het gedroomd moest hebben. Hij zei dat ik het aan niemand mocht vertellen, dat ik anders problemen zou krijgen. Maar toen ik die dreigementen hoorde, werd ik er alleen maar des te zekerder van dat ik een van de dochters had gezien.'

'Waar was ze toen je haar zag?' vroeg Pekkala.

'Op het spoorwegemplacement van Perm. Dat is het eerstvolgende station aan de Trans-Siberische spoorweg. Ik ben daar vroeger koppelaar geweest.'

'Koppelaar?'

De man balde zijn vuisten en zette zijn knokkels tegen elkaar. 'Een koppelaar zorgt ervoor dat de wagons gekoppeld worden aan de juiste locomotieven. Anders loop je de kans dat goederen die helemaal uit Moskou zijn gekomen weer teruggaan in plaats van door naar Wladiwostok. Die bewuste avond, nadat de Romanovs verdwenen waren, was ik wagons aan het koppelen die naar het oosten moesten. De Witten waren er nog niet. We wilden weg zijn voordat ze zouden arriveren. Er passeerden die nacht op alle mogelijke tijdstippen treinen, maar niet volgens de gebruikelijke dienstregeling. Nachttreinen zijn doorgaans altijd vrachttreinen, maar deze trein had ook een passagiersrijtuig – eentje maar. Er hingen zwarte gordijnen voor de ramen en aan weerszijden van het rijtuig zat een bewaker met de bajonet op het geweer. Daar heb ik haar gezien.'

'Ben je de trein in gegaan?'

'Ben je gek! Die schoften zouden me aan het mes geregen hebben!'

'Maar je zei dat er gordijnen voor de ramen hingen. Hoe heb je haar dan kunnen zien?'

'Ik liep langs het spoor om de remmen te controleren, zoals we moeten doen, en toen sprong een van de bewakers van het rijtuig naar beneden. Hij richtte zijn geweer op me en vroeg me wat ik aan het doen was. Ik vertelde hem dus dat ik koppelaar was, maar hij riep dat ik moest maken dat ik wegkwam. Hij had niet begrepen wat een koppelaar was, dus ik zei: "Goed, ik zal weggaan, maar als dan straks de locomotief wegrijdt, blijf jij hier op dit zijspoor staan. Als je samen met de rest van de trein wilt vertrekken," zei ik tegen hem, "kun je mij maar beter mijn werk laten doen."'

'En deed hij dat?'

'Hij klom meteen weer in de trein, en toen hoorde ik hem tegen iemand tekeergaan die was komen vragen waar alle ophef om te doen was. Weet je, wie er ook in dat rijtuig zaten, ze wilden niet dat er iemand in of uit zou stappen. Maar toen ik het rijtuig wilde aankoppelen, werd er een gordijn opengetrokken' – hij deed alsof hij een gordijn opentrok – 'en zag ik een vrouw die me aankeek.'

'En herkende je haar?'

'Natuurlijk herkende ik haar! Het was Olga, de oudste dochter. Chagrijnig, net als op de foto's. Ze keek me recht in het gezicht, en toen ging het gordijn weer dicht.'

'Weet je zeker dat het Olga was?' vroeg Pekkala.

'O ja,' knikte de man. 'Een vergissing is uitgesloten.'

Inmiddels kwam er vanaf de zijkant van het huis een vrouw aanlopen met een lang mes in de ene hand en een emmer bloed in de andere. Achter haar aan liep een kind zonder schoenen in een paardenbloemgele jurk. Met haar smalle kin, haar grote, nieuwsgierige ogen en een neus die niet groter was dan de knokkel van Pekkala's pink leek ze eerder een pop dan een mens. De vrouw zette de emmer neer. 'Hier is-ie,' zei ze. De damp sloeg van het bloed af.

'Daar komt hij niet voor,' zei de man.

De vrouw gromde. 'Sjouw ik die emmer helemaal hiernaartoe…'

'Nou kun je hem weer helemaal terugsjouwen,' zei de man.

'Weet je zeker dat je het niet wilt?' vroeg de vrouw. 'Het is heel voedzaam. Kijk eens naar mijn dochter hier. Een toonbeeld van gezondheid, en zij drinkt het ook.'

Met één hand aan haar moeders jurk glimlachte het kind naar Pekkala.

'Nee, bedankt,' zei Pekkala. Hij keek naar het bloed, dat in de emmer heen en weer deinde.

'Hij kwam om mijn verhaal te horen,' zei de man. 'Over de prinses in de trein.'

'O, maar er is meer te vertellen,' zei de vrouw. 'Heb je hem verteld van dat meisje dat ze in het bos hadden gevonden?'

'Dat heb ik hem niet verteld,' zei de man, geïrriteerd doordat hij zich door zijn vrouw gemanipuleerd voelde, 'want dat heb ik niet zelf gezien.'

De vrouw schonk geen aandacht aan haar man. Ze legde het mes op de emmer. Er kleefde zwart, opgedroogd bloed aan het lemmet.

'Ze hebben een meisje zien lopen in het bos, richting Tsjeljabinsk. Ze was gewond. Ze had een pleister op haar hoofd. Hierzo.' Met vingers die als waterplanten op de stroom meedreven streek ze over haar muisgrijze haren.

'Hoe oud was ze? Hoe zag ze eruit?'

'Nou, het was geen kind meer. Maar ook geen volwassene. Ze had bruin haar. Een paar boswachters hebben nog geprobeerd met haar te praten, maar ze rende weg. Toen heeft dat meisje bij mensen aangeklopt, maar die hebben haar aan de Tsjeka overgeleverd. Daarna is er niets meer van haar vernomen. Het was een van de middelste dochters. Tatjana, of anders Maria. Ze was aan de Roden ontsnapt, maar is door hen ingehaald. Ze was bijna ontkomen. Het is zo triest, zo verschrikkelijk triest.'

Ze had een blik in haar ogen die Pekkala vele malen eerder had gezien. De ogen van de vrouw lichtten op toen ze het over de tragedie had. En bij de woorden 'zo triest, zo verschrikkelijk triest' had ze rode wangen gekregen, bijna alsof het haar seksueel opwond.

'Hoe ben je dit te weten gekomen?'

'Van een vrouw uit Tsjeljabinsk die vroeger bij ons kocht. Ze werd verliefd op een officier van de Witten, en toen de Witten vertrokken, is zij ook weggegaan.' De vrouw wees weer naar de emmer. 'Weet je zeker dat je niks wilt?'

Toen Pekkala wegliep, draaide hij zich nog eens om. De ouders waren weg, maar het kind in de gele jurk stond nog bij de deur. Pekkala zwaaide. Het kind zwaaide terug, giechelde en liep achterom langs het huis.

Op dat moment welde er in hem een rudimentair beeld van een bedreiging op dat hem even helemaal in beslag nam: dat het kind geen echt kind was. Alsof er een poging werd gedaan een waarschuwing aan hem door te geven in een taal die geen woorden meer kende.

Op een gegeven moment kwam Pekkala bij het klooster, een sober wit gebouw boven aan een steile helling net buiten de stad. De bladeren van de populieren langs de weg ritselden op een briesje dat hij niet voelde. Tijdens de beklimming van de heuvel trok Pekkala al snel zijn zware zwarte jas uit en droeg die verder over zijn arm. Het zweet liep in zijn ogen, en hij veegde het weg met de mouw van zijn hemd. Hij voelde zijn hart driftig tegen zijn ribbenkast bonzen.

Om het klooster stond een groot zwart ijzeren hek. Op de binnenplaats lag licht, zandkleurig grind te stoven in de middagzon. Bij het bordes was een stel mannen bezig kisten in een vrachtwagen te laden.

Het hek stond open en Pekkala liep erdoor naar binnen. Het grind knarste onder zijn voeten. Toen hij de trap naar het bordes op ging moest hij aan de kant gaan staan voor twee mannen die een kleine piano naar buiten droegen.

In de hal stonden nog meer kisten. Het leek alsof het gebouw werd ontruimd. Pekkala vroeg zich af of hij te laat was. Hij bleef staan en voelde hoe het zweet zijn gezicht afkoelde.

'Komt u voor de piano?' vroeg een vrouwenstem.

Pekkala keek om zich heen. Eerst zag hij niemand. De vrouw schraapte haar keel. Pekkala keek omhoog en zag op de overloop, die uitkeek op de hal, een non in een blauw-wit habijt staan. Haar gezicht werd nauw omsloten door haar witte gesteven kap.

'U bent te laat,' zei ze. 'De piano is al weg.' Het klonk alsof de piano er uit eigen beweging vandoor was gegaan.

'Nee,' zei Pekkala, 'ik kom niet voor de piano.'

'O.' De non kwam via de trap naar beneden. 'Wat komt u vandaag dan bij ons stelen?'

Terwijl Pekkala haar verzekerde dat hij niet was gekomen om het klooster te beroven, inspecteerde de non de gammele kisten door er een roffel op te geven, alsof ze het hout wilde testen op zijn stevigheid. Aanvankelijk wist hij haar niet meer te ontlokken dan haar naam, zuster Anja, en zelfs dit leek haar moeite te kosten. Ze pakte een lijst, keek ernaar en legde die toen weer neer. Toen liep ze weg, zodat Pekkala achter haar moest lopen om zijn verhaal af te maken.

'Pekkala,' zei zuster Anja. 'Wat is dat voor een naam?'

'Ik kom uit Finland, maar ik ben daar al lang weg.'

'Ik ben nooit in Finland geweest, maar die naam komt me bekend voor.'

'Ik stond vroeger beter bekend onder een andere naam.'

De non, die een kleine zitkamer in was gelopen en aanstalten maakte om de deur voor Pekkala's neus dicht te doen, bleef ineens stilstaan. 'Dus u hebt uw naam veranderd. Ik hoor dat dat tegenwoordig erg in de mode is. In navolging van kameraad Stalin zeker.'

'Of in navolging van u, zuster Anja.'

'En hoe luidt die andere naam van u?' vroeg ze.

Pekkala draaide zijn revers om. 'Het Smaragden Oog,' zei hij.

Langzaam ging de deur weer open. De ongenaakbaarheid was van haar gezicht verdwenen. 'Nou,' zei ze, 'het is een troost om te merken dat je gebeden in deze tijden soms toch verhoord worden.'

Pekkala en de non gingen op krakkemikkige stoelen zitten in een ruimte die, afgezien van een paar ingelijste foto's aan de muur, helemaal kaal was. Het waren allemaal portretten van nonnen. De foto's waren met de hand ingekleurd. De nonnen hadden roze wangen, en hun lippen waren onhandig omlijnd. Alleen het blauw van de habijten was goed getroffen. De kunstenaar had geprobeerd de ogen in te kleuren, waarmee hij de foto's niet levendiger had gemaakt, maar hun slechts een angstige gelaatsuitdrukking had bezorgd.

'We worden tijdelijk gesloten,' verklaarde zuster Anja.

'Tijdelijk?'

'Onze overtuiging sluit volgens het centraal comité van de sovjetrepubliek hier niet meer aan bij die van het bestuur.'

'Dat dacht ik al,' zei Pekkala.

'De verrassing is niet dat ze ons dit aandoen, inspecteur. Wat mij verbaast is dat het zo lang heeft geduurd voordat ze eraan toe kwamen.' Zuster Anja zat kaarsrecht op haar stoel, de handen in haar schoot. Ze keek alert maar niet ontspannen uit haar ogen. 'De andere zusters zijn allemaal weggestuurd. Ik ben achtergebleven als conciërge van dit lege gebouw. Onze spullen zijn grotendeels opgeslagen, maar ik weet niet waar of voor hoe lang. En het waarom ontgaat me ook. Ofwel we worden gesloten, ofwel we worden niet gesloten, zou ik zeggen. Ze houden ons in de gaten als insecten die gevangenzitten in barnsteen. Maar goed, ik neem niet aan dat u hier bent om dit onrecht te onderzoeken.'

'Helaas niet, nee.'

'Dan neem ik aan dat het te maken heeft met de Romanovs.'

'Dat klopt.'

'Natuurlijk. Waarom zou u anders naar dit gat komen?'

'Eerlijk gezegd ben ik door de omstandigheden gedwongen om…'

'We worden allemaal door de omstandigheden gedwongen,' viel zuster Anja hem in de rede. 'Ik denk dat u zich de moeite kunt besparen te proberen mij klem te zetten met uw verhoortechnieken.'

'Zuster Anja, dat was niet wat ik wilde…'

Ze hief haar hand op van haar schoot en liet die er vervolgens langzaam weer zakken. 'Ik heb lang moeten wachten om datgene wat ik weet te kunnen vertellen aan iemand van wie ik het gevoel heb dat ik die kan vertrouwen. Hij heeft uw naam genoemd, weet u, tijdens die paar momenten dat we met elkaar konden praten. "Was Pekkala nou maar hier," zei hij.'

Pekkala had het gevoel alsof er een last op zijn schouders werd gelegd, alsof er kettingen om zijn hals werden gehangen. 'Dacht hij echt dat ik hem zou kunnen helpen toen hij gevangenzat en omringd werd door bewakers?'

'O, nee,' zei zuster Anja. 'Maar ik denk dat het leven voor hem zinvoller leek als u daar een rol in speelde.'

'Ik had moeten blijven,' mompelde Pekkala, meer tegen zichzelf dan tegen de non.

'En waarom hebt u dat niet gedaan?'

'Hij heeft me opdracht gegeven om te vertrekken,' zei Pekkala.

'Dan moet u daar verder geen gedachten over hebben.' Ze zweeg.

Pekkala knikte. De last drukte zo zwaar op zijn schouders dat hij nauwelijks adem kon halen.

'Toen de tsaar over u sprak, drong het tot me door dat hij met dat smaragden oog in u een ideaalbeeld had geschapen van zichzelf. Een ideaalbeeld waaraan hij zelf nooit had kunnen voldoen.'

'En wat was dat ideaal?' vroeg Pekkala.

'Dat van een man die geen behoefte had aan zaken waarvan hij zelf had ontdekt dat hij er niet zonder kon.'

'Ja,' beaamde Pekkala. 'Ik geloof dat daar een kern van waarheid in zit.'

Zuster Anja zuchtte diep. 'Maar goed, wat maakt het nu nog uit, behalve voor mensen als wij, die nog in de oude waarden geloven? Hij is nu weg, en u zult in deze stad veel verhalen horen over de nacht waarin de Romanovs verdwenen zijn.'

'Ik heb er al een paar gehoord.'

'Het verhaal kent bijna evenveel versies als er mensen in Sverdlovsk zijn. Ik kan niet voor allemaal instaan, maar ik kan wel zeggen dat de Romanovs reden hadden om aan te nemen dat ze gered zouden worden.'

'Dat ze gered zouden worden? Door de Witten, bedoelt u?'

'Nee. De tsaar begreep dat als de Witten deze stad maar dicht genoeg zouden naderen, de Roden hem en zijn gezin zonder meer terecht zouden stellen. Nee, ze zouden eerder in veiligheid gebracht moeten worden. En daarvoor was een plan gemaakt.'

'Mag ik vragen hoe u dat wist?'

'Ik heb berichten aan hen doorgegeven.'

'En u hebt die geschreven?'

'O, nee. Ik heb alleen berichten doorgegeven.'

'Maar van wie waren die dan afkomstig?'

'Een voormalig officier van het tsaristische leger had me gevraagd of ik een boodschap kon doorgeven aan de Romanovs. Dat was in het begin van de periode dat ze gevangenzaten in het huis van Ipatjev, toen ze nog door de militie werden bewaakt. Die officier vertelde me dat een aantal soldaten dat hem trouw was gebleven bereid was het huis te bestormen en de hele familie in veiligheid te brengen.'

'En u hebt daarmee ingestemd?'

Ze knikte nadrukkelijk. 'Jazeker.'

'Dus ik kan ervan uitgaan dat u de tsaar ook trouw was.'

'Laten we maar zeggen dat het bevel van het plaatselijke centraal comité dat wij hier weg moeten niet echt een verrassing was. Ik heb aangeboden om zelf die berichten door te geven, zodat niemand anders in het klooster ervan zou hoeven weten.'

'Hoe werden ze doorgegeven?'

'Op opgerolde papiertjes die verstopt zaten in kurken van melkflessen.'

'En hoe antwoordde de tsaar?' vroeg Pekkala. 'Ook op papiertjes die hij in die kurken verstopte?'

'Nee, je kon onze berichten niet verwijderen zonder de kurk te beschadigen. De tsaar had zijn eigen methode. Heel ingenieus. Hij gebruikte er boeken voor. Die deed hij dan aan mij cadeau, en ik gaf ze weer door aan die officier.'

'In die boeken waren boodschappen verborgen?'

'Niet op zo'n manier dat zijn bewakers die zouden kunnen vinden. Ik wist zelf niet hoe die berichten werden doorgegeven. Er kwamen geen papiertjes aan te pas, en ook geen notities in de marge. Pas nadat de Romanovs verdwenen waren heeft die officier me uitgelegd hoe de tsaar zijn berichten doorgaf.'

'Hoe dan?'

'Met een naald.' Ze stak haar hand op en kneep duim en wijsvinger tegen elkaar. 'Daar maakte hij gaatjes mee onder letters die de woorden vormden die hij wilde doorgeven. Hij begon altijd op pagina 10.'

'En heeft de officier ooit iets tegen u gezegd over die berichten?'

'O, zeker. Hij heeft zelfs aangeboden me mee te nemen toen de Romanovs waren gered. Maar hij heeft er nooit de kans voor gehad.'

'Waarom niet?' vroeg Pekkala.

'Eerst schreef de tsaar terug dat hij wel in veiligheid gebracht wilde worden, maar alleen als het hele gezin weg zou kunnen. Aleksej was ziek, en hij was bang dat de jongen te zwak zou zijn om een lange reis te maken. Hij wilde ieder bloedvergieten voorkomen, zelfs bij de militie die hem bewaakte.'

'Wat is er gebeurd dat hij van gedachten veranderde?'

'Kort nadat de militie was vervangen door het detachement tsjekisten stuurde de tsaar die officier de boodschap dat hij geen reddingspoging moest ondernemen.'

'Waarom zou de tsaar dat hebben gedaan?' vroeg Pekkala. 'Het was toch zijn enige kans om te ontsnappen?'

'Ik weet het niet,' zei zuster Anja. 'De officier zei dat het voor mij veel te gevaarlijk was om het te weten, omdat hij mijn veiligheid niet langer kon garanderen.'

'Hebt u die officier ooit nog gezien?' vroeg Pekkala.

'O, zeker,' zei ze. 'Hij en ik zijn nog steeds bevriend.'

'Zuster Anja,' zei Pekkala, 'het is van groot belang dat ik deze man te spreken krijg. Hoe heet hij?'

Ze keek hem aandachtig aan. Als die officier hier nu naast me zat, zou hij zeggen dat ik u al te veel heb verteld.'

'Ik ben hier niet om een man op te sporen die geprobeerd heeft de tsaar te redden,' zei Pekkala. 'Ik ben hier om degene te vinden die hem een kogel door de borst heeft geschoten.'

Haar lippen trilden. 'Dus het is waar wat de kranten schreven?'

'Ja,' zei Pekkala, 'de tsaar is dood.'

Ze zuchtte diep. 'Veel mensen dachten dat hij het had overleefd.'

'Nee, al is het wel mogelijk dat een van de kinderen nog in leven is.'

Zuster Anja sperde haar ogen open. 'Mogelijk? Wat betekent dat? Zegt u het me alstublieft, inspecteur: is een van hen nog in leven of niet?'

'Dat ben ik nou juist aan het onderzoeken, zuster Anja. Dat is de reden dat ik nu met u praat.'

'Wie is het?' vroeg ze. 'Welk kind is het?'

'Aleksej.'

Ze moest moeite doen om niet door haar emoties overmand te worden. 'Die arme jongen. Hij had al zoveel mee moeten maken.'

'Ja.'

Ineens boog ze zich naar hem toe. 'Wat denkt u zelf, inspecteur Pekkala?'

'Mijn onderzoek is nog niet afgerond.'

'Dat vroeg ik niet!' Ze gaf een klap op haar knie. 'Wat denkt u? Denkt u dat hij nog leeft of niet?'

'Het zou kunnen, denk ik, ja.' Zijn stem was nauwelijks meer dan gefluister. 'En als er een kans bestaat dat de tsarevitsj nog leeft, denk ik dat die officier van u me zou kunnen helpen om hem op te sporen.'

'U kunt hem op het politiebureau vinden,' zei zuster Anja.

'Staat hij onder arrest?' vroeg Pekkala.

'Integendeel,' zei ze. 'Hij zwaait er de scepter. Kropotkin heet hij.'

'Kropotkin? Dan zal het niet mijn eerste gesprek met hem zijn.'

'Dat doet er niet toe,' zei ze. 'De eerste indruk die je van hem krijgt is nooit zo'n goede.'

Zuster Anja liep met Pekkala terug naar de ingang.

Toen Pekkala langs de kisten met de bezittingen van het klooster liep, vroeg hij zich af in welke donkere opslagplaats ze zouden worden opgeborgen, of ze ooit weer het daglicht zouden zien, wat men zich nog van de kloosterlingen zou herinneren en welke verzinsels over hen men zou accepteren.

Voordat ze uit de schaduw van het gebouw het grind op de zonovergoten binnenplaats op liepen, legde zuster Anja haar hand op zijn schouder. 'Als de tsarevitsj nog leeft, belooft u me dan dat u ervoor zult zorgen dat hem geen kwaad overkomt. Hij heeft genoeg geleden voor misdaden die hij niet heeft begaan.'

'Ik geef u mijn woord,' zei Pekkala.

Ze liepen de zon in.

'Gelooft u in wonderen, inspecteur Pekkala?'

'Dat ligt niet in mijn aard,' zei hij.

'Dan wordt het misschien tijd dat u dat wel gaat doen.'

Tegen de muur van het klooster stond een oude fiets, waarvan het leren zadel uitgedroogd en gebarsten was en de zwarte lak bedekt was met een laag stof. De houten handvatten vertoonden slijtplekken van intensief gebruik en het loopvlak van de banden was bijna egaal glad. Het was een oude fiets, maar hij bezat nog een zekere waardigheid, zoals wel vaker het geval is met zaken die een mens op zijn levensreis vergezellen.

Pekkala keek door het hek naar de lange weg omlaag die naar Sverdlovsk leidde. De zon brandde vanuit een wolkeloze hemel op de weg. De schaduwen van de populieren leken geen enkele beschutting te bieden.

Hij keek naar de fiets en fantaseerde over de koele bries die hij op zijn gezicht zou voelen als hij freewheelend de heuvel af zou rijden in plaats van in de hitte het hele eind te moeten lopen.

Zuster Anja had zijn blik gevolgd. 'Neemt u die maar mee,' zei ze. 'Anders doen die mannen het. Tegen de tijd dat hij uit de opslag komt zal die fiets antiek geworden zijn, als hij het nu al niet is. Als u er ook maar iets aan hebt, neemt u hem dan nu mee en zegt u er geen woord over.'

Pekkala sloeg zijn been over de stang en constateerde dat het oude leren zadel niet zo comfortabel was als hij had gehoopt.

'Nou, laat eens kijken of u er wat van kunt,' zei zuster Anja. 'Ik wil niet het risico lopen dat u uw nek breekt.'

Hij fietste een rondje op het grindpad. Het was jaren geleden dat hij voor het laatst had gefietst, en het voorwiel slingerde heen en weer bij zijn worsteling om overeind te blijven.

'Misschien had ik het niet moeten zeggen,' zei ze.

'Nee hoor,' stelde Pekkala zuster Anja gerust toen hij wankelend naast haar tot stilstand kwam.

Ze stak haar hand naar hem uit.

Pekkala nam haar kleine, rozige hand in de zijne.

Bij de aanraking schrok Pekkala, alsof hij een elektrische schok had gekregen. Het was jaren geleden dat hij voor het laatst de hand van een vrouw had vastgehouden.

'Wij hebben u nodig,' zei ze. 'Laat ons nooit weer in de steek.'

Pekkala opende zijn mond, maar er kwam geen geluid uit. Hij was te aangedaan om te kunnen spreken.

Zuster Anja kneep in zijn hand en liet die toen los. Ze draaide zich om en liep terug naar het klooster.

Ver naar beneden, aan de voet van de heuvel, splitste de weg zich in tweeën. De rechterweg leidde naar de stad. De linker liep eerst langs een door onkruid overwoekerde vijver en voerde daarna door een lichtgroene zee van gerstvelden.

Zodra Pekkala de poort door was, liep de weg steil naar beneden. Vanaf dat moment werd hij voortbewogen door de zwaartekracht en hoefde hij niet meer te trappen. Zijn ogen begonnen te tranen. De wind gierde als een gasvlam in zijn oren, zodat hij niets anders meer hoorde. Zo plotseling dat hij er zelf volkomen door werd verrast, begon Pekkala te lachen.

Toen de fiets zo'n snelheid had bereikt dat het achterwiel begon te schudden, stak hij zijn vingers uit, sloot ze om de remhendels en kneep erin. Maar de fiets ging niet langzamer rijden. Pekkala keek naar beneden en zag de oude rubberen remblokjes bij de aanraking met de velg in brokstukken uiteenvallen.

Zonder te weten waarom bleef Pekkala lachen. Hij kon er niets aan doen. Hij kneep wat harder in de remmen, en de fiets minderde even vaart. Maar toen vlogen de remblokjes er helemaal uit. Hij keek naar de achterrem, maar zag dat de kabel ontbrak, zodat die het helemaal niet deed.

Hij bulderde van het lachen. De wind blies in zijn mond. De wielen zoefden.

Pekkala had moeite om op de fiets te blijven zitten. De bomen vlogen als in een waas langs hem heen en maakten in het voorbijgaan een zwiepend geluid.

Tegen de tijd dat hij onder aan de heuvel kwam, hield hij zich uit alle macht vast aan het stuur. Hij koos de linkerweg en kneep de remhendels zo strak als hij kon aan. De weg begon al vlakker te worden. Hij concentreerde zich op het sturen. Het leek goed te gaan. Pekkala had het net gewaagd om te denken dat dit alles goed zou aflopen toen hij achter zich een knal hoorde. De fiets schoot opzij. Hij zwenkte naar links en vloog door het hoge gras dat langs de kant van de weg groeide. Even had hij het gevoel dat hij werkelijk vloog, alsof de door de lucht razende wielen van de fiets hem omhoog de hemel in zouden voeren. Maar even later schoot Pekkala over het stuur heen, vloog over de boterbloemen, madeliefjes en de paarsbloemige wikke heen, en dook de vijver in.

Eventjes bleef hij liggen. Op zijn netvliezen zag hij achter zijn gesloten ogen de bomen die hij op weg naar beneden was gepasseerd nog voorbij flitsen.

Toen zette Pekkala zijn voeten in de modder en stond op. Waterplanten kleefden als groene confetti aan zijn jas. In het water verspreidde de opgerakelde modder zich in wolken om hem heen.

Terwijl Pekkala aan de fiets rukkend en uitgeput door het gewicht van het water in zijn kleren naar de oever waadde, zag hij voor zich weer een beeld uit zijn jeugd: hoe Anton en hij gebukt onder het gewicht van hun winterkleren hun sleeën voorttrokken. Ze sleeden van een steile heuvel in de buurt van hun huis af. De heuvel was alleen 's zomers in gebruik bij de houthakkers die boomstammen uit het bos van de helling af lieten rollen naar een rivier, waar ze op de stroom naar de houtzagerij in het dorp dreven. 's Winters hadden Anton en hij de heuvel voor zichzelf. Dat was voordat het tussen hen zo anders was geworden – voor de geschiedenis met de verbrandingsoven, voordat Anton was vertrokken en dienst had genomen bij het Fins Regiment. Sindsdien was de kloof tussen hen alleen maar groter geworden. Terwijl Pekkala zwaarder begon te ademen, vroeg hij zich af of de dingen ooit weer zoals vroeger zouden worden. Daar zou dan wel een wonder voor nodig zijn, dacht hij bij zichzelf. Misschien had zuster Anja wel gelijk. Misschien werd het tijd dat hij daarin ging geloven.

'Regent het?' vroeg Kropotkin vanachter zijn bureau. Hij zat erbij alsof hij sinds de vorige keer dat ze elkaar hadden gesproken niet van zijn plaats was geweest. Hij draaide zich om en keek door het raam naar de blauwe hemel.

'Nee,' zei Pekkala, 'het regent niet.'

Kropotkin keek Pekkala weer aan. 'Hoe kunt u dan druipnat voor me zitten?'

'Ik heb in de eendenvijver gelegen.'

'U laat geen middel onbeproefd, hè?'

Pekkala haalde zijn notitieboekje tevoorschijn en sloeg het open. Er liep een straaltje water uit, dat op de vloer drupte. 'Ik heb een paar vragen,' zei hij.

Terwijl Pekkala vertelde van zijn gesprek met zuster Anja, zag hij het gezicht van Kropotkin steeds roder worden, totdat deze ten slotte opsprong uit zijn stoel en riep: 'Zo is het wel genoeg! Als alle bruiden van Christus zo spraakzaam waren als zuster Anja, dan hoop ik voor Jezus dat Hij op Zijn oude dag doof is geworden! Wat voor problemen heeft ze me nu weer bezorgd?'

'Geen enkel,' zei Pekkala.

'Wat wilt u dan van me weten?' zei Kropotkin.

'Waarom heeft de tsaar u laten weten dat hij niet meer wilde vluchten?'

'Dat zei hij niet,' zei Kropotkin. 'Hij heeft me alleen opgedragen geen reddingspoging te ondernemen.'

'Waarom, denkt u?'

'Het zou kunnen dat hij had gehoord wat zijn broer is overkomen, groothertog Mikhail, die in een ander deel van het land gevangen werd gehouden.'

'Hij werd bij een vluchtpoging doodgeschoten, is het niet?'

'Niet precies,' zei Kropotkin. 'Blijkbaar had Mikhail contact met mensen die beweerden dat ze trouw waren gebleven aan de tsaar. Mikhail deed wat zij hem zeiden, en een paar weken voordat de tsaar werd geëxecuteerd, is hij aan zijn bewakers ontsnapt. Maar wat hij niet wist, was dat de mannen die toegezegd hadden hem te helpen ontsnappen in feite tsjekisten waren. Het was doorgestoken kaart. Zodra hij vluchtte, hebben ze hem doodgeschoten.' Kropotkin haalde zijn schouders op. 'Daarna vertrouwde de tsaar ons misschien niet meer, en wie kon hem dat kwalijk nemen? Maar ik zou graag mijn leven hebben gegeven om hem te redden. Als het gelukt was, wie weet hoe het dan verder was gegaan. Dan zou dit land er nu heel anders uit hebben gezien.'

'Ik heb een aantal mensen gesproken die geloven dat een of meer kinderen van de tsaar het overleefd hebben.'

'Wat u hoort komt voort uit het collectieve schuldgevoel van deze stad,' zei Kropotkin. 'Zelfs als iemand zou geloven dat de tsaar en de tsarina zich schuldig hadden gemaakt aan de misdaden die hun door de politici in Moskou werden aangewreven, zou toch niemand die bij zijn volle verstand is kunnen denken dat hun kinderen de dood zouden hebben verdiend. Ze zijn misschien op z'n hoogst verwend geweest. Misschien waren ze wat wereldvreemd. Maar daar konden zij niks aan doen, en het is bovendien geen misdaad. Sommigen verachtten de tsaar al lang voordat hij naar Sverdlovsk kwam, maar iemand die meer bezit dan een ander wordt altijd veracht, en het is makkelijker om iemand te haten als die niet je buurman is. Maar toen de tsaar hier met zijn gezin kwam, werden ze gedwongen om hem als medemens te beschouwen. En om een gezin om het leven te brengen dat ongewapend voor je staat is meer nodig dan haat. Dat is de reden waarom de kinderen, althans in de verhalen die u hebt gehoord, de vrijheid zouden hebben gekregen.'

'U gelooft dus niet dat iemand het heeft overleefd?'

'Als dat wel het geval was, zouden we wel iets van hen hebben vernomen, denk ik,' zei Kropotkin. 'Al is er natuurlijk nog een andere mogelijkheid.'

'En die is?'

'Dat de tsaar een ander aanbod heeft gekregen om te vluchten.'

'Maar de enige berichten die van buiten tot de tsaar doordrongen waren van u afkomstig.'

'Ik bedoel niet van buiten,' zei Kropotkin. 'Ik bedoel vanuit het huis van Ipatjev.'

'Van de Tsjeka, bedoelt u?'

Kropotkin haalde zijn schouders op. 'Misschien waren ze van plan hem om het leven te brengen als hij zou proberen te vluchten, zoals ze met groothertog Mikhail ook hebben gedaan.'

Pekkala schudde zijn hoofd. 'De tsaar werd niet tijdens een vluchtpoging gedood.'

'Dan was er onder de bewakers van de Tsjeka misschien iemand die echt van plan was om hem te redden.'

'Dat lijkt me bijna onmogelijk,' zei Pekkala.

'Vindt u het nou echt zo ongeloofwaardig dat iemand er veel voor over zou hebben om het leven van de tsaar te redden?' vroeg Kropotkin. 'Tenslotte is het feit dat u zelf nog in leven bent ook niet minder dan een wonder.'

'Dat geldt voor u ook,' zei Pekkala. 'De communisten moeten u toch hebben verdacht van collaboratie met de Witten, en evengoed hebben ze u benoemd tot hoofd van de politie in Sverdlovsk.'

'De Roden hadden iemand nodig die de vrede kon bewaren,' zei Kropotkin. 'Op dat moment konden ze het zich niet veroorloven om kieskeurig te zijn. En sindsdien hebben ze geen reden gezien om me af te danken. Maar die dag komt nog. Je hebt in dit land alleen nog een toekomst wanneer je geen verleden hebt. Dat is een luxe die voor u noch voor mij is weggelegd, en vroeg of laat zullen we daarvoor de prijs moeten betalen.'

'Wat gaat u doen wanneer ze besluiten dat ze u niet meer nodig hebben?'

Kropotkin haalde zijn schouders op. 'Misschien zal ik van baan moeten veranderen, maar de dingen die ik belangrijk vind, de dingen waarvoor ik bereid ben mijn leven op het spel te zetten, zullen hetzelfde blijven.'

'Dat maakt u tot een gevaarlijk man voor de mensen die het land besturen.'

'Niet half zo gevaarlijk als u, inspecteur Pekkala. Ik ben een man van vlees en bloed. Mij kunnen ze laten verdwijnen zonder een spoor achter te laten. Maar u laten verdwijnen,' zei Kropotkin met een glimlach, 'nou, dat is geen sinecure.'

'U praat alsof ik onkwetsbaar ben,' zei Pekkala. 'Maar ik kan u verzekeren dat ik dat niet ben.'

'U zelf niet,' zei Kropotkin terwijl hij met zijn vinger naar Pekkala wees, 'maar dat daar wel.'

Het drong tot Pekkala door dat Kropotkin naar het insigne van het smaragden oog wees, dat nu zichtbaar was doordat zijn doorweekte revers was omgekruld. 'Uw leven kan in een oogwenk uitgeblust worden, maar het Smaragden Oog is legendarisch. Dat kun je niet zomaar de wereld uit helpen, en de realiteit is dat ze dat ook niet willen. Ze hebben u nodig, Pekkala. Ze hebben behoefte aan uw legendarische onkreukbaarheid – net zoals de tsaar dat in het verleden had. De meeste legendes hebben het voordeel dat ze in de realiteit niet meer bestaan,' vervolgde Kropotkin, 'maar zolang u leeft, bent u voor hen even gevaarlijk als waardevol. Hoe eerder u weg bent, hoe veiliger ze zich zullen voelen.'

'Dan hoeven ze niet lang te wachten,' zei Pekkala. 'Want zodra deze zaak is opgelost, zal ik het land voorgoed verlaten.'

Kropotkin leunde achterover in zijn stoel. Hij tikte met het uiteinde van een potlood tegen zijn duimnagel. 'Ik hoop dat het u lukt, Pekkala, maar ondertussen zullen ze alles in het werk stellen om u hier te houden, waar ze nog invloed op u kunnen hebben. En als dat ze lukt, zal alles waar u zich voor hebt ingespannen verloren zijn en zullen u en ik in deze oorlog tegenover elkaar staan.'

'Ik heb geen zin om uw vijand te worden,' zei Pekkala.

Kropotkin knikte. 'Dan hoop ik zowel voor u als voor mijzelf dat u, als de tijd daar is, de juiste keuze zult maken.'

Dag na dag verstreek terwijl Pekkala in zijn cel wachtte totdat hij verhoord zou worden. Eten kreeg hij eenmaal per dag aangereikt via een schuifpaneel vlak onder het luikje. De maaltijd bestond uit een kom zoute koolsoep en een mok thee. Zowel de kom als de mok was van zulk zacht metaal dat hij het kon buigen alsof het ongebakken klei was.

Als het eten was weggehaald brachten twee bewakers hem naar een toilet. Eén bewaker bleef ervoor staan en één erachter. Alleen de bewaker achter hem zei iets: 'Stapje naar links... Stapje naar rechts...' De man maakte zijn aanwijzingen niet af. Dat hoefde ook niet, want als Pekkala op de juiste plek stond, stak hij zijn hand uit en legde de koude loop van zijn pistool tegen zijn kont. En als de bewaker vóór hem in beweging kwam, voelde Pekkala een licht duwtje van de bewaker achter zich.

De vloeren van de gevangenis waren bedekt met dik grijs tapijt. De bewakers hadden zolen van vilt onder hun laarzen. Afgezien van hun zachte bevelen heerste er in de Boetyrkagevangenis een absolute stilte.

Ze leidden hem door een raamloze gang met deuren aan weerskanten naar een kamertje met midden in de vloer een gat met daarnaast een emmer water.

Enkele minuten later liep hij alweer door de gang. Zijn blote voeten zakten weg in de vloerbedekking. Wankelend liep hij zijn cel weer in.

Hij kon niet slapen. Hij kon niet meer doen dan zich laten wegzakken in een soort halve bewusteloosheid. Zijn knieën waren helemaal gevoelloos geworden, en ook in zijn voeten had hij geen gevoel meer. Hij was er niet op voorbereid geweest zo lang te moeten wachten. Dat tastte zijn zenuwgestel zo aan dat zijn hele zelfbewustzijn aan flarden gescheurd werd als een vlag door een orkaan. Hij was volkomen geïsoleerd van de buitenwereld en wist algauw niet meer hoe lang hij in de gevangenis zat.

Elke keer als er eten gebracht werd, kerfde Pekkala met zijn duimnagel een groefje in de muur. Hij zag meer krassen van dat soort in de muren, waaronder een met meer dan honderd kerfjes. Die aanblik vervulde hem met angst. Hij wist dat hij het geen honderd dagen in die cel kon uithouden.

Op de volgens hem eenentwintigste dag in de Boetyrka brachten de bewakers Pekkala naar een andere kamer, waarin twee stoelen stonden met daartussenin een bureautje met een ijzeren blad.

Hij had sinds zijn aankomst in de gevangenis geen kleren aangehad, maar nu gaf een van de bewakers hem een beige pyjama van dun, muf ruikend katoen. In de broek zat wel elastiek onder aan de pijpen, maar niet om het middel. Vanaf het moment dat hij hem aantrok moest Pekkala zijn broek voortdurend met één hand ophouden.

De bewakers lieten hem alleen en deden de deur achter zich dicht. Even later kwam een officier met een klein koffertje de kamer binnen. Het was een man van gemiddelde lengte met een pokdalig gezicht vol sproeten, geelgroene ogen en een warrige bos dik zwart haar. Hoewel zijn uniform hem goed paste, leek hij zich daarin niet op zijn gemak te voelen, en Pekkala vermoedde dat hij het nog niet lang droeg.

De man opende het koffertje en haalde er de Webley uit die Pekkala bij zich had gehad op het moment van zijn arrestatie in Vainikkala. De man hield het wapen op en bekeek het aandachtig. Per ongeluk drukte hij met zijn duim op het knopje om de revolver te laden, waarop de loop naar voren klapte en de patroonkamers van het magazijn zichtbaar werden. De man schrok en liet de revolver bijna vallen. Pekkala moest zich inhouden om niet op te springen en te voorkomen dat de Webley op de grond zou vallen. Maar de man ving hem net op tijd op. Haastig legde hij hem weer in het koffertje. Toen haalde hij het smaragden oog eruit.

De man liet de smaragd op zijn vingertoppen rusten en bewoog hem heen en weer, zodat het licht in het insigne weerkaatste. 'Je vijanden noemen je het monster van de tsaar.' De man legde het insigne weer in het koffertje. 'Maar ik vind je er niet uitzien als een monster.' Ten slotte haalde hij Pekkala's boek tevoorschijn. Hij bladerde de *Kalevala* door, keek niet-begrijpend naar de tekst en legde het boek weer terug. Hij schraapte zijn keel een paar keer voordat hij weer het woord nam. 'Wist je dat Finland zich onafhankelijk heeft verklaard van Rusland?'

Dat was Pekkala nog niet bekend. Hij was geschokt door het bericht en vroeg zich af hoe zijn vader zich als trouwe aanhanger van de tsaar zou voelen.

'Zoals je ziet,' vervolgde de man, 'weten we aan de hand van de zaken die we in je bezit hebben aangetroffen precies wie je bent, inspecteur Pekkala.' Hij sprak zo zachtjes dat hij bijna een verlegen indruk maakte.

'Georgisch, hè?' zei Pekkala.

'Pardon?'

'Uw accent is Georgisch,' zei Pekkala.

'Ah, inderdaad. Ik kom uit Tiflis.'

Nu wist Pekkala het weer. 'Dzjoegasjvili,' zei hij. 'Josef Dzjoegasjvili. U hebt in 1907 een bankoverval gepleegd waarbij ruim veertig mensen omkwamen.' Hij kon nauwelijks geloven dat een misdadiger op wie hij ooit jacht had gemaakt nu voor hem zat en hém verhoorde.

'Dat klopt,' zei Dzjoegasjvili, 'behalve dat mijn naam nu Josef Stalin is en ik geen banken meer beroof. Ik ben nu de voornaamste adviseur van het volkscommissariaat.'

'En bent u hier om mij ook een advies te geven?'

'Inderdaad, ja. Een advies dat je hopelijk ter harte zult nemen. Een opsporingsambtenaar met uw ervaring kan erg nuttig voor ons zijn. Veel van je vroegere kameraden bleken bereid om samen te werken met de nieuwe regering. Uiteraard na ons tot in detail op de hoogte te hebben gebracht van hun werk.' Hij keek Pekkala even onderzoekend aan en stak toen een mollige wijsvinger op, alsof hij wilde vaststellen uit welke richting de wind woei. 'Maar ik denk dat jij niet zo iemand bent.'

'Nee, dat klopt,' zei Pekkala.

'Ze hadden me al gezegd dat ik dat kon verwachten,' zei Stalin. 'En dan lopen de dingen natuurlijk anders, dat begrijp je.'

Toen Pekkala die avond weer bij het huis van Ipatjev kwam, trof hij Kirov in de keuken aan, die daar bezig was aardappelen te koken. De ramen waren kletsnat van het condenswater.

Pekkala ging aan de tafel zitten, sloeg zijn armen op tafel over elkaar en boog zich voorover, zodat zijn voorhoofd op zijn polsen rustte. 'Vandaag geen handeltjes met Majakovski?'

'Majakovski is sluw,' zei Kirov. 'Hij geeft ons net voldoende om onze eetlust te prikkelen en dan laat hij ons hongerlijden door zijn prijs telkens te verhogen.'

'Hij zal ook wel meer gaan vragen voor zijn informatie.'

'Dat bedoelde ik,' zei Kirov. 'Maar ik weet hoe je met dat soort mensen om moet gaan.'

'O ja?'

Kirov knikte. 'Je moet ze wat cadeau doen.'

'Waarom?'

'Omdat ze dat niet verwachten. Mensen als Majakovski hebben geen vrienden en hebben die ook niet nodig. Ze krijgen niet vaak iets cadeau, en als dat een keer wel gebeurt, raken ze uit hun evenwicht.'

'Je bent doortrapter dan je lijkt,' bromde Pekkala.

'Hierin kan ik mijn doortraptheid tenminste uitleven,' verzuchtte Kirov. 'Ik was alleen niet doortrapt genoeg om vandaag in de stad wat meer aardappelen te kunnen inslaan.'

'Heb je nog iets gehoord toen je daar was?' vroeg Pekkala.

'Alleen dat de hele stad gek is geworden.' Met een pollepel roerde

Kirov de aardappelen om in de pan met kokend water. 'Bijna iedereen die ik er sprak, zei dat hij of zij een van de Romanovs nog in leven heeft gezien. Nooit allemaal bij elkaar, altijd maar een. Je zou denken dat de tsaar en zijn vrouw en kinderen die nacht allemaal in verschillende richtingen zijn weggevlucht. Toch zijn ze op de een of andere manier allemaal op de bodem van die mijnschacht beland.'

Pekkala hief zijn hoofd. 'Op één na.'

'Het wil er bij mij niet in dat Aleksej het zou hebben overleefd,' zei Kirov.

'Waarom zeg je dat?' vroeg Pekkala.

'Stel dat de moordenaar hem heeft laten gaan, hoe lang denk je dan dat hij in leven zou zijn gebleven, als vluchteling midden in de revolutie? Als hemofilielijder? Hij was breekbaar als glas. Aleksej had geen schijn van kans.'

'Ik heb geen flauw idee waarom Aleksej niet bij die doden lag,' zei Pekkala, 'maar zolang hij niet gevonden wordt, moet de zoektocht naar hem worden voortgezet. Ik denk trouwens dat de tsaar meende te kunnen ontsnappen uit Sverdlovsk, alleen niet zonder hulp. Maar wat ik niet weet, is van wie hij dacht hulp te zullen krijgen en hoe hij uiteindelijk de dood heeft gevonden. Misschien is hij bedrogen of is de reddingspoging mislukt. Of misschien hebben de bewakers van de Tsjeka de Romanovs gedood toen ze beseften dat ze werden aangevallen. Misschien is degene die de tsaar wilde redden in paniek geraakt en gooide hij de lichamen liever in de mijnschacht dan te wachten totdat ze in het huis van Ipatjev gevonden zouden worden.'

'Dan zouden de Roden ervan uit zijn gegaan dat de tsaar en zijn gezin nog in leven waren,' zei Kirov. 'Dan zouden ze zijn blijven zoeken naar de Romanovs en niet alleen naar degene die hen probeerde te redden, wie dat dan ook was.' Kirov wikkelde een zakdoek om de pan en goot het melkachtige water in de gootsteen. Een stoomwolk rees om hem heen op. Hij zette de pan op tafel en ging tegenover Pekkala zitten. 'Maar wat weet ik ervan? Ik ben hier alleen als waarnemer.'

'Kirov,' zei Pekkala, 'op een dag word je een goede opsporingsambtenaar.'

'Dat zou je niet zeggen als je wist hoe weinig ik heb bereikt. Ik heb alleen een stapeltje foto's.'

'Foto's?' zei Pekkala.

'Van een oud vrouwtje gekregen. Ze zei dat ze uit de studio van Katamidze kwamen. Ze had ze van Katamidze cadeau gekregen, maar na zijn verdwijning werd ze bang dat ze problemen zou krijgen als ze ze bij zich bleef houden.'

'Waar zijn ze?' vroeg Pekkala.

'Ze liggen in de voorkamer. Ik wilde ze in het vuur gooien, want we raken door ons brandhout heen.'

Kirov was nog niet uitgesproken of Pekkala rende de kamer uit.

'Het zijn voornamelijk landschappen, niks belangrijks,' zei Kirov, en toen riep hij naar de kamer ernaast: 'De tsaar staat er nergens op!'

Even later kwam Pekkala terug met het stapeltje foto's in zijn hand. Het waren er een stuk of twintig, aan de randen opgekruld en gescheurd, en vol met vingerafdrukken. De meeste waren stadsgezichten. De kerk met zijn uivormige koepeltoren. De hoofdstraat met in de verte het huis van Ipatjev en een wazig, spookachtig beeld van een paard en wagen die voor de camera passeren. Er was een foto van een vijver met op de achtergrond dezelfde kerk. Aan de andere kant van het water bukt een vrouw in een lange rok en een hoofddoek zich om tussen het onkruid iets op te rapen. Er waren ook een paar foto's van de nonnen die hij in het klooster aan de muur had zien hangen. Het leek alsof Katamidze had geprobeerd ze in te kleuren, maar het halverwege had opgegeven.

'Dit moeten proefdrukken zijn,' mompelde Pekkala. Hij leunde achterover en wreef in zijn vermoeide ogen.

'Ik zei toch al dat ze niet belangrijk waren,' zei Kirov.

Beide mannen prikten een aardappel aan hun vork en begonnen te eten, waarbij ze hun wangen bolden omdat het eten zo heet was.

Een paar minuten later stommelde Anton naar binnen, zwaar geurend naar ingemaakte bietjes en gedroogde sprot uit het Baikalmeer. Deze vissen hingen in gedroogde vorm en ineengeschrompeld tot sigarenformaat in de herberg boven de bar, en in de harde, doorschijnende huid kon je de perforaties zien zitten, die op muzieknoten leken. Als een klant een visje wilde, rukte hij het eraf, waarbij het kopje aan de draad bleef hangen. Wie geen geld had, kon zo'n kopje er gratis af trekken en op het naar ijzer smakende kraakbeen kauwen totdat er niets meer van over was.

Anton gooide zijn notitieboekje op de tafel. 'Hier staat het allemaal in,' zei hij.

Pekkala pakte het op en bladerde erin. 'De pagina's zijn leeg,' zei hij.

'Nou kun je zien dat je toch een echte rechercheur bent,' zei Anton.

'Noem je dit helpen?' vroeg Pekkala, zijn woede inslikkend.

Anton ging aan de tafel zitten. Toen hij de foto's zag, pakte hij ze op en zei: 'O, foto's.'

'Die waren van Katamidze,' verklaarde Kirov.

'Zitten er nog blote wijven bij?' vroeg Anton.

Kirov schudde zijn hoofd.

'Ik wed dat Majakovski die heeft. Hij lijkt immers alles te hebben.'

'Ik had je gezegd dat je niks moest drinken,' zei Pekkala.

Anton gooide het stapeltje foto's neer. 'O, had je dat gezegd?' zei hij. Hij sloeg met zijn hand op tafel. 'Je bedoelt dat je het me had bevolen! Maar je kunt in een herberg niet op een droogje zitten! Ik heb mijn werk gedaan, zoals je had gezegd, dus laat me met rust, inspecteur.' Hij spuwde het laatste woord uit. 'In de herberg vertellen de mensen je hun geheimen! Dat zei je.'

'Maar je moet nuchter zijn om ze aan te horen!' Pekkala griste de houten appel weg die op tafel lag en smeet die naar zijn broer.

Anton ving hem op, waarna hij zijn broer een triomfantelijke blik toewierp.

'Had jij de tsaar aangeboden om te ontsnappen?' vroeg Pekkala.

De kwaadaardige blik verdween van zijn gezicht. 'Hè?'

'Je hebt me wel gehoord,' zei Pekkala. 'Heb je, toen je de Romanovs bewaakte, aangeboden om hem en zijn gezin te laten ontsnappen?'

Anton lachte. 'Ben je je verstand nou helemaal verloren? Wat zou ik voor reden gehad kunnen hebben om hen te helpen? Er was een tijd dat ik niks anders wilde dan een dienstverband bij het Fins Regiment, maar dat heb jij onmogelijk gemaakt, dus toen moest ik andere plannen maken, en daar speelde de tsaar geen rol in.'

'Je had je weer kunnen melden bij het regiment!' zei Pekkala. 'Ze hadden je er niet voorgoed uit geschopt.'

'Ik wilde weer dienst nemen, totdat ik erachter kwam dat jij op weg was naar Petrograd om mijn plaats in te nemen. Had je nou werkelijk gedacht dat ik me die vernedering zou laten welgevallen? Waarom ben je niet thuisgebleven om het familiebedrijf over te nemen, zoals onze vader dat met jou van plan was?'

'Zoals hij van plan was?' zei Pekkala. 'Snap je niet dat hij degene was die me als jouw plaatsvervanger naar het regiment heeft gestuurd?'

Anton knipperde met zijn ogen. 'Heeft hij je gestuurd?'

'Nadat we het telegram hadden ontvangen dat je geschorst was. We wisten niet dat het maar tijdelijk was.'

'Maar waarom?' stamelde Anton. 'Waarom heb je me dat toen niet verteld?'

'Omdat ik je nergens kon vinden. Je was verdwenen.'

Er viel een lange stilte.

Anton leek als aan de grond genageld, te verbijsterd om een voet te verzetten. 'Ik zweer je dat ik dat niet wist,' zei hij.

'Het maakt niet meer uit,' zei Pekkala. 'Het is nu te laat.'

'Ja,' zei Anton, als in trance. 'Het is nu te laat.' Vervolgens liep hij naar buiten, de binnenplaats op.

'Misschien heeft een van de andere tsjekisten de tsaar dat aanbod gedaan,' zei Kirov, 'zonder dat je broer daar misschien ooit iets van heeft geweten.'

'Je bedoelt dat hij te dronken was om het te weten,' zei Pekkala.

De beide mannen keken naar Anton, die buiten met zijn voorhoofd tegen de muur geleund stond en zichzelf met één arm in evenwicht hield. Een heldere pisboog spatte op de grond uiteen. Toen verliet hij de binnenplaats, liep de straat op en verdween.

'Hij is meteen weer teruggegaan naar de herberg,' zei Kirov.

'Zou kunnen,' zei Pekkala.

'En dan slaan ze hem weer in elkaar.'

'Het lijkt hem niet te kunnen schelen.'

'Toen ze me op het bureau deze zaak toewezen, zeiden ze erbij dat zijn alcoholgebruik een probleem zou kunnen zijn.'

'Hij is niet zo dronken als hij ons wil doen geloven.'

'Wat bedoel je?' vroeg Kirov.

'Zag je hoe hij die appel opving?'

'Wilde je zijn reflexen testen?'

Pekkala knikte. 'Als hij echt dronken was geweest, zou hij nooit zo snel hebben gereageerd.'

'Waarom zou hij doen alsof hij dronken is?' vroeg Kirov.

'Omdat hij iets te verbergen heeft,' zei Pekkala. 'Maar ik weet niet of dat te maken heeft met het onderzoek of met iets uit ons verleden, of misschien wel met allebei.'

'Wou je zeggen dat we hem niet meer kunnen vertrouwen?' vroeg Kirov.

'Dat konden we toch al niet,' zei Pekkala.

'We zouden graag iets willen weten,' zei Stalin. 'En uiteindelijk ga je ons dat vertellen. De enige balans die je dan waarschijnlijk voor jezelf zult opmaken is of je gezien je lichamelijk en geestelijk lijden misschien niet eerder de vraag had moeten beantwoorden.'

Pekkala was bijna opgelucht dat de zaak nu was begonnen. Alles was beter dan de lijdensweg van permanent ineengedoken in die krappe cel te moeten zitten. Het schuine plafond boezemde hem nog de meeste angst in, omdat hij daarbij het gevoel kreeg dat het langzaam op hem af kwam. Elke keer als hij daaraan dacht, parelden er weer zweetdruppels op zijn gezicht.

'Gelukkig hebben we slechts één vraag,' vervolgde Stalin.

Pekkala wachtte.

'Wil je een sigaret?' vroeg Stalin. Uit zijn broekzak, haalde hij een rood-gouden doosje met het woord Markov erop.

Het merk dat Vassilejev ook rookte, dacht Pekkala.

'De voormalige directeur van de Ochrana was zo aardig om een aanzienlijke voorraad in zijn kantoor achter te laten,' verklaarde Stalin.

'Waar is hij nu?' vroeg Pekkala.

'Hij is dood,' zei Stalin onaangedaan. 'Weet je wat hij heeft gedaan? Toen hij wist dat we hem kwamen arresteren, heeft Vassilejev zijn kunstbeen gevuld met explosieven, waarna hij dat onderweg naar deze gevangenis in het politiebusje heeft laten ontploffen. De krukas van het busje kwam neer op het dak van een pand van twee verdiepingen.' Stalin lachte zachtjes. 'Explosieven in een houten been! Ik kan niet ontkennen dat hij gevoel voor humor had.'

Stalin schoof het doosje Markov-sigaretten naar voren en draaide het om, zodat de witte staafjes in Pekkala's richting wezen.

Pekkala schudde zijn hoofd.

Stalin sloeg het doosje dicht. 'In de komende dagen zal ik je eraan herinneren dat ik begonnen ben met een vriendschappelijke benadering.'

'Ik zal het niet vergeten,' zei Pekkala.

'Natuurlijk niet,' zei Stalin. 'Je zou het niet eens kunnen, met dat fameuze geheugen van je. Daarom ben ik er ook van overtuigd dat je mijn vraag zult beantwoorden.'

'Wat wilt u weten?' vroeg Pekkala.

'Waar zijn de goudreserves van de tsaar?'

'Ik heb geen idee,' zei Pekkala.

Stalin ademde rustig uit en tuitte daarbij zijn lippen een beetje, als iemand die leert fluiten. 'Dan moet het onjuist zijn wat ik heb gehoord.'

'Wat hebt u dan gehoord?' Met elke minuut die verstreek raakte Pekkala meer vervuld van het vreemde, lichte gevoel dat de zekerheid van de aanstaande dood met zich meebracht. Tegen de tijd dat ze me doden, zal ik de pijn niet eens meer voelen, dacht hij.

'Ik heb gehoord dat de tsaar je vertrouwde,' zei Stalin.

'Wat sommige dingen betreft wel, ja,' zei Pekkala.

Stalin glimlachte flauwtjes. 'Jammer,' zei hij.

Twee weken later werd Pekkala uit zijn cel gesleept en weer naar de verhoorkamer gebracht. Hij moest gedragen worden, omdat hij niet meer kon lopen. Zijn gehavende tenen brandden op de vloerbedekking terwijl de bewakers hem meesleurden, elk met een van Pekkala's armen over zijn schouders.

Toen de bewakers hem in de verhoorkamer loslieten, liep Pekkala de laatste paar stappen naar zijn stoel. Bevend alsof hij hoge koorts had ging hij zitten en deed hij zijn best zijn evenwicht te bewaren. Zijn voeten waren tot bijna twee keer de normale grootte opgezwollen; de nagels waren zwart van het gestolde bloed eronder. Hij kon zijn handen niet tot boven zijn schouders optillen. Ook kon hij niet door zijn neus ademen. Na een paar keer ademhalen moest hij zo hevig hoesten dat zijn knieën onwillekeurig tot borsthoogte omhoog-schoten. Hierdoor kreeg hij last van blauwe lichtflitsen die door zijn blikveld schoten, elk gepaard gaande met een pijnscheut alsof er een spijker in zijn schedel werd geslagen.

Stalin was er ook. 'Wil je nu wel een sigaret?' vroeg hij met dezelf-de, enigszins bedeesde stem.

Pekkala wilde iets zeggen, maar begon weer te hoesten en slaagde er alleen in zijn hoofd schudden. 'Ik weet niet waar het goud is,' zei Pekkala toen hij weer normaal kon ademen. 'Dat is de waarheid.'

'Ja,' zei Stalin. 'Daar ben ik nu van overtuigd. Maar wat ik dan zou willen weten is dit: wie heeft hij dan het verbergen van het goud toe-vertrouwd?'

Pekkala gaf geen antwoord.

'Daar weet je het antwoord wel op,' zei Stalin.

Pekkala zweeg. De angst sloop als een zwart monster door de krochten van zijn geest.

'Als dit alles voorbij is,' zei Stalin, 'en je je afvraagt wat er met je staat te gebeuren, zou je het weleens kunnen betreuren dat je zo'n volmaakt geheugen hebt.'

Later die avond zat Pekkala in de voorkamer met zijn rug tegen de muur en zijn benen op de kale vloerplanken. Op zijn schoot lag de *Kalevala.*

Kirov kwam binnen met een hoeveelheid hout voor het vuur, dat hij met veel gekletter in de open haard gooide.

'Niks van Anton gehoord?' vroeg Pekkala.

'Nee, niks,' zei Kirov, terwijl hij het zaagsel van zijn handen klopte. Hij knikte naar de *Kalevala.* 'Lees eens wat voor uit je boek,' vroeg hij.

'Je zou Fins moeten kennen om het te begrijpen.'

'Lees toch maar voor.'

'Ik denk niet dat je dit boek op je lijst van door de Communistische Partij goedgekeurde werken zult vinden.'

'Als jij je mond erover houdt,' zei Kirov, 'dan beloof ik dat ik dat ook doe.'

Pekkala haalde zijn schouders op. 'Goed dan.' Hij begon voor te lezen, en het Fins rolde met donderslagen uit zijn keel en weerkaatste als bliksemflitsen tegen zijn verhemelte alvorens het luchtruim te kiezen. Pekkala las vaak in het boek, maar hij sprak de teksten maar zelden hardop uit, en het was jaren geleden dat hij voor het laatst de taal van zijn geboorteland had kunnen spreken. Zelfs zijn broer deed dat niet meer. En nu hij voorlas, klonk de taal voor hem tegelijkertijd veraf en vertrouwd, als een herinnering uit het leven van iemand anders.

Na een poosje hield Pekkala op en keek hij op naar Kirov.

'Die taal van jou klinkt alsof iemand spijkers uit een stuk hout wrikt.'

'Ik zal mijn best doen om dat op te vatten als een compliment.'

'Wat betekende het?' vroeg Kirov.

Pekkala keek weer in het boek. Hij staarde naar de woorden, en langzaamaan veranderden ze en spraken ze tot hem in de taal die Kirov verstond. Hij vertelde Kirov het verhaal van de zwerver Väinämöinen, hoe hij pogingen deed de godin Pohjola te bewegen om af te dalen van haar regenboog en hem te vergezellen op zijn tochten. Voordat Pohjola instemde, moest hij van haar een paar onmogelijke opdrachten vervullen, zoals een ei in een knoop leggen, met een bot mes een paardenhaar splitsen en berkenbast van een steen schrapen. Zijn laatste opdracht was een schip te maken van houtspaanders, en daarbij sloeg Väinämöinen met een bijl in zijn knie. Het bloeden kon alleen gestelpt worden met een spreuk die 'Oorsprong van het ijzer' heette, waarop Väinämöinen op pad ging om iemand te vinden die de toverspreuk kende.

'Zijn het allemaal van die vreemde verhalen?' vroeg Kirov.

'Ze zijn vreemd totdat je ze begrijpt,' zei Pekkala, 'en dan is het alsof je ze je hele leven al hebt gekend.'

'Heb je Aleksej dit verhaal ooit voorgelezen?' vroeg Kirov.

'Ik heb hem er een paar voorgelezen, maar dit niet. Als hij had gehoord dat er zo'n toverspreuk bestond, zou hij misschien voor zichzelf ten onrechte hoop zijn gaan koesteren.' En nog terwijl hij het zei, vroeg Pekkala zich af of zijn hoop om Aleksej levend terug te vinden niet net zo illusoir was als de verwachting een toverspreuk te vinden die een einde zou maken aan zijn bloederziekte.

De volgende ochtend vroeg werd er aan de voordeur geklopt. 'Majakovski!' kreunde Kirov terwijl hij de slaap uit zijn ogen wreef. 'Ik hoop dat hij niet alleen aardappelen heeft meegebracht.'

'Het is Majakovski niet,' zei Pekkala. 'Die komt altijd via de binnenplaats.' Pekkala stond op en stapte over Anton heen, die midden in de nacht was teruggekomen.

Toen hij de deur opendeed, stond daar Kropotkin. Het hoofd van de politie had zijn blauwe dienstuniform aan, maar alle knopen waren los. Zijn uniformpet was nergens te bekennen en hij had zijn handen in zijn zakken. Met zijn steile kapsel en zijn vierkante onderkaak zag hij eruit als een bokser.

Pekkala had nog nooit een politieman gezien die er zo slordig uitzag als Kropotkin. De tsaar zou iemand die zo voor den dag durfde te komen ter plekke hebben ontslagen, dacht Pekkala.

'Er is gisteravond voor u gebeld,' zei Kropotkin.

'Door wie?'

'Door het gesticht in Vodovenko. Katamidze zegt dat hij zich iets herinnert waar u hem naar had gevraagd. Een naam.'

Pekkala's hart bonsde in zijn keel. 'Ik ga er meteen naartoe.'

Pekkala wilde de deur dichtdoen, maar Kropotkin zei nog iets. 'Ik heb het al doorgegeven aan die tsjekist,' zei hij. 'Ik kwam hem gisteravond tegen in de herberg. Ik heb het tegen hem gezegd, maar bedacht later dat hij misschien te dronken was om het te onthouden. Ik vond dat ik vanochtend maar beter even bij u langs kon gaan om het tegen u te zeggen, voor de zekerheid.'

'Ik ben blij dat u dat gedaan hebt,' zei Pekkala.

Kropotkin rammelde met kleingeld in zijn zak. 'Luister eens, Pekkala, ons eerste contact was niet geweldig, maar als ik iets kan doen om u te helpen: u weet me te vinden, hè?'

Pekkala bedankte hem en deed de deur dicht.

Anton lag in een deken gewikkeld nog te slapen.

Pekkala pakte een hoek van de deken en tilde die op.

Anton rolde over de vloer. 'Wat is er?'

'Katamidze!' zei Pekkala. 'Het telefoontje uit Vodovenko! Waarom heb je me dat gisteravond niet verteld?'

Anton ging met versufte blik rechtop zitten. 'Ik dacht, ik vertel het morgen wel.' Boven de fluwelen gordijnen scheen het zonlicht in banen schuin naar binnen, waarin stofdeeltjes traag door de lucht dwaalden. 'En nu zal het wel morgen zijn, dus zeg ik het nu.'

'We hadden uren geleden al onderweg moeten zijn.' Pekkala pakte Antons kleren op en smeet ze hem in het gezicht. 'Kleed je aan. We gaan nu weg.'

Kirov kwam uit de keuken tevoorschijn. 'Een ontbijt met gebraden vlees van het leger!' kondigde hij aan.

Pekkala liep langs hem heen de binnenplaats op.

Kirov keek hem na terwijl de glimlach van zijn gezicht verdween. 'Wat is er?' Toen keek hij Anton aan en vroeg nogmaals: 'Wat is er?'

Anton trok zijn laarzen aan. 'Instappen,' zei hij.

Tien minuten later waren ze onderweg.

Zuidwaarts rijdend in de richting van Vodovenko kwamen ze weer bij het verzonnen promotiedorp. De slagboom was naar beneden gelaten, maar het wachthuisje was onbemand en gesloten.

Toen ze de slagboom omhoog hadden gedaan en doorreden, kwamen ze al snel in de hoofdstraat. Het plaatsje was verlaten, alsof de inwoners er plotseling vandoor waren gegaan, zonder zich verder te bekommeren om de winkels met de van brood, vlees en fruit uitpuilende etalages. Maar toen Pekkala uitstapte om een en ander eens beter te bekijken, drong het tot hem door dat alles wat hij in de winkels zag liggen van was gemaakt was.

Ze hielden halt bij het stationnetje en keken uit over de spoorrails, waarop tot aan de horizon niets te zien was. Tegen een van de pilaren waar het dak van het stationsgebouwtje op rustte stond een bezem. Geen van hen zei iets. De verlatenheid van het plaatsje leek tot stilzwijgen te manen. Pekkala dacht terug aan de mensen die hij had gezien toen ze er de vorige keer doorheen waren gekomen en aan de angstige blikken achter de glimlachende maskers.

Ze stapten weer in en reden door.

Toen ze later die dag in Vodovenko de binnenplaats op reden, kwam de roodharige bewaker hun tegemoet. 'Jullie zijn te laat,' zei hij.

Met pijn in zijn heupgewrichten van de ineengedoken houding stapte Pekkala uit de Emka. 'Hoe bedoel je, laat?'

'Niet laat,' zei de bewaker. 'Té laat.'

'Wat is er dan gebeurd?'

'Dat weten we niet precies. Zelfmoord, denken we.'

De drie mannen namen niet de moeite zich bij de receptie te melden, en de bewaker vroeg niet naar hun wapens. Ze haastten zich via de gepantserde deur en de gangen naar een kamer waarvan de vloer en de wanden tot borsthoogte bedekt waren met witte tegels, zoals in een douche. Aan het plafond hingen vier grote lampen. Het was het mortuarium.

Katamidzes lichaam lag half afgedekt door een katoenen deken op een ijzeren tafel. Zijn lippen en oogleden en het puntje van zijn neus waren vlekkerig blauw van kleur, maar voor de rest was hij net zo bleek als de tegels aan de wanden. Zijn voeten, die onder de deken uitstaken, wezen in de richting van de deur. Op een ijzeren plaatje dat met een draadje om de grote teen van zijn rechtervoet zat, stond een nummer. Zijn nagels waren geel als de schubben van een dode vis.

Anton leunde tegen de muur bij de deur en keek strak naar de vloer.

Kirov, die te nieuwsgierig was om ontdaan te zijn, liep achter Pekkala aan.

'Gif,' zei Pekkala.

'Ja,' beaamde de bewaker.

'Cyanide?'

'Loog,' zei de bewaker.

Zachtjes raakte Pekkala het gezicht van Katamidze aan en tilde een ooglid op. Het oogwit van de dode was rood geworden door de gesprongen bloedvaatjes. Toen hij het gebied rond de ogen bekeek, constateerde Pekkala een lichte blos die zich van het jukbeen tot aan het voorhoofd uitstrekte. Pekkala liet zijn vinger langs de zijkant van de hals gaan en prikte in het vel. Toen hij bij Katamidzes stembanden aankwam, liet hij zijn vinger over het fragiele hoefijzervormige botje gaan. Onder lichte druk gaf het mee, wat betekende dat het gebroken was. Degene die hem had gedood, had hem bij de keel gegrepen en vastgehouden tot hij ervan overtuigd was dat Katamidze het niet zou overleven, maar hij was niet door wurging om het leven gekomen. 'Waar is hij gevonden?' vroeg Pekkala.

'In zijn cel,' zei de begeleider.

Pekkala knikte in de richting van de deur. 'Laat zien,' zei hij.

De drie mannen liepen door naar Katamidzes cel.

'Waar wordt er in dit gebouw loog gebruikt?' vroeg Pekkala.

'In de tuin soms.' De bewaker had niet zulke lange benen als Pekkala en hij moest moeite doen om hem bij te houden. 'Een paar keer per jaar maken we de drainagebuizen ermee schoon.'

'Was hij al dood toen jullie hem vonden?'

'Bijna – hij overleed voordat we hem konden helpen, bedoel ik.'

'Heeft hij nog iets gezegd?'

'Nee, ik bedoel…'

'Ja, wat bedoel je eigenlijk?' zei Pekkala.

De bewaker werd zenuwachtig. 'Mijn god, zijn ingewanden teerden weg. Wat hij ook had willen zeggen, hij was voor ons te ver heen om hem nog te kunnen verstaan. Hier. Hier was het.'

In de kamer was een verpleeghulp met een zwabber aan het dweilen. Er hing een zware lucht van bleekwater vermengd met die van braaksel en de penetrante geur van loog. De cel had geen ramen en er was alleen een ijzeren bed, dat tegen de muur opgeklapt kon worden. Er waren geen andere meubels. Boven het bed hing, in de muur verankerd, een ketting, en aan die ketting bungelden ijzeren handboeien.

Pekkala tilde de ketting op en liet hem weer vallen. De schakels rammelden tegen de muur. 'Zat hij hieraan vastgeketend?'

Anton was oppervlakkiger gaan ademen. Ineens verliet hij de kamer. Ze hoorden zijn voetstappen in de gang wegsterven. De bewaker keek hem na. 'Sommige mensen kunnen niet tegen dit soort dingen,' zei hij.

Kirov was blijven staan en keek over Pekkala's schouder.

'Alle gevangenen worden als het licht uitgaat vastgebonden aan hun kooi,' vervolgde de bewaker. 'Overdag worden de handboeien afgedaan en de bedden opgeklapt.'

'En wat gebeurt er dan met de gevangenen?'

De verpleeghulp ging door met dweilen alsof de twee mannen er niet waren.

'Ze mogen er een kwartier per dag uit. De rest van de tijd zitten ze op de vloer of lopen ze rond in hun cel.'

'Dus je denkt dat hij dat loog gedronken heeft voordat jullie hem voor de nacht vastketenden?'

De bewaker knikte. 'Ja, dat is de enige mogelijkheid.'

Pekkala boog zich naar de bewaker toe. 'Je weet verdomd goed dat dit geen zelfmoord was.'

De verpleeghulp hield ineens op met dweilen. Uit de in elkaar gedraaide grijze strengen van zijn zwabber liep zeepwater over de vloer. 'Wegwezen,' zei de bewaker. De verpleeghulp zette de zwabber tegen de muur en haastte zich de kamer uit.

'Iemand heeft Katamidze bij zijn keel gepakt,' zei Pekkala.

'Hij heeft zichzelf gekrabd. Katamidze was krankzinnig.'

'Er waren ook andere dingen aan hem te zien. Blauwe plekken. Iemand heeft hem bij zijn keel gepakt, en zijn slokdarm was kapot.'

'Het loog…'

'Er is iets door zijn strot geduwd, waarschijnlijk een trechter of zo. Daar is het loog door in zijn maag gegoten.'

De bewaker was gaan zweten. Hij legde een hand op zijn voorhoofd en keek naar de grond. 'Luister eens, inspecteur. Uiteindelijk maakt het toch niet uit of hij zelfmoord pleegde of niet?'

'Natuurlijk maakt dat uit!' riep Pekkala.

'Wat ik bedoel,' legde de verzorger, 'is dat dit een gekkenhuis is. Er wordt hier gevochten. Er worden eeuwigdurende vetes uitgevochten. De mannen zijn uit de maatschappij verwijderd zodat ze daar geen gevaar meer opleveren, maar dat weerhoudt ze er niet van om hier voor elkaar een gevaar te zijn. En daar kunnen we niet altijd iets aan doen.'

'Waarom probeerde je me ervan te overtuigen dat het zelfmoord was?'

'Bij zelfmoord' – de bewaker maakte een handbeweging van zich af, alsof hij daarmee het uitspreken van zijn woorden wilde vergemakkelijken – 'volgt alleen een intern onderzoek, maar bij moord wordt een uitgebreid onderzoek gevraagd, en inspecteur, u weet wat dat betekent. Dan loop je de kans dat je als onschuldig man met een lastige baan als een misdadiger veroordeeld wordt. Dus als we dit op de een of andere manier stil kunnen houden…'

'Was er een melding dat er onbekenden in het gebouw waren?'

'Onze beveiliging is erop gericht mensen binnen te houden, niet buiten.'

'Met andere woorden, iedereen kon binnenkomen en naar de gevangenen toe?'

'Maar dan zouden ze wel eerst met mij te doen krijgen,' zei de bewaker, 'of met wie er dan ook dienst had.'

'En is de receptie hier ooit onbemand?'

'Officieel niet.'

'Wat betekent dat?' vroeg Pekkala.

'Dat betekent dat we weleens onze natuurlijke aandrang moeten volgen, als u begrijpt wat ik bedoel. We roken ook weleens een sigaretje. Of gaan we naar de kantine voor een kom soep. Maar als de balie onbemand is, hoef je alleen maar even op het belletje te drukken en dan komt er iemand.'

'Dus als er niemand zit, zou je wel een sleutel kunnen pakken?'

De bewaker haalde zijn schouders op. 'Officieel niet.'

'Ja dus, met andere woorden.'

'We hebben een hele kast met sleutels. Iedereen die in het gesticht werkt heeft er een. Je pakt bij binnenkomst je sleutel, en je laat hem achter als je weggaat. Iedereen heeft een haakje met zijn nummer waar zijn sleutel aan hangt.'

'En is die kast op slot?'

'Officieel...'

'Niet?'

'Het moet wel, maar het is niet altijd het geval. Maar kijk, ik zei het al: de bedoeling hier is dat we de mensen binnen houden. Een gevangene die eruit wil, moet zijn cel uit die op slot is en deze deur door, die ook op slot is. Mensen breken niet in gestichten in.'

'Ken je hier misschien iemand die zo'n hekel aan Katamidze had dat hij hem zou hebben kunnen vermoorden?'

'Inspecteur, de gevangenen hier hebben geen reden nodig om iemand te vermoorden. Daarom zitten ze in het Vodovenko. En als u zegt dat hij gewurgd is, dan vraag ik me af waarom ze de moeite hebben genomen om loog door zijn keel te gieten.'

'Om het eruit te laten zien als het werk van een gek,' zei Pekkala, 'zodat niemand zou denken aan iemand van buiten.'

'Zou het niet simpeler om aan te nemen dat het inderdaad iemand van hier is geweest?'

'Dat zou zeker simpeler zijn,' zei Pekkala, 'maar ik geloof niet dat het zo is. Hij wilde ons iets vertellen, en iemand is ons voor geweest.'

Pekkala liep de gang op.

De bewaker liep achter hem aan. Hij pakte Pekkala bij zijn mouw. 'Waarom zou iemand van buiten hier inbreken en een man als Katamidze vermoorden?'

'Hij wilde ons een naam doorgeven.'

'Alleen een naam? Is hij daarvoor vermoord?'

'Hij zou de eerste niet zijn,' zei Pekkala, waarna hij naar de deur liep.

Op de vijfenzeventigste dag dat Pekkala in de Boetyrka zat en zijn schouders voor de derde keer uit de kom waren geschoten doordat ze hem aan zijn polsen ophingen, werd hij door twee bewakers vastgebonden op een plank. Ze legden hem zo neer dat zijn voeten zich boven zijn hoofd bevonden en gooiden een natte handdoek over zijn gezicht. Toen werd er water op de handdoek gegoten, totdat Pekkala niet meer kon ademen en vast geloofde dat hij zou verdrinken.

Hij wist niet hoe lang ze hiermee doorgingen, maar hij ging denken op een manier waarvan hij niet had geweten dat hij ertoe in staat was. Bij alles wat ze hem tot dan toe hadden aangedaan, had hij in zijn bewustzijn de informatie waarnaar ze op zoek waren afgewogen tegen de pijn die ze hem deden. Hij moest de balans daartussen zien te vinden. Maar toen hij bang was om onder de handdoek te verdrinken, was er geen sprake meer van een balans en nam zijn onbewuste het over. Een afschuwelijke, met stoffig rood doorweven duisternis verspreidde zich als een wolk door zijn hoofd, en hij wist niet meer wie of waar hij was en evenmin of er iets was waar hij om gaf. Niets telde meer, behalve in leven blijven.

Toen ze de handdoek van zijn gezicht haalden, noemde hij de naam die ze wilden weten. Hij was niet van plan geweest om het te zeggen. De naam leek uit zichzelf te spreken.

Pekkala werd meteen teruggebracht naar zijn cel.

Nadat ze de deur hadden dichtgedaan, huilde Pekkala. Hij hield zijn hand voor zijn mond om het geluid te onderdrukken. De wanhoop opende zich als een afgrond voor hem. De tranen liepen over zijn knokkels. Toen het huilen ophield, dacht hij dat hij ging sterven.

Toen de bewakers de volgende dag kwamen, liet Pekkala zich door de gang met schoorsteencellen meevoeren tot ze bij een lege kamer kwamen waarvan de vloer nat was. De ruimte was niet meer dan enkele stappen breed en net zo lang, maar leek na zijn verblijf in de schoorsteencel zo groot dat Pekkala's eerste reactie was om zich tegen de muur te drukken, alsof ze hem aan de rand van een afgrond hadden neergezet.

De bewaker gaf Pekkala een stuk brood en sloot de deur.

Pekkala nam een hap van het brood en spuugde het weer uit. Dat brood wordt almaar smeriger, dacht hij. Toen begon uit een gat in de muur water te spuiten. Pekkala schreeuwde het uit, liet zich op de vloer vallen en rolde zich op tot een balletje. Het water bleef spuiten. Het was warm.

Na tijdje richtte hij zijn hoofd op. Hij zag niets anders dan het water dat op hem neer spoot. Het stuk brood in zijn hand was gaan schuimen, en toen drong het tot hem door dat het zeep was. Hij wreef ermee over zijn hele gezicht.

Het water spoelde over zijn lichaam en gutste zwart van het vuil naar een gat in de hoek van de kamer. Pekkala ging op zijn knieën zitten en bleef zo zitten, de kin tegen de borst, de handen op zijn dijen. Het geluid van het water donderde in zijn oren.

Uiteindelijk klonk er geknars en werd het water afgesloten.

Nog gekleed in zijn doorweekte pyjama liep Pekkala door de gang. De douche had de bloedkorst rond zijn neusgaten niet weggespoeld. Hij proefde de metalige smaak daarvan nog achter in zijn mond.

'Handen op je rug,' zei de bewaker tegen hem.

'Stapje naar links, stapje naar rechts,' zei Pekkala.

'Kop dicht,' zei de bewaker.

Pekkala en de twee bewakers liepen een andere gang in, totdat ze bij een zware ijzeren deur vol klinknagels kwamen. De deur werd geopend. Pekkala rook een klamme geur. Toen voerden de twee hem naar beneden via een lange wenteltrap die verlicht werd door kale peertjes.

De kelder, dacht Pekkala. Ze brengen me naar de kelder. Nu gaan ze me doodschieten. Hij was blij dat hij niet terug zou hoeven naar de schoorsteencel. Zijn ziel was nu op sterven na dood. Zijn lichaam voelde aan als een lekkend bootje dat bijna verzwolgen was door de golven.

'Weet je het zeker?' vroeg Kirov, terwijl hij de Emka het hek van het Vodovenko uit reed.

'Ze zeggen dat het zelfmoord was,' zei Pekkala, 'maar dat was het niet.'

'We moeten weg uit Sverdlovsk,' zei Anton. 'Nu meteen. We moeten niet eens teruggaan om onze spullen te halen.'

'Nee,' zei Pekkala. 'We gaan door met het onderzoek. We komen steeds dichter bij de oplossing. De moordenaar kan niet ver weg zijn.'

'Maar moeten we niet ten minste een plek zoeken waar we veiliger zijn dan in het huis van Ipatjev?' vroeg Kirov.

'We willen juist dat hij denkt dat we kwetsbaar zijn,' zei Pekkala. 'Als degene die de Romanovs heeft vermoord weet dat we hem op het spoor zijn, zal hij beseffen dat hij zich niet langer kan verschuilen en is het alleen maar een kwestie van tijd voordat hij ons gaat zoeken.'

Het was ochtend. Pekkala zat op een omgekeerde emmer bij de waterpomp. De Webley lag aan zijn voeten. Tegen de pomp aan, onder de zwengel, had hij een handspiegeltje van gladgeslepen metaal gezet. Pekkala was zich aan het scheren. Op zijn gezicht zat een groezelig zeepsopje, en met een zacht geschraap haalde hij het mes over zijn kin.

Hij had maar een paar uur geslapen en was moe. Na hun terugkeer uit het Vodovenko hadden de drie mannen afgesproken om tot aan de afronding van het onderzoek 's nachts bij toerbeurt de wacht te houden.

Net op dat moment keek er iemand om de hoek van de muur die de binnenplaats omgrensde. Pekkala pakte de revolver. Het gezicht verdween schielijk uit het zicht. 'Ik ben het maar!' riep een stem vanachter de muur. 'Je oude vriend Majakovski.'

Pekkala legde de revolver weer neer. 'Wat wil je?' vroeg hij.

Behoedzaam liep Majakovski de binnenplaats op. In zijn armen had hij een biezen mand. 'Ik heb wat cadeautjes meegebracht!' zei hij. 'Dingen waar Kirov om heeft gevraagd.' Majakovski keek naar de revolver. 'Je bent vandaag wel een beetje nerveus, inspecteur Pekkala.'

'Ik heb reden om nerveus te zijn.'

'Je bent je aan het scheren, zie ik. Ja. Goed voor de zenuwen. Ja.' Majakovski lachte zenuwachtig. 'Ockham zou blij zijn.'

'Hoezo?' zei Pekkala.

'Vanwege het scheermes van Ockham.' Hij wees naar het mes in Pekkala's hand. 'De eenvoudigste verklaring ter verklaring van de feiten is…'

'… meestal de beste,' vulde Pekkala aan. Hij vroeg zich af waar Majakovski die kennis vandaan had. 'Wat kom je doen?'

'Och, je zou kunnen zeggen dat Ockham me hier heeft gebracht, inspecteur Pekkala.'

Pekkala schraapte met het scheermes langs zijn keel, veegde de zeep eraf en drukte de scherpe kant weer tegen zijn huid.

Majakovski zette de mand op de stoep en ging ernaast zitten. 'Mijn vader was klusjesman bij de familie Ipatjev. Vroeger als kind wachtte ik elke dag hier tot hij klaar was met zijn werk. Ik heb destijds gezworen dat ik het huis ooit zou kopen. Uiteindelijk is dat natuurlijk niet doorgegaan. En trouwens, wie zou het hebben willen kopen na wat hier gebeurd is?'

'Het huis waar je woont lijkt me groot genoeg,' zei Pekkala.

'O, zeker!' zei Majakovski. 'Ik slaap elke dag van de week in een andere kamer. Maar het is dit huis niet.' Hij klopte op de steen waarop hij zat. 'Niet het huis dat ik gezworen heb te zullen kopen.'

'Dan is hebzucht je enige drijfveer,' zei Pekkala.

'Denk je niet dat ik gelukkiger zou zijn geweest als ik het huis van Ipatjev had gekocht?'

'Nee,' zei Pekkala. 'Hebzucht rust niet totdat ze tevredengesteld is, en hebzucht is nooit tevredengesteld.'

Majakovski knikte. 'Zo is het.'

Pekkala keek op van zijn scheerspiegel. 'Nou, Majakovski, waar wil je heen?'

'Omdat ik dit huis niet bezit,' verklaarde Majakovski, 'droom ik er nog steeds van het te bezitten. En ik ben gaan beseffen dat die droom nu meer waard is dan het huis zelf. Ik heb geprobeerd er anders over te denken. Want hoe kan een mens toegeven dat hij zijn hele leven op zoek is geweest naar iets wat hij eigenlijk niet wil hebben?'

Langzaam haalde Pekkala het scheermes van zijn gezicht. 'Dat kan hij als hij wordt geconfronteerd met de realiteit.'

'Ja,' zei Majakovski, 'als hij, zoals bij het scheermes van Ockham, begrijpt in welke richting de feiten wijzen.'

'Ik heb medelijden met je, Majakovski.'

'Bewaar ook wat medelijden voor jezelf, inspecteur.' Majakovski's gemaakte glimlach flakkerde af en toe aan en doofde dan weer uit, alsof hij aangedreven werd door een haperende stroomvoorziening. 'Want jij lijkt ook op zoek te zijn naar iets wat je niet echt wilt.'

'En waar denk je dat ik naar op zoek ben?' vroeg Pekkala.

'De schat van de tsaar!' beet Majakovski hem toe. Tot nu toe was de oude man zorgvuldig geweest in de keuze van zijn woorden, maar wat hij nu zei klonk als een beschuldiging.

'Wat weet jij daarvan?' Pekkala veegde de zeep van zijn mes af met een theedoek die op zijn knie lag.

'Ik weet dat de tsaar de schat zo goed had verborgen dat niemand hem kon vinden. Niet dat ze het niet geprobeerd hebben. Ik heb gezien hoe ze dat deden. Het koetshuis hiernaast op de binnenplaats stond vol koffers die de Romanovs hadden meegebracht. Mooie koffers. Met hout beslagen en met koperen sloten, en op elke koffer een naam en een nummer. Nou, de militie heeft ze doorzocht en het een en ander gestolen, maar ze wisten eigenlijk niet wat ze wilden hebben; uiteindelijk hebben ze gewoon maar wat boeken en mooie kleren gepikt. En de jongens van de Tsjeka moeten hebben gedacht dat ze, al zaten de kostbaarheden niet in de koffers, door die te doorzoeken misschien wel een idee zouden krijgen waar ze dan wel te vinden zouden zijn. Elke avond slopen die tsjekisten naar buiten om de koffers te doorzoeken, maar ze hebben nooit iets gevonden.'

'Waarom denk je dat, Majakovski?'

'Nou, inspecteur Pekkala, als ze wel wat hadden gevonden, zouden ze u niet nodig hebben gehad. Waarom zouden ze u anders in leven hebben gehouden?'

'Majakovski,' zei Pekkala, 'ik ben hier om de mogelijkheid te onderzoeken dat de executie van de Romanovs misschien nooit heeft plaatsgevonden.'

Majakovski knikte schamper. 'Meer dan tien jaar nadat ze zijn verdwenen? Malen de molens van de bureaucratie in Moskou echt zo langzaam? De Romanovs zijn niet meer dan een voetnoot in de geschiedenis. Of ze nog leven of dood zijn doet niet meer ter zake.'

'Voor mij doet het wel ter zake.'

'Dat komt doordat jij ook maar een voetnoot in de geschiedenis bent – je bent een schim op zoek naar andere schimmen.'

'Ik mag dan misschien een schim zijn,' zei Pekkala, 'ik ben niet op zoek naar dat goud.'

'Dan is jouw smaragden oog blind, inspecteur, want je wordt gebruikt door iemand die dat wel is. Je hebt zelf gezegd dat hebzucht zich nooit tevreden laat stellen. Het verschil tussen jou en mij, inspecteur, is dat ik de feiten onder ogen zie, en jij niet.'

'Dat maak ik zelf wel uit, Majakovski.'

Als op een onzichtbaar teken kwamen beide mannen tegelijk overeind.

'Katamidze is dood,' zei Pekkala. 'Ik vond dat je dat moest weten.'

Majakovski knikte. 'De mensen houden het niet lang uit in Vodovenko.'

'Hij wist wie de tsaar heeft vermoord. Hij was wellicht de enige die mij de naam van de moordenaar had kunnen vertellen.'

'Misschien kan ik je dan helpen,' zei Majakovski.

'Hoe dan?'

'Er is iemand die Katamidze kende, iemand die hij misschien gesproken heeft voordat hij uit Sverdlovsk verdween.'

'Wie dan?' zei Pekkala. 'Om godswil, Majakovski, als je iets weet, wat dan ook...'

Majakovski stak zijn hand op en zwaaide die heen en weer. 'Ik zal met hem praten,' zei hij. 'Maar ik moet het voorzichtig aanpakken.'

'Wanneer kun je mij iets laten weten?' vroeg Pekkala.

'Ik zal er meteen werk van maken.' Majakovski's stem klonk kalm en geruststellend. 'Misschien heb ik later vandaag al een antwoord.'

'En dat moet zeker wel wat kosten, hè? Maar je moet weten, Majakovski, dat we je niet veel kunnen geven.'

Majakovski boog zijn hoofd eerst de ene kant en toen de andere kant op. 'Ik heb eigenlijk maar op één ding mijn zinnen gezet, om zo te zeggen.'

'En dat is?'

Majakovski knikte in de richting Pekkala's zwarte jas, die aan een spijker aan de muur hing. Net zichtbaar onder de revers was het ovale insigne van het Smaragden Oog.

Pekkala ademde zwaar. 'Je bent een harde onderhandelaar, Majakovski.'

'Als ik dat niet was,' zei Majakovski met een glimlach, 'zou ik mijn zelfrespect verliezen.'

'En die mand die je bij je hebt?'

'Die mag je houden, inspecteur. Beschouw die maar als een aanbetaling op dat insigne van je.'

Toen Pekkala klaar was met scheren, veegde hij de laatste restjes zeep van zijn gezicht, waarna hij het scheermes zorgvuldig opvouwde en in zijn zak stak. Hij liep naar de keuken en was verbaasd daar Anton met zijn voeten op tafel de *Pravda* te zien zitten lezen.

'Kijk eens wat ik heb gekocht,' zei Anton.

'Die krant is een week oud,' zei Pekkala met een blik op de datum bovenaan.

'Zelfs nieuws van een week oud is nieuws in een oord als dit.' Anton vouwde de krant dicht en gaf er een ferme klap mee op tafel.

'Majakovski was hier,' zei Pekkala, terwijl hij de mand op tafel zette.

Anton rommelde in de mand. Hij haalde er een donker stuk roggebrood uit en nam er een hap van. 'En wat wilde onze huiskabouter hiervoor hebben?' vroeg hij met volle mond.

'Hij zegt dat hij misschien iemand kent die op de avond dat de Romanovs werden gedood met Katamidze heeft gesproken en die ons misschien een naam zou kunnen geven.'

'Laten we hopen dat hij meer kan zeggen dan de vorige keer,' zei Anton.

Uit de inhoud van de mand – een patrijs, een fles melk, wat gezouten boter en een half dozijn eieren – stelde Kirov een maaltijd samen. Hij hakte het vlees van de patrijs, verkruimelde het brood en mengde het dooreen in een gebarsten kom die hij onder het aanrecht had gevonden. Toen kneedde hij er wat boter en een paar eidooiers doorheen. Met hout stookte hij de kachel op totdat de ijzeren plaat erop zo heet werd dat er plooien in leken te ontstaan, waarna hij van het mengsel ovale koeken maakte, die hij op de kookplaat bakte.

Daarna namen de drie mannen plaats bij de kachel, die ze langzaam lieten uitgaan. Ze schroeiden hun vingers aan de hete, vettige koeken die ze van met behulp van hun zakdoek geïmproviseerde borden aten.

Pekkala at zijn koek zo langzaam als hij kon op, zodat de smaak van elke vezel van het eten kon doordringen tot zijn bewustzijn.

'Mijn familie bezat in de stad Torjuk aan de weg van Moskou naar Petrograd een uitspanning,' zei Kirov. 'Vroeger was het er druk en legden er voortdurend koetsen aan. Boven hadden we kleine gastenkamers, en beneden hadden we glas-in-loodramen. Het rook er naar eten en er hing altijd een rooklucht. Ik weet nog dat de koetsiers soms halfbevroren van hun koets stapten, de sneeuw van hun laarzen stampten en aan de grote tafels gingen zitten. De jassen werden bij de deur op een hoop gegooid waar ik bij in het niet zonk. Het was er altijd druk, en de chef-kok, die Pojarski heette, moest altijd klaarstaan om de mensen bij aankomst iets voor te kunnen zetten, wanneer dan ook, dag of nacht. 's Winters, als het rustiger was en de kachel niet zo heet werd opgestookt, sliep hij daarbovenop. Toen tussen de twee steden de Nikolajevski-spoorlijn aangelegd werd, liep die echter niet langs Torjuk. Het scheelde niet veel of ze hadden de weg afgesloten, zo weinig rijtuigen reden er nog maar. Maar mijn familie heeft de uitspanning opengehouden. Op weekdagen kookte Pojarski voor de gasten als die er waren, maar op zondag maakte hij voor mijn ouders en mij een maaltijd klaar voor als we terugkwamen uit de kerk. En dan zette hij ons dit voor. De Pojarski-schotel noemde hij het, en die kruidde hij met salie en wodka. Ik verheugde me er de hele week op. Het gerecht dat jullie nu eten is de reden geweest dat ik chef-kok wilde worden.'

'Ging je naar de kerk?' Anton had zijn eten opgeschrokt en veegde nu het vet van zijn handen af aan zijn zakdoek. 'Niet wat je noemt een aanbeveling voor een volkscommissaris.'

'Iedereen in Torjuk ging naar de kerk,' zei Kirov. 'Er waren in die stad zevenendertig kapellen.'

'Dat is nu allemaal verleden tijd,' zei Anton.

'Houden jullie je mond en eet door,' fluisterde Pekkala.

Later die dag kroop Pekkala op handen en knieën voor de open haard in de voorkamer om de asresten eruit te schrapen. Hij had de gordijnen opengedaan, en het zonlicht viel in brede banen op de uitgesleten houten vloer.

Toen hij even pauzeerde om het zweet van zijn gezicht te vegen, zag hij Majakovski zijn huis uit komen.

Majakovski pakte een kartonnen doos die bij hem op de stoep stond. Hij opende hem, glimlachte en keek naar het huis van Ipatjev. Toen liep hij met de doos naar de overkant van de straat. Deze keer liep hij niet achterom, maar rechtstreeks naar de voordeur. Het scherpe, metalige geluid van de koperen klopper in de vorm van een hoefijzer klonk door het huis.

Voordat Pekkala overeind had kunnen komen kwam Kirov de keuken al uit om open te doen.

'Kirov!' riep Majakovski. 'Mijn goede vriend Kirov!'

'O, hallo Majakovski,' zei Kirov.

'Ik wist wel dat wij een speciale band hadden.'

'Ik ben blij dat je er zo over denkt,' zei Kirov.

Pekkala bleef met grijsgevlekte handen van de as op zijn knieën zitten en genoot van Kirovs pogingen om beleefd te zijn.

'Wij begrijpen elkaar,' vervolgde Majakovski, 'en dat zal ik niet vergeten. Dank je wel!'

'Nou, het genoegen is wederzijds, Majakovski. Ik ben blij dat we zo goed met elkaar kunnen opschieten.'

De deur werd dichtgedaan. Kirov kwam naar de voorkamer en bleef met de armen over elkaar en een verwonderde blik op zijn gezicht in de deuropening staan. 'Daar gaat er nog een die zijn verstand is verloren. Net als iedereen hier in de stad.'

'Hij bedankte je voor het cadeau dat je bij hem op de stoep hebt achtergelaten.'

'Ik heb niets voor hem achtergelaten,' zei Kirov.

'O nee?' Pekkala keek door het raam. 'Maar ik dacht dat je zei dat je hem een cadeautje ging geven. Om hem uit zijn evenwicht te brengen.'

'Dat wilde ik doen, maar ik ben er niet toe gekomen.'

Majakovski was de straat al halverwege overgestoken. Hij bleef staan en met de doos nog in zijn handen draaide hij zich om.

Zijn blik kruiste die van Pekkala.

Een adrenalinestoot gutste door Pekkala's lijf. 'O, christus,' fluisterde hij.

De glimlach op het gezicht van Majakovski verstarde en verdween. Op de plek waar hij had gestaan zag Pekkala een fractie van een seconde lang niets anders dan een roze, mistige wolk. De ramen golfden alsof ze van water waren. Toen werd het huis getroffen door een muur van vuur. Door de schokgolf werd Pekkala naar de andere kant van de kamer geworpen. Hij sloeg tegen de muur. Zijn ogen raakten vol stof. Zijn longen stroomden vol metalig ruikende rook, die hem de adem benam. Hij voelde een scherpe pijn in zijn borst. Glasscherven vlogen opflakkerend als diamanten tegen de muren en stuiterden over de grond.

Het volgende dat Pekkala zich later wist te herinneren, was dat Kirov hem bij zijn voeten had vastgepakt en uit de kamer had gesleept. De voordeur was door de kracht van de explosie opengerukt, en de straat lag bezaaid met puin. Hele boomtakken lagen over de weg, met bladeren die omgekruld waren tot zwartverbrande vuisten.

Toen ze in de keuken kwamen, legde Kirov samen met Anton Pekkala op de tafel. Pekkala wilde gaan zitten, maar Anton drukte hem neer. Er werd een natte doek over zijn gezicht gehaald. Anton zei iets, maar hij kon niets horen. Toen zag hij Kropotkin. Vanonder zijn politiepet staken blonde haren naar buiten.

Na verloop van tijd keerde Pekkala's gehoor weer terug, net zoals het geluid aanzwelt bij een radio door de volumeknop langzaam omhoog te draaien. Hij haalde de natte doek, die inmiddels met bloed doordrenkt was, van zijn gezicht, hees zichzelf overeind, stapte van tafel en wankelde de gang in, op weg naar de straat. Omdat de huid op zijn gezicht geïrriteerd was, krabde hij aan zijn wang, en toen hij keek, zaten zijn vingers onder de kleine stukjes glas.

Kirov kwam achter hem aan. 'Je moet dekking zoeken,' zei hij.

Pekkala negeerde hem. Toen hij op straat stond, bleef hij staan.

Waar Majakovski had gestaan, was op de straatstenen nog slechts een zwarte vlek te zien. Daarboven, in de gebroken takken van de bomen, hingen flarden van Majakovski's kleren.

Kirov pakte hem bij de arm. 'We moeten naar binnen.' Hij sprak zachtjes maar indringend.

Pekkala begon zich duizelig te voelen. Hij staarde naar de verbrande bladeren, al het gebroken glas en het aan stukken gereten metselwerk. Met zijn voet stootte hij ergens tegenaan. Toen hij naar beneden keek, zag hij iets wat op een afgebroken oor van een witte aardewerken kruik leek. Hij raapte het op. Het oppervlak was hard en glad. Het duurde even voordat Pekkala zich realiseerde dat het een stuk van Majakovski's onderkaak was.

'Kom mee,' zei Kirov.

Pekkala keek Kirov aan alsof hij niet meer wist wie hij was. Vervolgens liet hij zich meevoeren, het huis weer in.

Het eerstvolgende halfuur was Kirov bezig om met een fijn pincet alle glasscherfjes uit Pekkala's gezicht te verwijderen. Ze schitterden in de bloeddruppeltjes waarin ze genesteld waren.

Kropotkin, die in de hoek van de kamer stond, keek nerveus in Pekkala's richting. 'Is hij er goed genoeg aan toe om te kunnen praten?' vroeg hij.

'Jawel,' zei Pekkala.

'Goed,' zei Kropotkin, 'luister dan. Ik heb jullie politiebescherming aangeboden totdat we dit hebben opgelost, maar deze tsjekist hier' – hij wees naar Anton – 'zegt dat het niet nodig is.'

'We weten niet wie er verantwoordelijk is voor die bom,' zei Anton.

'Nou, ik in elk geval niet, als je dat soms wilt insinueren,' zei Kropotkin, die een rood hoofd kreeg.

'Ik zei toch al dat we nooit terug hadden moeten komen,' zei Anton.

'Hij heeft gelijk,' onderbrak Kirov hem. 'We hebben geen beveiliging nodig.'

'En waarom niet?' wilde Kropotkin weten.

'Omdat we morgenochtend vroeg vertrekken. We gaan naar Moskou en brengen daar verslag uit. En als ze het goedvinden, komen we terug met een compagnie soldaten.'

'Dat duurt te lang,' zei Pekkala terwijl hij opstond. 'We hebben niet gevonden wat we zoeken.'

Kirov legde zijn handen op Pekkala's schouders. 'Nee,' zei hij. 'Wat we zoeken heeft óns gevonden. Je had ons gewaarschuwd dat dit kon gebeuren, en zo is het ook gegaan.'

'Wij waren niet goed voorbereid,' zei Pekkala. 'Volgende keer zullen we meer voorzorgsmaatregelen nemen. Hij stond op en liep naar de voorkamer. Het zonlicht, dat schitterde in de weerkaatsing van gebroken glas, zorgde ervoor dat de vloer eruitzag alsof die in brand stond. De keurige hoop as die Pekkala had verzameld, was over de vloer verspreid alsof er een wervelwind overheen was gegaan. Het behang was van de muren gescheurd alsof er een kat met reusachtige klauwen bezig was geweest. Hij liep naar iets dat in de muur ingebed leek. Toen hij het uit het pleisterwerk losrukte, drong het tot hem door dat het de kop was van Kirovs pijp, die door de kracht van de ontploffing als een spijker in de muur was gedreven.

Toen Pekkala zich omdraaide, zag hij Anton voor zich staan.

'We moeten nu weg,' zei Anton smekend. 'Alsjeblieft.'

'Dat kan ik niet,' zei Pekkala. 'Het is te laat om weg te lopen.'

Midden in de nacht werd Pekkala wakker omdat hij geen adem kon halen. Kirov stond over hem heen gebogen en hield zijn hand over Pekkala's mond en neus om hem duidelijk te maken dat hij stil moest zijn.

Pekkala knikte met wijd opengesperde ogen.

Langzaam haalde Kirov zijn hand weg.

Pekkala ging rechtop zitten en haalde diep adem.

'Er is iemand in huis,' fluisterde Kirov.

Anton was al op. Hij had zijn pistool getrokken en stond in de deuropening in de donkere gang te turen. Toen keek hij achterom naar Pekkala en Kirov. 'In de kelder,' zei hij.

Pekkala voelde een rilling door zich heen gaan bij het idee dat zich daar beneden, te midden van al dat opgedroogde bloed en stof, een levend wezen bevond. Hij trok de Webley uit de holster, en de drie mannen gingen op weg naar beneden.

Pekkala liep zijwaarts de keldertrap af, en elke keer als hij zijn blote voeten op de houten traptreden neerzette, kraakten die onder zijn gewicht. Achter hem aan volgde Kirov met een van de lantaarns.

'Geen licht aandoen totdat ik het zeg,' fluisterde Pekkala.

Toen ze onder aan de trap kwamen, hoorde Pekkala niets, behalve het geluid van de ademhaling van Anton en Kirov. Maar toen ving hij onmiskenbaar het geluid op van iemand die huilde. Het kwam uit de ruimte waar de moorden hadden plaatsgevonden.

Nu zijn ogen begonnen te wennen aan de duisternis zag Pekkala dat de deur even verderop open was.

Het huilen hield aan maar klonk gedempt, bijna alsof het uit de muren kwam.

Pekkala ademde de muffe lucht in en liep naar de deuropening van de oude bergruimte. Hij tuurde naar binnen en kon de strepen van het behang onderscheiden, maar het was te donker om nog iets anders te zien. Het op de grond kapot gevallen en deels verpulverde pleisterwerk wekte de indruk dat er een laagje vuile sneeuw lag.

Weer klonk er gehuil, en nu zag hij in de tegenoverliggende hoek van de kamer een gestalte. Daar zat iemand ineengedoken tegen de muur.

Anton kwam naast hem staan. Zijn ogen fonkelden in het donker. Pekkala knikte, waarop de twee mannen door de kamer renden, onderwijl stukken puin wegschoppend. De gestalte draaide zich om. Het was een man die neergeknield zat. Zijn gehuil groeide aan tot een luidkeels gejammer.

'Schiet hem dood!' schreeuwde Anton.

'Nee! Alsjeblieft niet!' De man kromp aan Pekkala's voeten ineen.

Anton zette het pistool tegen zijn hoofd.

Pekkala duwde het pistool opzij en pakte de onbekende bij de kraag van zijn jas. 'De lantaarn!' riep hij naar Kirov.

'Doe me alsjeblieft geen pijn!' jammerde de man.

Er werd een lucifer afgestreken. Even later verspreidde het licht van de lantaarn een zachte gloed over de muren.

Pekkala trok de man opzij en dwong hem op zijn rug te gaan liggen. De lantaarn zwaaide heen en weer in Kirovs handen. De schaduwen schoten heen en weer over de muren vol kogelgaten. De man hield zijn handen voor zijn gezicht, alsof het licht zijn huid zou wegbranden.

'Wie ben je?' vroeg Pekkala streng.

'Haal je handen weg!' riep Kirov.

Langzaam gleden zijn vingers weg. De man hield zijn ogen stijf dicht, en zijn gezicht was onnatuurlijk bleek in het lamplicht. Hij had een breed voorhoofd en een stevige kin. Een donkere snor en een korte baard bedekten het onderste deel van zijn gezicht.

Pekkala duwde Kirovs arm opzij, zodat de lantaarn niet meer in het gezicht van de man scheen.

Ten slotte deed de man zijn ogen knipperend open. 'Pekkala,' mompelde hij.

'Mijn god,' fluisterde Pekkala. 'Het is Aleksej.'

'Hoe kun je daar zo zeker van zijn?' siste Kirov.

Hij liep met Pekkala de binnenplaats op, terwijl de man onder bewaking van Anton achterbleef.

'Het is hem,' zei Pekkala. 'Ik weet het zeker.'

Kirov pakte Pekkala's arm en schudde hem heen en weer. 'De laatste keer dat je Aleksej hebt gezien is meer dan tien jaar geleden. Ik vraag het je nog eens: hoe kun je daar zo zeker van zijn?'

'Ik heb jaren doorgebracht bij de Romanovs,' zei Pekkala. 'Dat was ook de reden waarom het Bureau Speciale Operaties mij hierheen heeft gehaald, zodat ik hen kon identificeren, of ze nou dood waren of nog leefden. En ik zeg je: het is Aleksej. Hij heeft de kin en het voorhoofd van zijn vader. Ook als je alleen maar foto's hebt gezien van de familie is er geen twijfel dat hij een Romanov is!'

Langzaam liet Kirov los. 'Ik denk dat het dezelfde persoon is die ik die avond door het raam naar binnen zag kijken.'

'Je zei toen nog tegen me dat hij op de tsaar leek.'

'Goed,' zei Kirov, 'maar als het Aleksej is, wat doet hij hier dan in godsnaam?'

'Dat wil ik nou juist gaan ophelderen.'

Kirov knikte tevreden. 'Als we het erover eens zijn, dan vind ik dat we zo snel mogelijk weg moeten. We lopen allemaal gevaar totdat we hem veilig en wel naar Moskou hebben overgebracht.'

'Anton blijft op de uitkijk,' zei Pekkala. 'Hij begon daar beneden in de kelder bijna te schieten. Ik wil hem er niet bij hebben als wij Aleksej verhoren.'

Ze brachten Aleksej naar de keuken. Hij ging aan de ene kant van de tafel zitten, Kirov en Pekkala aan de andere kant.

Anton ging buiten op de binnenplaats staan. Hij leek opgelucht te zijn dat hij geen rol zou hebben bij het verhoor. Na wat Majakovski was overkomen, leek Anton alleen nog maar zo snel mogelijk uit de stad weg te willen.

Het was nog steeds midden in de nacht. Op tafel stond een lantaarn. De abrikooskleurige vlam brandde gestaag en verspreidde warmte in de kamer. De wind gierde langs het karton waarmee het kapotte keukenraam was afgeplakt.

Aleksej zag er ziekelijk en verward uit, en hij was oud voor zijn leeftijd. Hij zat erbij met opgetrokken schouders en krabde onder het praten zenuwachtig aan zijn armen. 'Ze zeiden dat je dood was, Pekkala, maar dat heb ik nooit willen geloven. Toen ik hoorde dat je in Sverdlovsk was opgedoken, wilde ik mezelf ervan overtuigen dat dat waar was.'

'Heb je dat gehoord?' zei Kirov. 'Van wie dan?'

'Wie ben jij eigenlijk dat je me zo durft toe te spreken?' zei Aleksej.

'Ik ben volkscommissaris Kirov, en zodra ik ervan overtuigd ben dat jij bent wie je voorgeeft te zijn, kunnen we ons druk maken over beleefdheden. Tot het zover is, kun je gewoon antwoord geven op onze vragen.'

'Er zijn hier in de stad nog steeds mensen die de Romanovs als hun vrienden beschouwen,' zei Aleksej.

Kropotkin moet steeds geweten hebben waar Aleksej zich schuilhield, dacht Pekkala.

'Hoogheid…' begon Pekkala.

'Zo moet je hem niet noemen,' snauwde Kirov. Het was de eerste keer dat hij zijn stem tegen Pekkala verhief.

'Hij heeft gelijk,' zei Aleksej. 'Noem me gewoon bij mijn naam.' Met de muis van zijn hand veegde Aleksej de tranen uit zijn ogen.

Pekkala zette zijn ellebogen op tafel en vouwde zijn handen. Zijn gezicht stond ernstig. 'We hebben uw ouders gevonden, Aleksej. En ook uw zusters. Zoals u waarschijnlijk weet, bent u de enige die het heeft overleefd.'

Aleksej knikte. 'Dat hebben ze me verteld, ja.'

'Wie?' vroeg Kirov.

'Laat hem praten!' gebood Pekkala.

'De mensen die me verzorgden,' zei Aleksej.

'Laten we bij het begin beginnen,' spoorde Pekkala voorzichtig aan. 'Wat gebeurde er op de avond dat u uit dit huis werd weggehaald?'

'We zaten in de kelder,' zei Aleksej. 'Er was iemand gekomen om een foto van ons te nemen. Dat waren we wel gewend. Er zijn er nogal wat genomen sinds we opgesloten waren in Tsarskoje Selo en daarna in Tobolsk. Hij stond net op het punt de foto te nemen toen een man in legeruniform de kamer binnenstormde en begon te schieten.'

'Kende u hem?' vroeg Pekkala.

'Nee,' zei Aleksej. 'De bewakers waren telkens weer anderen, en het waren er veel geweest sinds onze familie in Petrograd onder arrest was gesteld. De fotograaf had twee felle lampen opgesteld, en die schenen in ons gezicht. Ik kon hem nauwelijks zien, en het duurde maar een seconde voordat hij begon te schieten. Meteen stond de kamer vol rook. Mijn vader schreeuwde, en ik hoorde ook mijn zussen roepen. Ik moet flauwgevallen zijn. Het eerste wat ik me vervolgens herinner, was dat de man me de trap op droeg. Ik was toen ziek en erg verzwakt. Ik heb me verzet, maar hij hield me zo stevig vast dat ik me nauwelijks kon bewegen. Hij bracht me naar de tuin en liet me op de voorbank van een vrachtwagen plaatsnemen. Hij zei dat als ik probeerde te ontsnappen, het me net zo zou vergaan als de rest. Ik was te bang om niet te gehoorzamen. Hij is nog verscheidene keren weer het huis in gegaan, en elke keer als hij naar buiten kwam, droeg hij een van mijn familieleden naar de vrachtwagen. Aan de manier waarop de hoofden naar beneden hingen en aan de heen en weer bungelende armen kon ik zien dat ze dood waren. Hij gooide ze achter in de wagen.'

'Wat er gebeurde er daarna?'

'Hij ging achter het stuur zitten, en we reden we weg.'

'In welke richting?'

'Ik weet niet welke kant we op gingen. Het was de eerste keer sinds weken dat ik buitenshuis kwam. Aan weerszijden van de weg stonden dichte bossen en het was erg donker. We hielden halt bij een huis. De mensen binnen stonden te wachten. Ze liepen naar de kant van de vrachtwagen waar ik zat. De man zei dat ik moest uitstappen, en zodra mijn voeten de grond raakten reed de wagen weg, de nacht in. Ik heb hem nooit meer gezien en heb nooit geweten hoe hij heette.'

Pekkala leunde achterover in zijn stoel. Zijn nekspieren, die zo strak als een gespannen vuist onder zijn huid hadden gezeten, ontspanden zich langzaam. Hij had nu zekerheid dat het inderdaad Aleksej was. De bijzonderheden die hij over die nacht had gehoord vertoonden grote overeenstemming met wat Pekkala van anderen had gehoord. Het was jaren geleden dat hij de tsarevitsj voor het laatst had gezien, maar de fysieke gelijkenis liet geen ruimte voor twijfel. Het was alsof hij het gezicht van de tsaar zelf door dat van Aleksej heen zag, in zijn ogen, in zijn wangen, in zijn kin.

Alleen Kirov was nog niet overtuigd. 'En die mensen die je verzorgden?' zei hij. 'Wie waren dat?'

Aleksej sprak nu snel. Hij leek zich in te spannen om zoveel mogelijk te vertellen wat hij wist. 'Het was een ouder echtpaar. De man heette Semjon en de vrouw Trina. Hun achternaam weet ik niet. Ze wilden alleen zeggen dat ze mij een warm hart toedroegen en dat mijn leven gespaard was gebleven omdat ik onschuldig was. Ze hebben me gevoed en gekleed. Ik ben maandenlang bij hen gebleven.'

Het verbaasde Pekkala niet om dit te horen. In de ogen van het Russische volk had Aleksej nooit gedeeld in de schuld die zijn ouders in zo'n grote mate op zich hadden geladen. De terughoudendheid van zijn zussen en vooral die van zijn moeder had in de publieke opinie alleen maar tegen hen gewerkt. Zelfs op het hoogtepunt van de revolutie, toen Lenin ertoe opriep rivieren van bloed te laten stromen, was Aleksej de ergste woede bespaard gebleven. Pekkala had altijd gemeend dat als er iemand genade zou krijgen, het Aleksej zou zijn.

'Hebt u niet geprobeerd te ontsnappen?' vroeg Kirov.

Aleksej lachte zachtjes. 'Waar zou ik heen hebben gemoeten? Het hele land was vergeven van de bolsjewieken. Dat had ik onderweg naar die plek zelf gezien. Uiteindelijk hebben ze me aan boord van een trein via de Trans-Siberische spoorweg laten ontsnappen. Ik ben in China terechtgekomen en vervolgens in Japan. Ik heb de hele wereld over gereisd om hier weer terug te keren.'

Pekkala herinnerde zich dat zijn broer had gezegd dat Aleksej in de vreemdste uithoeken van de planeet gesignaleerd zou zijn. Hij vroeg zich af hoe vaak dat werkelijk het geval was geweest. 'Waarom bent u teruggekomen naar dit land?' vroeg hij. 'U bent hier niet veilig.'

'Ik wist dat het gevaarlijk was,' zei Aleksej, 'maar ik vind dat er maar één land is waar ik thuishoor, en dat is dit. Ik ben hier nu al enkele jaren. Als mensen denken dat je dood bent, zoeken ze niet meer naar je. En als ze denken dat ze je herkennen, weten ze zichzelf ervan te overtuigen dat ze het verkeerd zien. Ik ben het veiligst als ik niet probeer te doen alsof ik iemand anders ben. Er zijn maar een paar mensen die weten wie ik werkelijk ben. Toen ik hoorde dat jij hier was, wist ik dat je op zoek zou zijn naar mij. En ik realiseerde me dat als jij het werkelijk was, ik me niet afzijdig kon houden en jou maar kon laten zoeken naar iemand die je misschien nooit zou vinden. Ik weet nog wat je gedaan hebt voor mijn familie.'

'De situatie is gevaarlijker dan u denkt,' zei Pekkala. 'De man die uw familie heeft vermoord weet dat we naar hem op zoek zijn, en we hebben reden om aan te nemen dat hij vlakbij is. Stalin heeft u amnestie toegezegd, en ik denk dat hij oprecht is, maar we moeten u zo snel mogelijk in Moskou zien te krijgen. Zodra u daar bent, Aleksej, zal ik doorgaan met de opsporing van de man die uw ouders en zussen heeft vermoord, maar vooralsnog is uw veiligheid mijn enige zorg.' Toen verontschuldigde Pekkala zich, waarna Kirov en hij de kamer uit gingen.

Buiten voegden ze zich bij Anton.

'Wat denk je?' vroeg Pekkala hen. 'We moeten het met elkaar eens zijn voordat we verder kunnen.'

Kirov nam als eerste het woord. 'Ik zou alleen maar zeker kunnen weten of hij degene is die hij zegt te zijn als ik hem eerder had gezien. Maar aangezien dat niet het geval is, moet ik op jouw oordeel vertrouwen.'

'En doe je dat?' vroeg Pekkala.

'Ja,' zei Kirov, 'dat doe ik.'

Toen keek Pekkala zijn broer aan. 'En jij?' zei hij. 'Wat denk jij?'

'Het kan me niet schelen wie hij is of wie hij zegt dat hij is,' zei Anton. 'Ik vind dat we hier weg moeten. Als hij met ons mee wil naar Moskou, laat hem dan meegaan. Zo niet, dan vind ik dat we hem hier achter moeten laten.'

'Dan is het geregeld,' zei Pekkala. 'We vertrekken morgenochtend vroeg naar Moskou.'

Anton en Kirov bleven op de binnenplaats staan, terwijl Pekkala de keuken weer in ging. Pekkala ging aan de tafel zitten. 'Ik heb goed nieuws, Aleksej. We vertrekken naar Moskou...'

Maar voordat hij verder kon gaan, stak Aleksej zijn hand over tafel en pakte die van Pekkala. 'Die man buiten, die vertrouw ik niet. Je moet hem bij mij weghouden.'

'Die man is mijn broer,' zei Pekkala. 'Vandaag is hier iemand om het leven gekomen, en mijn broer is daar nog steeds van ondersteboven. De spanning van de afgelopen dagen is hem te veel geworden. U moet niet over hem oordelen op basis van zijn huidige manier van doen. Zodra we op weg zijn naar Moskou, zult u, denk ik, een andere kant van hem te zien krijgen.'

'Dat ik nog leef heb ik aan jou te danken,' zei Aleksej. 'Alles heb ik aan jou te danken.'

Toen hij dit hoorde, werd Pekkala weer overvallen door schuldgevoel dat hij de familie in de steek had gelaten. Hij draaide zijn hoofd af, en de tranen liepen over zijn wangen.

Toen Pekkala later die avond in de onverlichte keuken met de Webley voor zich op tafel de wacht hield, kwam Aleksej naar hem toe. 'Ik kon niet slapen,' zei hij, terwijl hij op een stoel aan de andere kant van de tafel ging zitten.

'Dan bent u in goed gezelschap,' zei Pekkala. Er waren zoveel dingen die hij wilde vragen – waar Aleksej allemaal geweest was, wie hem hadden geholpen en wat zijn plannen voor de toekomst waren. Daar zou hij echter voorlopig nog mee moeten wachten. Hoewel Aleksej vanbuiten een sterke indruk maakte, kon Pekkala alleen maar gissen hoe diepgaand hij getekend was door alles wat hij had meegemaakt en hoezeer hij misschien door zijn hemofilie te lijden had gehad. Als je dergelijke herinneringen te snel boven water wilde halen, liep je hetzelfde risico als wanneer je een diepzeeduiker naar het oppervlak haalt zonder hem de gelegenheid te geven zich aan de veranderende druk aan te passen.

'Ik heb het moeilijk gehad sinds we elkaar voor het laatst zagen,' zei Aleksej.

'Daar twijfel ik niet aan, hoogheid,' zei Pekkala. 'Maar u hebt goede redenen om optimistisch te zijn over de toekomst.'

'Denk je dat echt, Pekkala? Kan ik die mensen vertrouwen met wie je me in Moskou in contact brengt?'

'Ik ga ervan uit dat u voor hen levend meer waard bent dan dood.'

'En als ze me in leven laten,' zei Aleksej, 'wat dan?'

'Dat is aan u,' zei Pekkala.

'Dat betwijfel ik, Pekkala. 'Het is in mijn leven nooit zo geweest dat ik kon doen wat ik wilde.'

'Voorlopig hebben we volgens mij geen andere keuze dan naar Moskou te gaan,' zei Pekkala, 'en de voorwaarden te accepteren die ze ons aanbieden.'

'Misschien is er toch iets anders mogelijk,' zei Aleksej.

'Hoe dan ook, ik zal mijn best doen om u te helpen.'

'Het enige wat ik wil, is een normaal leven leiden.'

'Soms denk ik dat ook uw vader bereid was om daarvoor al zijn macht en rijkdom op te geven,' zei Pekkala.

'Maar ik moet een bepaalde onafhankelijkheid hebben. Anders ben ik net als een dier in een dierentuin: een bezienswaardigheid, afhankelijk van de gunsten van onbekenden.'

'Ik ben het met u eens,' zei Pekkala. 'Maar op wat voor onafhankelijkheid doelt u?'

'Mijn vader heeft een aantal van zijn kostbaarheden verborgen,' zei Aleksej.

'Ja,' zei Pekkala, 'maar ik weet niet hoeveel en waar.'

'Dat kan toch niet waar zijn? Mijn vader vertrouwde je in alles.'

'Er was destijds een officier die Koltsjak heette en die...'

'Ja,' onderbrak Aleksej hem, en hij klonk ineens ongeduldig. 'Ik ken Koltsjak. Ik weet dat hij mijn vader geholpen heeft het goud te verbergen, maar mijn vader zou nooit het risico hebben genomen niet ook iemand anders op de hoogte te stellen van die locatie.'

'Dat zeiden ze ook toen ik gevangenzat in de Boetyrka, maar zelfs zij hebben me uiteindelijk wel geloofd.'

'Dat komt doordat jij standvastig was, Pekkala! Ze konden jou niet breken.'

'Hoogheid,' zei Pekkala, 'ze hebben me wél gebroken.'

Toen ze de kelder van de gevangenis in gingen, streek hij met zijn vingers langs de zwartgeverfde, uit ongelijke stukken steen opgetrokken muren. Ze betraden een ruimte met een laag plafond waar het condenswater vanaf droop. De aarde voelde zacht als kaneelpoeder aan onder zijn voeten.

Toen de bewakers Pekkala loslieten, viel hij op zijn knieën in het stof.

In het licht van het peertje zag Pekkala dat in een hoek iemand ineengedoken zat. Hij zag er nauwelijks nog menselijk uit, eerder als een bleek, onbekend dier dat uit het binnenste van de aarde naar boven was gehaald. De man had geen kleren aan, zat met zijn benen recht naar voren en had zijn handen voor zijn gezicht. Hij was kaalgeschoren en zijn hoofd zat onder de blauwe plekken.

Pekkala keek om zich heen en realiseerde zich dat er ook nog anderen waren, die bijna onzichtbaar in het halfduister om hem heen stonden. Ze droegen allemaal het uniform van de Tsjeka met een olijfbruin jasje en een blauwe broek, waarvan de pijpen schuilgingen in laarzen.

Een van de mannen zei iets, en onmiddellijk herkende Pekkala de stem van Stalin.

'Maxim Platonovitsj Koltsjak...'

Koltsjak, dacht Pekkala. En toen herkende hij onder het masker van blauwe plekken langzaam het gezicht van de cavalerieofficier.

'Je bent schuldig bevonden aan contrarevolutionaire activiteiten, diefstal van overheidseigendommen en misbruik van je rang en je privileges. Je wordt hierbij ter dood veroordeeld. Je bestaat niet meer.'

Koltsjak hief zijn hoofd op. Toen zijn blik die van Pekkala kruiste, probeerde de arme drommel te glimlachen. 'Hallo, Pekkala,' zei hij. 'Je moet weten dat ik hun niets heb verteld. Zeg aan Zijne Hoogheid...'

Oorverdovend knalden pistoolschoten in de krappe ruimte.

Pekkala drukte zijn handen tegen zijn oren. Schokgolven gingen door hem heen.

Toen het salvo ophield, trad Stalin naar voren en schoot Koltsjak van dichtbij een kogel door het voorhoofd.

Toen werd Pekkala opgetild, op zijn voeten neergezet en de trap weer op gesleept.

Tegen de tijd dat Pekkala aankwam in de verhoorkamer, was Stalin er al. Net als bij de eerste keer lag het koffertje op tafel, met een doosje Markovsigaretten ernaast.

'Het is precies zoals Koltsjak zei,' zei Stalin. 'We wisten al lang dat de tsaar hem had opgedragen het goud op een veilige plek te verbergen, maar Koltsjak heeft ons niets verteld. Het is bijna niet te geloven als je bedenkt wat wij hem allemaal hebben aangedaan.' Hij deed het rode Markovdoosje open, maar deze keer bood hij Pekkala geen sigaret aan.

'Maar sinds wanneer is Koltsjak hier?' vroeg Pekkala.

Stalin plukte een stukje tabak van zijn tong. 'Sinds lang voor het moment dat we jou in handen kregen, inspecteur.'

'Waarom wilde u dan zijn naam van mij horen? Alles wat u gedaan hebt' – hij deed moeite om zijn stem niet te laten overslaan – 'diende dus nergens voor.'

'Dat hangt ervan af hoe je het bekijkt,' zei Stalin. 'Weet je, het is voor ons handig om te weten op welk punt mensen zoals jij breken. En net zo belangrijk is het om te weten dat sommige anderen, mensen als Koltsjak, helemaal niet te breken zijn. Wat mij persoonlijk de grootste voldoening geeft, is dat jij nu weet wat voor soort man je bent.' Hij tikte de as van zijn sigaret op de vloer. 'Het soort dat kan breken.'

Pekkala staarde in vertwijfeling naar Stalin, wiens gezicht afwisselend door slierten tabaksrook verhuld en onthuld werd. 'Ga uw gang maar,' fluisterde hij.

'Pardon?'

'Doe maar wat u wilt – schiet mij maar dood.'

'O, nee.' Stalin trommelde met zijn vingers op de koffer die de parafernalia van Pekkala's leven bevatte. 'Dat zou zonder meer een verspilling zijn. Op een goede dag zouden we het Smaragden Oog weer nodig kunnen hebben. Tot die tijd zullen we je naar een plek sturen waar we je weten te vinden als we je nodig hebben.'

Zes uur later stapte Pekkala in een trein met bestemming Siberië.

Aleksej keek ongelovig. 'Als ik naga wat mijn familie allemaal voor jou heeft gedaan... En daar stel je dit tegenover?'

'Het spijt me, hoogheid,' zei Pekkala. 'Het is waar wat ik zeg. We verkeren in gevaar. Dit wapen ligt hier niet zonder reden op tafel.'

'Ik zie geen gevaar,' zei Aleksej terwijl hij overeind kwam. 'Ik zie alleen een man voor me van wie ik ooit heb gedacht dat ik op hem kon rekenen, wat er ook gebeurde.'

Net voor zonsopgang liep Kirov naar de keuken. Op zijn wang zat een afdruk van de knoop met de hamer en sikkel van de uniformjas die hij als hoofdkussen had gebruikt. 'Ik zou het uren geleden al van je hebben overgenomen,' zei hij. 'Waarom heb je me laten slapen?'

Pekkala leek Kirov nauwelijks op te merken. Hij staarde naar de Webley, die voor hem op tafel lag.

'Wanneer vertrekken we naar Moskou?' vroeg Kirov.

'We gaan niet,' zei Pekkala. Hij legde uit wat er die nacht was gebeurd.

'Als hij niet vrijwillig mee wil,' zei Kirov, 'heb ik de bevoegdheid hem te arresteren. Als het moet brengen we hem geboeid naar Moskou.'

'Nee,' zei Pekkala. 'Ik heb de gevolgen onderschat van het leven dat Aleksej de afgelopen jaren heeft geleid. Hij leeft nu al zo lang in angst dat ik geloof dat hij niet eens meer weet hoe het is om op een andere manier te leven. Hij klampt zich vast aan het idee dat hij alleen maar veilig kan zijn als hij in het bezit is van het goud van zijn vader. Het heeft geen zin te proberen hem te dwingen van gedachten te veranderen. Ik moet de tijd hebben om met hem praten.'

'We moeten nu vertrekken,' wierp Kirov tegen. 'Voor zijn eigen bestwil.'

'Je kunt iemand niet overtuigen door hem handboeien om te doen en tegen hem te zeggen dat je dat voor zijn eigen bestwil doet. Hij moet vrijwillig meegaan, want anders doet hij misschien iets ondoordachts. Misschien knijpt hij er wel tussenuit, en als hij gewond raakt, zou dat door zijn hemofilie weleens fataal kunnen zijn. Hij zou ook kunnen proberen zichzelf iets aan te doen. En zelfs als we met hem in Moskou zijn, zou hij de aangeboden amnestie weleens kunnen weigeren. In dat geval zullen ze hem zeker doden, al was het maar om zelf gezichtsverlies te voorkomen.'

Kirov zuchtte. 'Het is jammer dat we Moskou niet kunnen optillen en hierheen verplaatsen. Dan zouden we ons geen zorgen hoeven maken over de manier waarop we hem ernaartoe moeten vervoeren.'

Pekkala stond plotseling op. 'Dat is geen slecht idee,' zei hij, en hij snelde naar buiten, de binnenplaats op.

Kirov liep naar de deuropening. 'Wat is geen slecht idee?'

Pekkala pakte de fiets die tegen de muur stond. De spaken waren nog versierd met verdroogde slierten fonteinkruid.

'Wat heb ik gezegd?' vroeg Kirov.

Pekkala ging op de fiets zitten. 'Als we hem niet naar Moskou kunnen brengen, brengen we Moskou naar hem. Over een uur ben ik terug.'

'Vergeet niet dat het ding geen remmen heeft,' zei Kirov.

Pekkala reed slingerend de straat uit, op weg naar het bureau van Kropotkin. Zijn plan was om het Bureau Speciale Operaties te bellen en te vragen of zij een peloton bewakers wilden sturen om de veiligheid van de tsarevitsj te garanderen. Hij schatte dat de bewakers, zelfs als ze meteen zouden vertrekken, minstens een paar dagen nodig zouden hebben om hier te komen. Totdat ze kwamen zouden ze Aleksej verborgen houden in het huis van Ipatjev, dat dan bewaakt moest worden door zoveel politieagenten als Kropotkin kon missen. Pekkala zou de hun resterende dagen gebruiken om de tsarevitsj de gelegenheid te geven zijn hart te luchten en zichzelf om zijn vertrouwen te herwinnen. Tegen de tijd dat het escorte uit Moskou arriveerde, zou Aleksej wel bereid zijn om met hen mee te gaan.

Pekkala trapte zo hard als hij kon. Omdat hij geen remmen had, liet hij bij hoeken en bochten zijn voeten over de kasseien slepen om snelheid te minderen. Terwijl hij zo door de smalle straatjes snelde, rook hij in de vochtige ochtendlucht de teerachtige geur van waspoeder, vermengd met die van de as die van haardroosters af was geschraapt en van rokerige thee in samovars. Bij tuinen met houten hekjes eromheen ving hij af en toe een glimp op van witte berkenbosjes waarvan de bladeren nu eens als zilveren munten schitterden, dan weer groen werden en dan weer zilverachtig, als lovertjes op een feestjurk.

Pekkala trapte zo ingespannen dat hij niet in de gaten had dat de smalle weg eindigde in een T-kruising. Er was geen kans dat hij de bocht zou kunnen nemen of zelfs maar snelheid zou kunnen minderen, en voor hem uit, alsof die uit een zijstraat op hem af kwam, dook daar ineens de hem al bekende saffierblauwe eendenvijver weer op.

Pekkala greep het stuur stevig vast, zette een hak op de grond en kwam in een grote stofwolk op nauwelijks een armlengte van het water tot stilstand.

Toen het stof was neergedaald, was het eerste wat hij zag een vrouw die in het riet aan de overkant van de vijver stond. Ze had een grote mand vol grijze, druppelvormige bolletjes bij zich. Ze had een rode hoofddoek om en droeg een donkerblauw hemd met tot aan de ellebogen opgerolde mouwen en een bruine, enkellange jurk, die onder de modder zat door het waden langs de rand van de vijver. De vrouw keek hem strak aan. Ze had een ovaal gezicht en wenkbrauwen die donkerder waren dan haar haar, waarin blonde lokken te zien waren.

'Mijn fiets heeft geen remmen,' zei Pekkala ter verklaring.

Ze knikte onverschillig.

De vrouw had iets bekends, maar Pekkala kon niet thuisbrengen wat het was. Een absoluut geheugen is ook niet alles, dacht hij.

'Neem me niet kwalijk,' zei hij, 'maar ken ik u niet ergens van?'

'Ik ken u niet,' zei de vrouw. Ze ging door met het verzamelen van wat het ook was dat ze tussen het riet vandaan plukte. Gele monarchvlinders vlogen om haar heen met op-en-neergaande bewegingen als van stukjes papier die aan een draad bungelen.

'Wat plukt u?' vroeg Pekkala.

'Wolfsmelk,' zei de vrouw.

'Waarvoor?'

'Dat stoppen ze in zwemvesten. Ik krijg er goed voor betaald.' Ze hield een van de grijze bolletjes op en kneep die in haar vuist kapot. Vederachtig witte zaadjes, licht als rookwolkjes, ontsnapten en dreven over het water.

Op dat moment herinnerde hij zich haar. 'Katamidze!' riep hij.

Ze kreeg een rood hoofd. 'Wat er met hem?'

'Die foto,' zei hij. In de doos met afgedankte foto's had Pekkala haar gezien zoals ze daar nu stond, aan de kant van deze vijver, met dat zilveren wolkje als een spookachtig vaag gezicht zoals het op de gevoelige plaat was vastgelegd.

'Dat was lang geleden, en hij zei dat het maar kunstfoto's waren.'

'Nou, ze hadden' – hij dacht aan de vlekkerig roze wangen van de nonnen – 'in elk geval een zekere kwaliteit.'

'Het was niet mijn idee om naakt te poseren.'

Pekkala hield zijn adem in. 'Naakt?'

'Die oude Majakovski kocht de foto's. En die verkocht hij toen aan de soldaten. Aan de Roden toen die hier waren, en later aan de Witten, toen die hier binnenmarcheerden. Het maakte Majakovski niet uit, zolang ze maar betaalden. Misschien hebt u er ook een gekocht.'

'Nee,' zei Pekkala, in een poging haar gerust te stellen. 'Ik heb er alleen van gehoord.'

Ze drukte de mand tegen haar borst. 'Tja, ik denk dat iedereen er wel van heeft gehoord.'

'U stond op dezelfde plaats,' zei Pekkala, terwijl hij naar haar wees. 'Precies waar u nu staat.'

'O, die foto.' Ze liet de mand weer zakken. 'Die herinner ik me wel. Hij was er niet blij mee, zei hij.'

'Hoe goed kende u Katamidze?'

'Ik kende hem wel,' zei ze, 'maar niet op de manier zoals de mensen zeiden. Hij is weg, weet u. Hij woont hier niet meer. Hij heeft zijn verstand verloren. Op de avond dat hij de tsaar ging fotograferen. Hij zei dat hij ze voor zijn ogen vermoord zag worden. Ik trof hem aan op zijn zolderkamer, waar hij zich had verstopt. Hij praatte allemaal onzin, dat hij oog in oog met de duivel had gestaan.'

'Hebt u dit aan iemand anders verteld?' vroeg Pekkala.

'Toen de Witten hier waren, zijn ze naar mijn huis gekomen. Maar toen had Majakovski hun inmiddels een paar van die foto's verkocht. Ik heb nooit gezegd dat ik Katamidze die nacht had gezien, en zij hebben mij er nooit iets over gevraagd. Het enige wat ze wilden weten was waar ze nog meer foto's konden krijgen.'

'Wat is er met Katamidze gebeurd nadat u hem op zolder had gevonden?'

'Hij was er zo erg aan toe dat ik tegen hem zei dat ik een dokter ging halen. Maar voordat ik iets voor hem kon doen is hij het huis uit gerend, en hij is nooit meer teruggekomen. Een paar jaar daarna hoorde ik dat hij in het Vodovenko terecht was gekomen.'

'Degene met wie hij oog in oog had gestaan...'

'Katamidze zei dat het een monster van een man was.'

'Maar weet u een naam? Hebt u Katamidze een naam horen noemen?'

'Toen de tsaar man de man zag, riep hij iets, en daarna kregen ze ruzie. Maar Katamidze wist niet waar het over ging.'

'Wat riep de tsaar?'

'Een onbegrijpelijk woord. Rodek, of Godek of zo.'

Pekkala voelde een koude rilling. 'Grodek?' zei hij.

'Dat was het,' zei de vrouw, 'en toen begon het schieten.'

Pekkala voelde een verstikkend gewicht op zich drukken. Met bonkend hart fietste hij terug naar het huis van Ipatjev, en toen hij de binnenplaats op reed, zag hij Anton met een stuk of wat borden naar de pomp lopen om ze af te spoelen. Hij had zijn jasje uitgetrokken zodat je zijn bretels zag en zijn hemdsmouwen opgestroopt.

Anton bewoog de piepende zwengel van de pomp op en neer, waarop een plens water schitterend als kwikdruppels in de nacht op de kasseien uiteenspatte. Hij ging op de omgekeerde emmer zitten die bij de pomp hoorde en begon aan de afwas met een oude borstel met haren die wijd uit elkaar stonden, als de bloemblaadjes van een zonnebloem. Anton zag nog net uit een ooghoek hoe zijn broer op hem af kwam. Maar het was al te laat. Hoog boven Anton uit torenend keek Pekkala met een van woede vertrokken gezicht op zijn broer neer.

'Wat is er met jou aan de hand?' vroeg Anton.

'Grodek,' gromde Pekkala.

Anton trok wit weg. 'Wat bedoel je?'

Pekkala sprong op en greep Anton bij de kraag van zijn hemd. 'Waarom heb je me niet verteld dat Grodek degene was die de tsaar heeft vermoord?'

Het bord gleed uit Antons handen en viel op de stenen kapot. 'Ik weet niet waar je het over hebt.'

'Je stuurt mij erop uit om een moordenaar op te sporen, en al die tijd weet je precies wie het is. Het kan me niet schelen hoe je me haat, je bent me een verklaring schuldig.'

Even straalde Anton niets anders uit dan verbazing. Hij leek alles te willen ontkennen, maar toen wist hij het ineens niet meer. Bij het horen van die naam was zijn hele inwendige bouwsel van leugens en onwaarheden ingestort. Het masker dat hij had opgehouden viel weg, en er restte hem niets anders dan angst en berusting. 'Ik zei toch dat we hier weg moesten.'

'Dat is geen antwoord!' Pekkala schudde zijn broer heen en weer.

Anton verzette zich niet. 'Het spijt me,' mompelde hij.

'Het spijt je?' Pekkala liet zijn broer los en deed een stap achteruit. 'Wat heb je gedaan, Anton?'

Vermoeid schudde Anton zijn hoofd. 'Ik zou je nooit hierbij hebben betrokken als ik had geweten dat vader jou erop uit had gestuurd om dienst te nemen bij het Fins Regiment. Ik heb altijd gedacht dat jij daar zelf voor had gekozen. Ik heb je jarenlang gehaat om iets waar jij geen schuld aan had. Ik wou dat ik de tijd kon terugdraaien en het alsnog anders kon doen, maar dat kan niet.'

'Ik dacht dat Grodek in de gevangenis zat,' stamelde Pekkala. 'Hij had toch levenslang?'

Met zijn ellebogen op zijn knieën staarde Anton naar de kasseien. Alle energie leek te uit hem te zijn weggevloeid. 'Toen de opstandelingen in 1917 de politiekazerne van Petrograd bestormden, hebben ze het hele archief verbrand. Niemand wist meer waar de gevangenen voor veroordeeld waren, dus toen ze later die dag de gevangenis innamen, besloten ze alle gevangenen vrij te laten. Zodra Grodek op vrije voeten was, sloot hij zich aan bij de Revolutionaire Garde, en uiteindelijk is hij door de Tsjeka aangeworven. Toen hij hoorde dat een afdeling van de Tsjeka opdracht kreeg om de Romanovs te bewaken, heeft hij zich daarvoor ook aangemeld. Ik kwam er pas achter wie hij was toen we in Sverdlovsk aankwamen. Ik had hem daarvóór nooit ontmoet.'

'En je hebt er niet aan gedacht dit mij al aan het begin te vertellen?'

'Ik heb het je niet verteld omdat ik dacht dat je ons niet zou helpen als je wist dat Grodek vrij was. De enige manier om te zorgen dat het bureau mijn promotie niet ongedaan zou maken, was jou over te halen de zaak te onderzoeken.'

'En is het zo? Heeft Grodek de tsaar de kans geboden om te ontsnappen toen hij in het huis van Ipatjev werd gestationeerd?'

'Ja. In ruil voor de goudreserves van de tsaar. Grodek zei dat hij de familie vrij zou laten als de tsaar hem zou vertellen waar die verborgen waren. De tsaar had daarmee ingestemd. Het was allemaal duidelijk.'

'En jij zou hen helpen?'

Anton knikte. 'Grodek had iemand nodig die een afleidingsmanoeuvre organiseerde terwijl hij de familie uit het huis haalde en in een van onze vrachtwagens wegvoerde.'

'Wat zat er voor jou aan vast?'

'Ik zou de helft van alles krijgen.'

'En wat was die afleidingsmanoeuvre?' vroeg Pekkala.

'Grodek en ik zeiden tegen de andere bewakers dat we naar de herberg gingen. Dat deden we elke avond al, dus niemand vond het vreemd. Ik heb toen ingebroken in het politiebureau en naar het huis van Ipatjev opgebeld. Ik zei dat ik belde namens het garnizoen in Kungur, aan de andere kant van de Oeral. Ik zei dat de Witten om Kungur heen trokken en op weg waren naar Sverdlovsk en dat ze alle beschikbare mannen erop uit moesten sturen om een wegversperring op te zetten. Het plan was dat ik me bij de bewakers bij de wegversperring zou voegen en zou zeggen dat ik net uit de herberg kwam. Grodek zou zogenaamd te dronken zijn geweest om met mij mee te komen. En dan moest ik ervoor zorgen dat we zo lang mogelijk bij de wegversperring bleven, zodat Grodek de tijd had om de Romanovs te laten ontsnappen.'

'Als dat het plan was, waarom moest je Katamidze er dan in betrekken?'

'We wisten dat er ten minste twee bewakers zouden worden achtergelaten om op de Romanovs te passen, terwijl de anderen de wegversperring opzetten. De tsaar was bang dat zijn gezin iets zou overkomen wanneer de achtergebleven bewakers werden overmeesterd. Hij weigerde akkoord te gaan met de poging hen te laten ontsnappen totdat Grodek met het idee kwam een fotograaf te laten komen. Op die manier zouden ze veilig zijn in de kelder totdat de bewakers onschadelijk waren gemaakt.'

'Maar zouden de bewakers het niet verdacht vinden dat Katamidze pas na donker kwam?'

'Nee. We kregen onze bevelen op alle mogelijke tijdstippen. Het duurde soms wel zes uur voordat er een opdracht vanuit Moskou bij ons binnenkwam. Het was dan bij ons soms wel midden in de nacht, maar als bij een bevel was gezegd dat het onmiddellijk moest worden uitgevoerd, dan moesten we dat ook doen.'

'Dus Grodek was van plan om als onderdeel van zijn reddingsplan twee van jouw mannen te doden?'

Langzaam keek Anton op. 'Ben je soms vergeten wat jij hem hebt geleerd? Grodek had een revolutionaire cel opgericht met als enige doel de tsaar te doden, en vervolgens heeft hij de mensen, als ze hem eenmaal volkomen vertrouwden, stuk voor stuk verraden. Ze stierven allemaal door toedoen van Grodek, zelfs de vrouw van wie hij hield. Wat zouden dan nog eens twee levens hem kunnen schelen?'

'Meer dan twee,' zei Pekkala, 'want hij is toch geen moment van plan geweest de tsaar vrij te laten?'

'De tsaar zei tegen Grodek dat de schat in de buurt verborgen was en dat hij hem er nog diezelfde avond naartoe zou kunnen brengen. Grodek was van plan om met de tsaar mee te gaan naar die plek, het goud in te pikken en dan de tsaar en de tsarina te doden. We hebben het er nog over gehad of we de kinderen niet vrij zouden laten. Grodek zei dat hij ze niet zou doden, tenzij het niet anders kon. Hij zou zeggen dat de tsaar en de tsarina bij een vluchtpoging neergeschoten waren. Maar zo is het niet gegaan. Alles liep mis.'

'Wat gebeurde er dan?'

'Ze kregen ruzie. Grodek zei dat toen hij de kelder in ging, de tsaar hem had getreiterd en had gezegd dat hij oog in oog stond met de schat, dat de Romanovs zelf de schat waren. Grodek dacht dat de man gek was geworden. En toen het tot hem doordrong dat de tsaar geen moment van plan was geweest hem naar het goud te brengen, is er bij hem iets geknapt en is hij gaan schieten.'

'Waarom heeft hij Aleksej gespaard?' vroeg Pekkala.

'Hij realiseerde zich dat hij zich zou moeten ontdoen van de lichamen, zodat het leek alsof de Romanovs ontsnapt waren. Grodek wilde kunnen beschikken over een gijzelaar voor het geval hij geconfronteerd zou worden met detachementen van het Witte Leger en zijn vluchtroute geblokkeerd zou zijn. Maar luister eens, broer. Ik zal je alles vertellen wat ik weet, maar wij lopen hier nog steeds gevaar.'

'Het gevaar is me bekend,' zei Pekkala.

Plotseling sperde Anton zijn ogen open.

Pekkala keek net op tijd op om te zien hoe Aleksejs gelaarsde voet met een klap neerkwam op de zijkant van Antons hoofd. Anton knipperde met zijn ogen, zijn mond zakte open en hij klemde zijn kaken op elkaar terwijl pijnscheuten door zijn schedel schoten. Het bloed droop uit zijn achterhoofd en sijpelde tussen de stenen door de grond in. Toen zakte hij bewusteloos in elkaar.

Aleksej maakte aanstalten om hem nog een schop te geven, maar Pekkala hield hem tegen.

Kirov verscheen in de deuropening. 'Wat is hier nou aan de hand?' vroeg hij.

'Dat is de man die meegeholpen heeft mijn familie te vermoorden!' zei Aleksej, naar Anton wijzend. 'Hij heeft het net bekend. Dit is de man naar wie jullie op zoek waren.'

'Is dat waar?' vroeg Kirov.

Pekkala knikte. 'Grodek heeft de tsaar gedood, en mijn broer heeft hem daarbij geholpen.'

'Maar je zei toch dat Grodek levenslang had?'

'Hij is tijdens de revolutie vrijgelaten. Dat heb ik nooit geweten, totdat Anton het me vertelde.' Toen keek Pekkala Aleksej aan. 'Ik ben er nu praktisch zeker van dat Grodek degene is die Katamidze heeft gedood, en ook Majakovski. Hij heeft u dan wel in leven gelaten op de avond dat hij uw familieleden doodde, maar als hij denkt dat wij te dicht in zijn buurt komen, zal hij pas rusten als wij allemaal dood zijn, u daarbij inbegrepen, Aleksej.'

'Als het je om mijn veiligheid te doen is,' zei Aleksej, nog steeds naar Anton starend, 'dan mag je hem eerst doden.'

'Nee,' zei Pekkala. 'Dit is geen moment om wraak te nemen.'

'Die wraak zou dan ook de jouwe zijn,' zei Aleksej. 'Hij heeft zich tegen jullie allemaal gekeerd. Als jij hem niet doodt, laat mij het dan doen. Dan mag je me naar het goud van mijn vader brengen. En dan zal ik graag met je meegaan naar Moskou. In het andere geval wacht ik liever hier mijn kansen af.'

Pekkala dacht aan de jongen zoals hij die destijds had gekend, die nu geen blijk meer gaf van een zacht karakter, maar slechts blinde woede toonde. 'Wat er met u gebeurd, Aleksej?'

'Wat er gebeurd is, is dat jij me hebt verraden, Pekkala. Je bent geen haar beter dan je broer. Als jij er niet was geweest, zou mijn familie nu nog leven.'

Pekkala kon nauwelijks nog ademen. Het was alsof zijn keel werd dichtgesnoerd. 'Wat u ook over mij verkiest te denken,' zei Pekkala, 'ik ben hiernaartoe gekomen om u te zoeken en u te helpen als ik dat kon. We zijn allemaal slachtoffers van de revolutie. Sommigen hebben eronder geleden, anderen hebben ervóór geleden, maar allemaal hebben we geleden, hoe dan ook. En daar zal het goud niets aan veranderen, hoeveel het ook is.'

Er verscheen een vreemde blik op het gezicht van Aleksej.

Het duurde even voordat Pekkala begreep waarom. Lang voordat het lot zich tegen de familie keerde had hij al medelijden gehad met de tsarevitsj, en nu beklaagde Aleksej hem, realiseerde Pekkala zich.

Aleksej keek naar Anton, die languit in een plas van zijn eigen, met alcohol verdunde bloed lag. Toen duwde hij Kirov opzij en ging naar binnen.

Alsof zijn benen het ineens begaven plofte Pekkala op de grond.

Kirov knielde naast Anton neer. 'We moeten met hem naar een dokter,' zei hij.

Pekkala tilde Anton op, legde hem op de achterbank van de Emka, en terwijl Kirov achterbleef om Aleksej te beschermen, reed hij naar het politiebureau. Kropotkin stapte in, en gedrieën reden ze naar de praktijk van ene Boelygin, de enige arts in de stad.

Onderweg vertelde Pekkala aan Kropotkin dat Aleksej zich nu in het huis van Ipatjev bevond.

'Goddank,' herhaalde Kropotkin ettelijke keren.

Pekkala vertelde ook van Grodek en verzocht Kropotkin op te bellen naar het Bureau Speciale Operaties en gewapende begelei-ding aan te vragen voor de reis van de tsarevitsj naar Moskou. 'In de tussentijd heb ik voor de bewaking van het huis zoveel agenten no-dig als je kunt missen,' zei Pekkala.

'Ik zal ervoor zorgen zodra we uw broer bij Boelygin hebben af-geleverd.'

'Niemand mag weten dat de tsarevitsj er is,' zei Pekkala. 'Ook de agenten die het huis bewaken niet.' Pekkala besefte dat zodra be-kend werd dat Aleksej daar was, het huis van Ipatjev belegerd zou worden en dat zelfs degenen die het beste met hem voorhadden een bedreiging konden vormen. Hij dacht aan de ramp die tijdens de kroningsplechtigheden van de tsaar op het Chodynkaveld in Mos-kou had plaatsgevonden. De menigte die bijeen was gekomen om hiervan getuige te zijn was opgedrongen naar de tafels met voedsel die voor het publiek waren klaargezet. Honderden mensen waren in het gedrang om het leven gekomen, en in de huidige omstandig-heden zou dat nog erger kunnen worden, vooral doordat de terro-rist Grodek vrij rondliep.

Boelygin was een kalende man met een emotieloze uitdrukking op zijn gezicht en een kleine mond, die als hij praatte nauwelijks bewoog. Anton was nog steeds bewusteloos toen Boelygin hem op een operatietafel legde en met een lichtje in zijn beide ogen scheen. 'Hij heeft een hersenschudding, maar levensbedreigend is het volgens mij niet. Ik wil hem hier houden ter observatie. Binnen enkele uren zal hij wel weer bijkomen, maar mocht zijn toestand verergeren, dan zal ik u dat onmiddellijk laten weten.'

Op de terugweg naar het huis van Ipatjev zette Pekkala Kropotkin bij het politiebureau af.

'Ik heb vaker meegemaakt dat uw broer een pak slaag kreeg,' zei Kropotkin. 'Dus een keer extra zal hem de das niet omdoen. Ik zal uitkijken naar die Grodek. En laat het me verder weten als u hulp nodig hebt.

Toen hij bij het huis van Ipatjev aankwam, trof Pekkala Kirov zittend aan de keukentafel aan. Hij zat te lezen in Pekkala's exemplaar van de *Kalevala*.

'Hoe is het met je broer?' vroeg Kirov.

'Hij komt er wel bovenop,' zei Pekkala. 'Waar is Aleksej?'

Kirov knikte in de richting van de trap. 'Boven. Hij zit daar maar een beetje te zitten. Hij is niet erg spraakzaam.'

'Sinds wanneer lees jij Fins?' vroeg Pekkala.

'Ik kijk alleen naar de plaatjes,' zei Kirov.

'Er zijn troepen vanuit Moskou onderweg,' zei Pekkala. 'Ik zal het Aleksej gaan vertellen.'

'Je moet een nieuw exemplaar van het boek zien te krijgen,' riep Kirov naar Pekkala terwijl hij de kamer uit liep.

'Wat is er mis met dit exemplaar?' vroeg Pekkala.

'Het zit vol gaatjes.'

Pekkala bromde wat en liep door. Pas halverwege de trap bleef hij stilstaan. Hij draaide zich om en rende terug naar de keuken. 'Hoe bedoel je, het zit vol gaatjes?'

Kirov hield een pagina op. Het licht dat door het keukenraam naar binnen scheen priemde door de over de pagina verspreide gaatjes. 'Zie je wel?'

Pekkala stak een trillende hand uit. 'Geef hier.'

Kirov sloeg het boek dicht en reikte het hem aan. 'Er zitten mij te veel klinkers in jouw taal,' zei hij.

Pekkala pakte een lantaarn van de keukenplank en liep naar de kelder, en daar, in het donker onder aan de trap, stak hij de lantaarn aan en zette die voor zich neer.

Hij dacht terug aan wat de non had gezegd: dat de tsaar om berichten naar buiten te smokkelen zonder dat de bewakers het wisten de methode hanteerde om met een naald letters op de pagina's te markeren. Pekkala herinnerde zich nu ook die dag bij zijn huisje, toen de tsaar het boek kwam terugbrengen. Op dat moment had Pekkala gedacht dat de tsaar maar wat zei, maar nu hij de pagina's een voor een bekeek, zag hij de gaatjes waarmee de verschillende letters waren gemarkeerd.

Pekkala haalde zijn notitieboekje tevoorschijn en begon de letters boven de gaatjes te noteren en woorden te vormen.

Hij had er maar enkele minuten voor nodig om het bericht te ontcijferen. Toen hij klaar was, rende hij met het boek en de lantaarn de trap weer op. Hij rende de gang door en verder naar boven. Daar rende hij de gang door tot hij Aleksej zag.

Hij zat in een voor de rest lege kamer in een stoel bij het raam.

'Aleksej,' zei Pekkala, buiten adem.

Aleksej draaide zich om. In zijn handen had hij een Russische legerrevolver.

Pekkala schrok toen hij het wapen zag. 'Waar hebt u die vandaan?' vroeg hij.

'Denk je dat ik ongewapend rond zou lopen?'

'Legt u die alstublieft weg,' zei Pekkala.

'Het lijkt erop dat mijn keuzemogelijkheden uitgeput zijn.'

Nu hij Aleksej zo zag, vroeg Pekkala zich af of de tsarevitsj overwoog om zelfmoord te plegen.

'Ik weet waar hij is,' zei Pekkala.

'Waar wie is?'

'De schat. U had gelijk. Uw vader heeft het me wel verteld.'

Aleksej kneep zijn ogen half dicht. 'Je bedoelt dat je tegen mij hebt gelogen?'

'Nee!' riep Pekkala. 'Hij heeft in dit boek een boodschap achtergelaten. Een verborgen boodschap. Ik wist tot voor kort niet van het bestaan ervan.'

Langzaam kwam Aleksej overeind. Hij stopte de revolver in zijn zak. 'Nou, waar dan?'

'Vlakbij. Ik kan u er zo naartoe brengen.

'Zeg het me maar,' zei Aleksej. 'Dat is voldoende.'

'Het is belangrijk dat ik er u zelf naartoe breng. Ik zal het onderweg uitleggen.'

'Goed,' zei Aleksej, 'maar laten we geen tijd meer verspillen.'

'We gaan er meteen heen,' zei Pekkala.

Onder aan de trap liepen ze Kirov tegen het lijf. Pekkala vertelde wat ze gingen doen.

'Stond het gewoon in dat boek?' vroeg Kirov.

'Ik zou er nooit achter zijn gekomen als jij die gaatjes niet had opgemerkt.'

Kirov keek verbaasd op. 'En het is vlakbij, zeg je?'

Pekkala knikte.

'Ik haal de auto,' zei Kirov.

'Nee,' zei Aleksej. 'Dit is iets tussen Pekkala en mij. Hij is de enige die ik vertrouw. Zodra we terug zijn rijd ik met jullie mee naar Moskou, dat beloof ik.'

'Het is in orde,' zei Pekkala sussend. 'Wij gaan met z'n tweeën.'

'Weet je het zeker?' vroeg Kirov.

'Ja,' zei Pekkala. 'Iemand moet hier blijven voor het geval de arts opbelt over Anton. We zijn over een uurtje terug.' Hij gaf het boek aan Kirov. 'Pas hier goed op,' zei hij.

'Waarom wil je me niet vertellen waar we naartoe gaan?' vroeg Aleksej in de Emka, terwijl ze Sverdlovsk met grote snelheid achter zich lieten.

'Dat doe ik als we er zijn,' zei Pekkala.

Aleksej glimlachte. 'Goed, Pekkala. Ga je gang maar. Ik heb hier lang op gewacht, dus een paar minuten kunnen er nog wel bij. En natuurlijk blijf jij niet met lege handen achter. Er zit voor jou ook iets in.'

'Houdt u dat zelf maar, hoogheid,' zei Pekkala. 'Ik hoop dat de schat van uw vader enigszins opweegt tegen alles wat zijn dood heeft betekend.'

Aleksej hief zijn handen op en lachte weer. 'Wat je wilt, Pekkala!'

De Emka sloeg van de weg naar Moskou af en reed een hobbelige zandweg op. Modderwater spatte omhoog. Even later reed Pekkala de onverharde weg af en een veld met hoog gras in. Het veld was omgeven door dichte bossen. Aan het andere einde rees op een vervallen bouwsel een scheve schoorsteen omhoog. Het hoge gras werd door de bumper van de Emka neergeslagen. Toen ze ten slotte tot stilstand kwamen, zette Pekkala de motor af. We zijn er,' zei hij. 'We moeten alleen nog het laatste stukje…'

'Maar dat is de oude mijn,' zei Aleksej. 'Waar de lijken zijn gedumpt.'

Pekkala stapte uit. 'Komt u mee,' zei hij.

Aleksej stapte ook uit en sloeg het portier van de Emka dicht. 'Dit is geen grap, Pekkala! Je had beloofd me naar het goud te brengen.'

Pekkala liep naar de rand van de mijnschacht en staarde in het donkere gat. 'Het is geen goud, de schat.'

'Wat?' Aleksej wilde niet in de buurt van de put komen en week achteruit.

'Het zijn diamanten,' zei Pekkala, 'en robijnen en parels. De tsaar had ze in speciaal daarvoor gemaakte kleding laten naaien. In zijn boodschap vermeldde hij niet hoeveel het er waren of in wiens kleding ze zaten. Waarschijnlijk die van uw ouders en oudere zussen. Vanwege uw kwaal zal hij van u niet hebben verwacht dat u zo'n extra gewicht met u zou meedragen, en hoe minder u wist, des te veiliger het zou zijn. Ik vertel u dit nu pas, Aleksej, omdat ik niet wilde dat u overstuur zou raken. De lichamen liggen hier namelijk nog. Bij hen zullen we de edelstenen aantreffen.'

'Edelstenen?' Aleksej leek in verwarring. 'Ja,' zei Pekkala, 'meer dan de meeste mensen zich ook maar kunnen voorstellen.'

Aleksej knikte. 'Goed, Pekkala, ik geloof je. Maar ik durf niet in die mijn naar beneden.'

'Dat begrijp ik,' zei Pekkala. 'Ik zal het zelf doen.' Hij haalde de sleepkabel tevoorschijn en maakte het uiteinde vast aan de bumper van de Emka. Daarna gooide hij de rol de duisternis in. Suizend door de lucht wikkelde het touw zich af. Van ver in de diepte klonk een klap toen het tegen de grond sloeg. Hij pakte Antons zaklantaarn uit het dashboardkastje en haalde uit de kofferbak de leren tas tevoorschijn die hij had uit het bos van Krasnagoljana had meegenomen. 'Ik zal de stenen hierin doen,' zei hij. 'Misschien gaat het niet in één keer. Ik weet niet of ik met die tas in de hand wel naar boven kan klimmen.' Hij knipte de zaklantaarn aan zonder te weten of die het nog wel zou doen, maar de wanden van de mijn baadden in het licht. Pekkala slaakte een zucht van opluchting dat Kirov eraan had gedacht om de batterijen te vervangen.

Aan de rand van de put aarzelde Pekkala. De angst sloeg zijn vleugels uit. Hij deed zijn ogen dicht en ademde langzaam uit.

'Wat is er?' vroeg Aleksej.

'Wilt u het touw omhooghouden? Anders schuurt het over de rand van de mijnschacht en kan ik er geen grip op krijgen. Zodra ik op weg ben naar beneden kan ik het zelf verder wel.'

Aleksej pakte het touw. 'Zo, op deze manier?' vroeg hij.

'Het hangt nog steeds te laag.'

Aleksej liep op hem af, omklemde het ruwe bruine henneptouw en tilde het onder het lopen op.

'U moet nog dichter bij me komen staan,' zei Pekkala. 'Totdat ik mijn voeten tegen de wand van de mijnschacht kan zetten. Dan gaat het verder goed.'

Nu stonden ze nog maar een armlengte van elkaar. Hun handen raakten elkaar bijna.

Pekkala keek Aleksej aan. 'Nog even,' zei hij.

Aleksej glimlachte. Hij had een rood hoofd gekregen van de inspanning die het hem kostte om het zware touw op te houden. 'Ik zal dit niet vergeten,' zei hij.

Net toen Pekkala klaar was om zich langs de mijnwand naar beneden te laten zakken, viel zijn blik op de grillige witte lijn van een oud litteken op Aleksejs voorhoofd. Hij keek er in verwarring naar en bedacht dat een hemofilielijder aan zo'n wond waarschijnlijk overleden zou zijn. Toen was het alsof er op Aleksejs gezicht een spookbeeld oplichtte, waardoor Pekkala een glimp opving van een heel andere persoon. Hij werd ineens teruggevoerd naar het verre verleden, naar een koude dag in Petrograd. Hij stond op een brug met zicht op de Neva. Voor hem stond Grodek, met een van angst vertrokken gezicht bij het vooruitzicht van de brug te springen. Toen Grodek langs hem heen probeerde te ontkomen, liet Pekkala de loop van de Webley op diens hoofd neerkomen. Grodek viel languit op de met smurrie bedekte grond. In zijn voorhoofd had hij een enorme jaap op de plaats waar de loop van de revolver was neergekomen. Het was dezelfde wond, de paarse duizendpoot die doorliep tot over zijn haarlijn en die hij gedurende het hele proces had geweigerd met pleisters te bedekken. Het litteken was vervaagd, waardoor het bijna onzichtbaar was geworden. Maar nu, nu de huid eromheen rood van inspanning was, was de oude wond weer tevoorschijn gekomen.

'Grodek,' fluisterde Pekkala.

Grodek glimlachte. 'Het is te laat, Pekkala. Je had naar je vrienden moeten luisteren, maar je wilde het te graag geloven.'

'Wat heb je met hem gedaan?' riep Pekkala. 'Wat heb je met Aleksej gedaan?'

'Hetzelfde als met de anderen,' zei hij. Toen liet Grodek het touw los.

Het touw schoot naar beneden, maar omdat het nog aan de bumper vastzat, werd het bijna uit Pekkala's handen gerukt. Hij wankelde achteruit en probeerde zijn evenwicht te hervinden. Maar hij hing al te ver over de mijnschacht. Hij viel naar achteren.

Omdat hij het touw omklemde, gleed hij er met schrijnende handen langs naar beneden. Terwijl de lucht langs hem heen gierde, schopte hij tegen de wand van de mijnschacht, en ineens bleef zijn voet haken aan een uitsteeksel. Hij kneep zijn handen dicht rond het touw. De huid van zijn handen was opengescheurd en geschroeid door de wrijvingshitte, maar hij was vast blijven houden. Met een schok werd zijn ruggengraat achterovergedrukt, waarna hij tot stilstand kwam. Pekkala zwaaide heen en weer en bonkte tegen de stenen. Hij moest moeite doen om op adem te komen. Voorzichtig boog hij zijn knie en probeerde hij met zijn voet een steunpunt te vinden. Net toen hij dacht dat dit hem gelukt was, schoot zijn voet los. Toen hij verder naar beneden viel en nog steeds vasthield, moest zijn volle lichaamsgewicht door zijn schouders worden gedragen. Hij schreeuwde het uit van pijn. Zijn handen voelden aan alsof ze in het vuur gehouden werden. Deze keer liet hij het touw los. Hij tuimelde wilde om zich heen schoppend in de duisternis naar beneden. Het zwart kreeg vorm en schoot van benedenaf op hem toe. Hij kwam met zo'n klap op de bodem neer dat alle lucht uit zijn longen geslagen werd. Hij kon geen adem meer halen en rolde, om zich heen klauwend en tevergeefs happend naar lucht, in het stof over de grond. Terwijl zijn bewustzijn al vervaagde boog hij zich voorover, zodat zijn voorhoofd de grond raakte, en door die buiging van zijn lichaam kwamen zijn longen weer vrij. Hij zoog lucht naar binnen die vervuld was van de stank van verrotting.

Boven aan de put verscheen het gezicht van Grodek. 'Kun je me horen, Pekkala?'

Pekkala kreunde. Hij haalde nog een keer adem.

'Pekkala!'

'Waar is Aleksej?' riep Pekkala.

'Allang dood,' zei Grodek. 'Maak je geen zorgen, Pekkala. Je had er niets aan kunnen doen. Hij is in dezelfde nacht gestorven als de rest van de familie. Ik had hem in leven gelaten voor het geval ik een gijzelaar nodig had. Maar toen ik de lichamen dumpte, is hij uit de vrachtwagen gestapt en heeft hij geprobeerd te ontkomen. Ik waarschuwde Aleksej dat hij moest blijven staan, omdat ik anders zou schieten, maar hij rende door. Daarom moest ik schieten. Hij ligt aan de rand van dit veld begraven. Ik had geen andere keuze.'

'Geen andere keuze?' riep Pekkala. 'Geen van hen verdiende het om te sterven!'

'Maria Balka ook niet,' zei Grodek. 'Maar dat verwijt ik jou niet, Pekkala. Ik heb jou nooit als mijn vijand beschouwd. Vanaf die dag op de brug tot vandaag volgen jij en ik wegen die we niet zelf hebben bedacht. Maar of we ze nu wel of niet zelf hebben gekozen, onze paden kruisen elkaar hier en nu. Dat heb je aan je broer te danken. Want hij nam contact met me op toen die krankzinnige fotograaf besloot opening van zaken te geven. Ik zou de man nooit in leven hebben gelaten, maar de tsaar drong daarop aan. En toen Stalin besloot om jou op de zaak te zetten, dacht ik dat we toch nog de kans kregen om dat goud te vinden. Als ik had geweten dat we niet zochten naar goud, zou ik het misschien wel eerder hebben gevonden.'

'Datgene waarvoor je gekomen bent, krijg je niet in handen,' zei Pekkala. 'Ik weet dat je te bang bent om hier naar beneden te komen.'

'Je hebt gelijk,' zei Grodek. 'Jij gaat het voor me doen. Jij stopt de edelstenen in die leren tas, en die bind je aan het touw. Dan hoef ik niks anders te doen dan dat omhoog te halen.'

'Waarom zou ik dat voor je doen?' vroeg Pekkala.

'Omdat ik in dat geval in de auto stap, waarna je me nooit meer terugziet. Als je het daarentegen niet doet, ga ik terug naar de stad en maak ik je broer af. En die volkscommissaris gaat er ook aan. Ik wil dat niet, Pekkala. Ik weet dat je vindt dat het bloed van de Romanovs aan mijn handen kleeft, maar de realiteit is dat ze het over zichzelf hebben afgeroepen. En voor je broer geldt hetzelfde. Hij heeft het over zichzelf afgeroepen. Toch heeft hij het niet verdiend om te sterven. Hij geloofde je toen je tegen hem zei dat je de schat van de tsaar niet kon vinden. Maar ik dacht dat je er uiteindelijk wel de hand op zou leggen, en ik had gelijk. Ondertussen moest ik hem blijven bedreigen. Toen hij bont en blauw geslagen uit de kroeg kwam, kwam dat doordat ik hem met zijn hoofd tegen de muur had geramd. Toen ik met het idee kwam om te doen alsof ik Aleksej was, zei hij dat hij er niet mee door kon gaan. Ik zei dat ik jou zou vermoorden als hij mijn naam noemde. Hij wist dat ik dat inderdaad zou doen, dus heeft hij zijn mond gehouden. Toen jij zelf ontdekte dat ik hier was, wilde hij je waarschuwen. Daarom moest ik hem de mond snoeren. Hij heeft je leven gered, Pekkala. Het minste wat jij nu kunt doen, is het zijne redden.'

'Als ik je de edelstenen geef,' riep Pekkala, 'wat doe jij dan? Laat je me hier wegrotten?'

'Ze vinden je wel, Pekkala. Als we binnen een uur niet terug zijn, zal die volkscommissaris de boodschap in het boek ontcijferen, en dan haalt hij je hier nog voor het vallen van de avond uit. Maar alleen als je opschiet. Ik geef je vijf minuten, Pekkala. Meer niet. Als ik die stenen dan niet heb, laat ik je hier achter en zul je sterven tussen de lijken van je gebieders. En als je broer en Kirov dood zijn, is er in Sverdlovsk niemand meer die je zal weten te vinden. Tegen de tijd dat ze erachter komen, ben jij alleen maar nóg een lijk in het donker.'

'Hoe weet ik dat je woord houdt?'

'Dat weet je niet,' zei Grodek. 'Maar als jij mij die edelstenen geeft, Pekkala, heb ik datgene waarvoor ik ben gekomen en blijf ik hier niet langer rondhangen dan nodig is. En schiet nu op! De tijd dringt.'

Pekkala begreep dat hij geen andere keuze had dan te doen wat Grodek zei.

Tastend over de grond vond Pekkala ten slotte zijn tas. Hij sloeg de klep omhoog, haalde zijn zaklantaarn eruit en knipte die aan.

Uit het donker doemden de gehavende en gemummificeerde gezichten van de Romanovs op. Ze lagen er nog net zo bij als hij hen had achtergelaten. Tussen de resten van hun halfvergane kleren lichtten hier en daar weerkaatsingen op van het licht van de zaklantaarn op metaal en botten.

Geknield voor het lijk van de tsaar pakte Pekkala de uniformjas van de dode vast en scheurde moeiteloos het textiel open, waardoor er een stofwolkje opvloog. Onder de uniformjas zat een vest van zware witte katoen, een soort zeildoek. Het leek hem een soort vest dat schermers ter bescherming dragen. Het was van geribbelde stof met vele rijen stiksel, en tussen die rijen voelde Pekkala de bobbels waar de edelstenen erin waren genaaid. Het vest was dichtgeknoopt met strikken in plaats van knopen, en die strikken waren stevig aangetrokken. Hij trok aan de uiteinden tot ze braken, en daarna legde hij zo voorzichtig als hij kon de tsaar op zijn buik, scheurde de uniformjas verder open en trok hem het vest over zijn uitgeteerde armen uit. Het was zwaar. Hij gooide het opzij.

'Drie minuten, Pekkala!' riep Grodek naar beneden.

Zo snel als hij kon trok Pekkala ook de anderen hun vest uit. Elk vest was van hetzelfde ontwerp, op maat gemaakt voor degene die het droeg. Nadat hij het laatste vest had uitgetrokken, keerde Pekkala zich af van de halfnaakte lijken wier op papier lijkende vlees zo was ingeteerd dat het, omgeven door de flarden halfvergane kleren, strak om hun botten zat.

'Eén minuut, Pekkala!'

Hij probeerde de vesten in de tas te proppen, maar daar paste maar de helft in. 'Je zult de tas weer naar beneden moeten gooien. Niet alles past erin.'

'Bind hem aan het touw!'

Meteen daarop werd de leren tas bruusk omhooggehesen, en links en rechts tegen de wanden stotend schoot hij naar boven. Hij hoorde Grodek lachen.

Even later viel de lege tas, nog aan het henneptouw gebonden, in het stof. Pekkala propte de overige vesten erin, waarna ook die naar boven werden gehesen.

Van heel veraf hoorde hij een schot. Het was een geluid alsof er een droge tak in tweeën werd gebroken. Het kwam van boven. Toen riep iemand iets. Het was Anton, die zijn naam riep.

Pekkala klauterde overeind.

Nu hoorde hij ook de stem van Grodek en die van Kirov, en hun geschreeuw werd afgewisseld met schoten. Hij tuurde omhoog naar de lichtvlek boven aan de put. Er klonk een schreeuw, en ineens werd het licht van bovenaf verduisterd. Pekkala zag iets wat op een enorme zwarte vogel leek. Maar het was een vallende man. Hij had nauwelijks tijd om een stap naar achteren te doen voordat het lichaam tegen de grond sloeg.

Pekkala haastte zich naar de plaats waar de man op zijn buik lag. Hij kon niet meteen zien wie het was. Pas toen hij het lichaam omdraaide drong het tot hem door dat het Anton was. Hij was zwaargewond door de val. Anton knipperde met zijn ogen en sloeg ze toen open. Hij hoestte bloed en ademde zwaar. Toen hief hij een hand op en pakte Pekkala bij zijn arm. Pekkala sloeg zijn armen om hem heen, terwijl hij voelde hoe Antons greep zwakker werd. In die laatste momenten, terwijl het leven van zijn broer in de duisternis wegebde, gingen Pekkala's gedachten terug naar de tijd dat Anton en hij nog kinderen waren en op hun slee van de houthakkersheuvel af reden. Pekkala had zelfs even de indruk dat hij boven het ruisen van de slee over de bevroren grond hun gelach kon horen. Ten slotte blies Anton met een zucht zijn laatste adem uit. Zijn hand gleed weg. Het visioen dat Pekkala nog maar net tevoren zo duidelijk voor ogen had gestaan, loste op in grijze fragmenten die steeds verder uit elkaar dreven, totdat uiteindelijk het beeld geheel en al verloren ging en hij wist dat zijn broer dood was.

Pekkala's hele lijf voelde als verdoofd aan. De pijn van de door het touw veroorzaakte brandwonden aan zijn handen en de pijn die hij van zijn knieën tot aan zijn schouders voelde, leken zich diep in zijn binnenste tot een oorverdovende leegte samen te voegen. Zijn hartslag leek trager te worden, als een slinger die tot stilstand komt. Zijn hele leven keerde voor zijn gevoel terug naar de kern ervan, naar een kruispunt waarop je ofwel sterft, ofwel opnieuw moet beginnen. Hij sloot zijn ogen, en in een duisternis als van blindheid voelde Pekkala hoe de dood zijn armen om hem heen sloeg.

Toen hoorde hij een geruis. Het touw kwam met een klap naast hem neer. 'Even volhouden nog,' riep Kirov naar hem. 'Ik haal je eruit.'

Weer vouwde Pekkala zijn handen om het ruwe henneptouw. Weer voelde hij de pijn, maar hij dwong zichzelf om die te negeren. Boven hoorde hij een automotor draaien, en toen voelde hij hoe hij werd opgetild. Terwijl zijn voeten van de aarde loskwamen, keek hij naar zijn broer, die naast de lijken van de Romanovs lag alsof hij daar al die tijd bij hen had gelegen. Toen was hij nog slechts omringd door de zwarte wanden van de mijnschacht.

Even later trok Kirov hem naar het aardoppervlak.

Het eerste wat Pekkala zag was Grodek. Hij lag op zijn buik, met de handen geboeid op zijn rug en de vingers gekromd als de klauwen van een dode vogel. Grodek had een schouderwond, en zijn overhemd was met bloed doorweekt.

'Je moet hem tegenhouden,' hijgde Grodek. 'Hij zegt dat hij me gaat vermoorden.'

Aan de andere kant van het veld stond, half schuilgaand in het hoge gras, een andere auto. De voorruit was door kogels verbrijzeld. Stoomwolken welden op uit de doorzeefde radiator, en in het glanzend zwarte plaatwerk waren zilverige korstjes te zien op de plekken waar de kogels het metaal hadden doorboord.

Kirov zette zijn voet op Grodeks rug en drukte zijn hak in de kogelwond.

Grodek gilde het uit van de pijn.

Kirov toonde uiterlijk geen emotie.

'Hoe heb je me gevonden?' vroeg Pekkala.

'Zodra je broer wakker werd, heeft hij de auto van de dokter geleend en mij opgehaald. Hij heeft me van Grodek verteld. Eerst hadden we geen van beiden enig idee waar je naartoe was, maar toen herinnerde ik me het boek. Ik heb het bericht ontcijferd, en we zijn zo snel als we konden hiernaartoe gekomen. Toen we bij het veld kwamen, probeerde ik te verhinderen dat Grodek zou vluchten, terwijl Anton van opzij op hem af ging. Grodek zag hem echter en opende het vuur op hem. Anton raakte gewond, en toen sleepte Grodek je broer naar de rand van de mijnschacht en gooide hij hem erin.' Kirov trok Grodek aan zijn handboeien overeind. 'En nu gaan we de rekening vereffenen.'

Grodek schreeuwde het uit toen zijn armen naar achteren werden getrokken.

'Ik hoor dat je last hebt van hoogtevrees,' zei Kirov terwijl hij Grodek naar de mijnschacht sleepte.

Kirov hield hem over de rand.

Grodek kronkelde en smeekte om genade.

Kirov hoefde hem alleen maar los te laten. Hij stond op het punt een grens te overschrijden die elke terugweg onmogelijk maakte. Kirov leek een ander soort man geworden te zijn dan de jeugdige volkscommissaris met wie Pekkala in het bos had kennisgemaakt, ettelijke levens geleden. Pekkala voelde zich niet in staat te verhinderen wat er stond te gebeuren. Anderzijds wilde hij ook wel dat hij het zou doen, want hij realiseerde zich dat als Kirov die grens nu niet overschreed, er zeker een moment zou komen dat hij geen andere keuze meer had. Pekkala vond echter dat hij niet werkeloos kon toezien hoe Kirov zijn gang ging. In het besef dat het misschien al te laat was, riep hij Kirov toe dat hij moest ophouden.

Even leek Kirov in verwarring, als iemand die ontwaakt uit een hypnose. Toen leunde hij naar achteren en trok Grodek aan zijn handboeien weg van het gat.

Grodek viel op zijn knieën.

Pekkala liep naar de vesten. Ze lagen op een hoop, en het witte katoen leek in het daglicht vlekkerig en broos. Hij tilde er een op en hield het omhoog. Hij voelde het gewicht aan zijn arm trekken. Het halfvergane textiel scheurde open, en een golf diamanten, sprankelend als water in het zonlicht, stroomde over de grond.

Een week later was Pekkala in Moskou.

Hij zat in een kamer met een houten lambrisering en hoge ramen omlijst door roodfluwelen gordijnen met uitzicht op het Rode Plein. In een hoek van de kamer stond een achttiende-eeuwse Thomas Listerklok, oorspronkelijk afkomstig uit het Catharinapaleis, geduldig de seconden weg te tikken.

Het bureau voor hem was leeg, afgezien van een lege houten pijpenstandaard.

Hij wist niet hoe lang hij daar al zat te wachten. Af en toe keek hij naar de grote dubbele deuren. Buiten op het plein hoorde hij soldaten marcheren.

Een droom die hij de vorige nacht had gehad ging nog door zijn hoofd. Hij zat in Sverdlovsk op zijn fiets en vloog zonder remmen naar beneden, weer recht op de eendenvijver af. Net als eerder was gebeurd kwam hij in het water terecht en raakte hij doorweekt en bedekt met waterplanten. Toen hij overeind kwam, zag hij in het riet aan de overkant van de vijver iemand staan. Het was Anton. Zijn hart sprong op toen hij zijn broer zag. Pekkala probeerde in beweging te komen, maar merkte dat hij dat niet kon. Hij riep naar Anton, maar deze leek hem niet te horen. Toen draaide Anton zich om en liep weg, waarna de biezen zich om hem heen sloten. Pekkala bleef daar lang staan – zo leek het althans in de droom – en vroeg zich af wanneer hij de vijver zou kunnen doorwaden. Dan zou hij, net als Anton, aan de overkant staan, zonder pijn, woede of verdriet terugkijken naar de plaats waar hij vandaan was gekomen, en vervolgens zou ook hij verdwijnen in de wereld die voorbij het water lag.

Plotseling ging er een deur open in de muur achter het bureau. De deur leek zo op de houten panelen dat Pekkala niet eens had gezien dat die daar was.

De man die de kamer betrad droeg een effen, bruingroen wollen pak, waarvan het jasje ouderwets militair gesneden was, zodat de korte opstaande kraag om de keel sloot. Zijn donkere haar, met strepen grijs boven de oren en aan de slapen, was strak naar achteren gekamd, en onder zijn neus droeg hij een borstelige, dikke snor. Als hij glimlachte, gingen zijn ogen dicht als die van een tevreden kat. 'Pekkala,' zei hij.

Pekkala kwam overeind. 'Kameraad Stalin.'

Stalin ging tegenover hem zitten. 'Neem plaats,' zei hij.

Pekkala ging weer in zijn stoel zitten.

Even sloegen de twee mannen elkaar in stilte gade.

Het was net alsof de klok harder ging tikken.

'Ik zei toch al toch dat we elkaar weer zouden ontmoeten, Pekkala.'

'Alleen zijn de omstandigheden plezieriger dan de eerste keer.'

Stalin leunde achterover en keek de kamer rond alsof hij er nooit eerder echt aandacht aan had besteed. 'Zeker, het is nu allemaal plezieriger.'

'U wilde me spreken?'

Stalin knikte. 'Conform je verzoek zal worden bekendgemaakt dat de teruggave van de edelstenen van de tsaar aan het volk van de Sovjet-Unie te danken is aan luitenant Kirov, of eigenlijk moet ik nu zeggen' – Stalin krabde aan zijn kin – 'majoor Kirov.'

'Bedankt dat u me dat laat weten,' zei Pekkala.

'Het staat je nu vrij om te gaan, zei Stalin. 'Tenzij je er natuurlijk over zou denken om te blijven.'

'Blijven? Nee, ik ga naar Parijs. Ik heb daar een afspraak met iemand die ik al veel te lang heb laten wachten.'

'Ah,' zei hij. 'Ilja, hè?'

'Ja.' Het maakte Pekkala zenuwachtig dat hij hem haar naam hoorde noemen.

'Ik heb wat informatie over haar.' Stalin sloeg hem nauwlettend gade, alsof de twee mannen aan het kaarten waren. 'Sta me toe die met je te delen.'

'Informatie?' zei Pekkala. 'Wat voor informatie?' Als haar maar niets mankeert, dacht hij, als ze maar niet ziek is of nog erger. Niet dat.

Stalin trok aan zijn kant van het bureau een la open. Het droge hout piepte. Hij haalde een foto tevoorschijn. Even bleef hij ernaar kijken, waardoor Pekkala niet anders kon dan naar de achterkant van de foto kijken en zich afvragen wat er in godsnaam aan de hand was.

'Wat is er?' vroeg Pekkala. 'Is alles wel goed met haar?'

'O, ja,' zei Stalin. Hij legde de foto neer, zette zijn wijsvinger erop en schoof hem Pekkala toe.

Pekkala pakte hem op. Het was Ilja. Hij herkende haar meteen. Ze zat aan een cafétafeltje. Achter haar, op de luifel van het etablissement, stond *Les Deux Magots*, las Pekkala. Ze lachte. Een sterk, wit gebit had ze. Met tegenzin keek Pekkala naar de man die naast haar zat. Hij was mager en had donker, steil achterovergekamd haar. Hij droeg een colbertje en stropdas en had een sigaret tussen zijn duim en wijsvinger. Hij hield de sigaret vast op de Russische manier: met het brandende uiteinde boven zijn handpalm, alsof hij de as die eraf dreigde te vallen wilde opvangen. Ook de man glimlachte, net als Ilja. Beiden keken naar een voorwerp dat zich links van de camera bevond, aan de andere kant van het tafeltje. Hij herkende het eerst bijna niet, omdat het zo lang geleden was dat hij zo'n ding had gezien. Het was een kinderwagen, met de kap omhoog om de baby van het zonlicht af te schermen.

Pekkala besefte dat hij was opgehouden te ademen. Hij moest zichzelf dwingen zijn longen vol te zuigen.

Stalin zette zijn vuist tegen zijn lippen. Zachtjes schraapte hij zijn keel, alsof hij Pekkala eraan wilde herinneren dat hij niet alleen in de kamer was.

'Hoe komt u hieraan?' vroeg Pekkala met ineens schorre stem.

'We weten alles van iedere Russische emigrant in Parijs.'

'Is ze in gevaar?'

'Nee,' zei Stalin. 'En dat zal ze ook in de toekomst niet zijn. Dat verzeker ik je.'

Pekkala staarde naar de kinderwagen en vroeg zich af of het kind haar ogen had.

'Je moet het haar niet kwalijk nemen,' zei Stalin. 'Ze heeft gewacht, Pekkala. Ze heeft heel lang gewacht. Ruim tien jaar. Maar een mens kan geen eeuwigheid wachten, hè?'

'Nee,' beaamde Pekkala.

'En zoals je ziet...' – Stalin wees naar de foto – 'Ilja is nu gelukkig. Ze heeft een gezin. Ze is lerares. Russisch, natuurlijk, aan de prestigieuze École Stanislas. Niemand zou durven zeggen dat ze niet nog steeds van je houdt, Pekkala, maar ze heeft een punt willen zetten achter het verleden. Dat moeten we in ons leven allemaal weleens doen.'

Pekkala probeerde te slikken, maar zijn adamsappel zat vastgeklemd in zijn keel.

Langzaam keek hij op, totdat hij Stalin recht in het gezicht keek. 'Waarom hebt u me dit laten zien?' vroeg hij.

Stalins lippen trilden. 'Zou je liever in Parijs zijn aangekomen om daar een nieuw leven te beginnen en dan merken dat dat weer buiten je bereik was?'

'Buiten bereik?' Het duizelde Pekkala. Zijn gedachten leken van de ene kant van zijn schedel naar de ene kant te schieten, als vissen in een leefnet.

'Je kunt natuurlijk best naar haar toe.' Stalin haalde zijn schouders op. 'Ik heb haar adres, als je het wilt hebben. Maar ze hoeft maar een glimp van je op te vangen om het beetje gemoedsrust dat ze de afgelopen jaren misschien voor zichzelf heeft kunnen veroveren voorgoed weer kwijt te raken. En laten we eens veronderstellen, al was het maar als gedachte-experiment, dat je haar zou kunnen overhalen de man met wie ze getrouwd is te verlaten. Laten we zelfs aannemen dat ze afstand zou doen van haar kind...'

'Stop,' zei Pekkala.

'Zo'n man ben jij niet, Pekkala. Jij bent niet het monster dat je vijanden vroeger dachten dat je was. Als je dat wel was, zou je voor mensen als ik nooit zo'n formidabele tegenstander zijn geweest. Monsters kun je makkelijk de baas. Dat is slechts een kwestie van bloed en tijd, want hun enige wapen is de angst. Maar jij, Pekkala, jij hebt de mensen voor je weten te winnen en je geniet het respect van je tegenstanders. Ik geloof niet dat je begrijpt wat een zeldzaamheid dat is. Je kunt nog steeds rekenen op de velen die je zijn toegedaan.' Stalin gebaarde in de richting van het raam en de bleek-blauwe herfstlucht. 'Ze weten hoe moeilijk jouw werk soms is en aan hoe weinigen het is gegeven om te doen wat gedaan moet wor-den en toch vast te houden aan je menselijkheid. Ze hebben je niet vergeten, Pekkala, en ik geloof niet dat jij hen vergeten bent.'

'Nee,' fluisterde Pekkala, 'ik ben hen niet vergeten.'

'Wat ik wil zeggen, Pekkala, is dat er hier nog plaats voor je is, als je dat wilt.'

Tot dat moment was het idee om te blijven niet bij hem opgeko-men, maar zijn plannen waren nu betekenisloos geworden. Pekka-la besefte dat hij de vrouw van wie hij had gedacht dat ze de zijne zou worden bij wijze van laatste gebaar van genegenheid moest la-ten denken dat hij dood was.

'En niet alleen is er hier plaats voor je,' vervolgde Stalin. 'Je hebt hier ook een doel. Ik weet hoe gevaarlijk je werk kan zijn. Ik ken de risico's die je moet nemen, en ik kan niet beloven dat je hier meer overlevingskansen zult hebben. Maar we hebben behoefte aan ie-mand als jij...' Stalin leek ineens niet verder te kunnen, alsof zelfs hij niet kon begrijpen dat Pekkala zo'n last zou willen blijven dra-gen.

Op dat moment dacht Pekkala aan zijn vader, aan de waardig-heid en het geduld dat hij van de oude man had geleerd.

'De taak waar je voor staat...' Stalin leek naar woorden te zoe-ken.

'... is belangrijk,' zei Pekkala.

'Jazeker.' Stalin zuchtte. 'Die is zeker belangrijk. Voor hen...' Hij gebaarde weer naar het raam, alsof hij het onmetelijk grote land met één armzwaai wilde omvatten. Toen trok hij zijn hand terug en sloeg ermee op zijn borst. 'En voor mij.' Stalin had zijn zelfvertrou-wen herwonnen, en alle verwarring verdween uit zijn gelaatsuit-drukking, alsof zijn gezicht ineens oplichtte. 'Het zal je misschien interesseren dat ik majoor Kirov heb gesproken,' vervolgde hij. 'Hij had een paar verzoeken.'

'Wat wilde hij?'

Stalin gromde. 'Om te beginnen wilde hij mijn pijp hebben.'

Pekkala keek naar de lege pijpenstandaard op het bureau.

'Het was zo'n vreemd verzoek dat ik hem die heb gegeven,' zei Stalin, nog hoofdschuddend van verbazing. 'Het was een goede Engelse bruyèrepijp.'

'En wat wilde hij nog meer?'

'Hij vroeg of hij weer met jou mocht samenwerken als die gelegenheid zich ooit mocht voordoen. Ik hoorde dat hij een fatsoenlijke kok is,' zei Stalin.

'Chef-kok,' zei Pekkala.

Stalin gaf een klap op het bureau. 'Nog beter! Dit is een groot land en het eten is verschrikkelijk, dus het is goed om er zo iemand bij te hebben.'

Van Pekkala's gezicht was nog steeds niets af te lezen.

'Dus...' Stalin leunde achterover in zijn stoel en zette zijn vingertoppen tegen elkaar. 'Zou het Smaragden Oog een assistent kunnen gebruiken?' Pekkala bleef lange tijd zwijgend voor zich uit staren.

'Ik wil een antwoord van je, Pekkala.'

Langzaam kwam Pekkala overeind. 'Goed dan,' zei hij. 'Ik ga meteen weer aan het werk.'

Ook Stalin kwam nu overeind. Hij reikte over het bureau en schudde Pekkala de hand. 'En wat kan ik majoor Kirov zeggen?'

'Zegt u hem maar dat twee ogen meer zien dan één,' zei Pekkala.

Hoe het de Romanovs werkelijk is vergaan

Opmerking over de data

Op 1 februari 1917 werd in Rusland de juliaanse kalender vervangen door de gregoriaanse, die overal elders gold. De juliaanse kalender liep tot maart 1900 twaalf dagen achter op de gregoriaanse, en daarna dertien dagen. Ter wille van de nauwkeurigheid heb ik de data genoteerd zoals de Russen dat zelf zouden hebben gedaan, dus tot aan de datum van omschakeling volgens de juliaanse kalender, en daarna volgens de gregoriaanse.

Februari-maart 1917

De omstandigheden van de Russische soldaten in de strijd tegen de Duitse en Oostenrijks-Hongaarse legers aan het front leiden tot een breekpunt. In de meeste Russische steden, onder meer in Moskou en Petrograd, wordt gestaakt en vinden demonstraties plaats.

Maart 1917

Nicolaas II treedt af en benoemt zijn broer Michail tot de erfgenaam van de Russische troon, daarbij zijn eigen zoon Aleksej passerend, omdat hij meent dat die te jong en te zwak is om de spanningen van het leiden van het land aan te kunnen.

Maart 1917

Michail, die meent dat de situatie al niet meer beheersbaar is, weigert de troon te aanvaarden.

Maart 1917

Nicolaas II en zijn gezin worden onder huisarrest geplaatst op landgoed Tsarskoje Selo bij Petrograd. Er worden plannen gemaakt om de familie in ballingschap naar Groot-Brittannië te laten vertrekken. Na een golf van protest herroept de Britse regering het aanbod.

Mei-juni 1917

De demonstraties en stakingen gaan door. Voedsel- en brandstoftekorten leiden tot wijdverbreide plunderingen.

16 juni 1917

Het Russische leger onderneemt een grootscheepse aanval aan het Oostenrijks-Hongaarse front. De aanval resulteert in een grote nederlaag voor de Russen.

Augustus 1917

Als de situatie in Petrograd verslechtert, besluit de voorlopige regering om de familie Romanov met hun lijfartsen en verpleegkundigen en de privéleraren van de kinderen over te brengen naar de stad Tobolsk in Siberië. Vanaf 6 augustus woont de familie in het herenhuis van de voormalige gouverneur van Tobolsk.

20 november 1917

Rusland opent onderhandelingen met Duitsland over capitulatie.

16 december 1917

De revolutionaire regering gelast herstructurering van het leger. Alle officieren worden democratisch gekozen en de militaire hiërarchie wordt afgeschaft.

23 februari 1918

De *Pravda*, de krant van de Communistische Partij, eist strengere voorwaarden ten aanzien van de gevangenschap van de Romanovs. De familie moet het doen met legerrantsoenen en krijgt te horen dat ze zal worden overgebracht naar een nog afgelegener locatie: de stad Jekaterinenburg ten oosten van de Oeral.

30 april 1918

Onder bewaking van Rode Gardisten, geleid door volkscommissaris Jakovlev komen de Romanovs en enkele leden van hun huishoudelijk personeel per trein aan in Jekaterinenburg. Bij aankomst worden ze op het station opgewacht door een grote, vijandige menigte, die eist dat de Romanovs ter dood gebracht zullen worden. De Romanovs worden geïnterneerd in het huis van een lokale koopman die Ipatjev heet. Om het huis wordt een hoge schutting opgericht en de ramen op de bovenverdieping worden witgekalkt om te verhinderen dat iemand naar binnen of naar buiten kan kijken. De bewakers van het huis van Ipatjev worden gerekruteerd uit de fabrieksarbeiders uit Jekaterinenburg.

22 mei 1918

Het Tsjechisch Legioen, bestaande uit etnische Tsjechen en Slowaken afkomstig uit gebieden die worden overheerst door Oostenrijk-Hongarije, weigert te voldoen aan het bevel van de revolutionaire regering om de wapens neer te leggen. Ze zijn onderdanen van Oostenrijk-Hongarije, maar hebben in de Eerste Wereldoorlog aan de kant van de geallieerden gestreden in de hoop dat hun land bij een nederlaag van de centrale mogendheden onafhankelijk zal worden (het uiteindelijke Tsjecho-Slowakije). Omdat ze niet terug kunnen naar hun eigen land marcheren ze over bijna de hele breedte van het Russische Rijk naar Wladiwostok. Van daaraf zullen ze de halve wereld over naar Frankrijk worden getransporteerd, waar ze zich bij hun Franse, Britse en Amerikaanse bondgenoten aan het westelijk front zullen voegen. Het Tsjechisch Legioen telt meer dan 30.000 manschappen en vormt een onstuitbare kracht, die langs de route van de Trans-Siberische spoorlijn op weg gaat naar het oosten.

12 juni 1918

Michail, de broer van de tsaar, wordt gevangen gehouden in de stad Perm. Hij verblijft in Hotel Korolev, dat door de bolsjewieken is omgedoopt tot Hotel Nr. 1. Michail en zijn bediende Nicholas Johnson mogen de straat op, zolang ze de stad maar niet verlaten. Op de avond van deze dag worden groothertog Michail en Johnson door een doodseskader van de Tsjeka onder leiding van Ivan Kol-pastjikov van hun kamer gehaald, overgebracht naar een bosrijk ge-bied dat bekendstaat als Malaja Jazovaja en doodgeschoten. De bolsjewieken maken zijn dood niet bekend, maar melden dat hij is meegenomen door Wit-Russische officieren. In de maanden daar-na komt vanuit de hele wereld een stroom van geruchten op gang volgens welke de groothertog op allerlei plaatsen zou zijn 'gesigna-leerd'. Zijn lichaam is nooit gevonden, evenmin als dat van Nicho-las Johnson.

4 juli 1918
De uit Jekaterinenburg afkomstige bewakers van de Romanovs worden de laan uit gestuurd na ervan te zijn beschuldigd dat ze de familie hebben bestolen. Hun plaats wordt ingenomen door de Tsjeka-officier Joerovski met een contingent 'Letten' – in feite voor-namelijk Hongaren, Duitsers en Oostenrijkers. Vanaf dat moment mogen slechts bewakers in dienst van de Tsjeka het huis van Ipatjev betreden. Overal in huis worden bewakers geposteerd, zelfs voor de badkamer. De Romanovs wonen op de bovenverdieping. Ze mo-gen hun eigen potje koken en zijn afhankelijk van legerrantsoenen en van wat hun wordt toegestopt door de nonnen van het Novo-tikvinskiklooster in Jekaterinenburg.

16 juli 1918
Wanneer het leger van de Witten Jekaterinenburg nadert, wordt bij volkscommissaris Joerovski een telegram bezorgd met het bevel de Romanovs ter dood te brengen, zodat ze niet gered kunnen worden door de Witten. Dit telegram werd vermoedelijk verstuurd door Lenin, al is dat niet zeker.

Joerovski beveelt zijn bewakers meteen hun Nagantrevolvers in te leveren. Hij laadt de wapens, geeft ze terug aan de manschappen en zegt hun dat de Romanovs die nacht doodgeschoten moeten worden. Twee 'Letten' weigeren de vrouwen en kinderen in koelen bloede dood te schieten.

Joerovski stelt voor elk lid van de familie Romanov en hun ge-volg een aparte bewaker aan, zodat elk verantwoordelijk zal zijn voor één executie. Er zijn in totaal elf bewakers, wat overeenstemt met het aantal familieleden plus hofdame Anna Demidova, kok Charitonov, lijfarts Botkin en een lakei die Tropp heet, die ook doodgeschoten moeten worden.

17 juli 1918

Om middernacht wekt Joerovski de familie Romanov en draagt hun op zich aan te kleden. Hij vertelt hun dat er wanorde heerst in de stad. Ongeveer een uur later wordt het gevolg naar de kelder gebracht, die door Joerovski is uitgekozen als de plaats van executie.

Als de Romanovs in de kelder aankomen, vraagt tsarina Alexandra om stoelen, waarvan er drie worden gebracht. De tsarina neemt plaats op een van de stoelen, Aleksej op de tweede en de tsaar zelf op de derde.

De vrachtwagen die is besteld om de lijken na executie af te voeren, arriveert pas om ongeveer twee uur 's nachts.

Als de vrachtwagen er is, gaan Joerovski en de bewakers naar de kelderruimte waar de Romanovs zitten te wachten. Het is er zo druk dat sommige bewakers in de deuropening moeten blijven staan. Joerovski stelt de tsaar ervan op de hoogte dat hij zal worden terechtgesteld.

Volgens Joerovski zegt de tsaar daarop: 'Wat?' Daarna draait hij zich om en zegt iets tegen zijn zoon Aleksej. Op dat moment schiet Joerovski hem door het hoofd.

Dan beginnen de bewakers te schieten. Joerovski had een ordelijke gang van zaken in gedachten, maar het loopt faliekant mis. De vrouwen schreeuwen. De kogels ketsen af tegen de muren en blijkbaar ook tegen de vrouwen zelf. Een bewaker wordt in de hand geschoten.

Als blijkt dat de vrouwen niet dood zijn, proberen de bewakers ze met hun bajonetten om te brengen, maar ze slagen daar niet in. Uiteindelijk worden de vrouwen een voor een door het hoofd geschoten.

De laatste die sterft is Aleksej, die nog steeds op zijn stoel zit. Joerovski vuurt meerdere malen van dichtbij op hem.

De lichamen worden op geïmproviseerde brancards van dekens

die gespannen zijn over lamoenstokken van koetsen naar boven gebracht en op de binnenplaats in een vrachtwagen geladen en bedekt met dekens.

Op dat moment dringt het tot Joerovski door dat de bewakers de Romanovs hebben beroofd van de kostbaarheden die ze in hun zakken hadden. Hij beveelt hun het geroofde terug te geven. Onder bedreiging van onmiddellijk executie geven de bewakers deze zaken aan Joerovski.

De vrachtwagen rijdt naar de verlaten mijn die men als begraafplaats voor de Romanovs en hun gevolg heeft uitgekozen. Voordat ze daar aankomen, stuit het gezelschap echter op een groepje van ongeveer vijfentwintig burgers die van een ander lid van de Tsjeka opdracht hebben gekregen de begrafenis te verzorgen. De burgers zijn boos omdat ze hadden gedacht zelf de Romanovs te kunnen ombrengen. Ze halen de lichamen van de vrachtwagen en beginnen die onmiddellijk te beroven. Joerovski dreigt hen dood schieten als ze daar niet mee ophouden.

Het dringt dan tot Joerovski door dat niemand in de groep precies weet waar de mijnschacht is, ook hijzelf niet. Ook heeft niemand gezorgd voor gereedschappen als spaden om mee te graven. Joerovski laadt de lijken weer op de vrachtwagen en gaat op zoek naar een andere begraafplaats.

Tegen het ochtendgloren heeft Joerovski een andere verlaten mijn weten te vinden in de buurt van het dorp Koptiaki op ongeveer drie uur lopen van Jekaterinenburg.

De lichamen van de Romanovs worden weer uit de vrachtwagen gehaald. Ze worden uitgekleed, en er wordt een vuur aangelegd met de bedoeling om hun kleren te verbranden voordat ze de lichamen in de mijn verbergen. Als ze de Romanovs van hun kleren ontdoen, ontdekt Joerovski dat ze vesten dragen waar honderden diamanten in zijn genaaid, hetgeen verklaart waarom de vrouwen niet door de kogels gedood werden. De edelstenen worden verstopt en later naar Moskou overgebracht.

Nadat de kleding is verbrand, geeft Joerovski opdracht de lichamen in de mijnschacht te gooien, waarna hij probeert de mijn met handgranaten te laten instorten. Dit lukt slechts ten dele, en Joerovski beseft dat hij de lichamen toch weer ergens anders zal moeten begraven.

Bij rapportage aan zijn superieuren krijgt Joerovski van een lid van de Oeral Sovjet het advies de lichamen te verbergen in een van de vele diepe mijnen langs de weg naar Moskou, niet ver van de oorspronkelijke begraafplaats. De mijnen staan vol water, en Joerovski besluit om de lichamen met rotsblokken te verzwaren voordat hij ze erin gooit.

Mocht dit niet lukken, dan is er nog het plan om de lichamen te verbranden, er dan zwavelzuur overheen te gieten en de restanten in een kuil te begraven.

Op de avond van de 17de juli worden de lichamen opgegraven, op karren geladen en naar de mijn langs de weg naar Moskou vervoerd.

18 juli 1918

De karren waarop de lichamen worden vervoerd, begeven het op weg naar de mijn. Joerovski geeft opdracht een kuil te graven, maar als ze halverwege zijn, krijgt hij de mededeling dat de kuil vanaf de weg te goed te zien is.

Joerovski doet afstand van het plan met de kuil en besluit vrachtwagens te vorderen waarmee ze door kunnen rijden naar de diepe mijnen langs de weg naar Moskou.

Op deze dag kondigt de *Pravda* aan dat de tsaar is geëxecuteerd, maar dat tsarina Alexandra en hun zoon Aleksej gespaard zijn gebleven en overgebracht zijn naar een veilige plek. Er wordt geen melding gemaakt van de vier dochters of het huishoudelijk personeel. Het artikel suggereert dat de executies werden uitgevoerd op initiatief van de bewakers uit Jekaterinenburg en niet op bevel van Moskou.

19 juli 1918

Door de slechte toestand van de wegen raken in de vroege uurtjes ook de vrachtwagens die gevorderd waren ter vervanging van de kapotte karren in het ongerede.

Joerovski geeft nogmaals opdracht een kuil te graven. Ondertussen verbrandt hij de lichamen.

De resten worden in de kuil gegooid, waarna het zuur eroverheen wordt gegoten. De kuil wordt dichtgegooid, en op de plek waar de lichamen begraven liggen worden spoorbielzen gelegd. Met de vrachtwagens rijdt men vervolgens heen en weer over de bielzen om eventuele sporen uit te wissen.

Nog voor het ochtendgloren is het werk gedaan. Voordat ze de begraafplaats verlaten, laat Joerovski de betrokkenen zweren erover te zwijgen.

De botten worden niet teruggevonden, ondanks de uitgebreide naspeuringen die het Witte Leger onderneemt als dat enkele dagen later Jekaterinenburg heeft overrompeld. De Witten worden uiteindelijk gedwongen Jekaterinenburg op te geven, dat dan weer toevalt aan het Rode Leger.

In de maanden daarop duiken telkens weer verhalen op dat de tsarina en haar dochters nog in leven zouden zijn.

Getuigen melden dat ze zijn gezien in een trein die op weg was naar de stad Perm. In een ander verhaal is sprake van een jonge vrouw die een van de dochters zou zijn en die naar verluidt korte tijd bij een gezin midden in het bos woonde, waarna ze echter werd overgedragen aan de Tsjeka, die haar vervolgens heeft vermoord.

De kleermaker Heinrich Kleibenzetl beweert te hebben gezien dat een zwaargewonde prinses Anastasia onmiddellijk na de schietpartij in een huis pal tegenover het huis van Ipatjev door zijn hospita is behandeld.

Een Oostenrijkse krijgsgevangene, ene Franz Svoboda, beweert Anastasia persoonlijk te hebben gered uit het huis van Ipatjev.

1920

Een vrouw doet een zelfmoordpoging door van een brug in het Landwehrkanaal in Berlijn te springen. Ze wordt opgenomen in de psychiatrische inrichting Dalldorf, waar men ontdekt dat ze vele wonden heeft die lijken op kogelwonden en eentje die gemaakt lijkt te zijn door het kruisvormige blad van een Russische Mosin-Nagant-bajonet. De vrouw lijkt aan geheugenverlies te lijden en wordt door het ziekenhuispersoneel 'Fräulein Unbekannt' genoemd.

1921

Fräulein Unbekannt vertrouwt Thea Malinkovski, een van de verpleegsters van Dalldorf, toe dat zij eigenlijk prinses Anastasia is. Ze beweert aan executie te zijn ontkomen dankzij ene Alexander Tschaikovski, een Russische soldaat. Ze zouden samen naar Boekarest zijn gevlucht, waar Tschaikovski bij een vechtpartij om het leven is gekomen.

1922

De vrouw die beweert Anastasia te zijn wordt vrijgelaten uit het gesticht en in huis genomen door baron von Kleist, die haar verhaal gelooft.

In de daaropvolgende jaren wordt de vrouw bezocht door vele vrienden en familieleden van de Romanovs, onder wie groothertogin Olga Alexandrovna, de zuster van Nicolaas II, en Pierre Gilliard, privéleraar van de kinderen Romanov, die beiden verklaren dat ze een bedriegster is. Op basis van een tandheelkundig onderzoek verklaart ook dokter Kostritzky, de tandarts van de familie Romanov, dat de bewering van de vrouw niet klopt.

Niet iedereen die de vrouw ontmoet denkt dat zij liegt. In Duitsland worden haar aanspraken krachtig ondersteund door de neef en nicht van de lijfarts van de Romanovs, dokter Botkin, ondanks de vele beschuldigingen dat ze alleen maar uit zijn op het ontbrekende deel van het familiekapitaal van de Romanovs, dat naar de maatstaven van vandaag meer dan 190 miljoen dollar zou bedragen (ruim 140 miljoen euro). De juridische strijd die volgt wordt de langstlopende in de Duitse geschiedenis.

Privédetective Martin Knopf concludeert op basis van zijn onderzoek dat de vrouw in feite de Poolse fabrieksarbeidster Franziska Schanzkowska is en dat de wonden op haar lichaam veroorzaakt zijn door een explosie in de munitiefabriek waar ze werkte. Schanzkowska's broer Felix wordt erbij gehaald om de vrouw te identificeren. Hij verklaart meteen dat ze zijn zus is, maar weigert dan zonder duidelijke redenen een daartoe strekkende verklaring te ondertekenen.

1929

De vrouw verhuist naar New York, waar ze tijdelijk bij Annie Jennings woont, een rijke societyfiguur in Manhattan. Kort daarna wordt ze, na een aantal hysterische aanvallen, opnieuw opgenomen in een inrichting, deze keer het Four Winds Sanatorium.

1932

De vrouw, die nu bekendstaat als Anna Anderson, keert terug naar Duitsland.

1934

Joerovski geeft op een partijbijeenkomst in Jekaterinenburg een gedetailleerde beschrijving van de executies en de gebeurtenissen die daartoe leidden.

1956

Release van de film *Anastasia*, met in de hoofdrollen Ingrid Bergman en Yul Brynner.

1968

Op zeventigjarige leeftijd keert Anna Anderson terug naar de Verenigde Staten en trouwt er met John Manahan, die meent dat zij prinses Anastasia is. Het echtpaar vestigt zich in Virginia.

1976

De resten van de Romanovs blijken zich inderdaad op de plek te bevinden die Joerovski had aangeduid, maar de informatie wordt geheimgehouden en de lichamen worden niet opgegraven.

1977

De toekomstige Russische president Boris Jeltsin, op dat moment partijleider van de afdeling Jekaterinenburg van de Communistische Partij, geeft nadat hij heeft geconstateerd dat het huis van Ipatjev een bedevaartsoord is geworden, opdracht het af te breken.

1983

Anna Anderson wordt weer opgenomen. Enkele uren na haar opname wordt ze echter door Manahan uit de inrichting ontvoerd, waarna het tweetal onderduikt op het platteland van Virginia.

12 februari 1984

Anna Anderson overlijdt aan longontsteking.

1991

De skeletten van de Romanovs worden opgegraven. Door middel van een onderzoek aan de hand van DNA verkregen van onder anderen de hertog van Edinburgh (wiens grootmoeder de zus van tsarina Alexandra was) worden de resten geïdentificeerd als die van Nicolaas II, Alexandra, hun dochters Olga, Tatiana en Anastasia, de drie leden van het huishoudelijk personeel en dokter Botkin. Twee lichamen, die van Maria en Aleksej, ontbreken.

1992

DNA-onderzoek van een weefselmonster van Anna Anderson bevestigt dat zij niet prinses Anastasia was. Het monster blijkt wel overeenkomst te vertonen met dat van Karl Maucher, een achterneef van Franziska Schanzkowska.

27 augustus 2007

Stoffelijke resten, vermoedelijk die van Maria en Aleksej, worden aangetroffen in ondiepe graven niet ver van de andere vindplaats.

30 april 2008

De Russische regering maakt bekend dat DNA-onderzoek bevestigt dat het hier inderdaad gaat om Maria en Aleksej. Op dezelfde dag bezoeken, ter gelegenheid van de negentigste verjaardag van de executies, meer dan 30.000 Russen de mijn waar de Romanovs werden begraven.

Kijk voor meer informatie op: www.inspectorpekkala.com

Korte bibliografie

De volgende boeken zijn mij zeer van pas gekomen bij de beschrijving van de gebeurtenissen. Ik kan ze iedereen aanbevelen die van plan is zich te verdiepen in het labyrint van de Russische geschiedenis in deze periode.

Bulygin, Paul, *The Murder of the Romanovs*, Londen, Hutchinson 1966

Crawford, Rosemary en Donald, *Michael and Natasha*, New York, Scribner 1997

Erickson, Carolly, *Alexandra, The Last Tsarina*, New York, St. Martins 2001

Iroshnikov, Michail, *The Sunset of the Romanov Dynasty*, Moskou, Terra 1992

Mossolov, Alexander, *At the Court of the Last Tsar*, Londen, Methuen 1935

Steinberg, Mark en Khrustalev, Vladimir: *The Fall of the Romanovs*, New Haven, Yale University Press 1995

Dankwoord

De auteur bedankt de hierna genoemde personen voor hun steun en bemoediging bij het schrijven van dit boek. In alfabetische volgorde: Katherine Armstrong, Will Atkinson, Lisa Baker, Lee Brackstone, Angus Cargill, Pauline Collinghurst, Jason Cooper, Matthew De Ville, Walter Donohue, Jo Ellis, Dominique Enright, John Grindrod, Alex Holroyd, Samantha Matthews, Stephen Page, Deborah Rogers, Mohsen Shah en Dave Watkins.